EM UM PORÃO ESCURO

EM UM PORÃO ESCURO

UM CASO DO DETETIVE
ADAM FAWLEY

CARA HUNTER

TRADUÇÃO
Edmundo Barreiros

TRAMA

Título original: *In The Dark*
Copyright © Cara Hunter, 2018
Os direitos morais da autora foram assegurados.

Copyright © Editora Nova Fronteira Participações S.A., 2022 mediante acordo com Johnson & Alcock Ltd.

Direitos de edição da obra em língua portuguesa no Brasil adquiridos pela Trama, selo da Editora Nova Fronteira Participações S.A. Todos os direitos reservados. Nenhuma parte desta obra pode ser apropriada e estocada em sistema de banco de dados ou processo similar, em qualquer forma ou meio, seja eletrônico, de fotocópia, gravação etc., sem a permissão do detentor do copirraite.

Editora Nova Fronteira Participações S.A.
Rua Candelária, 60 — 7.º andar — Centro — 20091-020
Rio de Janeiro — RJ — Brasil
Tel.: (21) 3882-8200

Dados Internacionais de Catalogação na Publicação (CIP)

H945e   Hunter, Cara
        Em um porão escuro / Cara Hunter ; tradução Edmundo Barreiros. - Rio de Janeiro: Trama, 2022.
        376 p. ; 15,5 x 23 cm ; (Adam Fawley)

        Título original: *In The Dark*
        ISBN: 978-65-89132-23-3

        1. Literatura americana - suspense. I. Barreiros, Edmundo. II. Título.
                                        CDD: 808.8
                                        CDU: 82 32

André Queiroz – CRB-4/2242

www.editoratrama.com.br
 /editoratrama

Para "Burke e Heath"
Pelos muitos dias felizes

PRÓLOGO

Ela abre os olhos e se depara com uma escuridão tão cerrada que sente como se estivesse vendada. Sente o peso de um ar estagnado e úmido que não era respirado em muito tempo.

Seus outros sentidos despertam bruscamente. O silêncio gotejante, o frio, o cheiro. Mofo e mais alguma coisa que ela não consegue identificar ainda, algo animal e fétido. Ela movimenta os dedos, sentindo terra e umidade sob a calça jeans. Agora está lembrando — como chegou ali, por que isso aconteceu.

Como ela pôde ter sido tão burra?

Ela contém a torrente ácida de pânico e tenta se sentar, mas é impossível. Ela enche os pulmões e grita, sua voz ecoando nas paredes. Grita, grita e grita até sua garganta arder.

Mas ninguém vem. Porque ninguém consegue escutar.

Ela fecha os olhos outra vez, sentindo lágrimas quentes de raiva escorrerem pelo rosto. Ela está rígida de indignação e recriminação, e não tem consciência de nada mais até que, aterrorizada, ela sente as primeiras patinhas afiadas começarem a se movimentar sobre sua pele.

Alguém disse que abril é o mês mais cruel, não foi? Bem, quem quer que tenha sido não era detetive. A crueldade pode ocorrer a qualquer hora — eu sei, eu já vi. Mas o clima frio e os dias escuros de algum modo amortecem sua contundência. Luz do sol, o canto de passarinhos e céus azuis podem ser brutais nesse trabalho. Talvez o problema seja o contraste. Morte e esperança.

Esta história começa com esperança. É o primeiro dia de maio, o início da primavera *de verdade*. E se você já esteve em Oxford, vai saber: é tudo ou nada neste lugar — quando chove, as pedras ficam com cor de xixi, mas sob a luz, quando as faculdades parecem ter sido esculpidas em nuvens, não há lugar mais belo na Terra. E eu sou só um policial velho e cínico.

Em relação à tradicional festa de May Morning, bom, isso é a cidade em sua personalidade mais excêntrica e desafiadora. Pagã e cristã e um pouco louca; é difícil dizer, em grande parte do tempo, qual é qual. Corais de meninos cantam ao nascer do sol no alto de uma torre. Bandas de zanfonas disputam espaço com *food trucks* de hambúrguer que funcionam a noite inteira. Os bares abrem às seis da manhã, e metade da população estudantil ainda está bêbada da noite anterior. Até os cidadãos sóbrios de North Oxford surgem em massa com flores no cabelo (e você acha que estou brincando). Havia mais de 25 mil pessoas aqui no ano passado. Uma delas era um homem vestido de árvore. Acho que você captou a ideia.

Então, de um jeito ou de outro, é um dia especial no calendário da polícia. E é um dia longo para os policiais uniformizados, não curto. O início do turno logo cedo pela manhã pode ser um problema, mas costuma ser tranquilo, e em grande parte ficamos bebendo café e comendo sanduíches de bacon. Ou pelo menos ficávamos, na última vez que fiz isso. Mas isso era quando eu ainda usava uniforme. Antes de me tornar detetive; antes de me tornar inspetor detetive.

Mas este ano é diferente. Este ano o problema não é apenas acordar muito cedo.

***

Quando Mark Sexton chega a casa, está quase uma hora atrasado. Devia ser uma viagem rápida àquela hora da manhã, mas o trânsito na M40 estava completamente congestionado, e o engarrafamento se estendia até a Banbury Road. E quando ele entra na Frampton Road, há a caminhonete de um empreiteiro bloqueando a entrada da sua garagem. Sexton xinga, engrena a ré no Cayenne e recua cantando pneu. Então abre a porta e sai para a rua, evitando por pouco uma poça de vômito no asfalto. Ele olha enojado, verificando seus sapatos. O que está acontecendo com a droga da cidade esta manhã? Ele tranca o carro, vai andando até a porta da frente, então enfia as mãos nos bolsos procurando pelas chaves. Pelo menos tinham tirado o andaime. A negociação demorou muito mais do que o esperado, mas as obras deveriam terminar até o Natal, se eles tivessem sorte. Ele perdeu um leilão por uma casa do outro lado da Woodstock Road e teve que aumentar o lance para comprar essa, mas, quando estiver pronta, vai ser uma mina de ouro. O mercado imobiliário no restante do país podia estar em baixa, mas, com os chineses e os russos, os preços nunca pareciam baixar nessa cidade. A casa ficava a apenas uma hora de Londres e tinha uma escola particular de primeira para meninos a apenas três ruas de distância. Sua mulher não gostou da ideia de uma casa geminada, mas ele disse a ela, dê só uma olhada — é enorme. Estilo vitoriano legítimo, com quatro andares e um porão que ele planeja reformar e transformar em uma adega moderna e em um complexo cinematográfico (não que ele já tenha contado isso para a mulher). E só um velho idiota morando na casa ao lado — ele não vai fazer muitas festas de arromba, não é? E, sim, o jardim dele é descuidado, mas eles sempre podem botar umas treliças. O paisagista disse alguma coisa sobre árvores entrelaçadas. Mil libras por unidade, mas é uma cobertura instantânea. Embora nem isso resolva o problema da frente. Ele olha para o Cortina enferrujado e apoiado em tijolos em frente ao número 33 e para as três bicicletas acorrentadas a uma árvore; a pilha de paletes apodrecidos e os sacos plásticos pretos derramando latas de cerveja vazias na calçada. Eles estavam ali na última vez que ele foi até lá, duas semanas atrás. Ele enfiou um bilhete pela porta pedindo ao velho idiota para tirá-los dali. Ele nitidamente não tinha feito isso.

A porta se abre. É Tim Knight, seu arquiteto, com um rolo de plantas nas mãos. Ele dá um sorriso largo e acena para que seu cliente entre.

— Sr. Sexton, é bom vê-lo outra vez. Acho que vai ficar satisfeito com o progresso que fizemos.

— Tomara — diz Sexton, com uma ironia pesada. — Esta manhã não tem como ficar muito pior.

— Vamos começar pelo último andar.

Os dois homens sobem, e seus pés trovejam na madeira nua. No andar de cima, a rádio local está a todo volume, e há operários na maioria dos aposentos. Dois gesseiros no último andar, um bombeiro hidráulico no banheiro da suíte e um especialista em restauração de janelas trabalhando nas vidraças. Um ou dois dos trabalhadores olham para Sexton, mas ele não faz contato visual. Ele está anotando cada serviço em seu tablet, e perguntando sobre a maioria deles.

Eles terminam na ampliação nos fundos, onde a antiga estrutura de alvenaria foi derrubada e um espaço enorme de metal e vidro de pé-direito duplo está sendo construído em seu lugar. Além das árvores que descem até a base do jardim, eles podem ver a elegância georgiana da Crescent Square. Sexton desejava poder ter comprado uma daquelas casas, mas o mercado cresceu cinco por cento desde que ele comprou esse lugar, então ele não pode reclamar. Ele pede que o arquiteto lhe mostre o projeto da cozinha ("Nossa, não se consegue muita coisa por sessenta mil libras, não é? Eles não botaram nem a droga de uma lava-louça."), então se vira e procura pela porta da escada que leva até a adega.

Knight parece um pouco apreensivo.

— Ah, eu ia chegar a isso. Houve um pequeno problema na adega.

Os olhos de Sexton se estreitam.

— O que você quer dizer com *problema*?

— Trevor me telefonou ontem. Eles encontraram um problema com a parede compartilhada. Talvez precisemos de um acordo jurídico antes que possamos consertá-la. Qualquer coisa que façamos vai afetar a estrutura da casa vizinha.

Sexton faz uma careta.

— Ah, pelo amor de Deus, não podemos nos dar ao luxo de envolver advogados. O que houve?

— Eles começaram a tirar o reboco para poderem instalar a nova fiação, mas parte da alvenaria estava em condições muito ruins. Deus sabe quanto tempo fazia que a sra. Pardew não ia lá embaixo.

— Velha idiota — murmura Sexton, o que Knight decide ignorar. Esse é um trabalho muito lucrativo.

— De qualquer forma — continua o arquiteto —, um dos rapazes não percebeu rápido o suficiente com o que estava lidando. Mas não se preocupe, amanhã vamos trazer o engenheiro estrutural aqui e...

Mas Sexton já o afastou e passou por ele.

— Quero ver por mim mesmo.

A lâmpada na escada do porão tremeluz friamente enquanto os dois descem. Todo o lugar cheira a mofo.

— Cuidado onde pisa — avisa Knight. — Alguns desses degraus não são seguros. Você pode quebrar o pescoço aqui no escuro.

— Você tem uma lanterna? — pergunta Sexton, alguns metros à frente. — Não consigo ver nada.

Knight passa uma para ele, e Sexton a acende. Ele vê o problema imediatamente. A pintura está estufada no que resta do velho reboco amarelado e, por baixo, a maioria dos tijolos está se desfazendo com mofo seco e cinza. Há uma rachadura da largura de seu dedo do chão ao teto que não estava ali antes.

— Cacete, será que vamos precisar escorar a casa inteira agora? Como o inspetor não viu isso?

Knight parece querer se desculpar.

— A sra. Pardew tinha várias coisas empilhadas junto daquela parede. Ele não deve ter conseguido olhar atrás delas.

— E, mais importante: como ninguém estava monitorando o cretino que arrancou um pedaço da minha parede, porra?

Ele pega uma das ferramentas no chão e começa a futucar os tijolos. O arquiteto dá um passo à frente e intervém.

— Sério, eu não faria isso…

Um tijolo cai, depois outro, e então um pedaço de cantaria se solta e cai a seus pés em meio à poeira. Dessa vez, os sapatos de Sexton não escapam da sujeira, mas ele não percebe. Ele está olhando, de boca aberta, para a parede.

Tem um buraco, talvez com cinco centímetros de largura.

E do outro lado, no escuro, um rosto.

***

No distrito policial da St. Aldate's, o recém-promovido sargento detetive Gareth Quinn está em seu segundo café e terceira rodada de torradas, com a gravata cara jogada por cima do ombro para protegê-la de farelos. A gravata cara que combina com o terno caro e com a aura de ser um pouco inteligente demais para ser um policial comum. O departamento de investigação criminal está praticamente vazio; só Chris Gislingham e Verity Everett chegaram até agora. A equipe não está com nenhum caso grande no momento, e o inspetor detetive Fawley ficará o dia inteiro fora em uma conferência, então todo mundo apreciou a indulgência rara de poder chegar mais tarde ao trabalho seguida pela perspectiva sempre sedutora de botar a papelada em dia.

Há um momento, com a poeira flutuando nos feixes de luz do sol que entram enviesados através das persianas, o farfalhar do jornal de Quinn, o cheiro de café. Então o telefone toca. São 9h17.

Quinn estende a mão e atende.

— Departamento de Investigação Criminal. — Então: — Merda. Tem certeza?

Gislingham e Everett erguem os olhos. Gislingham é sempre descrito como "robusto" e "sólido", e não só porque engordou alguns quilos nos últimos anos. Ele, ao contrário de Quinn, não foi promovido a sargento detetive e, considerando sua idade, agora provavelmente não vai mais ser. Mas não o julgue por isso. Toda equipe de investigação criminal precisa de um Gislingham e, se você estivesse se afogando, era ele que ia querer na outra ponta da corda. Quanto a Everett, ela é outra pessoa que você não pode se dar ao luxo de julgar pelas aparências: Ev pode se parecer com Miss Marple quando tinha 35 anos, e é igualmente rígida. Ou, como Gislingham sempre diz, ela com certeza foi um cão de caça em uma vida anterior.

Quinn ainda está falando ao telefone.

— E ninguém está atendendo na casa ao lado? Certo. Não, nós vamos cuidar disso. Diga ao policial para nos encontrar lá, e cuide para que eles mandem pelo menos uma policial mulher.

Gislingham já está pegando seu paletó. Quinn desliga o telefone e dá uma última mordida em sua torrada enquanto se levanta.

— Era a central. Alguém ligou da Frampton Road. Diz que tem uma garota no porão da casa ao lado.

— No *porão*? — pergunta Everett, arregalando os olhos.

— Alguém quebrou a parede por engano. Tem um velho vivendo na casa, aparentemente. Mas ele não está atendendo a porta.

— Ah, merda.

— É. É mais ou menos isso.

Quando os três estacionam em frente à casa, uma multidão já está se formando. Alguns deles são nitidamente os operários do número 31, felizes por qualquer desculpa para parar de trabalhar que não lhes crie mais problemas com Sexton; outros são provavelmente vizinhos, e há um punhado de pessoas que estavam na festa com flores nos chapéus e latas de cerveja na mão que sem dúvida parecem ter bebido além da conta. A atmosfera já um pouco surreal é complementada pela vaca de plástico em tamanho real parada junto ao meio-fio, coberta com uma toalha de mesa floral e com narcisos amarrados aos chifres. Alguns dançarinos de Morris, uma tradicional dança folclórica inglesa, começaram uma performance improvisada na calçada.

— Minha nossa — diz Gislingham quando Quinn desliga o motor. — Você acha que podemos multá-los por estacionar aquela coisa sem autorização?

Eles saem e atravessam a rua, no momento em que dois carros de polícia estacionam em frente ao número 33. Uma das mulheres na multidão assovia para Quinn e começa a rir quando ele se vira para olhá-la. Três policiais uniformizados saem dos carros e se juntam a eles. Um tem um aríete; a policial é Erica Somer. Gislingham percebe uma troca de olhares entre ela e Quinn, e vê o sorriso nos olhos dela pelo embaraço dele. Ah, então eu estava certo, pensa. Ele desconfiava que podia haver alguma coisa rolando entre aqueles dois. Como disse para Janet na outra noite, ele pegou os dois conversando perto da máquina de café vezes demais para ser apenas coincidência. Não que ele possa culpar Quinn — Erica é mesmo muito bonita, mesmo usando uniforme e coturnos. Ele só torce para que ela não espere demais: se Quinn fosse um cachorro, ninguém ia chamá-lo de Fido.

— Nós sabemos o nome da pessoa que mora aqui? — pergunta Quinn.

— O nome dele é William Harper, sargento — responde Somer. — Nós chamamos uma ambulância, caso haja mesmo uma garota ali.

— Eu sei muito bem o que eu vi, cacete.

Quinn se vira. É um homem usando o tipo de terno que Quinn compraria se tivesse dinheiro. Bem-cortado e acinturado, feito de seda e com um forro de cetim vermelho que se destaca com a camisa xadrez roxa e a gravata rosa. Ele tem "mauricinho" escrito por todo ele. Assim como "muito furioso".

— Vejam — diz o homem. — Quanto tempo isso vai levar? Tenho uma reunião com meu advogado às três da tarde, e se o trânsito estiver tão ruim quanto estava vindo para cá...

— Desculpe, o senhor é?

— Mark Sexton. Da casa ao lado. Sou o proprietário.

— Então foi o senhor que nos telefonou?

— É, fui eu. Eu estava no porão com meu arquiteto, e parte da parede cedeu. Tem uma garota ali dentro. Eu sei o que vi e, diferente dessa gente, não estou bêbado. Perguntem a Knight, ele também viu.

— Certo — diz Quinn, gesticulando para que o policial com o aríete fosse até a porta. — Vamos em frente. E controle aquele pessoal na calçada, está bem? Eles estão parecendo o pessoal de *O sacrifício*.

Quando Quinn se afasta, Sexton o chama outra vez.

— Ei, e os meus operários? Quando eles podem entrar novamente?

Quinn o ignora, mas quando Gislingham passa, ele lhe dá um tapinha no ombro.

— Desculpe, parceiro — diz com um sorriso. — Essa reforma elegante vai ter que esperar.

Na escada da frente, Quinn bate na porta.

— Sr. Harper? Polícia de Thames Valley. Se estiver aí, por favor, abra a porta, ou vamos ser forçados a arrombá-la.

Silêncio.

— Está bem — diz Quinn, acenando com a cabeça para o policial uniformizado. — Vá em frente.

A porta é mais forte do que parece, considerando o estado do resto da casa, mas as dobradiças se soltam no terceiro golpe. Alguém na multidão aplaude de um jeito embriagado. O restante chega para a frente, se esforçando para ver.

Quinn e Gislingham entram e fecham a porta às suas costas.

Dentro da casa, tudo está imóvel. Eles ainda podem ouvir os sinos dos dançarinos de Morris, e moscas estão zumbindo em algum lugar no ar bolorento. O lugar nitidamente tinha parado no tempo décadas atrás; o papel de parede está todo descascado, e o teto, solto e estufado com manchas marrons. Há jornais espalhados pelo chão.

Quinn segue lentamente pelo corredor, as velhas tábuas rangendo, os sapatos se arrastando sobre papel.

— Tem alguém aqui? Sr. Harper? É a polícia.

Então ele escuta. Um barulho de choro. Perto. Ele para por um momento, tentando descobrir de onde vem aquele som, então sai correndo e abre bruscamente uma porta embaixo da escada.

Tem um velho sentado no vaso sanitário vestindo apenas um colete. Há tufos de cabelo preto crespo grudados em seu couro cabeludo e seus ombros. Sua cueca está em torno de seus tornozelos, e seu pênis e seus testículos pendem inertes entre suas pernas. Ele tenta se esconder de Quinn, ainda resmungando, os dedos ossudos agarrados ao assento da privada. Ele está imundo, e há cocô no chão.

Somer chama da porta:

— Sargento detetive Quinn? Os paramédicos chegaram, se precisar deles.

— Graças a Deus por isso. Traga-os para cá, está bem?

Somer se afasta para deixar dois homens de macacão verde passarem pela porta. Um se agacha em frente ao senhor de idade.

— Sr. Harper? Não precisa ficar nervoso. Vamos só dar uma olhada no senhor.

Quinn gesticula para Gislingham, e os dois se afastam na direção da cozinha.

Gislingham dá um assovio quando eles entram no cômodo.

— Alguém ligue para o Museu Victoria & Albert.

Um fogão a gás antigo, azulejos marrom e laranja dos anos 1970, uma pia de metal. Uma mesa de fórmica com quatro cadeiras que não combinam entre si. E todas as superfícies cobertas de louça suja, garrafas de cerveja vazias e latas de alimentos parcialmente comidas cheias de moscas. Todas as janelas estão fechadas, e o linóleo sob seus pés gruda na sola dos sapatos. Tem uma porta de vidro com uma cortina de contas que leva a uma estufa, e outra porta que deve levar ao porão. Ela está trancada, mas há várias chaves em um prego. Gislingham as pega e precisa de três tentativas para encontrar a certa, mas, embora a chave esteja enferrujada, ela gira sem resistência. Ele abre a porta e acende a luz, então chega para o lado e deixa Quinn entrar primeiro. Eles descem devagar, degrau por degrau, a faixa de néon sibilando acima de suas cabeças.

— Olá? Tem alguém aqui embaixo?

A luz é fraca, mas suficiente para eles verem. O porão está vazio. Há caixas de papelão, sacos de plástico preto, uma luminária antiga, uma banheira de metal cheia de lixo. Mas, fora isso, nada.

Eles ficam ali parados, olhando um para o outro, com o coração batendo tão alto que eles mal conseguem ouvir qualquer outra coisa. Então:

— O que foi isso? — sussurra Gislingham. — Parece o som de unhas arranhando algo. Ratos?

Quinn olha involuntariamente para o chão ao redor dos seus pés, nervoso. Se há uma coisa que ele não suporta são os malditos ratos.

Gislingham olha em volta novamente, os olhos se ajustando à escuridão, desejando ter pegado a lanterna no carro.

— O que é aquilo ali?

Ele abre caminho através das caixas e percebe de repente que o porão é muito maior do que eles imaginavam.

— Quinn, tem outra porta aqui. Você pode me dar uma mão?

Ele tenta abrir a porta, mas ela não se mexe. Tem um trinco no alto, e Quinn, depois de algum tempo, consegue puxá-lo, mas a maldita porta não abre.

— Deve estar trancada — sugere Gislingham. — Você ainda está com aquelas chaves?

É ainda pior encontrar a chave certa à meia-luz, mas eles conseguem. Forçam a porta com o ombro e lentamente a empurram para a frente até que uma onda de ar estagnado os atinge, e eles precisam levar a mão à boca por causa do fedor.

Há uma jovem deitada no chão de concreto usando uma calça jeans rasgada no joelho e um cardigã esfarrapado que provavelmente tinha sido amarelo. A boca dela está aberta, e os olhos, fechados. Sua pele está muito pálida sob a luz fraca.

Mas tem outra coisa. Algo para o qual nada os preparou.

Sentada ao seu lado, puxando seu cabelo.

Uma criança.

***

E onde eu estava quando tudo isso aconteceu? Eu adoraria dizer que estava envolvido com algo impressionante feito a Agência Especial da polícia ou com ações de contraterrorismo, mas a triste verdade é que eu estava em um curso de treinamento em Warwick. "Policiamento comunitário no século XXI." Para inspetores e seus superiores; nós não somos sortudos? Com a tortura por PowerPoint e o início ridiculamente cedo, eu estava começando a achar que os policiais uniformizados incumbidos do May Morning tinham sem dúvida se dado melhor. Mas então recebi o telefonema. Seguido rapidamente por uma carranca da organizadora obsequiosa que tinha insistido para que desligássemos os celulares, e por um suspiro audível quando escapei para o corredor. Ela provavelmente está preocupada que eu nunca volte.

— Eles levaram a garota para o hospital John Radcliffe — diz Quinn. — Ela está muito mal. Não come há algum tempo e está seriamente desidratada. Ainda havia uma garrafa de água por lá, mas, acho que ela estava dando a maior parte para a criança. Os paramédicos vão conseguir nos dizer depois de fazerem um exame adequado.

— E o menino?

— Ainda não está dizendo nada. Mas, meu Deus, ele não pode ter muito mais que dois anos, o que ele vai conseguir nos contar, afinal? O coitado não deixava que Gis e eu chegássemos nem perto dele, então Somer foi na ambulância. Nós prendemos Harper em flagrante, mas, quando tentamos tirá-lo da casa, ele começou a espernear e a resistir. Acho que é Alzheimer.

— Olhe, sei que não preciso dizer isso, mas, se Harper é um adulto vulnerável, é mais importante do que nunca fazermos tudo de acordo com as regras.

— Eu sei. Já me adiantei e liguei para o serviço social. E não só por causa dele. O menino também vai precisar de ajuda.

Há um silêncio, e desconfio que nós dois estejamos pensando a mesma coisa.

É bem possível que estejamos lidando com uma criança que não conhece nada além daquele porão. Que nasceu lá embaixo, no escuro.

— Está bem — digo. — Estou saindo agora. Chego por volta do meio-dia.

***

> BBC Midlands Today
> Segunda-feira, 1º de maio de 2017 | Atualizado pela última vez às 11h21
>
> **URGENTE: Garota e criança encontradas em um porão em North Oxford**
>
> Recebemos informações da descoberta de uma jovem e uma criança pequena, supostamente seu filho, aparentemente trancados no porão de uma casa na Frampton Road, em North Oxford. A casa ao lado está passando por uma reforma, o que levou, esta manhã, à descoberta da garota no porão. A garota não foi identificada, e a Polícia de Thames Valley ainda não emitiu um pronunciamento.
> Mais notícias sobre o assunto assim que forem apuradas.

***

São 11h27. Na sala de testemunhas em Kidlington, Gislingham está observando Harper na imagem de vídeo. Ele agora está de camisa e calça, e está sentado encurvado no sofá. Há um assistente social ao lado dele em uma cadeira de espaldar reto, falando com ele atentamente, e uma mulher da equipe de saúde mental observando a alguns metros de distância. Harper parece irrequieto — ele está se remexendo, movendo uma perna para cima e para baixo —, mas dá para perceber, mesmo com o som desligado, que está coerente. Pelo menos por enquanto.

Harper está olhando para o assistente social com irritação, desdenhando do que ele diz com acenos de uma mão rígida e enrugada.

A porta se abre, e Gislingham se vira e vê Quinn se aproximar, jogar uma pasta na mesa e se encostar na escrivaninha.

— Everett foi direto para o hospital, então ela vai entrevistar a garota assim que tivermos permissão. — Eric... — Ele enrubesce. — A policial Somer voltou para a Frampton Road para coordenar o porta a porta. E Challows foi com a equipe da perícia forense.

Ele faz uma anotação no arquivo e bota a caneta atrás da orelha. Do jeito que sempre faz. Então aponta com a cabeça na direção do monitor de vídeo.

— Alguma coisa?

Gislingham balança a cabeça.

— O assistente social dele já está ali há meia hora. O nome dele é Ross, Derek Ross. Tenho certeza de que já o encontrei antes. Alguma notícia de quando Fawley vai voltar?

Quinn verifica seu relógio.

— Por volta de meio-dia. Mas ele disse que devíamos começar se a médica e o assistente social o liberarem. Tem uma advogada a caminho, também. O assistente social está se protegendo. Acho que não se pode culpá-lo.

— Conheço bem o tipo — diz Gislingham secamente. — Mas eles têm certeza de que ele está bem para ser interrogado?

— Aparentemente, ele tem intervalos lúcidos, e nesses momentos podemos interrogá-lo, mas, se ele começar a se perder, vamos ter que parar.

Gislingham olha para o monitor por um momento. Há um fio de baba escorrendo do queixo do velho; já está ali faz dez minutos, mas ele não o limpou.

— Você acha que ele fez isso, que ele conseguiria?

O rosto de Quinn está desgostoso.

— Se aquela criança realmente nasceu lá embaixo, então sim, com certeza. Sei que Harper agora parece patético, mas há dois ou três anos?

Ele podia ser completamente diferente. E foi esse outro homem que cometeu o crime... não esse velho triste ali dentro.

Gislingham estremece, embora a sala esteja bem quente, e Quinn olha para ele.

— O que aconteceu?

— Estava só pensando. Ele não ficou assim da noite para o dia, ficou? Isso está acontecendo há meses. Anos, até. E ela não tinha como saber. Que ele estava ficando senil, quero dizer. Ela está presa lá embaixo, fora de vista. Aposto que ele começou a esquecer que ela estava ali. A comida começa a escassear, depois a água, ela precisa pensar no filho e, mesmo que ela grite, o velho não consegue escutá-la...

Quinn balança a cabeça.

— Minha nossa, nós chegamos lá bem a tempo.

Na tela, Derek Ross se levanta e sai de quadro. No momento seguinte, a porta se abre e ele aparece.

Gislingham fica de pé.

— Então você é o assistente social dele?

Ross assente.

— Pelos últimos dois anos, mais ou menos.

— Então você sabia da demência?

— Ele foi formalmente diagnosticado alguns meses atrás, mas eu desconfio que estivesse acontecendo há muito mais tempo que isso. E você sabe tão bem quanto eu como isso é imprevisível, como tem acessos e sobressaltos. Ultimamente eu estava preocupado que isso tivesse começado a acelerar. Ele sofreu algumas quedas e se queimou no fogão há cerca de um ano.

— E ele anda bebendo, não é? Dá para sentir o cheiro emanando dele.

Ross respira fundo.

— Sim. Isso virou um grande problema nos últimos tempos. Mas eu simplesmente não consigo acreditar que ele possa ter feito uma coisa dessas, nada tão terrível...

Quinn não está convencido.

— Nenhum de nós sabe do que somos capazes de verdade.

— Mas no estado em que ele está...

— Olhe — interrompe Quinn; há uma dureza em sua voz agora. — A médica diz que não há problema em interrogá-lo, e ela é a especialista. Em relação a acusações, bom, isso é outra questão, e a promotoria vai ter o que dizer se e quando chegarmos a essa fase. Mas havia uma garota e uma criança trancadas naquele porão, e nós *precisamos* descobrir como elas foram parar lá. O senhor entende isso, não, sr. Ross?

Ross hesita, então assente.

— Posso participar? Ele me conhece, isso pode ajudar. Ele pode ser um pouco... difícil. Como vocês estão prestes a descobrir.

— Certo — diz Quinn, recolhendo seus papéis.

Os três homens se dirigem para a porta, mas Ross para de repente e põe a mão no braço de Quinn.

— Peguem leve, por favor.

Quinn olha para ele, então ergue a sobrancelha.

— Igual ele fez com aquela garota?

***

```
Entrevista com Isabel Fielding, realizada na Frampton
Road, 17, Oxford.
1º de maio de 2017, 11h25
Presente: policial E. Somer
```

ES: Há quanto tempo mora aqui, sra. Fielding?

IF: Só há alguns anos. É uma casa da universidade. Meu marido é professor em Wadham.

ES: Então conhece o sr. Harper, o senhor que mora no número 33?

IF: Não somos próximos. Logo depois que nos mudamos, ele apareceu um pouco transtornado e perguntou se tínhamos visto a capa de seu carro. Aparentemente, tinha desa-

ES: parecido. Foi um pouco estranho, já que seu carro, na verdade, não vai a lugar nenhum. Mas achamos que ele fosse só um pouco, sabe, excêntrico. Tem muito disso. Por aqui, quero dizer. Muitos "personagens". Alguns deles eram acadêmicos, então viveram aqui por muito tempo. Acho que muitos deles simplesmente chegaram a um estágio roxo e gatos e não estão mais nem aí.

ES: "Roxo e gatos"?

IF: Ah, sabe, igual ao poema. "Quando envelhecer, vou começar a usar roxo", ou seja lá como for. Quando se chega à idade em que você simplesmente não se importa mais com nada.

ES: E o sr. Harper não se importava?

IF: Ele estava sempre andando por aí. Falando sozinho. Usando roupas estranhas. Luvas de lã no meio do verão. Pijamas na rua. Esse tipo de coisa. Mas ele é basicamente inofensivo.

[pausa]

Desculpe, isso saiu errado, eu não quis…

ES: Está tudo bem, sra. Fielding. Sei o que a senhora quis dizer.

***

— Então, sr. Harper, meu nome é sargento detetive Gareth Quinn, e meu colega aqui é o detetive Chris Gislingham. O senhor já conhece Derek Ross, e essa senhora vai atuar como sua advogada.

A mulher na outra extremidade da mesa ergue os olhos brevemente, mas Harper não reage. Não parece sequer ter registrado a sua presença.

— Então, sr. Harper, o senhor foi preso hoje às dez da manhã, suspeito de sequestro e cárcere privado. O senhor foi detido, e seus direitos foram explicados, o que o senhor disse ter entendido. Nós agora vamos conduzir um interrogatório formal, que está sendo gravado.

— Isso significa que eles estão filmando tudo, Bill — diz Ross. — Você compreende?

Os olhos do velho se estreitam.

— Claro que compreendo. Não sou a droga de um idiota. E é *dr.* Harper para você, rapaz.

Quinn olha para Ross, que assente.

— O dr. Harper foi professor da Universidade de Birmingham até 1998. Sociologia.

Gislingham vê Quinn corar um pouco; três vezes em uma manhã, devia ser algum tipo de recorde.

Quinn abre sua pasta.

— Creio que o senhor mora em seu endereço atual desde 1976, não? Mesmo trabalhando em Birmingham?

Harper olha para ele como se estivesse sendo deliberadamente estúpido.

— Birmingham é uma merda.

— E o senhor se mudou para cá em 1976?

— Nada disso. Foi em 11 de dezembro de 1975 — diz Harper. — O aniversário da minha mulher.

— A primeira esposa do dr. Harper morreu em 1999 — explica Ross rapidamente. — Ele se casou novamente em 2001, mas infelizmente a segunda sra. Harper morreu em um acidente de carro em 2010.

— Vaca idiota — diz Harper alto. — Só sabia beber, aquela lá.

Ross olha para a advogada; ele parece envergonhado.

— O legista descobriu que a sra. Harper tinha níveis elevados de álcool no sangue no momento do acidente.

— O dr. Harper tem algum filho?

Harper estende a mão e bate na mesa em frente a Quinn.

— Fale comigo, rapaz. Fale *comigo*. Não com esse idiota.

Quinn se volta para ele.

— Então, o senhor tem?

Harper faz uma careta.

— Annie. Vaca gorda.

Quinn pega a caneta.

— Sua filha se chama Annie?

— Não — interrompe Ross. — Bill fica um pouco confuso. Annie era uma vizinha que morava no número 48. Uma mulher muito simpática, aparentemente. Ela costumava aparecer para ver se Bill estava bem, mas se mudou para o Canadá em 2014 para ficar mais perto do filho.

— Ela quer usar o escape, a vaca besta. Eu disse a ela que não teria uma daquelas coisas em casa.

Quinn olha para Ross.

— Ele quer dizer "Skype". Mas ele não usa computador, por isso não havia a menor chance.

— Mais nenhuma família?

O rosto de Ross fica inexpressivo.

— Não que eu saiba.

***

— Sem dúvida tem um filho. Mas não consigo de jeito nenhum me lembrar do nome.

Somer está na porta do número sete há pelo menos quinze minutos. Ela está desejando, agora, ter aceitado a oferta de chá, mas se tivesse feito isso talvez ficasse ali o dia inteiro — a sra. Gibson praticamente ainda não tinha nem tomado fôlego.

— Um filho, a senhora acha? — diz Somer, folheando suas anotações até o início. — Mais ninguém o mencionou.

— Bom, isso não me surpreende. As pessoas por aqui não gostam de "se envolver". Não como quando eu era pequena. Naquela época as pessoas cuidavam umas das outras, todo mundo sabia quem eram seus vizinhos. Eu não tenho ideia de quem são esses yuppies.

— Mas a senhora tem certeza de que sem dúvida há um filho?

— John... É isso! Eu sabia que ia acabar lembrando. Mas não o vejo por aqui há um bom tempo. Um sujeito de meia-idade. Cabelo grisalho.

Somer faz uma anotação.

— E quando a senhora acha que o viu pela última vez?

Tem um barulho no vestíbulo por trás, e a sra. Gibson se vira para fazer um som e pedir silêncio antes de fechar um pouco mais a porta.

— Desculpe, querida. A droga da gata sempre tenta sair pela frente se eu deixo. Ela tem uma portinhola nos fundos, mas você sabe como são os gatos, sempre fazem o que não devem, e siameses são ainda piores...

— O filho do sr. Harper, sra. Gibson?

— Ah, é, bom, agora que você mencionou, acho que deve ter sido há alguns anos.

A sra. Gibson faz uma careta.

— E a senhora sabe se o sr. Harper recebe algum outro visitante?

— Bom, tem o assistente social, eu acho. Ele não serve para muita coisa.

***

Quinn respira fundo. Harper olha para ele.

— O que foi, rapaz? Diga logo, porra, pelo amor de Deus. Não fique só aí sentado com cara de quem está tentando cagar.

Nesse momento, até a advogada parece envergonhada.

— Dr. Harper, o senhor sabe por que a polícia foi a sua casa esta manhã?

Harper se encosta na cadeira.

— Não tenho a mínima ideia. Provavelmente aquele babaca do lado reclamando das latas de lixo. Imbecil.

Quinn e Gislingham trocam um olhar. Os dois já estiveram em interrogatórios suficientes para saber que esse é o momento. Muito poucas pessoas culpadas, mesmo os melhores e mais treinados mentirosos, conseguem controlar seu corpo tão bem para não darem nenhum sinal. Seja um tremor nos olhos, uma contorção repentina das mãos, quase sempre tem alguma coisa. Mas agora não. O rosto de Harper está inexpressivo, nenhum recuo cauteloso, nenhuma tentativa de demonstrar excesso de confiança. Nada.

— E eu não tenho a porra de uma TV.

Quinn olha para ele.

— Desculpe?

Harper chega para a frente na cadeira.

— Imbecil. *Eu não tenho a porra de uma TV.*

Ross lança um olhar nervoso para Quinn.

— Acho que o que o dr. Harper está tentando dizer é que ele não precisa de uma licença de TV. Ele acha que foi por isso que vocês o trouxeram para cá.

Harper chega bruscamente para a frente e mete o dedo na cara de Gislingham.

— *Eu não tenho a porra de uma TV.*

Quinn vê a expressão de alarme nos olhos de Ross; isso está começando a sair de controle.

— Dr. Harper — diz ele. — Havia uma garota em seu porão. *O que ela estava fazendo lá?*

Harper se encosta. Ele olha de um dos policiais para o outro. Pela primeira vez, ele parece enrolado. Gislingham abre sua pasta e pega uma foto que tirou da garota. Ele se vira para encarar Harper.

— Essa é a garota. Como ela se chama?

Harper lança um olhar atravessado para ele.

— Annie. Vaca gorda.

Ross está balançando a cabeça.

— Essa não é Annie, Bill. Você sabe que essa não é Annie.

Harper não está olhando para a fotografia.

— Dr. Harper — insiste Gislingham. — Precisamos que o senhor olhe para a foto.

— Priscilla — diz Harper, e saliva escorre por seu queixo. — Sempre foi bonita. A vaca do mal. Circulando pela casa com os peitos de fora.

Ross parece desesperado.

— Também não é Priscilla. Você sabe que não é.

Harper estende uma mão recurvada e, sem tirar os olhos do rosto de Gislingham, joga a foto para fora da mesa, junto com o telefone de

Gislingham, que bate com um estrondo na parede e cai em pedaços no chão.

— Mas por que diabos você fez isso?! — grita Gislingham, se levantando da cadeira.

— Dr. Harper — diz Quinn, agora com os dentes cerrados. — Essa jovem está atualmente no hospital John Radcliffe, onde os médicos vão fazer nela um exame completo. Assim que conseguir falar, vamos descobrir quem ela é, e como ela acabou trancada no porão da sua casa. Essa é sua chance de nos contar o que aconteceu. O senhor entende isso? Entende o quanto isso é *sério*?

Harper se levanta e cospe em seu rosto.

— Vá se foder. Está me ouvindo? *Vá se foder*!

Há uma pausa terrível. Gislingham não ousa olhar para Quinn. Então ele o escuta tirar algo do bolso e ergue os olhos para vê-lo limpando o rosto.

— Acho que devíamos parar agora, policial — diz a advogada. — O senhor não acha?

— Entrevista encerrada às 11h37 — diz Quinn, com uma calma gelada. — O dr. Harper agora vai ser levado sob custódia e posto nas celas...

— Ah, pelo amor de Deus! — diz Ross. — Você com certeza consegue ver que ele não está em condições para isso.

— O dr. Harper — diz Quinn, tranquilamente, recolhendo seus papéis e os empilhando com cuidado exagerado — pode muito bem representar um perigo para o público, assim como para si mesmo. E, de qualquer modo, sua casa agora é a cena de um crime. Ele não pode voltar para lá.

Quinn se levanta e anda na direção da porta, mas Ross sai em seu encalço e o segue até o corredor.

— Vou encontrar um lugar para ele ficar — diz ele. — Um lar de idosos. Algum lugar onde possamos ficar de olho nele...

Quinn se vira tão repentinamente que os dois ficam a poucos centímetros de distância.

— *Ficar de olho nele?* — diz com raiva. — É isso o que você tem feito todos esses meses, *ficar de olho nele?*

Ross recua, com o rosto branco.

— Olhe...

Mas Quinn não desiste.

— Há quanto tempo você acha que ela estava lá embaixo, hein? Ela e aquela criança? Dois anos, *três*? E durante esse tempo todo, você foi àquela casa, *ficando de olho nele*, uma semana atrás da outra. Você é a única droga de pessoa que *estava* indo lá. Você está me dizendo seriamente que *não sabia*? — Ele enfia o dedo no peito de Ross. — Na minha opinião, não é só Harper que devíamos estar prendendo. Você tem perguntas *muito* sérias para responder, *sr. Ross*. Isso está muito além de negligência profissional...

Ross ergue a mão, para afastar Quinn.

— Você tem alguma ideia de quantos clientes eu tenho? Quanta papelada tenho que preencher? Com isso e o trânsito, tenho sorte de conseguir uma visita de quinze minutos. O máximo que consigo fazer é ver se ele está comendo e não está sentado na própria merda. Se acha que tenho tempo de fazer uma visita e também uma inspeção da casa, você está completamente enganado.

— Você nunca ouviu *nada*... nunca viu *nada*?

— Quinn... — diz Gislingham, que agora está parado na porta.

— Eu nunca estive naquela droga de porão — insiste Ross. — Eu nunca nem soube que ele tinha um...

Quinn, agora, está com o rosto vermelho.

— Você está me pedindo seriamente que acredite nisso?

— *Quinn* — diz Gislingham com urgência.

E, quando Quinn o ignora de novo, Gislingham segura seu ombro e o força a se virar. Tem alguém chegando pelo corredor na direção deles.

É Fawley.

***

Na Frampton Road, Allan Challow segue pelo caminho até a porta da frente e para por um momento para que o policial uniformizado levante a fita que obstrui a entrada. É o dia mais quente do ano até agora, e ele está suando em seu traje de proteção. A multidão no fim da entrada mais do que duplicou de tamanho, e sua constituição mudou. A maioria dos retardatários de May Morning tinha ido embora, e os construtores também encerraram o dia. Um ou dois vizinhos ainda permaneciam ali, mas a maioria dos observadores agora está em busca de uma emoção mórbida ou de uma boa história. Ou das duas coisas: pelo menos metade deles são repórteres.

Na cozinha, que fica nos fundos, duas profissionais da equipe da perícia forense de Challow estão empoando o aposento em busca de impressões digitais. Uma delas gesticula com a cabeça para Challow e abaixa a máscara para falar com ele. Há uma linha de suor sobre seu lábio superior.

— Essa é uma daquelas vezes em que você fica realmente agradecida por usar uma dessas. Só Deus sabe quando alguém fez uma limpeza adequada aqui dentro.

— Onde é o porão?

Ela aponta.

— Atrás de você. Nós puxamos uma luz melhor. O que só serve para deixar as coisas piores. — Ela dá de ombros, de cara fechada. — Mas você sabe disso.

Challow faz uma careta. Ele faz esse trabalho há 25 anos. Ele se abaixa um pouco para evitar a lâmpada que agora está pendurada no alto da escada do porão e desce, projetando sombras gigantes e trêmulas sobre as paredes de tijolos aparentes. Ali embaixo, dois outros peritos forenses estão esperando por ele, olhando ao redor para o lixo acumulado.

— Está bem — diz Challow. — Sei que é um aborrecimento, mas precisamos levar tudo isso de volta com a gente. Onde estava a garota?

— Por ali.

Challow entra em um aposento interno. Há uma lâmpada de arco voltaico jogando um brilho impiedoso sobre o chão imundo, forrado de sujeira, e o vaso sanitário cheio até a borda com detritos fétidos.

Mais caixas de lixo. Há uma caixa de papelão que continha garrafas de água, mas restava apenas uma, e embora haja um saco plástico cheio de embalagens e latas vazias, não há sinal de comida. E nos fundos, em um dos cantos, uma cama de criança, enroscada como um ninho de ratos.

— Certo — disse Challow por fim, no silêncio. — Precisamos levar todas essas coisas embora, também.

Uma das peritas vai até a rachadura na parede que divide o porão das duas casas. Alguns tijolos estão quebrados, e o reboco foi removido.

— Alan — diz ela após um instante, voltando-se para Challow. — Veja.

Challow se junta a ela, em seguida se abaixa para ver mais de perto. O reboco úmido está coberto de marcas vermelhas.

— Meu Deus — diz ele por fim. — Ela estava tentando escapar cavando com as unhas.

***

Eu não via Derek Ross desde o caso Daisy Mason. Ele acompanhou o irmão dela quando nós o interrogamos; então, por um motivo ou por outro, na época, encontrei Ross muitas vezes. Isso aconteceu menos de um ano atrás, mas, olhando para ele, você diria que se passaram cinco. Ele perdeu mais cabelo, ganhou mais peso e tem um tique sob o olho direito. Mas desconfio de que Quinn possa ter alguma coisa a ver com isso.

— Sargento detetive Quinn — digo, voltando-me para ele. — Por que não vai buscar café para nós todos? E não estou falando do da máquina.

Quinn olha para mim, abre a boca e torna a fechá-la.

— Senhor, eu... — começa a dizer ele, mas Gislingham o toca no cotovelo.

— Vamos. Eu te dou uma ajuda.

É uma amostra excelente daquela dupla: Gis, que sempre foi excepcionalmente bom em saber quando parar de cavar; e Quinn, que carrega seu próprio jogo de pás.

Eu levo Ross para o escritório ao lado. A tela está muda, agora, mas ainda mostra a sala de interrogatório. A advogada está de pé, preparando-se para ir embora, e Harper está encolhido na cadeira, abraçando os joelhos. Ele parece muito pequeno e muito velho, e muito assustado.

Ponho um copo de água na frente de Ross. Então me sento na cadeira no lado oposto da mesa e a empurro um pouco mais para trás. Ele tem grandes manchas úmidas embaixo dos braços, e a melhor maneira de descrever seu cheiro seria "pungente". Acredite em mim, você não quer chegar tão perto.

— Como você anda?

Ele olha para mim.

— Mais ou menos — diz ele, desconfiado.

Eu me encosto na cadeira.

— Então, conte-me sobre Harper.

Ele se enrijece, só um pouco.

— Eu sou algum tipo de suspeito?

— Você é uma testemunha importante. Deve saber disso.

Ele dá um suspiro.

— É, acho que sei. O que você quer saber?

— Você disse a meus policiais que só ia lá uma vez por semana. Há quanto tempo fazia isso?

— Dois anos, talvez um pouco mais. Eu precisaria olhar no arquivo.

— E não ficava muito tempo?

Ele dá um gole na água; um pouco dela se derrama sobre sua calça, mas Ross não parece perceber.

— Não posso. Não tenho tempo. Sério, não tem nada que eu gostaria mais do que me sentar lá por uma hora e conversar sobre o clima, mas com os cortes orçamentários que tivemos ultimamente...

— Eu não estava acusando você.

— Aquele seu sargento detetive acusou.

— Desculpe por isso. Mas você precisa lembrar... ele viu o estado em que a garota estava. Sem falar na criança. E se ele estava achando difícil imaginar como você podia ir lá por todo esse tempo sem saber que ela estava lá, bom, não posso dizer que o culpo. Para ser sincero, eu mesmo estou me esforçando para acreditar nisso.

Porque, apesar do que acabei de dizer, estou a um passo de interrogá-lo como suspeito. E até eu ter certeza absoluta de que ele não está envolvido, Harper vai precisar de outra pessoa para acompanhá-lo. Já vai ser muito difícil conseguir uma condenação nesse caso. A última coisa de que preciso é uma investigação problemática.

Ross passa a mão pelo cabelo. O que lhe resta dele.

— Olhe, essas casas têm paredes grossas. Não me surpreende que eu não tenha ouvido nada.

— Você nunca foi lá embaixo?

Ele me olha direto nos olhos.

— Como eu disse, nem sabia que ele tinha um porão. Achei que aquela porta fosse só um armário.

— E o andar de cima?

Ele balança a cabeça.

— Bill praticamente morava no térreo desde que eu o conheci.

— Mas ele consegue subir e descer as escadas?

— Se precisar, sim. Mas não faz isso muito. Annie preparou uma cama na sala antes de partir, e tem um banheiro nos fundos. É bem básico, mas tem. Tenho medo de pensar qual o estado do segundo andar agora. Deve fazer anos que ninguém sobe lá. Provavelmente ninguém desde que Priscilla morreu.

— Nenhuma faxineira? O conselho não manda ninguém?

— Nós tentamos, mas Bill apenas gritou que ela estava abusando dele e ela se recusou a voltar. Eu de vez em quando passo um pano e jogo água sanitária no vaso. Mas tem um limite para o que podemos fazer no tempo que temos.

— E comida… compras? Você também faz isso?

— Quando tiraram sua carteira de motorista, eu consegui que uma obra de caridade local para idosos organizasse para ele uma entrega regular do supermercado. Isso foi há cerca de um ano e meio. Há uma ordem permanente em sua conta bancária. Ele tem muito dinheiro. Bom, talvez não "muito", mas o suficiente.

— Por que ele não se muda dali? Aquela casa deve valer uma fortuna. Mesmo naquele estado.

Ross faz uma careta.

— O idiota da casa ao lado pagou mais de três milhões. Mas Bill se recusa a ir para um lar de idosos. A artrite dele piorou bastante no último mês, e agora o médico vai começar a medicá-lo para o Alzheimer, e Harper vai precisar ser monitorado para garantir que tome os remédios direito. Eu não tenho como fazer isso. Se ele ficar naquela casa sozinho, é só questão de tempo antes que haja algum tipo de acidente. Como eu disse, ele já se queimou uma vez.

— Ele sabia que você queria que ele se mudasse?

Derek respira fundo.

— Sabia, sim. Eu conversei com ele há cerca de um mês e meio e tentei explicar tudo. Infelizmente ele não reagiu muito bem. Ficou violento, gritou comigo, jogou coisas. Então eu desisti. Estava planejando falar com ele outra vez esta semana. Acabou de abrir uma vaga no Lar Newstead, em Witney. É um dos melhores. Mas só Deus sabe o que vai acontecer agora.

Há uma pausa. Ele termina sua água. Eu sirvo mais.

— Você já pensou — digo, com cuidado — que a razão para ele não querer se mudar fosse a garota?

O rosto de Ross fica branco, e ele põe o copo de água sobre a mesa.

— Ele não podia deixar a casa com ela lá dentro, porque ela seria descoberta. E ele não podia soltá-la, exatamente pela mesma razão.

— Então o que ele ia fazer?

Dou de ombros.

— Não sei, esperava que você pudesse...

De repente, há uma comoção no corredor, e Gislingham abre bruscamente a porta.

— Chefe — diz ele. — Eu acho...

Mas eu já o afastei para o lado e sigo para o corredor.

Na sala ao lado, dois policiais estão tentando conter Harper. É difícil de acreditar que seja o mesmo homem — ele está arranhando o rosto deles, chutando e gritando com uma policial.

— *Vadia!*

A mulher está visivelmente abalada. E eu a conheço — ela não é nenhuma novata. Há um arranhão em seu rosto, e a frente de seu uniforme está ensopada.

— Eu só ofereci uma xícara de chá — gagueja ela. — Ele disse que estava quente demais, que eu estava tentando queimá-lo. Eu não estava... eu de verdade não estava...

— Eu sei. Olhe, vá se sentar um pouco. E peça a alguém para dar uma olhada nesse corte.

Ela leva a mão ao rosto.

— Eu nem percebi...

— Acho que é só um arranhão. Mas vá cuidar dele mesmo assim.

Ela assente, e quando estou saindo da sala atrás dela, Harper parte para cima dela outra vez.

— *Vadia!* É ela que você devia estar prendendo, seu retardado. Ela tentou me escaldar, porra. *Vaca do mal!*

Ross está com os olhos fixos na tela quando eu volto para a sala ao lado, e fico ali de pé parado por um instante.

— Então, qual é o verdadeiro Bill Harper? — pergunto por fim. — O que estava encolhido como uma criança assustada ou o que acabou de atacar uma de minhas policiais?

Ross balança a cabeça.

— É a doença. É isso o que ela faz.

— Talvez. Ou talvez tudo o que essa doença esteja fazendo seja acabar com o autocontrole que ele costumava ter. Talvez ele sempre tenha sido raivoso, mas não deixava que isso saísse de controle. Ele sabia como lidar com isso. Até mesmo esconder.

Ross se virou para olhar para mim, mas de repente não está mais me olhando nos olhos. Tem alguma coisa acontecendo, alguma coisa que ele não quer me contar.

Deixo que o silêncio se prolongue. Então dou um passo em sua direção.

— O que é, Derek?

Ele me encara, então afasta os olhos. Seu rosto está vermelho.

— O que mais William Harper está escondendo?

***

No hospital John Radcliffe, a detetive Verity Everett está esperando há mais de duas horas. A maioria das pessoas odeia hospitais, mas ela estudou enfermagem antes de entrar para a polícia, e lugares como esse nunca a deixam nervosa. Ela, na verdade, acha a atmosfera bastante reconfortante — mesmo em uma emergência, as pessoas aqui sabem o que devem fazer, onde devem estar. Os jalecos brancos, o ruído branco, tudo é estranhamente calmante. Somando-se isso ao corredor um pouco aquecido demais e ao quanto ela tem dormido mal ultimamente, não é surpresa que esteja se esforçando para permanecer acordada, mesmo sentada em uma cadeira de plástico dura. Na verdade, ela devia estar cochilando, porque o toque em seu braço faz com que sua cabeça se mova bruscamente para trás, e ela se aruma imediatamente na cadeira.

— Detetive Everett?

Ela abre os olhos. O rosto do médico é simpático. Preocupado.

— Você está bem?

Ela se sacode para acordar. Seu pescoço está doendo.

— Estou bem, sim. Desculpe, devo ter cochilado por um minuto.

O médico sorri. Ele é muito bonito. Tipo um Idris Elba com um estetoscópio.

— Acho que foi bem mais de um minuto. Mas não havia razão para incomodá-la.

— Como ela está?

— Infelizmente, não tenho muitas notícias. Como os paramédicos desconfiavam, ela está muito desidratada e subnutrida. Não acho que haja mais nada seriamente errado, mas ela estava muito nervosa quando chegou, por isso ainda não fizemos um exame completo. Nesse estágio, isso pode causar mais mal que bem. Nós a sedamos, para que ela possa dormir.

Everett se levanta com movimentos rígidos da cadeira de plástico e percorre os poucos passos até a janela que dá para o quarto da garota. Ela se sente com uns cem anos. No quarto do outro lado do vidro, a garota está deitada imóvel na cama, com o cabelo comprido e escuro emaranhado sobre o travesseiro e o cobertor apertado na mão. Há sombras profundas sob seus olhos, e os ossos se destacam sob a pele, mas Everett vê que ela era bonita. É bonita.

— E o menino? — pergunta a detetive, voltando-se outra vez para o médico.

— O pediatra está com ele agora. Apesar das circunstâncias, ele está em uma condição surpreendentemente boa.

Everett torna a olhar para a garota.

— Ela disse alguma coisa? Um nome? Há quanto tempo ela estava lá? Qualquer coisa?

Ele balança a cabeça.

— Sinto muito.

— Quando vou conseguir falar com ela? Isso é muito importante.

— Eu sei. Mas o bem-estar de minha paciente tem que ser minha prioridade. Pode demorar um pouco.

— Mas ela vai ficar bem?

Ele vai até a janela e olha para o rosto ansioso de Everett.

— Para ser honesto, estou mais preocupado com a saúde mental dela. Depois de tudo pelo que ela passou, agora o sono é o melhor remédio. Depois disso, bom, simplesmente vamos ter que esperar para ver.

***

— Derek, fale comigo. Se você viu alguma coisa, alguma coisa que possa nos ajudar...

Ele ergue os olhos. Ross está apertando o copo com tanta força que o plástico racha de repente. A água despenca sobre suas mãos e em sua calça.

— Está bem — diz ele por fim, se enxugando. — Foi há cerca de seis meses. Em dezembro, eu acho. Uma das vizinhas disse que o viu na rua só de chinelo, por isso dei uma olhada para ver se conseguia encontrar seus sapatos. Ele tinha começado a perder coisas, deixava em um lugar e se esquecia onde. Imaginei que provavelmente estivessem embaixo da cama.

— E estavam?

Ele balança a cabeça.

— Não. Mas encontrei uma caixa. A maior parte do conteúdo eram revistas.

Eu não preciso de uma insinuação.

— Pornografia?

Ele hesita, então assente.

— Coisa pesada. *Bondage*. S&M. Tortura. Ou, pelo menos, era o que parecia. Não fiquei olhando muito de perto.

Ao contrário do que Harper deve ter feito. Não que Ross diga isso.

Há um silêncio. Não surpreende que ele estivesse cauteloso em me contar.

— Onde você acha que ele conseguiu isso? — digo por fim.

Ele dá de ombros.

— Não na internet, isso eu sei. Mas provavelmente dá para conseguir esse tipo de coisa em pequenos anúncios nas revistas masculinas. Na época, ele ainda fazia compras de vez em quando.

— A caixa ainda está lá?

— Provavelmente. Eu apenas a empurrei de volta para o lugar onde a encontrei. Se ele percebeu, nunca disse nada. Mas, mesmo aceitando que ele tinha esse tipo de... de... gosto, há uma grande diferença entre ver revistas pornográficas e sequestrar uma garota e trancá-la na droga do porão.

Pessoalmente, não tenho tanta certeza. Eu também já vi o estrago da demência e torno a me perguntar sobre os meses em que a doença surgiu pela primeira vez e ninguém, nem mesmo Harper, sabia que ela estava lá. Quando ele ainda tinha sua força de vontade, sua força física, mas sua personalidade tinha começado a se encolher e endurecer. Ele se tornou mesmo um homem completamente diferente ou apenas uma versão mais fria e cruel do que era antes?

Eu me levanto e vou para o corredor, deixando Ross sozinho na sala. Gis está perto da máquina de refrigerante e vem até mim.

— Descobriu alguma coisa? — pergunta.

— Não muito. Ross disse que encontrou uma pilha de revistas de pornografia barra-pesada na casa há alguns meses, então fale com Challow e se assegure de que eles verifiquem a casa inteira, não só o porão e o térreo. É possível que haja outras coisas lá.

— Está bem.

— E vamos começar a verificar os antecedentes de Harper. Falar com a universidade onde ele trabalhou; 1998 não é assim tanto tempo atrás, ainda deve haver alguém que se lembre dele por lá.

***

Entrevista por telefone com Louise Foley, gerente de recursos humanos da Universidade de Birmingham.
1º de maio de 2017, 13h47
Na ligação, detetive C. Gislingham

CG: Desculpe por incomodá-la em um feriado bancário, mas esperamos que a senhora possa nos dar alguma informação sobre William Harper. Acho que ele lecionou em Birmingham até o fim dos anos 1990.

LF: É, isso mesmo. Eu não estava aqui na época, mas sei que o dr. Harper fazia parte do departamento de Ciências Sociais. O tema de sua especialização era teoria dos jogos. Aparentemente, ele escreveu um artigo bastante famoso sobre RPGs. Acredito que estava bem à frente de seu tempo.

CG: Além de o que ele faria em um jogo de Senha, o que mais a senhora pode me dizer?

LF: Ele se aposentou em 1998. Isso é muito tempo atrás, policial.

CG: Eu sei, mas também não é pré-histórico, é? Quer dizer, vocês já tinham computadores na época. Devem ter algum tipo de registro.

LF: É claro, mas há um limite do que eu posso lhe contar. Tenho que respeitar nossa política interna de proteção de dados. O senhor, dentre todas as pessoas, sem dúvida entende isso. O dr. Harper lhe deu seu consentimento para liberar suas informações pessoais?

CG: Não, mas, como tenho certeza de que a senhora sabe, na verdade não preciso do consentimento dele se a informação solicitada estiver relacionada com a prisão ou processo de um infrator. Lei de Proteção de Dados, seção 29(3). Se quiser conferir.

LF: O que ele fez? Ele deve ter feito alguma coisa. O senhor não teria esse trabalho por uma multa de estacionamento, teria?

[pausa]

Espere um minuto. Não é aquele caso no noticiário, o da garota no porão, é? Aquele homem deve ser mais ou menos da mesma idade...

CG: Infelizmente não tenho liberdade para discutir isso, srta. Foley. Talvez a senhora possa simplesmente me enviar um e-mail com os arquivos relevantes. Isso pouparia o tempo de todo mundo.

LF: Eu preciso da permissão do diretor de RH da universidade para fazer isso. Mas se tiver perguntas específicas agora, posso tentar respondê-las.

CG: [pausa]

Está bem. Talvez a senhora possa começar me contando por que ele se aposentou tão cedo.

LF: Como assim?

CG: Bom, se minha matemática rudimentar me serve de alguma coisa, ele tinha 57 anos em 1998. Qual a idade habitual de aposentadoria dos acadêmicos? Uns 75 ou setenta anos?

LF: [pausa]

Vendo o arquivo, parece que foi de comum acordo entre todas as partes que o dr. Harper se aposentasse antecipadamente.

CG: Está bem. Então qual foi o verdadeiro motivo?

LF: Não sei o que o senhor está querendo dizer...

CG: Ah, srta. Foley, a senhora sabe tão bem quanto eu que isso é um discurso mentiroso de RH para dizer "nós tivemos que nos livrar dele".

LF: [pausa]

Infelizmente isso é tudo o que estou preparada para dizer. Vou falar com o diretor e obter sua permissão para lhe enviar o arquivo. Mas o senhor precisa saber que nesse momento ele está na China. Pode levar algum tempo até eu conseguir falar com ele.

CG: Então é melhor começar logo.

***

BBC Midlands Today
Segunda-feira, 1º de maio de 2017 – Atualizado pela última vez às 14h52

Garota e criança em porão em Oxford: polícia faz pronunciamento

A Polícia de Thames Valley emitiu um breve pronunciamento sobre a garota e um menino pequeno encontrados em um porão na Frampton Road, em Oxford, mais cedo esta manhã. Eles confirmaram que uma jovem foi levada para o hospital John Radcliffe e que ela e a criança estão sob os cuidados de equipes médicas e assistência social. A identidade da jovem não foi divulgada, e, embora seja dito que a criança é seu filho, isso ainda não foi confirmado. Pessoas que testemunharam os acontecimentos na casa afirmam que ela estava consciente quando os paramédicos a puseram na ambulância.

Vizinhos contaram à BBC que a casa em questão pertence ao sr. William Harper, que vive no bairro há pelo menos vinte anos. O sr. Harper foi visto deixando a casa

> esta manhã na companhia de policiais e parecia um tanto nervoso.

***

Nos andares superiores do número 33 da Frampton Road, todas as cortinas estão fechadas. Poeira paira no ar, e teias de aranha deixam os cantos indistintos. Alguma coisa tinha roído o carpete da escada, e Nina Mukerjee, a perita forense, desvia cuidadosamente de pequenas fezes, então para na porta do quarto principal. Não há lençol na cama, apenas um colchão nu com uma grande mancha mofada no centro. Na parede da direita há uma cristaleira vazia, e a penteadeira está cheia de batons, perfumes, um pote de creme facial deixado aberto e seco como cimento, e alguns lenços de papel espalhados ainda marcados com uma boca vermelha esmaecida.

Um segundo policial se junta à mulher na porta.

— Minha nossa — diz ele. — Parece *O navio fantasma*.

— Ou a srta. Harvisham. Esse filme sempre me dá medo.

— Quando a segunda mulher morreu mesmo?

— Em 2010. Acidente de carro.

O homem olha ao redor, então vai até a mesa de cabeceira e passa um dedo enluvado pela superfície coberta com uma camada grossa de poeira.

— Aposto que ele não vem aqui desde então.

— A tristeza às vezes deixa as pessoas desse jeito. Elas não conseguem jogar nada fora. Minha avó era assim. Levou anos para a gente convencê-la a se livrar das coisas do meu avô. Mesmo tanto tempo depois, ela disse que ainda parecia um sacrilégio.

O homem gesticula na direção de um porta-retrato virado para baixo na mesa de cabeceira. Ele ergue a foto e olha para ela, então a vira na direção da colega.

— Tem uma parecida lá embaixo. Atraente. Pessoalmente, não é meu tipo, mas atraente.

Priscilla Harper está olhando diretamente para a câmera, com uma das mãos no quadril e uma sobrancelha arqueada. Ela parece confiante, dona de si mesma. Com gostos caros.

Nina vai até o armário e começa a retirar coisas aleatoriamente. Um vestido vermelho e decotado, um casaco de cachemira com gola de pele, uma blusa verde-clara com gola de babados.

— Isso é seda de verdade. Ela tinha bom gosto.

O homem se aproxima e dá uma olhada.

— Uma pena que as traças chegaram primeiro. Dava para vender todo o lote no eBay.

Nina faz uma careta para ele.

— Valeu, Clive. — Ela então põe as roupas novamente no lugar. — O Departamento de Investigação Criminal quer mesmo que embalemos todas essas coisas? Vamos ficar aqui a semana inteira.

— Acho que Fawley estava interessado em pornografia. Então, por enquanto, acho que basta verificarmos se não existe uma caixa cheia de equipamentos de *bondage* embaixo da cama e tudo bem. Eu vou dar uma olhada lá em cima. Mas, pelo que parece, o último andar está praticamente vazio. Só um estrado de metal em um quarto e uma pilha de exemplares velhos do *Daily Telegraph*.

Nina vai até a mesa de cabeceira e abre a gaveta, chacoalhando ruidosamente frascos plásticos.

— Nossa, é um estoque e tanto — diz Clive enquanto ela abre um saco de provas e começa a pegá-los. Todos os rótulos estão em nome de Priscilla Harper; a maioria são comprimidos para dormir.

— Encontrou algum papel lá embaixo?

— Você quer dizer além da pornografia? Há uma mesa cheia de cartas e contas velhas, embora duvide que alguma coisa vá ser de grande serventia. Mas vamos encaixotar tudo só por garantia. O porão está praticamente limpo, agora.

Nina estremece.

— Não consigo tirar da minha cabeça. Aquelas marcas de arranhão no reboco. O desespero que ela devia estar sentindo para fazer isso. Não consigo nem pensar.

— Acho que ela podia escutá-los.

Ela se vira para ele.

— O que você quer dizer com isso?

O rosto dele está com uma expressão séria.

— É só uma ideia. A casa ao lado era habitada pela mesma velhota desde os anos 1980. Então de repente, algumas semanas atrás, chegam os trabalhadores. Havia gente ali pela primeira vez em anos. Era isso o que ela estava fazendo. Ela podia escutá-los.

***

15h15. Levando em conta as questões que estamos enfrentando para interrogar Harper, resolvi não falar com ele outra vez até termos conversado com a garota. E ela ainda está sedada. Ninguém está esperando conseguir nada do garoto, e os peritos forenses ainda vão precisar de algumas horas para apresentarem as descobertas preliminares. Tudo isso significa que, neste momento, estou com o superintendente na minha cola, uma assessora de imprensa em crise e toda uma equipe com muita energia para gastar e nada para fazer. Gislingham está tentando localizar qualquer um que tenha trabalhado com Harper nos anos 1990, outra pessoa está em contato com o supermercado para ver se podemos falar com o pessoal da entrega, e Baxter está checando a lista de pessoas desaparecidas à procura de alguém que seja remotamente parecida com a garota. É um trabalho que tem o nome dele escrito — ele não precisa cavar tão fundo para encontrar seu *geek* interior —, mas, quando olho para ele uma hora depois, há uma ruga fatigada de preocupação em sua testa.

— Sem sorte?

Ele ergue os olhos na minha direção.

— Na verdade, nenhuma. Nós não temos um nome, não sabemos de onde ela veio, não sabemos há quanto tempo ela estava lá embaixo. Não sabemos nem se deram queixa do desaparecimento. Eu podia passar um mês nisso e não chegar a lugar nenhum. Nem o reconhecimento facial consegue encontrar uma pessoa que não esteja ali.

***

Enviado: Seg., 1/5/2017, 15h45
De: annieghargreaves.montreal@hotmail.com
Para: d.ross@socialservices.ox.gov.uk
Assunto: Bill

Obrigada pelo e-mail. Estou vendo o noticiário neste momento e há fotos da Frampton Road – até na TV canadense. Eles estão comparando com aquele homem na Áustria que manteve a filha no porão por muitos anos. Mas Bill, fazendo algo assim? Ele sempre foi um sujeito encrenqueiro, mas não era violento. Eu não conheci Priscilla, mas, até onde sei, ele não teve nenhum relacionamento com outra mulher desde então. Se teve, nunca me contou. E, está bem, um psiquiatra poderia dizer que estou sendo ingênua e que pessoas como ele são muito boas em ocultar essas coisas, mas com certeza haveria algum tipo de sinal, não? Desculpe, provavelmente não estou fazendo muito sentido. É cedo aqui, e ainda não consigo acreditar. Eu provavelmente pareço aquelas pessoas que a imprensa entrevista em momentos como esse que ficam ali paradas dizendo coisas inúteis como "ele parecia um sujeito tão tranquilo". Diga se houver mais alguma coisa que eu possa fazer.

***

Somer está na esquina, em Chinnor Place. De onde está parada, pode ver a equipe de perícia forense retirando caixas do número 33 da Frampton Road e botando-as na van. Há duas vans de emissoras de TV estacionadas do outro lado da rua. Ela vai até a porta novamente e toca a campainha pela terceira vez. Parece que essa casa está vazia, embora pelas bicicletas, pela quantidade de latões de lixo e por seu estado geral provavelmente seja uma república de estudantes. Uma das poucas que restavam por ali. Trinta anos atrás, essas casas eram dinossauros. Ninguém as queria: grandes demais, de manutenção difícil demais. A maioria foi dividida em apartamentos ou comprada barato por cursos preparatórios ou departamentos de universidades. Não é mais assim. Agora estão aos poucos tornando a ser as casas de família que os construtores vitorianos as ergueram para ser, completas, com alojamentos adequados para criados e tudo. Mark Sexton é apenas o último exemplo de uma tendência muito maior.

Ela toca uma última vez e está prestes a ir embora quando a porta finalmente se abre. Ele aparenta cerca de vinte anos, tem o cabelo ruivo e está esfregando a nuca e bocejando. Parece que acabou de sair da cama. Há uma fileira de garrafas vazias no corredor, e o cheiro de cerveja choca empesteia o lugar. Ele dá uma olhada para Somer e toma um susto que quase parece ensaiado.

— Merda.

Somer sorri.

— Policial Erica Somer, Polícia de Thames Valley.

O garoto engole em seco.

— Aqueles velhos estão reclamando do barulho outra vez? Sério, não estava tão alto assim...

— Não é isso, senhor...

— Danny. Danny Abrahams.

— Está bem, Danny. É sobre a casa na outra rua. O número 33. Você conhece o homem que mora lá, o sr. Harper?

Ele torna a coçar o pescoço. Sua pele está manchada e vermelha.

— É aquele maluco?

— Você o conhece?

Ele balança a cabeça.

— Ele só circula por aí falando sozinho. Deu umas cervejas para a gente uma vez. Parece um cara legal.

Somer pega o celular e mostra a ele uma foto da garota.

— E essa jovem, você alguma vez a viu pelo bairro?

O garoto olha para a tela.

— Não tenho ideia.

— Algum de seus colegas está em casa?

— Não tenho certeza. Não vi ninguém. Provavelmente estão na biblioteca. As provas finais estão chegando. Sabe como é.

Ela guarda o celular e entrega um cartão a ele.

— Se algum deles tiver qualquer informação sobre o sr. Harper, por favor, peça que ligue para esse número.

— O que ele fez? Começou a se exibir para essas fofoqueiras?

— O que faz você dizer isso?

O garoto fica completamente vermelho.

— Nada. Eu só pensei...

— Por favor, apenas transmita a mensagem.

Ela lhe dá as costas e o deixa parado na escada, se perguntando do que aquilo tudo se tratava. Um estado de ignorância que dura aproximadamente um minuto e meio, depois que ele fecha a porta e pega o celular.

— Merda — diz ele enquanto desce pelo feed de notícias. — Merda, merda.

***

UNIDADE DE INVESTIGAÇÃO FORENSE
Representação da cena do crime

Endereço: 33 Frampton Road, OX2
Referência do caso: KE2308/17J   NÃO OBEDECE A UMA ESCALA
Peritos: Alan Challow, Nina Mukerjee, Clive Keating
Data: 1º de maio de 2017   Hora: 10h

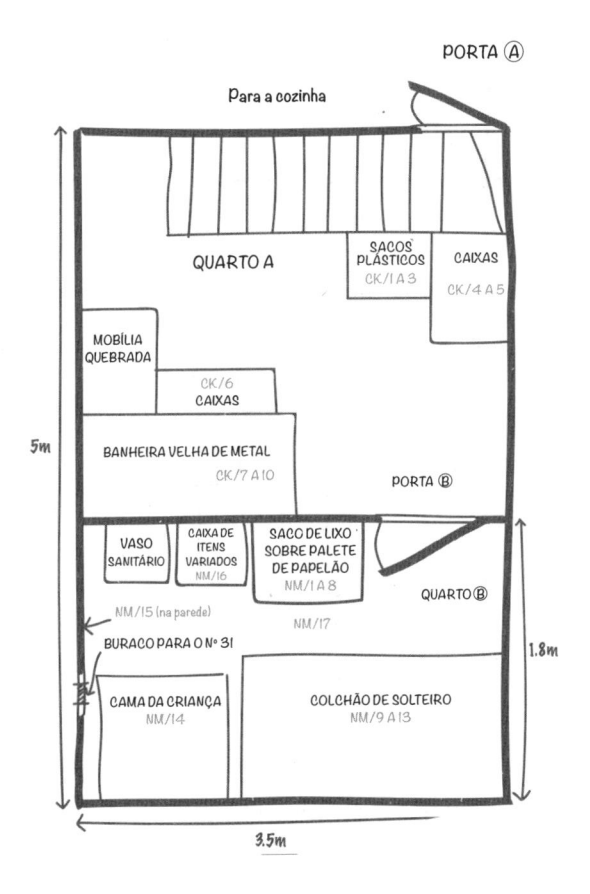

PORTA Ⓐ
Para a cozinha

QUARTO A

SACOS PLÁSTICOS
CK/1 A 3

CAIXAS
CK/4 A 5

MOBÍLIA QUEBRADA

CK/6
CAIXAS

5m

BANHEIRA VELHA DE METAL
CK/7 A 10

PORTA Ⓑ

VASO SANITÁRIO

CAIXA DE ITENS VARIADOS
NM/16

SACO DE LIXO SOBRE PALETE DE PAPELÃO
NM/1 A 8

QUARTO Ⓑ

NM/15 (na parede)
BURACO PARA O Nº 31

NM/17

1.8m

CAMA DA CRIANÇA
NM/14

COLCHÃO DE SOLTEIRO
NM/9 A 13

3.5m

Assinatura: Perito 1808 JJ Gethins   Data: 1º de maio de 2017
Página 1 de 2   **RESTRITO (QUANDO PREENCHIDO)**   FIU/SCR/03

UNIDADE DE INVESTIGAÇÃO FORENSE
Representação da cena do crime

Endereço: 33 Frampton Road, OX2
Referência do caso: KE2308/17J   NÃO OBEDECE A UMA ESCALA
Peritos: Alan Challow, Nina Mukerjee, Clive Keating
Data: 1º de maio de 2017   Hora: 10h

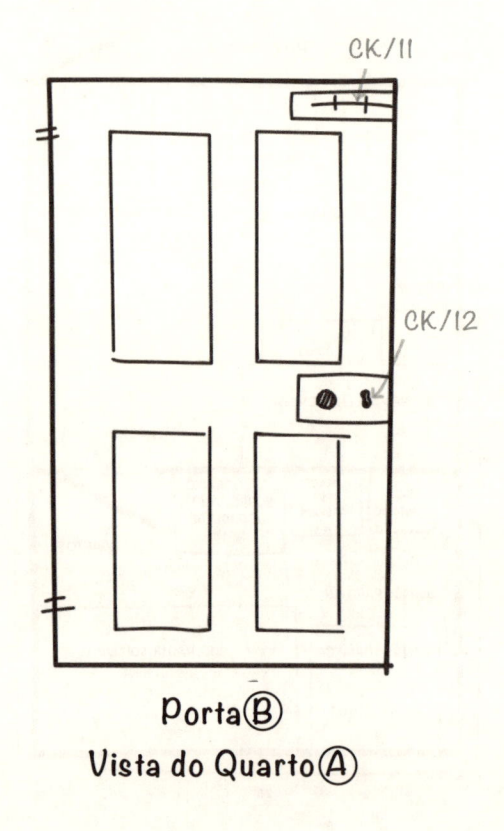

CK/11
CK/12

Porta Ⓑ
Vista do Quarto Ⓐ

Assinatura: Perito 1808 JJ Gethins   Data: 1º de maio de 2017
Página 2 de 2   RESTRITO (QUANDO PREENCHIDO)   FIU/SCR/03

REGISTRO DAS PROVAS

CK/1 a 3	Variedade de embalagens vazias recuperadas para realce químico de impressões digitais em sacos plásticos perto da escada no porão, Quarto A.
CK/4 a 5	Impressões digitais parciais obtidas na fita que fechava uma caixa encontrada ao lado da escada no porão, Quarto A.
CK/6	Impressões digitais obtidas na tampa brilhante de uma caixa encontrada no porão, Quarto A.
CK/7 a 10	Impressões digitais obtidas em múltiplas superfícies externas de itens recuperados em uma velha banheira de metal no porão, Quarto A.
CK/11	Impressão digital parcial obtida no cadeado na Porta B do porão (exterior, no lado do Quarto A).
CK/12	Impressões digitais parciais obtidas em um jogo de chaves no mecanismo de tranca da Porta B do porão (exterior, lado do Quarto A).
NM/1 a 5	Variedade de embalagens, caixas de alimentos e recipientes vazios recuperados para realce químico de impressões digitais em um saco de lixo no porão, Quarto B.
NM/6 a 8	Impressões digitais obtidas em recipientes plásticos vazios recuperados em um saco de lixo no porão, Quarto B.
NM/9	Fronha escura com mancha branca (provável teste positivo para saliva) recuperada em colchão de solteiro no porão, Quarto B.
NM/10	Lençol cinza com várias manchas brancas (provável teste positivo para sêmen) recuperado em colchão de solteiro no porão, Quarto B.
NM/11	Edredom branco com mancha vermelha (provável teste positivo para sangue) recuperado em colchão de solteiro no porão, Quarto B.
NM/12 a 13	Roupa íntima feminina com mancha branca (provável teste positivo para sêmen) recuperada em colchão de solteiro no porão, Quarto B.
NM/14	Peça de roupa de cama com pequena mancha vermelha (provável teste positivo para sangue) recuperada na cama da criança no porão, Quarto B.
NM/15	Amostras vermelhas úmidas e secas (provável teste positivo para sangue) obtidas em parede no porão, Quarto B.
NM/16	Caixa de itens variados incluindo alguns livros velhos no porão, Quarto B.
NM/17	Lanterna com pilhas descarregadas no porão, Quarto B.

***

Estou na cantina comprando um sanduíche quando o detetive Baxter me aborda.

— Acho que encontrei uma pista — diz ele, um pouco sem fôlego. Sua esposa sempre lhe diz para usar as escadas; é o único exercício que ele faz.

— Sobre a garota?

— Não, sobre Harper. Desisti da Delegacia de Pessoas Desaparecidas, mas, enquanto estava fazendo isso, achei que valia a pena passar o nome de Harper pelo sistema.

— E?

— Nenhuma prisão. Nem mesmo uma multa por excesso de velocidade, e, se ele pegava prostitutas na rua, não o flagramos fazendo isso. Mas encontrei dois chamados atendidos na casa da Frampton Road. Um em 2002 e outro em 2004. Não foi apresentada nenhuma acusação, e as anotações são um pouco incompletas, mas com certeza era uma acusação de violência doméstica.

— Qual foi o policial que cuidou do caso?

— Jim Nicholls, as duas vezes.

— Veja se consegue localizá-lo. Pelo que lembro, ele se aposentou e foi para Devon. Mas o RH deve ter o endereço. Peça para ele me ligar.

***

> Merda, viu as notícias? Aquele cara que mora na outra rua é um tipo de psicopata ou sei lá. Trancou uma garota no porão. A polícia acabou de bater aqui. Será que a gente não devia contar pra eles?

> Porra, de jeito nenhum. É a última coisa q precisamos. Não diz nada, tá? Vc reconheceu a garota?

> N, nunca vi ela antes

> Então só fica quieto, tá bem?

***

— Bill Harper? Nossa, esse saiu direto do túnel do tempo.

Russel Todd é o quarto ex-colega de Harper para quem Gislingham ligou, e os resultados até então foram morto, morto e sem memória, nessa ordem. Mas Todd não só está vivo e bem, mas também gosta de falar.

— Então o senhor se lembra dele? — pergunta Gislingham, tentando não soar muito esperançoso.

— Ah, lembro. Nós fomos colegas por algum tempo, mas isso já faz alguns anos. Por que pergunta?

— O que o senhor pode me contar sobre ele?

Há uma expiração longa do outro lado da linha.

— Bom… — começa Todd. — Ele não era exatamente um professor de primeira. Estou dizendo academicamente. Não que ele concordasse com isso, claro. Na verdade, ele provavelmente considerava que acabar em Brum estava sem dúvida abaixo de sua dignidade, mas sua esposa vinha de algum lugar perto de lá, então isso pode ter decidido a questão. Comprar aquela casa em Oxford sempre me pareceu uma negação clássica, mas ele era bastante sólido. Sabia o que dizia. Na verdade, ele escreveu um artigo que teve certa repercussão…

— Essa coisa dos RPGs?

— Ah, você sabe disso, não é? Cá entre nós, foi um pouco um caso de "lugar certo na hora certa". Quer dizer, o pensamento não era lá muito original, mas Bill teve a ideia de aplicá-lo a jogos da internet. Ou seja lá como se chamam essas coisas. Isso foi em 1997, no início do boom da internet. De repente, ele passou a ser importante.

O tom de voz de Todd ficava cada vez mais irascível, e Gislingham detecta um cheiro claro de inveja entre colegas de trabalho. Esses acadêmicos, sempre esfaqueando uns aos outros pelas costas. Ele se pergunta quantas pessoas teriam considerado Todd "de primeira".

— Enfim… — prossegue ele. — Depois de muita labuta e suor nos contrafortes poeirentos do mundo acadêmico por quase trinta anos, o velho Bill de repente se vê cortejado por instituições como Stanford e o MIT. Havia até um boato sobre Harvard.

— Então o que aconteceu?

Todd ri de um jeito não muito agradável. Ele está começando a irritar Gislingham.

— Foi quase shakespeariano. O herói derrubado no exato momento de seu triunfo. A casa tinha sido posta à venda, as malas estavam praticamente prontas e, de repente, *bum*. Tudo começou a explodir ao redor dele. Ou talvez ao redor de uma parte específica de sua anatomia. Nas circunstâncias, seria uma metáfora mais adequada.

— Posso imaginar — diz Gislingham.

Todd está nitidamente se divertindo.

— É, infelizmente Bill foi flagrado com a boca na botija. A história toda foi abafada, é claro, mas os americanos desapareceram. Um homem casado se envolvendo com as alunas pega *muito* mal por lá. Os ianques são muito pudicos com essas coisas.

— O senhor manteve contato com ele depois?

— Na verdade, não. Soube que a esposa morreu de câncer de mama, acho. Não sei se ele voltou a trabalhar. Ela tinha algum dinheiro, a esposa, então ele pode não ter precisado fazer isso.

— E essa foi a única vez? Ou ele tinha a reputação de assediar as alunas?

— Ah, não. Essa foi a questão. Foi completamente fora do personagem. A ironia é que, se as autoridades quisessem fazer alguém de exemplo, havia vários casos muito mais flagrantes que eles podiam ter escolhido, dos dois lados da casa. Não era como agora, com processos judiciais assim que você tira a calça.

Os bons e velhos tempos em que se podia assediar à vontade; Gislingham articula com os lábios "punheteiro" sem emitir som ao telefone.

— Na verdade — prossegue Todd —, Bill era um cara do tipo certinho, sabe? Isso só mostra que nunca temos como conhecer de verdade uma pessoa.

— Não — diz Gislingham entre dentes cerrados. — Não temos mesmo.

***

Revista Americana de Ciências Sociais e Cognitivas
Vol. 12, n. 3, outono de 1988

Masmorras e donzelas
RPGs na internet

**William M. Harper, phD,
Universidade de Birmingham**

Resumo

Este artigo aborda o potencial da participação múltipla em RPGs na rede eletrônica de telecomunicações conhecida como internet. Apesar de pouquíssimos entusiastas terem acesso a essa tecnologia, ela tem a capacidade de permitir que vários jogadores interajam em tempo real através de terminais de computadores em outras geografias e fusos horários. O artigo explora as implicações cognitivas e psicossociais desse "jogar remoto", incluindo questões como o impacto da "persona" anônima no computador sobre a confiança e o efeito em seus processos de tomada de decisões. Também examina as possíveis consequências neurológicas de exposição prolongada a um mundo "virtual" violento, incluindo a erosão da empatia, um aumento na agressão interpessoal e a ilusão de onipotência pessoal.

***

Passa pouco das quatro da tarde, e Everett está de pé com uma das enfermeiras, olhando através de uma divisória de vidro para o menino. As persianas estão abaixadas, e ele está sentado sozinho em um cercadinho no meio do quarto, olhando fixamente para uma pilha de brinquedos. Blocos, um avião, um trem verde e vermelho. De vez em quando, ele toca um deles. Seu cabelo escuro cai em cachos, comprido como o de uma menina. Há uma mulher sentada no quarto com ele, mas ela escolheu a cadeira no canto mais distante.

— Ele ainda não deixa ninguém se aproximar?

A mulher balança a cabeça. Há uma plaqueta em seu uniforme que diz ENFERMEIRA JENNY KINGSLEY.

— Pobrezinho. O médico o examinou, e fizemos alguns testes, mas estamos nos restringindo ao mínimo, por enquanto. Não queremos afligi-lo mais que o absolutamente necessário. Especialmente depois de sua mãe reagir do jeito que reagiu.

Ela vê a pergunta nos olhos de Everett.

— Nós o levamos até ela depois que demos um banho nele, mas, assim que ela o viu, começou a gritar. E estou falando gritar *de verdade*. Então o menino ficou completamente rígido e começou a gritar também. No fim, eles precisaram sedá-la. Foi por isso que o trouxemos outra vez para cá. Esse tipo de estresse não vai fazer bem para nenhum dos dois.

— Ele disse alguma coisa?

— Não. Não temos certeza nem se ele *sabe* falar. O ambiente em que ele estava, o que deve ter testemunhado, não seria surpresa se seu desenvolvimento tivesse sido afetado.

Everett se volta outra vez para a janela. O menino ergue os olhos e, por alguns breves segundos, os dois olham um para o outro. Ele tem olhos escuros, bochechas levemente coradas. Então lhe dá as costas e se encolhe encostado à lateral do cercado, tampando o rosto com o braço.

— Ele tem feito muito isso — comenta a enfermeira. — Ele pode estar só se acostumando à luz, mas seus olhos talvez tenham sido afetados por ficar no escuro por tanto tempo. É melhor prevenir que remediar. Foi por isso que baixamos as persianas.

Everett observa por um momento.

— Dá vontade de abraçá-lo e fazer com que tudo desapareça.

Jenny Kingsley dá um suspiro.

— Eu sei. É de partir o coração.

***

Temos a primeira reunião do caso às cinco da tarde. Quando chego à sala de incidentes, a equipe está se reunindo, e Quinn está prendendo o pouco de informações que temos no quadro. Uma foto da casa, uma foto da garota, um mapa das ruas. Algo tão básico normalmente seria trabalho de Gis, mas desconfio que Quinn queira ser visto fazendo alguma coisa útil.

— Certo, todo mundo — começa ele. — Everett ainda está no hospital esperando para conversar com a garota, mas não temos ideia de quanto tempo isso vai demorar.

— Então estamos trabalhando com a suposição de que a criança seja filho de Harper? — pergunta um dos detetives no fundo.

— Estamos — responde Quinn. — Essa é a suposição atual.

— Por que não fazer um teste de DNA? Isso provaria de forma conclusiva que ele estuprou a garota.

— Isso é mais complicado do que parece — digo, intervindo. — Considerando que a garota não está em condições de dar sua permissão. Mas falei com a assistência social, e eles estão no caso. Enquanto isso, estamos testando a roupa de cama do porão. Se tivermos sorte, isso vai nos dar o que precisamos.

Eu aceno com a cabeça para Quinn.

— Certo — diz ele. — Até agora, ir de casa em casa na Frampton Road não revelou nada útil. Aparentemente, Harper é um conhecido maluco local, mas ninguém com quem falamos acha que ele seja realmente perigoso. Uma das vizinhas insiste que ele tem um filho chamado John, mas sabemos que não tem, então ou a senhora está errada...

— Outra velha maluca — murmura alguém.

Outra pessoa ri.

— ... ou *tem* alguém chamado John que costumava visitar Harper mesmo não sendo seu filho. Então vamos ter que descobrir quem ele é e localizá-lo, mesmo que apenas para eliminá-lo da lista de suspeitos. E vamos lembrar que, mesmo se esse "John" estivesse indo lá, ele podia não saber o que estava acontecendo. Não podemos nos dar ao luxo de chegar a conclusões precipitadas.

— Como você fez com aquele assistente social?

Não identifico quem diz isso, mas dessa vez ninguém ri. Quinn encara os pés. Há uma pausa desconfortável, mas não vou tirá-lo dessa.

E, dentre todas as pessoas na sala, é Gislingham que vai em seu auxílio. Embora, para ser justo, esses dois ultimamente pareçam ter resolvido suas diferenças. Depois que Quinn foi promovido a sargento detetive, foi uma verdadeira guerra por algum tempo, mas talvez a paternidade tenha amolecido o coração de Gislingham. Ou apenas o deixado cansado demais para se importar. Sei qual é essa sensação.

— Falei com a Universidade de Birmingham — diz Gislingham. — E com um dos antigos colegas de Harper de lá. Harper, sem dúvida, teve um caso com uma aluna nos anos 1990. Mas isso é tudo. Nada depravado, pelo que sei. Mas ainda estou esperando o arquivo completo, isso pode nos dar mais detalhes. Embora haja um artigo que ele escreveu nos anos 1990 sobre RPGs on-line e como isso pode fazer com que as pessoas achem que não há problema na violência porque nada daquilo é real. O título é "Masmorras e donzelas", que é, se me perguntarem, mais do que um pouco assustador.

— E o supermercado, alguém falou com eles?

— Eu falei — diz um detetive no fundo. — Eles falaram com os caras das entregas que fazem aquela rota, e eles não sabem nos dizer nada. Eles só descarregavam as bolsas de compras no vestíbulo. Aparentemente, Harper não era de puxar conversa.

— Então, com base nisso — diz Quinn —, a próxima tarefa é ampliar o casa a casa, na esperança de que alguém possa reconhecer a garota e/ou saber alguma coisa sobre esse tal de John.

Ele se afasta, aponta para o mapa que prendeu no quadro e começa a falar exatamente que ruas eles vão investigar em seguida. Mas eu não estou prestando atenção. Estou olhando fixamente para o quadro, percebendo pela primeira vez o que devia ter visto horas atrás. Eu me levanto, vou até o mapa e paro ali. Posso sentir a sala mergulhar em silêncio às minhas costas.

— Em que número da Frampton Road o Harper mora?

— No número 33 — diz Quinn, franzindo levemente o cenho. — Por quê?

Eu ergo a caneta e marco o número 33, então traço uma linha a sudeste.

— Foi o que eu pensei.

Quinn ainda está de cenho franzido.

— Pensou o quê?

— A casa de Harper é diretamente atrás da Crescent Square. Para ser preciso, atrás do número 81 da Crescent Square.

Eu me viro. Alguns deles nitidamente não têm ideia de onde eu quero chegar. Embora, para ser justo, nem toda a equipe estivesse trabalhando aqui na época. Mas Gislingham estava, e eu vejo a compreensão surgir em seu rosto.

— Espere aí — diz ele. — Não era lá que vivia Hannah Gardiner?

Agora o reconhecimento é imediato. O nome é como uma injeção de adrenalina; de repente, a sala é um clamor de perguntas.

— Estão falando daquela mulher que desapareceu, a que nunca encontraram?

— Quando foi isso mesmo? Dois anos atrás?

— Merda. Você acha que pode haver uma conexão?

Quinn olha para mim, com uma pergunta nos olhos.

— Coincidência? — diz ele em voz baixa.

Eu torno a olhar para o mapa, para a fotografia da garota, e me lembro do rosto de Hannah Gardiner preso a um quadro exatamente como este, mês após mês, até que finalmente acabamos por retirá-lo. Ela não era muito mais velha que essa garota é agora.

— Eu não acredito em coincidências — digo.

***

```
Canal: Mystery Central
Programa: Grandes crimes não resolvidos
Episódio: O desaparecimento de Hannah Gardiner
Exibido pela primeira vez em: 9/12/2016
```

Tomada panorâmica do horizonte de Oxford, amanhecer, verão

NARRADOR

Desde *Inspetor Morse*, o público da TV em todo o mundo viu as espiras oníricas de Oxford como o cenário perfeito para o assassinato perfeito. Mas todas essas histórias sombrias de mortes nos quadriláteros cercados por prédios das universidades têm pouca semelhança com a vida real nessa cidade bela e próspera, onde o índice de crimes é baixo, e homicídios não solucionados são praticamente nulos.

Mas, no verão de 2015, tudo isso estava prestes a mudar. A força policial da cidade estava prestes a ficar intrigada por um mistério tão estranho quanto qualquer caso já enfrentado por Morse. Um mistério que estava destinado a se tornar um dos crimes mais famosos e inexplicáveis da Grã-Bretanha.

Tomada aberta da Crescent Square, bicicletas apoiadas nas grades, gato atravessando a rua, mãe e menino pequeno em um scooter

<u>NARRADOR</u>

A história começa aqui, no arborizado North Oxford, um dos subúrbios mais ricos e atraentes da cidade. Foi aqui que Hannah Gardiner, de 25 anos, seu marido, Rob, e seu filho pequeno, Toby, alugaram um apartamento no outono de 2013.

Retrato de família dos Gardiners, close gradual; reconstituição de um menino pequeno brincando com uma bola em um jardim

<u>NARRADOR</u>

Hannah era jornalista em Londres quando conheceu Rob, e depois que ele conseguiu um emprego em uma empresa de biotecnologia com sede em Oxford, a família foi morar em um ensolarado apartamento térreo com acesso a um belo jardim compartilhado, onde Toby podia brincar.

Entrevista: Fundo — interior

<u>BETH DYER, AMIGA DE HANNAH</u>

Hannah estava muito animada em se mudar para Oxford. Foi uma época muito feliz para ela. Parecia que tudo estava se encaixando. E, quando ela conseguiu o emprego na BBC Oxford, ficou muito feliz, todos nós saímos para comemorar.

Imagens de Hannah falando para a câmera no noticiário local da BBC

NARRADOR

Hannah logo estabeleceu sua reputação, cobrindo alguns dos acontecimentos mais controversos da cidade.

Entrevista: Fundo — Sede da BBC Oxford

CHARLIE CATES, EDITOR-CHEFE DA BBC OXFORD

Hannah era sempre a primeira a se oferecer para pegar as matérias difíceis. Ela fez várias reportagens sobre sem-teto, em Oxford, e uma série sobre a variação de qualidade dos tratamentos de fertilidade que conseguiu atrair alguma atenção em nível nacional. Ela era apaixonada pelo trabalho e estava no jornalismo pelas razões certas.

Tomada dos escritórios da MDJ Incorporadora Imobiliária

NARRADOR

No início de 2015, Hannah pegou sua pauta mais desafiadora, quando o incorporador imobiliário local Malcolm Jervis submeteu uma proposta para construir um grande projeto residencial a alguns quilômetros da cidade.

Tomada de um protesto com cartazes, pessoas cantando

NARRADOR

A resistência local ao novo plano de Jervis foi grande, tanto de moradores quanto de ambientalistas, que montaram acampamento perto do local proposto para a construção.

Vista panorâmica de campos, terminando com as colinas arborizadas de Wittenham Clumps; tomada aérea com nuvens em movimento e sombras

NARRADOR

Muitas pessoas ficaram preocupadas com a localização do novo projeto, no meio de uma região rural intocada, e a algumas centenas de metros de um local de significado histórico especial, conhecido como Wittenham Clumps.

Tomada de um buraco em Castle Hill

NARRADOR

As colinas têm vista para a região rural de Oxfordshire por quilômetros ao redor e são ricas em folclore. Castle Hill teve um forte da Idade do Ferro, e perto do cume há um buraco conhecido há séculos como o Poço do Dinheiro.

Corta para a tomada de um corvo com céu noturno e a Lua

NARRADOR

Dizem que um grande tesouro foi enterrado ali, guardado por um corvo fantasmagórico.

Close: um cuco em uma árvore

NARRADOR

E não longe dali, há um bosque chamado de Redil do Cuco. Diz a lenda que, se um cuco puder ser apanhado nesse bosque, o verão nunca vai ter fim.

[pio de cuco]

Tomada aérea de escavação

NARRADOR

Na primavera de 2015, uma nova escavação arqueológica tinha começado em Castle Hill, e, no início de junho, a própria Hannah foi a primeira a noticiar uma descoberta horripilante.

Imagens de arquivo da BBC Oxford feitas em Wittenham Clumps

HANNAH GARDINER

Fui informada que os esqueletos de três mulheres foram encontrados em uma cova rasa, alguns metros às minhas costas, além daquelas árvores. Eles foram achados com o rosto virado para baixo e os crânios quebrados, e pela posição dos ossos, provavelmente estavam com as mãos amarradas. Acredita-se que os corpos datam do fim da Idade do Ferro, ou em torno do ano 50 d.C. Os arqueólogos estão se recusando a especular sobre o que essa posição de enterramento extremamente incomum pode significar, mas algumas pessoas com conhecimento sobre rituais pagãos estão sugerindo que ela pode estar relacionada com a chamada "Deusa Tripla", que é frequentemente descrita na forma de três irmãs. A descoberta de ossos de animais, entre eles de vários pássaros, pode também ser significativa. Eu sou Hannah Gardiner, para a BBC Oxford.

Tomada de esqueletos em um buraco

NARRADOR

Alguns dias após a descoberta, histórias assustadoras tinham começado a circular dizendo que as mulheres na verdade tinham sido vítimas de sacrifício humano, e isso só fez aumentar a atmosfera altamente carregada que reinava nos dias que levavam àquele solstício de verão.

Reconstituição: Tomada de calendário, com cena de cozinha ao fundo. O calendário tem circulada a data de quarta-feira, 24 de junho

NARRADOR

Para a família Gardiner, 24 de junho de 2015 começou como outro dia qualquer. Rob se levantou cedo porque precisava viajar para Reading para uma reunião, e Hannah também acordou cedo.

Reconstituição: "Hannah" entrando em um carro Mini Clubman e prendendo um menino pequeno na cadeirinha. Seu cabelo castanho-escuro está preso em um rabo de cavalo, e ela usa um casaco impermeável acolchoado azul-marinho.

NARRADOR

Ela estava fazendo entrevistas no acampamento de protesto na semana anterior e tinha conseguido convencer Malcolm Jervis a se encontrar com ela no local para uma entrevista. Sua babá habitual não estava passando bem, por isso Hannah teve que levar Toby. Ela saiu de casa por volta das 7h30 para ir de carro até Wittenham. Rob já tinha saído quinze minutos antes, seguindo para Oxford. Ia pegar um trem para a cidade vizinha de Reading.

Reconstituição: "Rob" ao telefone parecendo ansioso, andando de um lado para outro

NARRADOR

Às 11h15, Rob tentou ligar para Hannah durante um intervalo em sua reunião, mas não teve resposta. Por isso, ele só percebeu que tinha alguma coisa errada quando chegou a casa no meio da tarde. Havia uma mensagem na secretária eletrônica de um câmera com quem Hannah devia se encontrar no local, querendo saber por que ela não tinha aparecido. Rob tentou ligar para o celular de Hannah outra vez e, quando continuou sem resposta, ele ligou para a polícia. Ele, na hora, não sabia, mas seu filho Toby já havia sido encontrado. Sozinho.

Reconstituição: carrinho de bebê e brinquedo no mato

NARRADOR

Uma pessoa tinha notado o carrinho vazio no Poço do Dinheiro já às 9h30, mas levou mais uma hora até encontrarem Toby, escondido no mato, aterrorizado, agarrado a seu pássaro de brinquedo.

Imagens da BBC: carro Mini em Clumps, com presença da polícia e fita de cena de crime

Uma grande busca é montada, mas nenhum sinal de Hannah é encontrado. A polícia não tem pistas.

Entrevista: Fundo — interior

SUPERINTENDENTE DETETIVE ALASTAIR OSBOURNE, POLÍCIA DE THAMES VALLEY

Não havia nenhuma prova pericial no carro ou no carrinho que lançasse qualquer luz sobre o que aconteceu com Hannah. Fizemos investigações exaustivas na área de Wittenham, e embora várias pessoas tenham surgido para dizer terem visto Hannah e Toby naquela manhã, não chegamos mais perto de descobrir o que de fato aconteceu com ela.

Reconstituição: Close de telas de computador e arquivos

NARRADOR

Rob Gardiner foi rapidamente eliminado como suspeito em potencial, então a polícia voltou sua atenção para qualquer um que pudesse ter algum motivo para fazer mal a Hannah.

Depois de examinar seu laptop, eles encontraram provas de que ela estava prestes a expor transações financeiras questionáveis por parte da MDJ Incorporadora Imobiliária. A polícia interrogou Malcolm Jervis, mas ele tinha um álibi sólido. Ele se atrasou naquela manhã e só chegou a Wittenham às 9h45.

Reconstituição: feed do Twitter

NARRADOR

Enquanto isso, cresciam as especulações nas redes sociais de que Hannah tinha sido assassinada em algum tipo de ritual satânico relacionado aos Clumps. A polícia emitiu várias declarações negando haver qualquer coisa que sugerisse um motivo oculto, mas isso não deu fim aos rumores.

Imagens da BBC do acampamento de protesto, pessoas acorrentadas a árvores, cães em meio ao lixo, crianças correndo nuas pelo local

NARRADOR

Nessa atmosfera febril, a atenção inevitavelmente começou a se concentrar no acampamento de protesto, que estava com muito mais gente devido aos viajantes da nova era que tinham ido até ali para celebrar o solstício de verão.

Na verdade, havia um elo com o acampamento, mas não o que os blogueiros e ativistas do Twitter estavam sugerindo.

Entrevista: Fundo — interior

SUPERINTENDENTE DETETIVE ALASTAIR OSBOURNE, POLÍCIA DE THAMES VALLEY

Três meses depois do desaparecimento de Hannah, um homem chamado Reginald Shore foi preso por tentativa de estupro contra uma jovem em Warwick. Uma busca policial em sua casa revelou uma pulseira idêntica a uma que Hannah possuía.

Posteriormente, uma análise de DNA provou que a pulseira era, na verdade, dela, e, após um interrogatório rigoroso, Shore admitiu que estava no acampamento de Wittenham no verão. Em interrogatórios posteriores, outras testemunhas conseguiram corroborar que ele tinha falado com Hannah quando ela visitou o acampamento no fim de maio.

Tomada da pulseira

NARRADOR

Shore disse ter encontrado a pulseira no acampamento e não sabia a quem ela pertencia. O Serviço de Promotoria da Coroa do Reino Unido levou a prova em consideração, mas concluiu que o caso contra ele não era forte o bastante para levá-lo ao tribunal, especialmente porque não acharam o corpo de Hannah.

Foto de prisão de Reginald Shore

NARRADOR

Shore foi posteriormente condenado por tentativa de estupro contra a segunda jovem e pegou três anos de prisão. Sua família considerou que a sentença dada pelo juiz foi mais pesada do que deveria ter sido por causa da publicidade em torno do caso de Hannah.

Na verdade, Shore cumpriu menos de um ano da sentença. Quando foi diagnosticado com câncer de pulmão terminal em 2016, ele foi solto por razões humanitárias.

Hannah Gardiner nunca foi encontrada.

Será que algum dia vamos saber o que aconteceu?

Será que os Clumps algum dia vão revelar seu segredo?

Tomada melancólica de Wittenham Clumps sob o luar

Imagem congela

Fim

— Agora nos conte o que a imprensa não sabia — diz Quinn.

Aperto a pausa no DVD player e me volto para olhar para a equipe.

— Desconfiamos que Toby de algum modo saiu do carrinho de bebê e rastejou para o mato. Por isso levaram tanto tempo para encontrá-lo. Ele também tinha um ferimento na cabeça, embora não tenhamos conseguido determinar se era resultado de um golpe ou apenas de uma queda. Mas nós nunca liberamos esse fato para a imprensa.

Há um silêncio. Eles estão visualizando, imaginando como deve ter sido. Eu não preciso fazer isso. Eu estava lá quando nós o encontramos. Ainda posso ouvir seus gritos.

— E ele não conseguiu lhe dizer nada? — pergunta um dos detetives. — A criança não se lembrava do que tinha acontecido?

Eu balanço a cabeça.

— Ele não tinha nem três anos, tinha levado um golpe na cabeça. Estava completamente traumatizado. Nada do que dizia fazia muito sentido.

— Então nós ainda não temos ideia de como ele foi parar lá no local do poço?

— Nossa teoria é que Hannah o levou até lá para dar uma caminhada depois de receber uma mensagem do assistente pessoal de Jervis dizendo que ele estava atrasado.

Eu costumava fazer isso com Jake quando ele tinha essa idade, quando ele não conseguia sossegar ou tinha tido um sonho ruim e não queria voltar para a cama. Ele adorava o movimento do carrinho. Eu caminhava por ruas vazias no meio da noite. Só ele e eu, e de vez em quando um gato silencioso passando.

Mas eu afasto essa memória.

— E nós temos certeza de que ela recebeu a mensagem de texto, não temos? — É Quinn, objetivo.

— Bom — diz Gislingham —, nós temos certeza de que ela foi enviada, mas nunca encontramos o telefone dela. Por isso não há como saber se ela a leu ou não. — Ele dá um suspiro. — Para ser honesto, a situação toda foi um pesadelo. Todos os malucos habituais saíram da toca, vocês podem imaginar: videntes, médiuns, essa gente toda. Teve até uma velhota que apareceu no *Oxford Mail*. Ela disse que a pulseira tinha um desenho pagão, algum tipo de estrela de três pontas. Não parava de falar que o número três era a chave de todo o caso e, esperem só, no fim eles veriam que ela estava certa... — Ele fica mudo quando vê a foto da casa. — Merda. Tinha que ser a droga do 33, não é?

— Teve outra coisa que não contamos à imprensa — prossigo. — A casa dos Gardiners não era nem de longe tão idílica quanto esse programa nos faz acreditar.

— Eu lembro — diz Gislingham. — Havia muita tensão com a ex de Rob. Ela era obviamente ressentida com Hannah por terminar com seu relacionamento. Houve algumas coisas bem feias no Facebook.

— Ela tinha um álibi? — pergunta Quinn.

— A ex? — digo. — Tinha, ela estava limpa. Estava em Manchester naquele dia. Sorte a dela. Não fosse isso, teríamos caído em cima dela.

Gislingham parece pensativo.

— Vendo esse vídeo de novo depois de todo esse tempo, o que chama minha atenção é Betty Dyer. Ela não deu sugestões bem fortes na entrevista de que Rob podia estar tendo um caso?

— Ela fez isso. Mas não tinha provas reais. Só que ele "parecia um pouco estranho" ou "como se tivesse alguma coisa para esconder". Não havia telefonemas fora do comum, nada assim, nós verificamos. E seu álibi era muito sólido. Seu trem partiu de Oxford às 7h57 daquela manhã, e sabemos que Hannah estava viva às 6h50, porque deixou uma mensagem de voz para a babá. E ela usou a linha fixa, por isso sabemos que ela estava na Crescent Square. Então simplesmente não havia tempo para Rob matar a esposa, pegar o carro até Wittenham, livrar-se do corpo e voltar a Oxford a tempo de pegar o trem.

— De qualquer modo — diz Quinn. — Mesmo se Rob ou a ex tivessem um motivo para se livrar de Hannah, e a criança?

— Osbourne chegou exatamente a essa conclusão. Mesmo se os horários permitissem, era difícil ver Rob deixando o filho sozinho no meio do mato.

— Então foi por isso que tudo apontou para Shore? — diz Quinn.

Há uma pausa. Eles estão todos olhando para mim. Esperam que eu diga que fizemos o nosso melhor para termos um caso sólido, mas a procuradoria não concordou. Que ainda acreditamos que pegamos o cara certo.

Mas eu não faço isso.

— Então — diz por fim Quinn. — Mesmo na época você tinha dúvidas.

Torno a olhar para a tela da TV. Na imagem congelada dos Clumps. Pássaros negros contra um céu pálido.

— Nós entrevistamos todo mundo que estava no acampamento de protesto naquele dia. Ninguém mencionou ver Shore até depois de seu nome surgir em conexão com a agressão de Warwick, e isso foi meses depois.

— Isso não quer dizer que ele não estava lá.

— Não, mas tampouco pudemos provar que ele estava. Não com certeza. Ele disse que estava a quilômetros de distância na hora, mas não conseguiu nenhuma testemunha para confirmar isso. Nós sabemos que ele esteve no acampamento naquele verão, e a pulseira que encontramos em sua casa era sem dúvida de Hannah...

— Mas você, na verdade, não acha que ele fez isso — conclui Quinn.

— Osbourne estava convencido de que ele era culpado. E ele estava encarregado do caso.

Há silêncio. Ele agora está aposentado, mas Al Osbourne era uma das lendas de Thames Valley. Um ótimo policial, e um cara autenticamente simpático, também — acredite em mim, essas coisas nem sempre andam juntas. Mais de uma pessoa em seu distrito deve um empurrão crucial em sua carreira a ele, eu entre elas. E embora não tenhamos condenado Shore por Hannah Gardiner, sempre houve um entendimento tácito de que o caso estava fechado. Reabri-lo agora vai provocar muita repercussão.

Eu respiro fundo.

— Vou ser honesto com vocês. Eu tinha minhas dúvidas sobre Shore. Ele nunca me pareceu um assassino e, além disso, esse foi um crime muito organizado. Não estou dizendo que foi planejado, Hannah podia ser uma vítima completamente aleatória. Mas ele sem dúvida foi cuidadosamente encoberto depois. Não havia provas periciais, nenhum DNA, nada. Eu simplesmente não conseguia ver Shore fazendo isso. Para começar, ele não é inteligente o suficiente. Por isso foi apanhado em Warwick. Sempre achei que estávamos deixando alguma coisa passar, algum fato ou pista que negligenciamos ou não descobrimos. Mas nunca achamos.

— Não até agora — diz Gislingham em voz baixa.

— Não — digo, tornando a olhar para a tela. — Porque essa é a única possibilidade que nunca realmente levamos em consideração, que Hannah nunca tivesse saído de Oxford. Que o que quer que tenha acontecido com ela, aconteceu aqui.

— Mas nesse caso, como…

— Eu sei. Como Toby chegou a Wittenham Clumps?

— Certo — diz Quinn no silêncio que se seguiu. — Vou alertar a assessoria de imprensa. Porque se nós fizemos a conexão com o caso Gardiner, os jornalistas logo vão perceber isso também. Precisamos sair na frente, pessoal.

— Tarde demais — diz Gislingham com expressão fechada, olhando para seu telefone. — Eles já perceberam.

***

A mulher abre a janela e fica ali parada por um instante respirando o ar cálido. A madressilva crescendo no muro já está florida. Atrás dela, escuta o garotinho conversando com seu urso de pelúcia enquanto bebe o chá da tarde, e, ao fundo, o som do noticiário do início da tarde na

TV da cozinha. Em algum lugar mais distante, uma voz masculina falando animadamente ao telefone.

— Pippa! — chama o menininho. — Olhe a TV! É aquela casa que tem um monte de bicicletas no jardim!

A mulher volta até a cozinha, pega um panda largado pelo caminho e se junta ao menino à mesa. Na tela, um repórter está em frente a uma fita da polícia, gesticulando para trás na direção da cena às suas costas. Há vários carros de polícia com as luzes piscando e uma ambulância. A manchete correndo no pé da tela diz: URGENTE: *Garota do porão em Oxford: Novas perguntas surgem sobre o caso Gardiner*. Não, pensa ela, por favor, não. Não depois de todo esse tempo. Não agora que as coisas estão finalmente dando certo. Ela passa um braço em torno do garotinho, sentindo o cheiro doce e artificial de seu xampu.

— Devemos chamar o papai? — pergunta o menininho, erguendo o rosto para olhar para ela. Há uma cicatriz rosada em sua têmpora.

— Não, Toby — diz a mulher, com o rosto ansioso. — Ainda não. Nós não queremos incomodá-lo. Ele está feliz onde está.

***

Oxford Mail
1º de maio de 2017

O "CASO FRITZL" DE OXFORD: COMO ISSO PÔDE ACONTECER AQUI?

Por Mark Leverton

Moradores de North Oxford ainda estão em choque após a descoberta hoje mais cedo de uma jovem e uma criança pequena no porão de uma casa na Frampton Road. Ainda não está claro há quanto tempo ela estava ali, mas já estão sendo traçados paralelos com o infame "caso Fritzl", no qual um austríaco aprisionou a filha por 24 anos no porão de sua casa e a estuprou repetidas vezes, resultando no nascimento de sete filhos. Elisabeth Fritzl só foi descoberta quando um de seus filhos ficou perigosamente doente. Josef Fritzl tinha construído uma prisão subterrânea sofisticada para sua filha, atrás de oito portas trancadas, mas ainda não há a sugestão de algum tipo de construção como essa na Frampton Road. Muitos moradores preocupados já estão se perguntando como a garota pode ter sido escondida ali dentro sem ninguém saber.

— É horrível — disse Sally Browne, que mora na vizinhança com seus três filhos. — Como alguém pôde fazer uma coisa dessas e ninguém perceber? Aparentemente, um assistente social ou alguém sempre ia até a casa, então não vejo como eles podiam não saber.

Outros moradores também estão questionando o papel da assistência social, e isso pode ter ecos trágicos do caso Fritzl, no qual assistentes sociais visitavam a casa de Josef com regularidade e mesmo assim não viram nada que levantasse suspeitas, apesar do fato de Fritzl alegar que tinha encontrado três dos bebês de sua filha "abandonados" na sua porta.

O proprietário da casa na Frampton Road foi identificado por moradores locais como o sr. William Harper, que vive sozinho. Ninguém com quem conversamos tinha nenhum assunto com o sr. Harper, embora ele tenha sido levado pela polícia hoje mais cedo.

Nem a Polícia de Thames Valley nem o departamento de assistência social já emitiram um pronunciamento. Dizem que a garota e seu filho estão recebendo cuidados médicos no Hospital John Radcliffe.

Você mora na Frampton Road ou sabe alguma coisa sobre essa história? Se sim, gostaríamos de saber de você. Aguardamos seu tuíte ou e-mail.

154 comentários

JimVinagre1955

Isso é o que os cortes orçamentários dos conservadores fazem com você. Não há mais dinheiro para um cuidado adequado.

Rickey Mooney

Não me surpreende que ninguém tenha percebido nada. As pessoas ali não dão a mínima para ninguém.

MistySong
É simplesmente horrível. Não posso acreditar que isso pôde acontecer em um lugar tão tranquilo. Fico preocupada com todas as estudantes que moram sozinhas.

JimVinagre1955
Mas ela não era estudante, era? Não podia ser. Se fosse, teriam procurado por ela no momento em que desapareceu, e isso teria ido parar em todos os jornais. Isso me deixa enojado.

Destinoeremorso77
Eu era assistente social e sei a pressão que eles estão sofrendo atualmente. É impossível conseguir tempo suficiente para passar com os clientes. E também já tive a experiência de lidar com a Polícia de Thames Valley, e acho que eles fazem um trabalho fabuloso. Verifiquem os fatos antes de começarem a acusar as pessoas.

***

Terça-feira de manhã, 8h45. A porta é aberta por uma mulher jovem de camisa branca e saia de algodão. Ela faz você pensar em palavras como "refrescante" e "viva", e de repente me sinto um tanto cansado e muito mal-humorado. Isso tem acontecido bastante nos últimos dias.

— Sim? — diz ela.

— Sou o inspetor detetive Adam Fawley, e esse é o detetive Chris Gislingham. Polícia de Thames Valley. O sr. Gardiner está?

Seu rosto diz tudo.

— Ah, meu Deus. É Hannah, não é? — Ela leva a mão à boca. — Quando vi o noticiário ontem, eu sabia...

Gislingham e eu trocamos um olhar.

— E você é?

— Pippa. Pippa Walker. Sou a cuidadora. A babá.

Eu agora lembro dela. Nunca a encontrei durante a investigação original, mas me lembro do seu nome.

— Você conhecia Hannah, não conhecia? Você já era babá deles na época?

Seus olhos se enchem de lágrimas e ela assente.

— Ela era muito legal comigo. Nunca deixo de pensar nisso. Se eu não tivesse ficado tão doente, ela nunca teria levado Toby com ela naquele dia, e tudo podia ter sido diferente.

— Podemos entrar?

— Desculpe, entrem. É por aqui.

Nós a seguimos pelo corredor até a sala de estar. A luz do sol entrava pelas janelas altas, que davam para a praça. De uma janela nos fundos, via-se o jardim. Paredes amarelas e frescas. Gravuras preto e branco emolduradas. Toda a superfície do chão coberta de brinquedos. Bichos de pelúcia, carrinhos, um trem. E sobre a lareira, fotos. Hannah e Toby, Rob e Toby em um pequeno triciclo, os três em uma praia em algum lugar. Luz do sol e felicidade.

— Desculpe a bagunça — diz a garota, recolhendo as coisas distraidamente. — Rob está no escritório. Eu vou lá chamá-lo.

Depois que ela sai, vou até a janela dos fundos e olho por ela. Posso ver os fundos da Frampton Road. Através das árvores, é possível ver também o telhado do barracão de William Harper. Há alguns pássaros negros e grandes bicando ruidosamente alguma coisa morta na grama alta, e quatro pegas à espreita como assassinos na árvore acima. Quando eu era criança, raramente se via mais de uma, mas agora as malditas coisas estão por toda parte.

— Minha nossa — diz Gislingham, afastando um gato de pelúcia de brinquedo e se sentando. — Então, eu tenho tudo isso pela frente, não é?

Ele sorri e se pergunta se não teve tato. Todo mundo faz isso. Ninguém sabe o que dizer para os pais de uma criança morta. Isso devia me fazer melhor em lidar com situações como essa, mas de algum modo, isso nunca acontece.

— Vocês a encontraram, não foi?

Rob Gardiner está parado na porta. Seu rosto está branco. Ele mudou desde a última vez em que o vi. Seu cabelo louro escuro costumava ser cortado curto nos lados, mas agora ele usa um rabo de cavalo e uma daquelas barbas que invadem todo o seu pescoço. Acho que esses tipinhos tecnológicos podem fazer isso. Mas minha esposa estaria fazendo uma careta se estivesse aqui.

— Sr. Gardiner? Sou o inspetor detetive Adam Fawley...

— Eu sei. Você esteve aqui na última vez. Você e aquele homem, Osbourne.

— Por que o senhor não se senta?

— Policiais só dizem isso quando trazem más notícias.

Ele entra mais na sala, e eu gesticulo na direção da poltrona. Ele hesita, então se senta, mas na borda do assento.

— Então? Vocês a encontraram?

— Não. Nós não encontramos sua esposa.

— Mas vocês têm uma pista nova, não têm? Disse no noticiário. Esse sujeito, o da garota no porão, o Fritzl.

A mulher se aproxima vinda da porta e põe a mão no ombro de Gardiner. Ele não reconhece o gesto. Depois de um momento, ele se move muito de leve, e ela tira a mão.

Não faz sentido mentir.

— Temos, estamos vendo uma possível conexão com uma casa na Frampton Road.

Gardiner se levanta e anda até a janela.

— Meu Deus, eu inclusive consigo *ver* aquela maldita casa daqui.

Ele se volta repentinamente para mim.

— Como não descobriram esse homem antes? Em 2015, quando ela desapareceu. Vocês o interrogaram na época?

— Não tínhamos razão para fazer isso. Tudo apontava para sua esposa ter desaparecido em Wittenham. Não só por termos achado Toby lá. Não havia nenhum DNA estranho nem digitais no carro.

— E aquelas pessoas que disseram tê-la visto? Elas estavam apenas inventando, se excitando com essa história? Há pessoas assim, não há?

Estou balançando a cabeça.

— Não. Tenho certeza de que isso não aconteceu no caso. Eu mesmo conversei com várias das testemunhas.

Ele ainda está andando de um lado para outro, passando a mão pelo cabelo, então para de repente e me encara.

— Mas esse sujeito que vocês prenderam agora, com certeza é ele, ele é o canalha que pegou Hannah, não é?

— A investigação ainda está em andamento. Gostaria que houvesse mais que eu pudesse dizer, de verdade, mas tenho certeza de que o senhor entende. Nós precisamos ter certeza, e neste exato momento não temos. É por isso que estamos aqui. Sua esposa alguma vez mencionou alguém chamado William Harper?

— Esse é o nome dele? Desse sujeito?

— Ela conhecia alguém na Frampton Road?

Ele respira fundo.

— Não até onde eu sei.

— Ela podia tê-lo conhecido através da BBC? Talvez o entrevistado... para alguma reportagem?

Gardiner está inexpressivo.

— Posso verificar o laptop dela, mas não reconheço o nome.

Nós mesmos tínhamos examinado aquele laptop dois anos atrás. Todo maldito arquivo, todo maldito e-mail. Se houvesse uma referência a Harper ali, acho que teríamos encontrado e, morando tão perto, a teríamos seguido. Mas, de qualquer jeito, vale a pena checar.

— Olhem — diz Gardiner. — A única razão em que posso pensar para que ela tenha ido à Frampton Road era se precisasse estacionar ali. Fica muito cheio por aqui, e às vezes era o lugar mais perto onde ela podia deixar o carro. Essas casas normalmente têm garagens grandes, então a rua normalmente fica um pouco mais vazia.

E, de repente, ali está. A resposta. O fato que eu sempre achei que tínhamos deixado passar.

— O senhor lembra se ela realmente estacionou lá naquele dia? — Estou tentando não parecer muito ávido em relação a isso, mas posso ver pelo rosto de Gislingham que ele também percebeu.

Gardiner hesita.

— Não. Mas sei que ela com certeza não estacionou aqui fora na noite anterior. Eu precisei sair para ajudá-la a trazer algumas compras quando ela chegou em casa. Mas não tenho certeza de onde estava o carro.

Eu me movimento para me levantar, mas ele não terminou.

— Então esse... esse... *pervertido* pega mulheres *e* crianças? Mulheres que estão com os filhos?

Vejo a babá olhando ansiosamente para ele.

— É isso? Esse é o "negócio" dele? Porque o noticiário disse que também havia uma criança naquele porão. Um garotinho, igual ao meu Toby.

— Para ser honesto, sr. Gardiner, não sabemos. É possível que a criança tenha nascido lá embaixo. Mas a garota ainda está muito abalada para falar conosco, então não sabemos exatamente o que aconteceu.

Ele engole seco e afasta o olhar.

— Seu filho está vivo — digo com a voz tranquila. — Vivo e em segurança. Isso é o que importa agora.

Quando chegamos à porta da frente, Gislingham diz que precisa ir ao banheiro, e a garota vai mostrar a ele onde é. Nós ficamos ali parados, Gardiner e eu, sem saber o que dizer.

— Você estava naquele outro caso, não estava? — diz ele depois de algum tempo. — Ano passado. Aquela menininha que desapareceu. Daisy, acho.

— Estava.

— Ele também não teve um final feliz.

É uma afirmação, não uma pergunta, o que talvez seja bom.

— Você também tem um filho, não tem? Estou me lembrando direito?

Dessa vez sei que preciso responder, mas a chegada de Gislingham me salva.

— Certo, chefe — diz ele, puxando a calça.

Eu me viro para Gardiner.

— Nós vamos, é claro, mantê-lo informado sobre a investigação. E, por favor, conte-me se encontrar qualquer referência a Harper no laptop de Hannah. E, obviamente, assim que houver qualquer...

— Eu quero vê-la — diz ele abruptamente. — Se vocês a encontrarem, eu quero vê-la.

Eu não queria que ele pedisse. Estava rezando para que ele não fizesse isso.

Eu balanço a cabeça.

— Isso na verdade não é uma boa ideia. É melhor...

— Eu quero vê-la — repete ele, com a voz embargada. — Ela era minha *esposa*. — Ele está se segurando para não chorar bem ali, na minha frente.

Eu me aproximo um passo.

— Sério. Não faça isso. Lembre-se dela como ela era. Todas aquelas fotos lindas. Isso é o que Hannah ia querer.

Ele olha para mim, e eu desejo que ele entenda. *Não ponha em sua cabeça uma imagem que não consiga esquecer. Eu sei. Eu fiz isso. E não posso voltar atrás.*

Ele engole em seco, então assente. E eu vejo alívio no rosto da babá.

De volta ao carro, Gislingham afivela o cinto de segurança.

— O que você acha? Ele está transando com ela ou não?

Eu ligo o motor.

— Você nem sabe se ela dorme na casa.

E, de qualquer modo, faz dois anos O pobre coitado merece uma chance de seguir em frente. Sei o quanto isso pode ser difícil. Separar do passado sem abandoná-lo. Sem se sentir culpado toda vez que você sorri.

Mas Gislingham está balançando a cabeça.

— Bom, acho que se ele não está fazendo isso agora, logo vai estar. Se me perguntar, ela com certeza está interessada. Na verdade, ela não é de se jogar fora.

Eu engreno o carro.

— Achei que você fosse um homem casado e feliz.

Ele sorri para mim.

— Mas olhar não tira pedaço, não é?

Quando chegamos de volta à St. Aldate's, Baxter levou um quadro branco limpo para a sala de incidentes e está transcrevendo cuidadosamente a linha do tempo original da pasta do caso.

6h50	Hannah deixa uma mensagem de voz para a babá
7h20	Rob sai de bicicleta
7h30?	Hannah sai
7h55	Mensagem de texto do assessor de imprensa de Jervis adiando a entrevista para as 9h30
7h57	O trem de Rob parte de Oxford
8h35	Colega de apartamento da babá deixa mensagem dizendo que ela está doente
8h45-9h15	Avistamentos de Hannah e do carrinho de bebê em Wittenham
8h46	Rob na estação de Reading (câmeras de segurança)
9h30	Testemunha vê carrinho de bebê vazio no Poço do Dinheiro
10h30	Toby Gardiner é encontrado

Quando ele termina, afasta-se e põe de volta a tampa do marcador.

— Então — diz Baxter, voltando-se para o restante da equipe. — Supondo que ela nunca chegou a Wittenham, onde isso nos deixa?

— Com um ponto de interrogação enorme em torno de todos esses avistamentos, para começar — diz Quinn secamente.

Tenho pensado sobre isso desde a Crescent Square; todas essas testemunhas que apareceram, só tentando ajudar. E todas elas erradas.

— Havia muita gente por lá naquele dia — diz Baxter, examinando os depoimentos. — Pais, filhos, cachorros. Podia facilmente haver alguém que se parecesse um pouco com Hannah a distância. Nenhuma delas a viu tão de perto, e ela não estava vestindo nada característico.

— Então essa mulher que eles viram, quem quer que fosse, por que ela não apareceu? — pergunta Quinn. — Estava em toda a imprensa e na internet por semanas, fizemos quatro ou cinco apelos por testemunhas. Se você estivesse lá naquele dia e se parecesse um pouco com ela, não teria entrado em contato com a polícia?

Baxter não parece convencido.

— Podia ser uma turista. Uma estrangeira. Ou alguém que simplesmente não queria se envolver, ou não queria se dar ao trabalho.

— Pessoalmente — digo. — Estou mais interessado no cachorro que não latiu.

Vejo Erica Somer abrir um sorriso, mas os outros demoram um pouco mais para reconhecer a referência.

— Ah — diz Everett, depois de um instante. — Você quer dizer como em *Sherlock Holmes*?

Eu assinto.

— Posso facilmente ver alguém confundindo outra jovem com Hannah. É William Harper o verdadeiro ponto de interrogação. Se ele sequestrou Hannah na Frampton Road, depois abandonou seu carro e seu filho em Wittenham, alguém não teria se lembrado de vê-lo? Afinal, era um velho sozinho com um carrinho de bebê.

Baxter ainda está folheando o arquivo.

— Uma das testemunhas mencionou ver avós com algumas crianças, então é possível que ele não tenha chamado atenção. Mas só perguntamos às pessoas se elas viram Hannah. Não perguntamos quem mais elas viram.

— Certo — digo. — Então vamos voltar a entrar em contato com as testemunhas oculares. Ver se elas se lembram de alguém parecido com Harper.

Quinn assente e faz uma anotação.

— Está bem — continuo. — Estabelecemos que não havia tempo suficiente para Gardiner ir até Wittenham e voltar se Hannah ainda estava viva às 6h50, mas e Harper, será que ele pode ter feito isso?

Everett pensa nisso.

— Se Hannah saiu do apartamento às 7h30, deve ter se encontrado com Harper no máximo às 7h45. Ele pode ter achado algum pretexto para atraí-la até a casa, então a atacado pelas costas. E, quando ela estivesse inconsciente, tudo o que ele precisava fazer era amarrá-la e deixá-la ali. Isso não teria levado muito tempo. Calculo que ele podia estar na estrada para Wittenham às 8h15, o que significa que teria chegado lá por volta das 8h45. Então, sim, ele pode ter feito isso.

— Harper ainda dirigia nessa época? — pergunta Baxter. Pouca coisa lhe escapa.

— Segundo o assistente social, sim.

— Então como ele voltou para Oxford? Quer dizer, sem o carro.

Gislingham dá de ombros.

— Ônibus? Ele tem o dia inteiro, afinal de contas. Não tem ninguém procurando por ele. Ninguém em casa para perguntar onde ele esteve. E todo o tempo do mundo para se livrar do corpo.

— Depois de terminar o que queria com ela — diz Everett de modo sombrio. — Ele pode tê-la mantido viva por dias, até onde sabemos.

— Mas ainda tem uma questão, não é, senhor? — Dessa vez, é Somer quem fala. — Não havia DNA inexplicado no carro de Hannah. Acredito que esse homem, Harper, *poderia* tê-lo dirigido sem deixar traços, mas isso não é fácil.

Ela fez seu dever de casa. Estou começando a achar que devíamos trazer essa mulher para o Departamento de Investigações Criminais.

— Um macacão? — diz Gislingham. — Uma dessas coberturas plásticas que oficinas põem nos bancos?

Eu me volto para Quinn.

— Ligue para Challow e diga a ele que vamos precisar revistar a Frampton Road em busca de um possível corpo. E de qualquer coisa que Harper possa ter usado para cobrir seus rastros.

Enquanto as pessoas estão de saída, eu capto o olhar de Baxter.

— Quero que você procure por qualquer desaparecimento não resolvido de mulheres jovens e crianças pequenas nos últimos dez anos.

Ele me lança um olhar, e vejo seu cérebro trabalhando, mas ele não diz nada. Ele sabe quando ficar de boca fechada; é um motivo para eu gostar dele.

— Concentre-se em Oxford e Birmingham para começar, depois amplie a busca oitenta quilômetros por vez. Depois volte mais dez anos.

Ele assente.

— Sobre as crianças, são meninos *e* meninas que o senhor quer, ou só meninos?

Estou quase de saída da sala, mas a pergunta me faz parar. Eu me viro, ainda pensando.

— Só meninos. Por enquanto.

***

Quando me sento em frente a Bryan Gow meia hora depois, percebo imediatamente que ele leu as notícias da manhã. Estamos no café no Mercado Coberto. Multidões se acotovelam no corredor do lado de fora, parando para olhar o negociante de café em frente e o mostruário de cartões-postais antigos diante da loja ao lado. *Tudo pela vitória, Guinness é boa para você, Fique calmo e siga em frente.* Meu Deus, eu detesto essa droga.

— Eu estava me perguntando quando você ia ligar — diz Gow, dobrando o jornal. — Você teve sorte em me encontrar. Tenho uma conferência em Aberdeen amanhã.

Eu me pergunto qual seria o coletivo dos especialistas em perfis. Um "composto", talvez.

Ele afasta seu prato. Nunca conseguiu resistir a um café da manhã inglês completo, especialmente quando eu estou pagando.

— Pelo que entendi, você quer falar sobre esse homem, Harper, não?

A garçonete larga duas xícaras à nossa frente, derramando café nos pires.

— Esse é difícil — continua Gow, pegando a colher e o açúcar. — O Alzheimer. Isso vai tornar uma condenação muito complicada. Mas imagino que você já saiba disso.

— Não é por isso que estou aqui. Quando encontramos a garota, parecia bem claro...

Gow ergue uma sobrancelha, então volta a mexer seu café.

— O que quero dizer é que a motivação parecia bem clara. E nós, no início, imaginamos que a criança tivesse nascido lá embaixo, como aquele caso na Áustria, Josef Fritzl.

— Na verdade, a mulher que Fritzl aprisionou era a própria filha, então aquele caso é na verdade muito diferente. Psicologicamente falando, é claro, embora eu não espere tais nuances de meros policiais. Mas, pelo que diz, você decidiu que a motivação não é tão clara, afinal de contas.

— Foi uma coisa que o marido de Hannah disse. Ele me perguntou se Harper tinha uma tara por sequestrar mulheres jovens com filhos e se foi por isso que ele escolheu Hannah como alvo. Só que, por algum motivo, ele mudou de ideia e decidiu abandonar Toby. Possivelmente para nos tirar de sua cola. Mas, se isso for verdade, resultaria em uma linha do tempo completamente diferente no caso do porão. Nós estamos supondo que a criança é de Harper, mas e se a garota tiver sido sequestrada *com* o menino?

— Imagino que vocês estejam fazendo um teste de DNA, não?

Eu assinto.

— É um pouquinho mais complicado do que seria normalmente, mas estamos.

Gow larga a colher.

— Então, enquanto isso, o que você quer saber é o quanto seria comum para um predador sexual fazer isso, sequestrar mulheres jovens com filhos pequenos.

Às costas de Gow, posso ver uma família vendo a vitrine de uma loja especializada em bolos. Dois meninos louros e pequenos estão com o nariz apertado contra o vidro, e sua mãe está nitidamente querendo que eles decidam qual vão querer. O dragão de chocolate, o Homem-

-Aranha vermelho ou a locomotiva Thomas. Nós compramos o bolo de aniversário de nove anos de Jake nessa loja. Ele tinha um unicórnio com chifre dourado. Ele amava unicórnios.

— Eu nunca vi um.

Eu me volto outra vez para Gow, com a cabeça ainda cheia de unicórnios.

— Desculpe?

— Um predador sexual que tem como alvo tanto mulheres quanto crianças. É algo praticamente desconhecido. Posso pesquisar no material publicado de casos, mas acho que não me lembro de um caso sequer. Quando mulheres foram sequestradas junto com crianças, foi porque a criança estava no lugar errado na hora errada: a *mulher* era o alvo. Você sabe tão bem quanto eu que pedófilos são frequentemente casados ou têm relacionamentos duradouros, mas eles não sequestram mulheres. Eles sequestram crianças. Na verdade — diz ele, pegando o café —, só consigo pensar em uma possibilidade que faz algum sentido.

— E qual é?

— Que você não está procurando pelo mesmo homem. Dois perpetradores diferentes, em outras palavras. Um deles um pedófilo, o outro um sádico sexual. Mas trabalhando juntos. Dividindo o risco, dividindo as presas.

Como se elas fossem carniça. É o suficiente para gelar seu sangue. Mas muitos pontos de interrogação desapareceriam se William Harper tivesse um cúmplice. Isso explicaria por que ninguém viu o velho sozinho com um carrinho de bebê naquele dia. Na verdade, isso podia significar até que Harper nunca esteve lá. A pessoa que se livrou do carrinho podia ser alguém completamente diferente. Alguém completamente fora do radar. Sem nome. Sem rosto. Desconhecido.

Gow larga sua xícara.

— Tem alguma prova de que havia outra pessoa na casa? Alguém que possa ter visitado, mesmo que não morasse ali?

Derek Ross, penso, antes de afastar o pensamento.

— Até agora, não. A maioria dos vizinhos disse nunca ter visto ninguém.

Gow faz uma careta.

— Naquela parte de Oxford? Tenho certeza de que não. Eu não levaria isso em conta.

— Uma senhora de idade insistiu que havia alguém. Mas desconsideramos isso porque ela disse que o homem era filho de Harper, e sabemos que ele não tem filhos.

Gow torna a pegar a xícara.

— Eu tornaria a verificar isso, se fosse você. O velhote pode não estar tão gagá quanto você pensa.

***

Challow reúne a equipe de perícia forense na cozinha.

— Parece que a lista de coisas a fazer acabou de ficar bem mais longa, então espero que ninguém tenha um encontro planejado para mais tarde. O Departamento de Investigação Criminal, em sua sabedoria infinita, agora desconfia que pode haver uma ligação entre esta casa e o desaparecimento de Hannah Gardiner em 2015. Então até termos eliminado completamente essa possibilidade, temos que trabalhar considerando que podemos estar no meio de uma cena de assassinato. Ou um lugar de desova. Ou, na verdade, os dois.

Nina respira fundo. Ela se lembra do caso de Hannah Gardiner. Ela revistou o carro. As balas de menta no porta-luvas, as manchas de suco na cadeirinha da criança, a confusão de recibos de gasolina. Todos os detritos da vida que se tornam tão insuportáveis quando alguém morre.

Challow ainda está falando.

— Se estamos procurando um túmulo, nem adianta tentar no porão. Não daria para remover o concreto lá embaixo sem ferramentas bem pesadas, e não há sinal desse tipo de distúrbio. Então, depois disso, em que lugar, o jardim?

— Na verdade, acho que não — responde Nina. — É exposto demais, perigoso demais. Você não ia conseguir cavar um buraco tão grande sem o risco de um dos vizinhos ver.

Ela caminha até a cortina de contas, passa através dela e entra na estufa. O vidro ali dentro está esverdeado, e a única coisa viva é a trepadeira que cresce através dos buracos na vidraça. As prateleiras de vasos não têm nada além de material em decomposição. Gerânios fossilizados. Tomateiros amarelados. Há um cheiro de umidade e terra velha. O tapete de junco no chão está negro de mofo e se desfazendo.

Ela vai até a janela e limpa um espaço no vidro turvo, então fica ali parada por um momento, olhando para o jardim.

— E ali? — diz ela, apontando. — Aquele barracão ou seja lá o que for.

Os dois homens se juntam a ela. A grama do lado de fora está na altura dos joelhos, e cheia de urtiga e folhas de azeda. Há uma pilha de móveis de jardim de plástico brancos e sujos, e pilhas de mato morto quando alguém resolveu cortá-lo e deixou onde caiu. No fundo, perto da cerca, há um grande barracão de alvenaria, com um telhado de telhas quase submerso em hera. Várias das janelas estão fechadas.

— Estão vendo o que quero dizer? — diz ela.

Eles veem com ainda mais clareza quando chegam lá. A inclinação do jardim é mais íngreme do que parece, e o barracão está erguido sobre uma base elevada.

— Acho — diz ela, passando a mão pelo vidro quebrado para destravar a porta. — Que podemos muito bem descobrir que há um espaço embaixo dessas tábuas.

Dentro, há prateleiras cheias de latas velhas de tinta e veneno para ervas daninhas, e uma pilha de ferramentas de jardim enferrujando. Um velho ninho de vespas está apodrecendo sob a beira do telhado e, pendurado em um prego, há um macacão velho todo cheio de manchas.

Challow bate o pé no chão e escuta o eco vazio por baixo.

— Acho que você tem razão.

Ele levanta um canto do tapete. Terra e brita escorrem em uma cascata, tatuzinhos correm em todas as direções.

— De vez em quando — diz ele, olhando para os dois —, nós simplesmente temos sorte.

É um alçapão.

***

— Você pode vê-la agora. Embora eu não tenha certeza se vai adiantar muito.

A enfermeira segura a porta da sala de familiares aberta e espera por Everett, então as duas saem andando juntas pelo corredor. Um senhor idoso com um andador, dois médicos com pranchetas, cartazes sobre higiene das mãos, alimentação saudável e como perceber os primeiros sinais de um AVC. O quarto fica no final, e a garota está sentada na cama usando uma bata de hospital. E dessa vez o clichê é verdadeiro: seu rosto é pouco mais escuro que o lençol que ela puxou junto ao peito. Ela parece, de algum modo, descolorida. Não só sua pele, mas seus olhos, até o cabelo. Como se houvesse uma película fina de poeira sobre ela. Há marcas de herpes labial em torno de sua boca.

Quando vê Everett, ela se move bruscamente para trás e arregala os olhos.

— Eu estou aqui fora — diz a enfermeira com delicadeza, fechando a porta às suas costas.

Everett espera um momento, então gesticula para a cadeira.

— Se importa se eu me sentar?

A garota não diz nada. Seus olhos acompanham Everett enquanto ela puxa a cadeira para mais longe da cama e se senta. Há quase dois metros de distância entre elas.

— Você pode me dizer seu nome? — pergunta Ev com delicadeza.

A garota fica olhando fixamente para ela.

— Sabemos que você passou por uma coisa terrível. Só queremos descobrir o que aconteceu. Quem fez isso com você.

A garota aperta o lençol um pouco mais forte. Suas unhas estão quebradas e sujas.

— Sei que é difícil, sei, sim. E a última coisa que quero é piorar as coisas. Mas precisamos mesmo de sua ajuda.

A garota fecha os olhos.

— Você se lembra de como aconteceu? Como você foi parar naquele lugar?

Agora há lágrimas. Escorrendo de suas pálpebras e descendo lentamente por seu rosto.

Elas ficam ali sentadas por alguns momentos, ouvindo o murmúrio do hospital ao seu redor. Passos, o barulho de macas, vozes. A campainha do elevador.

— Eu vi o seu filho — diz Everett por fim. — Disseram que ele está bem.

A garota abre os olhos.

— É uma criança adorável. Qual é o nome dele?

A garota começa a balançar a cabeça, nitidamente aterrorizada, e no momento seguinte começa a gritar e se encolhe na cama; as enfermeiras entram, e Everett se vê no corredor do lado errado de uma porta fechada.

Leva vinte minutos e uma injeção para acalmar a garota. Everett está sentada em uma cadeira no corredor quando o médico sai do quarto. Ele puxa outra cadeira e se senta ao lado dela.

— O que aconteceu ali dentro? — diz ela. — O que eu fiz?

Ele respira fundo.

— O psiquiatra acha que ela pode estar sofrendo de transtorno de estresse pós-traumático. Para ser sincero, seria mais surpreendente se ela não estivesse. Não é incomum para pessoas em situações como a dela reprimirem a memória do que aconteceu com elas. É o cérebro entrando em modo de sobrevivência. Trancar uma coisa simplesmente dolorosa demais para lidar com ela. Por isso quando você perguntou a ela sobre a criança, estava forçando que ela confrontasse aquilo pelo que passou, e ela simplesmente não conseguiu lidar com isso. Infelizmente pode levar algum tempo para que ela consiga falar sobre isso.

— De quanto tempo o senhor acha que ela vai precisar?

— Não há como saber. Talvez horas. Talvez semanas. Possivelmente nunca vai conseguir.

Everett se inclina para a frente e leva as mãos à cabeça.

— Merda. Eu estraguei tudo, não foi?

Ele olha para ela com simpatia.

— Não havia nada errado com suas intenções. Não seja dura demais com você mesma.

Ela sente a mão dele no ombro. O calor da pele dele através de sua camisa. Então ele vai embora.

***

A cavidade embaixo do alçapão não tem mais de sessenta centímetros de profundidade, e por baixo dela o chão é apenas terra e entulho. Challow se deita no chão e aponta uma lanterna pela abertura.

— É, com certeza tem alguma coisa aqui embaixo. Nina, você quer tentar? Não tenho certeza se consigo entrar aí.

Ele se levanta e observa Nina descer para aquele espaço, então ficar de quatro. Ele lhe passa a lanterna, e ela some de vista.

— Cuidado com os ratos — diz Challow animado.

Na cavidade, Nina faz uma careta: agora ele me diz isso. Ela aponta o facho da lanterna ao redor, da esquerda para a direita, em seguida de volta. Há ruídos de pequenos passos correndo e o brilho de olhos pequeninos no escuro. Então ela leva um susto quando o facho da lanterna colide com algo a apenas alguns centímetros de seu rosto. Algo afiado, negro e morto há muito tempo. Pés finos curvados para o ar. Olhos cavernosos como um fantasma de Halloween. É só um pássaro. Provavelmente um corvo.

Mas um pouco mais além, talvez a uns dois metros de distância, a lanterna ilumina outra coisa.

Dessa vez, não há nenhum crânio, nenhum osso seco, nada horripilante, apenas um cobertor enrolado. O horror está em sua própria imaginação. No que ela sabe que aquele cobertor esconde.

Ela engole em seco, e não é só por causa da poeira.

— Tem alguma coisa aqui embaixo! — grita ela. — Está fechado com fita adesiva. Mas é do tamanho certo.

Ela rasteja para trás, ergue a cabeça acima do alçapão e sobe para o barracão.

— Acho que vamos precisar remover essas tábuas — diz ela, limpando as mãos no traje.

— Está bem — diz Challow, ficando de pé. — Cuide para que elas sejam identificadas quando fizermos isso. Vamos precisar saber exatamente o que estava em que lugar, e precisamos examinar toda essa área à procura de digitais.

— Não era melhor chamar o médico legista?

— Ele já está a caminho.

***

Em seu escritório em Canary Wharf, Mark Sexton está ao telefone com seu advogado. Treze andares abaixo, o Tâmisa se move lentamente na direção do mar, e cinco quilômetros para o oeste, o edifício Shard brilha ao sol. A tela da TV no canto está muda, mas ele ainda pode ver as manchetes correndo no pé da imagem. E as tomadas da casa na Frampton Road. E não só dessa casa, mas da casa ao lado, a *sua* casa.

— Não acredito que eles não *sabem*, merda. Quer dizer, quanto tempo leva uma busca da perícia?

O advogado hesita.

— Não é, na verdade, minha área, embora eu conheça um advogado criminalista a quem posso perguntar.

— Só fale com aqueles babacas de Thames Valley outra vez, está bem? Os empreiteiros já me disseram que se não puderem voltar ao trabalho até o fim da semana, ou vão ter que me cobrar para não fazer nada, ou vão começar outra obra. E todos nós sabemos o que vai acontecer nesse caso. Eles vão sumir por um mês e meio enquanto perdem tempo com a droga da ampliação da cozinha de alguém.

— Não tenho certeza se vai adiantar muito...

— Só faça isso, está bem? Por que outro motivo eu pago você?

Sexton bate o telefone e torna a olhar para a tela da TV. Eles estão nitidamente exibindo uma reportagem sobre o desaparecimento de Hannah Gardiner; uma vidente de cabelo escorrido está lembrando ao mundo como ela previu que o número três seria a chave para o caso, e uma montagem com manchetes de dois anos de idade surge e desaparece em *fade* na tela: *Garota desaparecida foi raptada por culto satânico? Mistério do solstício de verão se aprofunda enquanto polícia nega rito pagão. Criança pequena encontrada perto de local de sacrifício humano.*

Sexton leva as mãos à cabeça; era só o que me faltava.

***

— Achamos que devíamos esperar por você antes de abrir — diz o legista. — E nem é seu aniversário.

O nome dele é Colin Korppo. E, sim, eu sei, isso não é engraçado. Mas na verdade é, sim. Ele já ouviu tantas piadas que desenvolveu seu próprio estilo de humor negro para acompanhar. Pode parecer grosseiro, se você não o conhece, mas é só um escudo. Uma maneira de manter o horror afastado. E o que eles têm aqui, apesar da luz do dia e de todo o atarefado aparato profissional, ainda são coisas saídas de pesadelos.

As pessoas nas casas vizinhas dos dois lados da rua estavam debruçadas nas janelas enquanto caminhávamos pelo jardim. A essa altura, algum filho da mãe provavelmente já botou uma foto na droga do Twitter.

No interior do barracão há um grande buraco aberto no chão, e em torno dele, nós. Peritos forenses, Gislingham e Quinn. E agora, eu. Korppo se abaixa cuidadosamente e recorta o cobertor podre e a fita. Primeiro de um lado, depois do outro. Todos sabemos o que vamos ver, mas é um soco no estômago mesmo assim. Está deitado de bruços, então não conseguimos ver o rosto. Graças a Deus pelas pequenas coisas. Mas ainda há restos de pele roxa e verde enrugada sobre a caixa torácica. As mãos retorcidas. As panturrilhas reduzidas a ossos roídos e embranquecidos.

— Como podem ver, houve mumificação parcial dos restos — diz Korppo sem inflexão na voz. — Não é muito surpreendente, considerando que o corpo foi bem-embalado, e deve haver ventilação embaixo deste piso, embora pareça que a parte de baixo do cobertor não foi tão bem-fechada, já que não temos a maior parte dos ossos menores dos pés e dos tornozelos. Provavelmente foram levados pelos ratos. Há sinais claros de infestação de roedores por toda esta área.

Ergo os olhos e vejo Quinn fazendo uma careta.

— O cadáver é sem dúvida feminino — prossegue Korppo. — E também resta uma boa quantidade de cabelo, como podem ver. — Ele se abaixa e olha mais de perto, afastando as madeixas sujas com uma caneta de plástico. — Quanto à causa da morte, vejo o que parece ser um trauma significativo provocado por uma pancada forte no osso parietal, mas preciso analisar o corpo para ter certeza.

— Ela poderia ter sobrevivido a alguma coisa assim? — pergunta Gislingham, com o rosto pálido.

Korppo reflete sobre isso.

— Ela teria ficado inconsciente, sem dúvida. Mas possivelmente não morreu de imediato. Vejam. — Ele se agacha outra vez e aponta para algo preso nos pulsos ressequidos. — Acho que vocês vão ver que é um fio amarrado. Isso pode sugerir que ela morreu algum tempo depois do golpe inicial.

Eu me lembro do que Everett disse; sobre a possibilidade de Harper ter amarrado Hannah e a deixado ali enquanto ia se livrar de seu filho e de seu carro. Porque ele ia querê-la viva quando voltasse. Para o que pretendia fazer com ela.

— Tem algum jeito de saber por quanto tempo ela sobreviveu?

Korppo balança a cabeça.

— Duvido. Podem ter sido horas. Até mesmo dias.

— Meu Deus — diz Gislingham em voz baixa.

Korppo se levanta.

— Tem muito material em decomposição embaixo dela, mas mesmo assim tenho quase certeza de que ela não morreu aqui. Quer dizer, nesse cobertor. Haveria uma grande quantidade de sangue e tecido encefálico.

Eu às vezes desejo que Korppo não fosse tão bom com palavras.

— E, por falar nisso, ela estava nua. Embrulhada desse jeito, algumas roupas teriam resistido, mas não tem nada aqui.

Gislingham não é o único que ficou pálido. Todos estamos passando versões da mesma cena em nossas cabeças. Ficar com as mãos amarradas. Nua. Com dor. Sabendo que era apenas questão de tempo.

— Por que o assassino faria isso? Foi sexual?

— Ou isso ou quis humilhá-la. De qualquer jeito, vocês estão olhando para um trabalho muito feio.

Como se não soubéssemos.

— Certo — diz Challow rapidamente. — Se vocês puderem limpar a área, vamos trazer de volta o fotógrafo e começar a embalar todas essas coisas.

***

BBC News

Terça-feira, 2 de maio de 2017 — Atualizado pela última vez às 15h23

URGENTE: Corpo encontrado no caso do porão em Oxford

A BBC soube que um corpo foi encontrado em North Oxford, na casa onde uma garota e um menininho foram descobertos ontem de manhã. Pessoal da perícia forense foi visto removendo restos humanos do jardim, que acredita-se ser de uma mulher. Aumenta a especulação de que policiais podem ter descoberto o corpo da jornalista da BBC Hannah Gardiner, 27, que desapareceu em Wittenham no dia do solstício de verão há dois anos, e cujo filho de dois anos, Toby, foi posteriormente encontrado na região.

Hannah foi vista pela última vez pelo marido, Rob, em seu apartamento na Crescent Square, na manhã de 24 de junho de 2015, quando estava a caminho de fazer uma reportagem no acampamento de protesto de Wittenham Clumps. O fato de seu Mini Clubman estar no estacionamento adjacente, além dos vários avistamentos aparentes e da descoberta de Toby Gardiner, levou a polícia a acreditar que ela havia desaparecido na área de Wittenham.

Reginald Shore, manifestante no local que foi posteriormente preso por agressão sexual em Warwick, foi interrogado longamente sobre o desaparecimento de Hannah, mas nenhuma acusação foi feita. Seu filho, Matthew, agora está escrevendo um livro sobre o caso e disse esta manhã:

— Meu pai foi vítima de uma caça às bruxas feita pela Polícia de Thames Valley, liderada pelo superintendente detetive Alastair Osbourne. Agora nós vamos renovar nossos apelos para que a condenação de meu pai seja revista e para que a Comissão Independente de Queixas da Polícia investigue como lidaram com o caso Hannah Gardiner. A família dela merece saber a verdade, e vou fazer tudo o que estiver ao meu alcance para garantir que isso aconteça.

A Polícia de Thames Valley se recusou a comentar, mas confirmou que vão emitir um pronunciamento "no momento certo". O superintendente detetive Osbourne se aposentou da força policial em dezembro de 2015.

***

Korppo me liga às oito da noite. Eu estava meio pensando em ir para casa, meio pensando apenas em pedir comida chinesa em minha mesa. Mas acabo no necrotério. É assim que esse emprego às vezes funciona. Ligo para Alex no caminho para avisá-la, aí me lembro de que ela saiu com algumas velhas amigas da faculdade. Então parece que ia ser comida chinesa de um jeito ou de outro.

São 20h45 quando estaciono no hospital, e o dia está escurecendo. Nuvens estão se aproximando do oeste, e enquanto ando até a entrada, sinto as primeiras gotas de chuva.

No necrotério, o corpo está cuidadosamente disposto em uma mesa de metal.

— Mandei alguns dos ossos para análise de DNA — diz Korppo, lavando as mãos na pia. — E a perícia forense levou o cobertor para análise.

— Mais alguma coisa sobre a causa da morte?

Korppo vai até o corpo e aponta para as marcas irregulares no crânio.

— Houve, sem dúvida, dois golpes separados. O primeiro a acertou aqui, e provavelmente a deixou inconsciente. Depois aqui. Está vendo? O dano é muito maior. Foi isso que realmente a matou, e a arma com certeza tinha algum tipo de gume. O primeiro golpe provavelmente não sangrou muito, mas o segundo, com certeza, sangrou.

Sabe, acho que, no fim das contas, vou dispensar a comida chinesa.

Ele olha para mim.

— Acredito que você já tenha solicitado os registros dentários de Hannah Gardiner.

Assinto.

— E Challow está dando uma busca na casa, mas ainda não encontraram nada.

— Bom, posso garantir: se ela morreu ali, você vai saber.

O vento está aumentando lá fora. O primeiro golpe da chuva sobre o vidro.

— Você me falou para eu vir sozinho — digo, após um momento. — Por quê?

— Eu não vi até começarmos a erguer os ossos. — Ele estende a mão até uma mesa lateral e pega uma bandeja de metal. — Encontrei isso embaixo do crânio.

Uma faixa de fita adesiva cinzenta ressecada.

— Então ela foi amordaçada.

Ele assente.

— Amarrada *e* amordaçada. Então você entende por que achei que você não devia trazer mais ninguém.

Ele percebe pelo meu rosto que eu não entendo.

— Vamos lá, Fawley. Mãos amarradas, rosto virado para baixo, um crânio quebrado… Você vai ter que pensar com cuidado sobre o quanto disso vai liberar para a imprensa. Porque os jornalistas vão deduzir muito rápido que é exatamente como aqueles corpos que encontraram em Wittenham Clumps.

— Merda.

— Pois é. E não sei o que você acha, mas o que temos aqui já é horrível o suficiente. Não precisamos de manchetes sensacionalistas sobre sacrifício humano.

***

Chris Gislingham abre sua porta da frente com o pé; ele usaria as mãos, só que está segurando três bolsas de compras em cada uma. Fraldas, lenços higiênicos, talco — como uma criança tão pequena e indefesa pode precisar de tanta coisa?

— Cheguei! — grita ele.

— Estamos aqui.

Gislingham larga as sacolas na cozinha e vai até a sala de estar, onde sua esposa, Janet, está sentada com o filho no colo. Ela parece ao mesmo tempo exausta e em êxtase, algo que Gislingham se acostumou ao longo dos últimos meses; nenhum deles dormiu muito na noite anterior. Quando ele se abaixa para beijar o filho, Billy sente o cheiro de talco de bebê e biscoitos, e olha de olhos arregalados para o pai, que acaricia delicadamente sua cabeça, em seguida se senta ao lado deles no sofá.

— Teve um bom dia? — pergunta ele.

— Aquela enfermeira da saúde boazinha veio nos ver hoje, não foi, Billy? E ela disse como você cresceu bem. — Ela dá um beijo na testa do bebê, que estende uma mão gorducha para segurar seu cabelo.

— Achei que você fosse fazer compras com sua irmã. Não era hoje?

— O nariz do Billy estava um pouco entupido, por isso resolvi não ir. Não valia o risco. Posso ir outra hora.

Gislingham tenta se lembrar da última vez em que sua esposa realmente saiu de casa. Ultimamente, isso está ficando mais chamativo, e ele se pergunta se, ou quando, devia começar a se preocupar.

— Você também precisa de ar fresco, sabia? — diz ele, tentando manter um tom leve. — Talvez possamos sair e dar comida para os patos no fim de semana. Você ia gostar disso, não ia, Billy? Ele faz cócegas embaixo do queixo do filho, e o menininho grita de prazer.

— Talvez — diz Jane, vaga. — Depende de como estiver o tempo.

— Por falar nisso, aqui dentro está parecendo Barbados — diz Gislingham, afrouxando a gravata. — Achei que tínhamos desligado o aquecimento, não?

— Fez um pouco frio hoje de tarde, por isso liguei novamente.

Não vale o risco. Ela não precisa dizer isso. Depois de dez anos tentando engravidar e de um parto prematuro que quase acabou em tragédia, proteger Billy, manter Billy aquecido, monitorar seu peso, sua altura, sua força e cada etapa de seu desenvolvimento é tudo o que interessa a ela. Sua vida mal tem espaço para qualquer outra coisa, e sem dúvida ela não tem tempo para cozinhar.

— Pizza outra vez? — diz Gislingham por fim.

— Está na geladeira — responde Janet distraidamente, ajustando um pouco a posição do bebê. — Você pode botar uma mamadeira para esquentar?

Gislingham se levanta e volta à cozinha. A maior parte do que tem na geladeira é purê, papinha ou leite, mas ele solta a caixa de pizza de onde ela congelou contra o fundo e a bota no micro-ondas, então liga o aquecedor de mamadeiras. Quando volta para a sala cinco minutos depois, Janet está recostada no sofá, de olhos fechados.

Gislingham ergue seu filho delicadamente dos braços da esposa e o coloca apoiado em seu ombro.

— Está bem, Billy. O que acha de você e eu irmos tomar uma bebida tranquilos?

***

Alex chega à meia-noite. Ela supõe que já estou na cama, porque as luzes da sala estão desligadas, por isso, por alguns breves segundos, posso observá-la enquanto ela acredita estar sozinha. Alex larga a bolsa ao lado da porta da frente e para um momento, se olhando no espelho. Ela é bonita, minha esposa, sempre foi. Ela nunca entra em um lugar sem que as pessoas percebam. O cabelo escuro, os olhos que às vezes parecem violeta sob a luz, às vezes turquesa. E ela fica mais alta que eu de salto alto, o que não me incomoda, caso você esteja se perguntando. Mas nunca foi feliz com sua aparência. E, agora, a observo enquanto ela leva a mão ao rosto, alisa as rugas ao redor dos olhos, ergue o queixo, virando a cabeça primeiro para um lado, depois para o outro. E ela deve ter me vislumbrado no espelho, porque se vira de repente, com o rosto levemente corado.

— Adam? Que susto! O que está fazendo sentado no escuro?

Eu pego minha taça e termino o que restou do Merlot.

— Só pensando.

Ela se aproxima e se senta no braço do sofá à minha frente.

— Dia difícil?

Faço que sim.

— Estou no caso da Frampton Road.

Ela assente devagar.

— Vi o noticiário. É tão ruim quanto parece?

— Pior. Encontramos um corpo na casa esta tarde. Achamos que é de Hannah Gardiner. Mas a imprensa ainda não sabe disso.

— Você contou ao marido dela?

— Ainda não. Estou esperando uma identificação positiva. Não quero reabrir tudo aquilo para ele a menos que eu tenha certeza.

— Como está a garota?

— Traumatizada, segundo Everett. Não está falando. Não parece saber o próprio nome nem mesmo que tem um filho. Começou a gritar assim que o viu.

Há um silêncio. Alex baixa os olhos para as mãos. Sei o que ela está pensando, sei bem demais. Como alguém que teve um filho podia se esquecer disso? Como alguém que perdeu um filho podia não desejar ter outro? Eu me pergunto se ela vai falar nisso outra vez. Sua dor, sua necessidade, e o que ela pensa ser a resposta.

— Como foi sua noite? — pergunto em meio a palavras não ditas.

— Tudo bem. No fim, fomos apenas eu e Emma.

— Não tenho certeza se eu a conheço.

— Não conhece. Eu não a via há anos. Ela trabalha para o Conselho. Para a equipe de Colocação Familiar.

Ela agora não está me olhando nos olhos.

— Então ela encontra lares para crianças? Adoções, cuidados temporários?

— É.

Ela ainda não está olhando para mim.

Eu respiro fundo.

— Alex, isso não foi nenhum encontro de faculdade, foi? Sempre foram só você e essa mulher, Emma.

Ela agora está remexendo na alça da bolsa.

— Olhe, eu só queria obter mais informação. Descobrir o que isso envolve.

— Embora você saiba o que eu penso. Embora nós tenhamos concordado...

Ela ergue os olhos na direção de meu rosto. Olhos cheios de lágrimas.

— *Nós* não concordamos. *Você* concordou. Sei como você se sente em relação a isso, mas e o que *eu* acho? Enquanto tínhamos Jake não importava tanto que eu não tivesse outro filho, mas quando o perdemos... — Sua voz fica embargada, e ela se esforça para recuperar a compostura. — Quando nós o perdemos, foi... insuportável. E não só porque ele morreu, mas porque parte de *mim* morreu também. A parte que era mãe, que botava outra pessoa em primeiro lugar. Eu quero isso de volta. Você consegue entender?

— Claro que consigo. O que você acha que eu sou?

— Então por que está se recusando até em pensar nisso? Emma estava me contando sobre as crianças com as quais ela tem que lidar, crianças desesperadas por amor, pelo tipo de estabilidade e apoio que nós podíamos dar a elas...

Eu me levanto, pego a garrafa e a taça e vou para a cozinha, onde começo a encher a lava-louça. Quando olho para trás, cinco minutos depois, ela está parada na porta.

— Você tem medo de amar outra criança mais do que ama Jake? Porque se for isso, eu entendo, entendo mesmo.

Eu me aprumo e me apoio na bancada.

— Não é isso. Você sabe que não.

Ela se aproxima e põe a mão em meu braço, com hesitação, como se temesse rejeição.

— Não foi sua culpa — diz ela com delicadeza. — Só porque ele... porque ele morreu, não significa que fomos maus pais.

Quantas vezes eu disse a mesma coisa para ela, nesse último ano. Eu me pergunto como acabamos nesta situação, em que ela sente que precisa dizer isso para mim.

Eu me viro em sua direção e a abraço, apertando-a forte junto a mim para poder sentir sua respiração, seu coração batendo.

— Amo você.

— Eu sei — sussurra ela.

— Não, estou falando que eu amo *você*. É suficiente. Não preciso de outro filho para... Não sei, me tornar inteiro ou me dar um propósito na vida. Você, eu, meu trabalho, isto. É suficiente.

Mais tarde na cama, ouvindo a respiração dela, olhando através das cortinas para o céu azul-escuro que ainda não perdeu totalmente a luz, eu me pergunto se menti. Não de propósito, talvez, mas por omissão. Não quero adotar uma criança, mas não porque a vida que tenho seja suficiente. É porque a ideia me aterroriza. É como apostar toda sua existência em um jogo de azar gigantesco. A criação é forte, mas o sangue é mais forte. Minha mãe e meu pai nunca me contaram que não são meus pais biológicos, mas eu sei, sei há anos. Encontrei os documentos na escrivaninha do meu pai quando tinha dez anos. Tive que pesquisar algumas palavras, mas acabei entendendo. E, de repente, tudo pareceu se encaixar. Eu não me parecia com eles e, quando fiquei mais velho, também não pensava como eles. Sentia-me como um desajustado em minha própria vida. E esperei, mês após mês, ano após ano, até eu perceber que nunca ia acontecer, pelo momento em que eles iam me contar. Se eu dissesse isso para Alex, ela responderia que faríamos diferente. Que seríamos modernos, abertos e verdadeiros. Que padrões não precisam ser repetidos. A maioria das crianças adotadas é feliz e bem-ajustada e faz de sua vida um sucesso. Talvez elas façam isso. Ou talvez, como eu, elas simplesmente não falem sobre isso.

Quando acordo às sete da manhã, a cama está vazia ao meu lado. Alex está na cozinha, já vestida e prestes a sair.

— Você acordou cedo.

— Tenho que deixar meu carro na oficina — diz ela, fingindo estar ocupada com a cafeteira. — Ele precisa de conserto. Você não lembra?

— Você quer que eu te busque hoje à noite?

— Você não vai estar ocupado demais com o caso e todo o resto?

— Provavelmente. Mas vamos supor que eu possa. Mando um e-mail para você se houver um problema.

— Está bem. — Ela sorri brevemente, me dá um beijo no rosto e pega suas chaves. — Então vejo você mais tarde.

***

— Ainda não identificamos o corpo. Aparentemente, tem alguma coisa segurando os registros dentários. Não há sangue visível no macacão encontrado no barracão, mas eles vão testá-lo para DNA só por garantia. Mas é basicamente um tiro no escuro. Se Harper usou alguma coisa desse tipo para dirigir o carro de Hannah, ele provavelmente se livrou dela há anos.

Quinn está em meu escritório, me atualizando. Com o tablet na mão, como de hábito. Não sei como ele conseguia antes de arranjar essa coisa.

— Ev está de volta ao hospital. Nada ainda de Jim Nicholls. Parece que ele está de férias, mas ainda estamos tentando contato. O superintendente já perguntou duas vezes sobre quando vamos dar uma entrevista coletiva. Eu disse que você vai ligar para ele. — Então há uma pausa. — Você sabia que Matthew Shore estava escrevendo um livro?

— Não. Mas não é provável que ele nos conte, é?

— Você conseguiu falar com Osbourne?

Eu balanço a cabeça.

— Tentei ontem à noite, mas tudo o que consegui foi a caixa postal.

— Acha que vale a pena tentarmos falar com Matthew Shore? Quer dizer, se ele está fazendo a própria pesquisa, pode ter descoberto alguma coisa. Ele olhou para tudo isso mais recentemente que nós...

Quinn agora está me irritando.

— Olhe, esqueça essa história. Confie em mim, se ele tivesse descoberto alguma coisa, nós teríamos sabido. Esse cara não presta e, se falarmos com ele agora, ele vai dar um jeito de usar isso contra nós. Entendeu?

Ele está olhando fixamente para sua lista outra vez, e eu o forço a olhar para mim.

— Quinn? Você me ouviu?

Quinn ergue os olhos, depois volta-se novamente para o tablet.

— Claro. Sem problema. Com isso resta apenas Harper. Sua advogada acabou de chegar, e eu pedi ao sargento da carceragem para trazê-lo para a sala de interrogatório um.

Termino meu café e faço uma careta; o que quer que eles façam com aquela máquina, o resultado não melhora nada.

— Encontre Gis e diga a ele para se reunir comigo.

Quinn dá uma olhada para mim quando pego o paletó nas costas da cadeira. Eu não o estou castigando, mas não me importa que ele possa achar que estou. Por um ou dois dias.

***

Entrevista com o dr. William Harper, realizada no Distrito de Polícia de St. Aldate's, Oxford.
3 de maio de 2017, 9h30
Presentes: inspetor detetive A. Fawley, detetive Gislingham, dra. J. Reid (advogada) e sra. K. Eddings (equipe de saúde mental)

AF: Dr. Harper, sou o inspetor detetive Adam Fawley. Estou conduzindo a investigação relacionada a uma jovem e uma criança que encontramos em seu porão na segunda-feira de manhã. A sra. Eddings é da equipe de saúde mental, e a dra. Reid está aqui como sua advogada. Elas estão aqui para proteger seus interesses. O senhor entende?

WH: Não faço ideia de porra nenhuma do que você está falando.

AF: O senhor está confuso sobre o papel da dra. Reid?

WH: Eu pareço retardado? Eu sei o que é uma advogada.

AF: Então foram as outras coisas que eu disse, sobre a garota e a criança?

WH: Quantas vezes vou ter que repetir? *Eu não faço ideia do que você está dizendo.*

AF: Então não havia uma mulher nem uma criança em seu porão.

WH: Se estavam lá, eu nunca vi.

AF: E como o senhor imagina que elas foram parar lá?

WH: Não tenho a porra da menor ideia. Provavelmente são ciganos. Eles vivem como porcos. Um porão seria a porra de um hotel de luxo.

AF: Dr. Harper, não há indícios de que a jovem tenha vindo da comunidade Romani. E mesmo que viesse, como podia ter entrado em seu porão sem que o senhor soubesse?

WH: Não sei. Não é você que tem todas as drogas das respostas?

AF: A porta do porão estava trancada por fora.

WH: É um grande enigma para você, então, não é? Babaca espertinho.

[*pausa*]

AF: Dr. Harper, ontem à tarde, membros da equipe de perícia forense de Thames Valley fizeram uma busca detalhada em sua casa e encontraram um corpo escondido embaixo do piso do barracão. Uma mulher adulta. O senhor sabe me dizer como ele chegou lá?

WH: Não tenho a menor ideia. Próxima pergunta.

JR: [*intervindo*]

Isso é sério, dr. Harper. O senhor precisa responder as perguntas do inspetor.

WH: Vá se foder, sua vaca feia.

[*pausa*]

AF: Então vamos esclarecer: o senhor está nos dizendo que não sabe explicar nem por que um corpo foi achado enterrado embaixo do piso em seu barracão nem como uma jovem e uma criança acabaram trancados no porão? É nisso que o senhor está pedindo que acreditemos?

WH: Por que você continua se repetindo? Você é retardado, por acaso?

CG: [*entregando uma fotografia*]

Dr. Harper, esta é a foto de uma jovem chamada Hannah Gardiner. Ela desapareceu dois anos atrás. O senhor já a viu antes?

WH: [*afastando a fotografia*]

Não.

CG: [*entregando uma segunda fotografia*]

E essa garota? Essa é a garota que encontramos em seu porão. É a foto que lhe mostrei ontem.

WH: Elas são todas iguais. Vacas do mal.

CG: Desculpe, o senhor está dizendo que a reconhece ou não?

WH: Vacas frígidas. Sempre fazendo a gente implorar. Aquela vadia da Priscilla. Eu disse a ela: volte para a porra do lugar de onde veio, sua vaca do mal.

KE: Desculpe, inspetor, mas acho que ele está ficando confuso outra vez. Priscilla é sua falecida esposa.

AF: Por favor, olhe para as fotos, dr. Harper. O senhor já viu alguma dessas jovens?

WH: [balançando-se para a frente e para trás]

Vacas do mal. Vadias desprezíveis.

KE: Acho que é melhor pararmos agora.

***

Enviado: Qua., 03/05/2017, 11h35   **Importância: Alta**
De: alan.challow@thamesvalley.police.uk
Para: adam.fawley@thamesvalley.police.uk,
    DIC@thamesvalley.police.uk
CC: colin.korppo@ouh.nhs.uk

Assunto: Caso nº JG2114/14R Gardiner, H.

Estou mandando este e-mail para confirmar que os registros dentários chegaram. O corpo na Frampton Road é com certeza de Hannah Gardiner.

***

— Adam? É Alastair Osbourne. Eu vi as notícias.

Embora tenha ligado para ele antes, eu ainda temia sua ligação.

— É ela, não é? Hannah Gardiner?

— É, é ela. Sinto muito, senhor.

Alguns hábitos são muito resistentes. Como o respeito.

— Suponho que aquele homem, Harper, seja o principal suspeito — continua ele. — AMEQ?

AMEQ. A menos e quando o tirarmos da lista de suspeitos. Ou encontrarmos outro suspeito. Ou um cúmplice que ainda não sabemos se existe.

— Por enquanto, é.

— Como Rob Gardiner está reagindo?

— Tão bem quanto se poderia esperar. Quer dizer, ele devia estar esperando por isso, mas mesmo assim é um choque e tanto.

Há uma pausa do outro lado da linha.

— Eu lhe devo desculpas, Adam.

— Não...

— Devo, sim — diz ele enfaticamente. — Você nunca se convenceu sobre Shore e queria ampliar a busca além de Wittenham. E eu fui contra. Eu estava errado. E agora parece que esse monstro atacou de novo...

— Se é de algum consolo, senhor, talvez aquela garota já estivesse no porão muito antes de Hannah morrer.

***

Everett consegue ouvir os gritos na metade do corredor. É a área de brincar da pediatria; brinquedos e jogos e quadros com cores primárias de elefantes, girafas e macacos felizes, mas agora escorre das paredes algo que por um momento louco e repulsivo parece sangue. O menino está no centro da sala, gritando. Um dos trens de brinquedo está em pedaços, e três outras crianças estão encolhidas atrás das cadeiras, chorando. Uma garotinha tem um corte no rosto. Uma auxiliar de enfermagem está de quatro tentando limpar uma mancha escura e vermelha no linóleo.

A auxiliar de enfermagem ergue os olhos.

— É só suco, sério. E juro que só deixei eles sozinhos por cinco minutos. Jane não veio hoje e estamos muito atarefadas...

— Imagino que ele nunca tenha encontrado outras crianças antes — diz Everett. — Ele literalmente não sabe como lidar com elas.

A enfermeira Kingsley corre até a menina.

— Como Amy conseguiu esse corte?

— Voltei correndo assim que ouvi os gritos. Amy estava no chão, e o menino estava em cima dela.

O menino agora está em silêncio, mas seu rosto está vermelho, e suas bochechas estão cobertas de lágrimas. Kingsley faz um movimento hesitante na direção dele, mas ele se afasta.

— Foi um pesadelo na enfermaria ontem à noite — diz a auxiliar de enfermagem, parecendo cansada. — Ele gritou sem parar por quase uma hora até ficar tão exausto que foi dormir embaixo da cama. Nós tentamos tirá-lo de lá, mas não adiantou. No fim, nós simplesmente o deixamos ali.

Jane balança a cabeça, perdida.

— Vou falar com a assistência social outra vez. Eu sofro muito por causa dele, sofro mesmo, mas crianças doentes precisam dormir.

O garoto olha para ela por um momento, em seguida fica de quatro e engatinha até o canto. As três mulheres observam em silêncio enquanto ele passa a mão na parede e começa a chupar o suco cristalizando em seus dedos.

— Meu Deus — diz Everett depois de um momento. — Vocês acham que era isso o que ele tinha que fazer?

Jenny Kingsley olha para ela.

— No porão?

— Pense só. A água está acabando, as paredes são úmidas...

A auxiliar de enfermagem leva a mão à boca. Então, no silêncio, o telefone de Everett toca.

É uma mensagem de texto. De Fawley.

> Peça aos médicos para examinarem o menino outra vez. Preciso excluir um possível abuso sexual.

***

POLÍCIA DE THAMES VALLEY
Depoimento de testemunha

Data: 25 de junho de 2015
Nome: Sarah Wall   Nasc.: 13/11/1966
Endereço: 32 Northmoor Close, Dorchester-on-Thames
Profissão: Contadora autônoma

Estava andando com meu cachorro em Wittenham Clumps na quarta-feira de manhã. Eu estou sempre por lá, por isso reconheço a maioria das pessoas. Nesse dia, estava mais cheio que o normal para uma quarta-feira — a noite anterior tinha sido a véspera do solstício de verão, então muitos dos turistas do acampamento continuavam por lá. E havia muitas outras pessoas também. Estudantes. Algumas famílias com filhos. Avós. E me lembro de ver vários carrinhos de bebê. No caminho de Castle Hill, passei por alguns corredores que reconheci e outra pessoa que também passeia com o cachorro. Nós paramos para conversar. Isso devia ser pouco antes das nove. Então recebi um telefonema e tive que voltar para casa para poder resolver um problema de um cliente. Quando estava seguindo para a saída, vi a mulher com o carrinho de bebê. Ela estava bem distante, de costas para mim, mas tinha cabelo escuro em um rabo de cavalo e um casaco que era preto ou azul-escuro. E algum tipo de mochila. Não vi para que lado ela foi depois disso. Mas, quando passei pelo estacionamento, com certeza havia um Mini Clubman laranja ali. Ele chamava bastante atenção, por causa da cor, sabe?

Assinatura: Sarah Wall

POLÍCIA DE THAMES VALLEY
Depoimento de testemunha

Data: *25 de junho de 2015*
Nome: *Martina Brownlee*   Nasc.: *9/10/1995*
Endereço: *Oxford Brookes, alojamento de estudantes*
Profissão: *Estudante*

Passamos a noite acordados, e eu ainda estava um pouco bêbada, para ser sincera, mas tenho certeza de que a vi. Ela estava na trilha. O menino estava dormindo, e ela estava debruçada sobre ele. Não cheguei perto o suficiente para falar com ela, mas tenho certeza de que era aquela moça. Eu notei o casaco, é da Zara. Uma amiga tem um igual. Não tenho certeza da hora. Talvez 8h45?

Assinatura: *Martina Brownlee*

POLÍCIA DE THAMES VALLEY
Depoimento de testemunha

Data: *25 de junho de 2015*
Nome: *Henry Nash*   Nasc.: *22/12/1951*
Endereço: *Yew Cottage, Wittenham Road, Appleford*
Profissão: *Professor (aposentado)*

Eu caminho em Wittenham Clumps quase todas as manhãs. Ontem cheguei lá por volta das 9h25. Na hora, havia sem dúvida um Mini Clubman laranja no estacionamento, mas eu não o vi chegar. Eu segui na direção de Castle Hill e dei a volta na Árvore dos Poemas — o que restou dela. Um pouco à frente, percebi uma coisa colorida na área que eles chamam de Poço do Dinheiro. Era um carrinho de bebê verde. Ali parado, como se os pais o tivessem estacionado por um momento. Esperei alguns minutos, mas não havia ninguém por perto, então tornei a descer a trilha. Fui até o centro de visitantes e contei o que tinha visto. Se eu tivesse procurado um pouco mais, talvez tivesse achado aquele pobre menino... Quando eu estava passando pelo estacionamento, vi que um Jaguar preto tinha chegado e havia um homem que eu agora sei ser Malcolm Jervis sentado no banco traseiro com a porta aberta. Ele estava ao celular, gritando com alguém. Eu fiquei longe.

Assinatura: *Henry Nash*

Em St. Aldate's, Quinn está examinando o arquivo de Hannah Gardiner. Policiais passaram a manhã inteira localizando as testemunhas que estavam em Wittenham naquele dia, mas até agora elas não revelaram nada. Ninguém se lembra de um senhor de idade sozinho com um carrinho de bebê, e ninguém identificou William Harper em meio a uma série de imagens parecidas. O que Quinn está procurando agora é qualquer avistamento de Hannah na Crescent Square ou na Frampton Road, depois que ela saiu de seu apartamento e foi pegar o carro. Se Harper realmente a matou, ele devia estar na rua, e, no meio de junho, seria plena luz do dia àquela hora da manhã. Com certeza alguém devia ter visto, não? Uma pessoa indo para o trabalho? Até mesmo alguém indo mais cedo para a escola. Mas, segundo o arquivo, não há nada, absolutamente nada. Ele está tomando nota para emitir um novo apelo por testemunhas quando o telefone toca. É Challow.

— Resultado de impressões digitais, saindo do forno.

Quinn pega a caneta.

— Está bem, diga.

— As da cozinha e no banheiro do primeiro andar são em sua maioria de Harper, mas há várias de Derek Ross, o que bate com o que ele nos contou. Também há vários outros conjuntos não identificados, nenhum dos quais está no banco de dados nacional de impressões digitais.

— E o porão?

— De Harper novamente, e algumas que, suponho, são da garota. Nós vamos verificar isso, é claro. Dessa vez, nenhuma de Ross, embora haja algumas que batem com um dos conjuntos não identificados da cozinha. Mas havia duas digitais muito nítidas no ferrolho da porta interna. O banco de dados diz que elas pertencem a um indivíduo de personalidade extremamente suspeita chamado Gareth Sebastian Quinn.

— Rá, rá, rá, muito engraçado.

— Mas é sério. Não havia nenhuma outra digital naquele ferrolho além das suas, então ele provavelmente foi limpo. Também encontramos algumas parciais no barracão que podem bater com as digitais no quarto do porão, embora seja uma semelhança de apenas cinco por cento, então nem se dê ao trabalho de pedir à procuradoria para verificar isso.

Quinn chega para a frente na cadeira.

— Mas é possível que outra pessoa estivesse envolvida?

— Não se empolgue. Não há como saber a idade dessas impressões. Podem ser de algum encanador inocente. O cara que consertou o banheiro. Ou desentupiu a pia. Nós começamos a vasculhar o resto da casa à procura de uma possível cena de assassinato, mas até agora não encontramos nada.

— Nenhum DNA?

— Ainda não. Não se preocupe, garanto que vocês serão os primeiros a saber.

Depois que Quinn desliga o telefone, ele se pergunta por um momento sobre o último comentário. Foi tão incisivo quanto pareceu ou ele está ficando paranoico? O problema é que Challow é sempre incisivo, então é difícil dizer, na verdade, quando ele quer destacar alguma coisa. Que se foda, pensa ele, pegando o telefone e ligando para Erica.

— Fawley quer que entrevistemos aquela mulher do número sete outra vez, qual o nome dela? Gibson, é, é isso. Para ver se conseguimos uma descrição melhor do sujeito que ela achou ser filho de Harper. Você pode organizar isso?

Ele escuta, então sorri.

— E não, *policial Somer*, essa não é a única razão por que eu liguei. Estava me perguntando se você gostaria de um drinque hoje à noite. Para discutir o caso, é claro. — Ele dá outro sorriso, dessa vez mais aberto. — É, e isso também.

***

— Eu só descobri dois casos semelhantes. E tive que voltar mais de quinze anos para encontrá-los.

Estou debruçado por cima do ombro de Baxter, olhando para a tela. A sala está abafada. A temperatura subiu de repente, e o antigo sistema de climatização no distrito não é projetado para mudar abruptamente. Todos os computadores amontoados aqui também não estão ajudando. Baxter seca a nuca com um lenço.

— Aqui — diz ele, pressionando o teclado. — Bryony Evans, 24 anos, desaparecimento informado em 29 de março de 2001 junto com o filho de dois anos, Ewan. Vista pela última vez em frente a um supermercado perto de sua casa, em Bristol.

A foto está levemente borrada, provavelmente tirada em uma festa; há decorações de Natal no fundo. Ela parece ter menos de 24 anos. Cabelos cacheados. Sorrindo, mas não com os olhos.

— Aparentemente, havia várias semanas a família estava preocupada com o seu estado mental antes de Bryony desaparecer. Eles disseram que ela estava deprimida, com dificuldade para encontrar um emprego e presa em casa com o menino. Eles queriam que ela fosse a um médico, mas ela sempre se recusava.

— Então eles acharam que foi suicídio?

— E Avon e Somerset concordaram. Houve um inquérito minucioso, há mais de quarenta depoimentos no arquivo, mas ninguém nunca achou nenhuma prova de sequestro. Nenhuma sugestão de nenhum tipo de crime. O inquérito resultou em um veredito aberto.

— É muito raro que nenhum corpo seja encontrado, não depois de tanto tempo. Não se foi suicídio.

Baxter pensa sobre isso.

— Bristol fica na costa. Ela pode simplesmente ter entrado no mar.

— Com o menino a reboque? Sério?

Ele dá de ombros.

— É possível. Está bem, não é *provável*. Mas possível.

— E o outro?

— Ah, esse é mais parecido.

Ele pega outro arquivo. 1999. Joanna Karim e seu filho, Mehdi. Ela tinha 26, e ele, cinco. Os dois moravam em Abingdon. Baxter vê meu interesse aumentar e se apressa em contê-lo.

— Antes que você se anime demais, esse foi um caso de custódia contestada. O marido era iraniano. Eu falei com o investigador sênior que cuidou do caso, e ele disse que o menino quase certamente foi levado de forma ilegal para Teerã pelo pai. Eles desconfiam que ele também se livrou da esposa, mas nunca acharam provas suficientes para indiciá-lo, e a essa altura o canalha já tinha ido embora do país. Então, é, parece um desaparecimento duplo, mas acho que na verdade são dois crimes totalmente diferentes.

Eu me sento ao lado dele.

— Está bem. Mesmo que eles não estejam conectados, ainda temos um conjunto de digitais não identificadas naquele porão.

— Mas, como Challow disse, pode ter sido apenas o encanador.

— Você gosta de apostar, não gosta, Baxter?

Ele fica vermelho; ele não tinha ideia de que eu sabia.

— Bom, eu não diria exatamente *apostar*...

— Você aposta em futebol... cavalos... E eu também soube que você é muito bom nisso.

— Bom, já ganhei um pouco — diz ele com reservas. — De vez em quando.

— Então, qual a probabilidade? O que você acha? Acredita que aquelas digitais sejam do encanador?

O rosto dele muda. Ele agora não está envergonhado, está calculando.

— Vinte e cinco para um. E estou sendo otimista.

***

— Detetive Gislingham? É Louise Foley.

Ele leva um momento para se lembrar quem ela é. O que não passa despercebido.

— Universidade de Birmingham? — diz ela secamente. — Lembra? O senhor me perguntou sobre os arquivos do dr. Harper?

— Ah, certo. Espere, deixe-me pegar uma caneta. Está bem, pode dizer.

— Falei com o chefe do departamento, e ele me autorizou a lhe enviar uma cópia dos documentos relevantes. Vou enviá-las por e-mail hoje para o senhor.

— Pode me dar um resumo? A senhora sabe, o básico?

Ela dá um suspiro desnecessariamente alto.

— Não é nada tão lascivo quanto o senhor parece estar esperando. Houve um relacionamento com uma estudante, mas ela nunca fez uma reclamação. Não houve… *coação* envolvida. Na verdade, alguns amigos da garota disseram que foi mais um caso de ela persegui-lo do que o contrário. Mas mesmo assim o dr. Harper era casado na época, e tais relacionamentos são proibidos segundo as normas da universidade, então chegou-se a um acordo de que era de interesse de todos que ele se aposentasse antecipadamente. O senhor vai encontrar isso tudo no arquivo.

— Está bem — diz Gislingham, jogando a caneta de volta na mesa. — Só mais uma pergunta. Qual o nome da garota?

— Cunningham. Priscilla Cunningham.

***

Todas as janelas estão abertas no apartamento da Crescent Square. A brisa ergue as cortinas brancas e compridas, e há o som de crianças brincando em um jardim a algumas portas de distância. O barulho de uma cama elástica, gritinhos, uma bola quicando. Todas as crianças parecem ser meninos.

Pippa Walker vai até a porta do escritório e para ali um momento, observando. É a terceira vez que ela fez isso na última hora. Rob Gardiner está a sua mesa, olhando fixamente para um laptop. O chão está coberto de cadernos velhos, post-its, pilhas de papel. Ele olha para a garota, irritado.

— Você não tem nada para fazer? Brincar com Toby ou algo assim?

— Ele está dormindo. Você está aqui há horas. Com certeza já deve ter visto isso tudo antes.

— Bom, estou vendo de novo. *Está bem?*

Ela muda um pouco de posição.

— Achei que você fosse trabalhar hoje.

— Eu ia. Mudei de ideia. Não que isso seja da sua conta.

— Só estou preocupada com você, Rob. Não é uma boa ideia revirar tudo isso outra vez...

Ela se contém, mas é tarde demais.

O olhar dele é duro.

— Minha mulher ficou desaparecida por dois anos. Seu corpo acabou de ser encontrado na droga das piores circunstâncias, e a polícia me pediu para olhar suas anotações outra vez, caso haja qualquer coisa nelas que possa ajudar a condenar o canalha que fez isso. Então, desculpe se *revirar tudo isso outra vez* não tem sua aprovação, mas eu quero ver aquele merda apodrecer na cadeia. E, se você não gosta disso, então vá fazer outra coisa. Leia a droga de um livro, para variar.

O rosto dela está escarlate.

— Desculpe. Eu não quis... Você sabe que eu não...

— Francamente, não dou a mínima para o que você quis dizer. Só me deixe em paz.

E ele se levanta e bate a porta.

***

A reunião da equipe é às cinco da tarde. Não demora muito. Para resumir:

A aluna com quem Harper teve um caso acabou virando sua segunda mulher. E, sim, ele estava casado na época, mas isso só faz dele um merda adúltero, não um psicopata.

As impressões digitais no porão podem sugerir o envolvimento de outro criminoso ainda desconhecido. Seguir absolutamente todas as pistas sobre quem esse pode ser.

Nenhuma evidência pericial na casa nos permite identificar uma cena de assassinato, por isso ainda há uma chance de ela ter sido morta em outro lugar, e por outra pessoa.

Resultados de DNA: ainda esperando. Para citar Challow: "Não faço milagres."

A garota: ainda sedada e/ou sem falar. O menino: a mesma coisa.

Entrevista coletiva: adiar até amanhã porque não tenho droga de ideia nenhuma sobre o que dizer a eles.

Se eu pareço irritado, é porque estou. Fique calmo e siga em frente. É, está bem.

***

Elspeth Gibson bebe muito chá. Erica Somer já bebeu duas xícaras, e eles ainda não estão nem perto de acabar. Ela já percebeu o artista forense verificar o relógio. O gato está sentado no braço da poltrona olhando para eles, com as patas cruzadas como uma mulher barraqueira. É nítido que ele está seriamente aborrecido por essa usurpação ultrajante de seu esquema habitual de se sentar.

— Então a senhora acha que o homem que viu falando com o dr. Harper estava realmente na casa dos cinquenta?

— Ah, sim, querida. Um dos motivos era o jeito como ele se vestia. Ninguém mais usa roupas como aquelas.

— Como o que, exatamente?

— Ah, você sabe. Gravata. Paletós de *tweed*. Jovens não usariam esse tipo de coisa de jeito nenhum, usariam? São só camisetas e aqueles jeans com o gancho na altura dos joelhos, e tatuagens. — Ela estremece e pega novamente o bule de chá.

O artista forense rapidamente cobre sua xícara.

— Não quero mais, obrigado.

Somer se inclina para a frente e olha para a imagem de técnica eletrônica de identificação facial no tablet. As roupas podem ser sua melhor chance, no fim, porque, fora isso, esse podia ser um retrato de praticamente qualquer homem de meia-idade em Oxford. Meio alto, cabelo meio grisalho, meio corpulento. Na verdade, mais "meio" que qualquer outra coisa.

— Havia alguma coisa nele que chamava atenção? Uma cicatriz ou algo assim? Talvez o jeito como ele andava?

A sra. Gibson pensa sobre isso.

— Não — diz ela, por fim. — Não tenho como dizer se havia.

— E sua voz, alguma coisa diferente em relação a ela?

— Bom, só falei com ele uma ou duas vezes, e isso já faz um tempo, mas ele sem dúvida parecia educado, sabe? Certamente não era vulgar.

— Nenhum sotaque?

— Agora que você falou, podia haver um toque sutil de Birmingham. Acho que é algo do qual ele não se orgulhava, porque tentava esconder. Mas, quando as pessoas estão com raiva, coisas assim costumam escapar...

— Raiva? Desculpe, sra. Gibson, não estou entendendo.

— Eu não contei a você? Foi naquela vez que eu os vi discutindo. Ele estava evidentemente muito transtornado.

— A senhora os ouviu *discutindo*? A senhora nunca disse isso antes. Quando foi?

A sra. Gibson para, com o bule na mão.

— Meu Deus, deve ter sido há pelo menos três anos. Talvez mais. O tempo fica muito traiçoeiro quando você chega a minha idade. Coisas que você acha terem sido há meses atrás na verdade foram há anos...

Somer chega um pouco mais para a frente na poltrona.

— Sobre o que exatamente eles estavam discutindo? A senhora se lembra?

A sra. Gibson parece perplexa.

— Não sei se consigo dizer. Só os escutei porque, por acaso, passei por eles na hora e eles estavam na porta. Lembro desse homem John dizendo alguma coisa sobre o testamento do velho. Por isso achei que era seu filho. Mas foi então que eu ouvi o sotaque. Foram só uma ou duas palavras, mas acho que eu estava mais atenta a isso que a maioria das pessoas, pois meu marido veio de lá. Engraçado... Nunca pensei nisso antes.

— E a senhora com certeza ouviu que o nome dele era John?

— Ah, sim, querida. Não tenho dúvida disso. Agora, mais chá?

***

Embora eu tenha dito que ia buscar Alex, ela ainda parece surpresa por realmente me ver. Ela trabalha naquele prédio que você pode ver do anel viário. Aquele com a coisa pontuda no telhado. Um dos palhaços do distrito o chama de Minas Morgul. Olhando atravessado para a Botley Road, zombando das espiras. Mas é uma bela vista. E um grande estacionamento. Que é onde estou, olhando para a porta.

Ela sai com outras duas pessoas que não reconheço. Uma mulher na casa dos trinta anos de tailleur verde, e um homem, mais perto da idade de Alex. Alto. Moreno. Parecido comigo. A mulher de verde fala com eles por um momento, em seguida sai na direção de seu carro. Alex e o homem ficam ali. Não é uma conversa trivial, eu percebo isso. O rosto dela está sério; o dele, pensativo. Suas cabeças estão um pouquinho mais próximas do que o necessário. Ele gesticula muito com as mãos. Ele está se estabelecendo — seu status, seu conhecimento. Nesse trabalho, você fica muito bom em linguagem corporal. Em avaliar pessoas com o som no mudo.

Eu os observo se despedirem. Ele não a toca. Mas ela sabe que estou observando. Talvez ele saiba, também.

— Quem era aquele? — digo quando Alex abre a porta do carro e entra.

Ela me olha de lado, então se vira para procurar o cinto de segurança.

— David Jenkins. Ele está na equipe de família.

Ela me dá aquele olhar de "não me diga que você está com ciúme?".

— Só estava pedindo um conselho a ele.

Não tenho certeza se isso é melhor. Mas, como Gis, sei quando parar de insistir.

Nós entramos no trânsito, e eu sigo para o anel viário.

— Você se importa se dermos uma parada no John Radcliffe? Quero fazer uma visita rápida à garota.

— Está bem, sem problema. Eu não achava mesmo que você ia chegar aqui tão cedo.

— Eu não chegaria, se tivéssemos feito algum progresso. Se, em vez disso, houvesse algo útil que eu pudesse estar fazendo.

Ela me olha de lado, depois vira o rosto e encara os campos.

— Desculpe. Isso não saiu como eu queria.

Ela acena com a mão para dizer que não havia problema, mas não vira a cabeça. Ela também sabe quando parar.

Quando chegamos ao hospital, Alex me surpreende ao resolver entrar.

— Tem certeza? Sei o quanto você odeia hospitais.

— Ainda é melhor que ficar aqui fora sem fazer nada.

No terceiro andar, sou recebido por Everett e um médico que parece saído direto da novela médica *Casualty*. Ou seja lá como eles chamem aquela coisa hoje em dia.

— Titus Jackson — diz ele, apertando minha mão. — Infelizmente não posso lhe dizer muito mais do que já disse à detetive Everett. A jovem com certeza deu à luz, mas não mostra sinais de violência sexual recente, nenhum ferimento, nem vaginal, nem qualquer outro.

— Ela ainda está sedada?

— Não. Mas ainda não disse nada.

— Posso vê-la?

Ele hesita.

— Só por alguns minutos, e só um de cada vez, por favor. Ela está em um estágio muito fraco, mentalmente. Ela fica extremamente angustiada quando alguém chega perto demais, em especial homens, então, por favor, tenha isso em mente.

— Já lidei com vítimas de estupro antes.

— Não duvido que tenha lidado, mas é bem mais do que apenas isso.

Eu assinto. Sei que ele está certo.

— E a criança?

— Meus colegas da pediatria fizeram outro exame como pediu e não há nada que sugira abuso sexual. Mas tenho certeza de que não preciso lhe dizer que algumas das coisas que essas pessoas fazem com crianças não deixam sinais físicos.

— Tem razão. Não precisa me dizer.

Eu me viro para Alex.

— Tudo bem — diz ela, se antecipando a mim. — Eu vou esperar aqui.

— Posso acompanhá-la até a sala de espera — diz Everett. — Fica logo ali no corredor.

Quando chego ao quarto da garota, faço o que todas as outras pessoas devem ter feito. Eu paro na janela e olho para ela. Então me sinto envergonhado. Como um voyeur. E me pergunto como ela se sente por estar ali, se aquelas quatro paredes são apenas outro tipo de prisão — onde ela é cuidada, dessa vez, mas ainda é confinamento. Seus olhos estão abertos, mas, embora o quarto dê para árvores, grama e coisas verdes que ela não podia ver há Deus sabe quanto tempo, ela olha fixamente para o teto. Para os azulejos brancos repetidos.

Eu bato na porta, e ela leva um susto, sentando-se rapidamente na cama. Abro a porta devagar e entro, mas tomo o cuidado de não me aproximar. O tempo todo seus olhos me seguem.

— Sou policial. Meu nome é Adam.

Há algum tipo de reação a isso, mas não tenho certeza se conseguiria definir o quê.

— Acho que você conheceu minha colega. A detetive Everett. Verity.

Agora, com certeza uma reação.

— Todos estamos preocupados com você. Você passou por uma coisa terrível.

Seu lábio treme, e ela agarra o cobertor.

Levo a mão ao interior do paletó e pego um papel.

— Sei que você não disse nada sobre isso, e talvez não consiga. Está tudo bem. Eu entendo. Mas estava me perguntando se talvez você poderia escrever. Qualquer coisa que você lembrar, qualquer coisa que possa nos ajudar.

Ela está olhando para mim, mas não está com medo. Pelo menos eu acho que não. Pego uma caneta no bolso e ando lentamente na direção da cama, pronto para recuar se ela reagir. Mas ela nem se mexe, apenas observa.

Ponho o papel e a caneta lentamente na mesa de cabeceira, talvez a uns trinta centímetros de sua mão, então volto para a porta.

Demora mais cinco minutos até que ela os toca. Cinco minutos de paciência silenciosa de minha parte, o que não é um de meus talentos, mas posso aguentar se for uma boa aposta. E, dessa vez, é.

Ela estende uma das mãos e puxa o papel em sua direção. Depois a caneta. E então, como se fosse uma atividade que ela não faz com frequência e tivesse perdido o jeito, ela começa a escrever. É lento, mas não pode ser muito mais que uma palavra. Então ela estende o papel para mim, e posso ver o esforço em seus olhos. Lágrimas contidas.

Cinco letras.

Vicky

Quando volto para o corredor, Everett está esperando. Posso vê-la reagir à expressão em meu rosto.

— Ela disse alguma coisa?

— Não — respondo, mostrando a ela o papel. — Mas nós temos um nome.

— Só isso? Mais nada?

Estou prestes a dizer que ainda é muito mais do que ela conseguiu até agora. Mas eu me detenho bem a tempo, então fico irritado por estar irritado. Afinal de contas, não é culpa de Ev.

— Infelizmente não. Eu perguntei, mas ela estava começando a ficar angustiada. Então aquele seu amigo médico me expulsou. De um jeito simpático, é claro.

Posso estar enganado, mas acho que ela está realmente corando.

— Olhe, estou indo para casa, mas você pode falar com Baxter e pedir a ele para procurar garotas chamadas Vicky no banco de pessoas desaparecidas? — Eu olho ao redor. — E por acaso você sabe onde está minha mulher?

— Ela desceu. Queria ver o garotinho.

Não é só Alex que odeia hospitais. Eu me lembro de trazer Jake aqui quando ele caiu do balanço no playground e ficou com um galo na testa do tamanho de um ovo. Ele devia ter três anos. Talvez quatro. Ficamos uma hora na emergência enquanto todas as situações catastróficas de danos cerebrais concebíveis redemoinhavam por minha cabeça, então uma enfermeira rápida e claramente cansada pelo excesso de trabalho deu uma olhada nele, lhe prescreveu paracetamol e nos mandou para casa. O galo foi embora rápido; a memória do pânico, não. E depois, bem depois, quando ele começou a se ferir, nós viemos aqui outra vez. Quando precisamos, suportando os olhares de soslaio das enfermeiras, e os médicos nos chamando para uma conversa particular, e as explicações, e os telefonemas para nossa pediatra para confirmar que não estávamos mentindo, que ela sabia tudo sobre aquilo e estava sob controle. Como se algo tão terrível pudesse algum dia estar "sob controle". E, o tempo todo, o rosto pálido de Jake, seus olhos ansiosos.

— Desculpe, pai.

— Está tudo bem — sussurrava Alex, balançando-o com delicadeza, beijando seu cabelo. — Está tudo bem.

Acho, agora, que isso explica aquela memória em minha cabeça quando empurro e abro a porta da pediatria e entro no quarto.

O jeito como ela o estava segurando.

O cabelo escuro.

Seu corpo encolhido no dela.

O carinho.

Não sei quanto tempo fico ali parado. Tempo o bastante para a enfermeira se juntar a mim, em silêncio, e observar.

— Parece um milagre — sussurra ela depois de um momento longo.

Eu me viro para ela. Sei que não é Jake. Claro que não é. *Eu sei disso.* Mas por um momento... só por um momento...

— Ele foi direto para ela. Com todas as outras pessoas, ele grita e briga de um jeito que o senhor não ia acreditar. Mas com sua esposa... Bem, o senhor mesmo pode ver.

Meus olhos se encontram com os de Alex e ela sorri, com a mão acariciando lentamente os cachos compridos e escuros do menino.

— Está tudo bem — sussurra ela. — Está tudo bem.

E eu não sei se ela está falando com o menino. Ou comigo.

***

O mundo do wyrd

(da palavra anglo-saxônica "wyrd", que significa destino ou perdição)

Um blog sobre o assustador, o paranormal e o inexplicado

Publicado em 3/5/17

Morte e o corvo — Aprofunda-se o enigma de Wittenham

Muitos de vocês vão se lembrar do estranho caso do desaparecimento de Hannah Gardiner, em 2015. Se não lembram, podem ler meu post original aqui. Isso chamou minha atenção na época porque Hannah tinha sido a primeira a noticiar a descoberta dos restos sacrificiais em Wittenham apenas alguns meses antes. Então ela mesma desaparece, e seu filho pequeno e seu pássaro de pelúcia (atenção a isso) são descobertos no Poço do Dinheiro, onde, segundo a lenda, um corvo enorme guarda um tesouro misterioso (atenção aqui também, vou voltar a isso). Para aqueles de vocês que não conhecem o lugar, Wittenham é incrível — cheio de linhas que o ligam a outros sítios pré-históricos, dá quase para sentir a presença de vozes ancestrais. Por isso, pessoalmente não estou surpreso por todo aquele sacrifício humano ter ocorrido ali, incluindo mulheres que foram amarradas e jogadas no poço, e então tiveram a parte de trás de seus crânios esmagada.

A razão para falar sobre tudo isso outra vez é que minhas fontes me contaram que há algumas semelhanças realmente assustadoras entre aqueles cadáveres antigos e a posição em que o corpo da própria Hannah foi encontrado. Dizem que Hannah também estava amarrada e morreu de um ferimento na parte de trás do crânio. Assustador, hein? Havia até um pássaro preto morto perto do corpo. Coincidência? Não acreditem, a polícia não está confirmando nada, mas bem, eles não fariam isso, fariam?

Então o que é tudo isso sobre corvos?, escuto vocês perguntarem. Bom, a temível deusa irlandesa Morrigan é muito ligada a corvos, especialmente em seu papel de profeta do destino e das mortes violentas (leia meu post sobre isso <u>aqui</u>, e vocês podem vê-la <u>aqui</u> em sua outra encarnação, como "as três Morrígna" — as três irmãs aterrorizantes Badb, que significa "corvo", Macha e <u>Nemain</u>). Qualquer pessoa que saiba alguma coisa de religião celta também sabe que corvos tinham um papel central em práticas rituais. Achava-se que o crocitar dos corvos trazia mensagens do mundo subterrâneo, e eles eram frequentemente mortos como oferendas para apaziguar os deuses, em especial para garantir fertilidade. Corvos também foram encontrados em sepulturas datadas da Idade das Trevas — havia esqueletos de pássaros naqueles túmulos em Wittenham. Então quem sabe que deus antigo Hannah Gardiner perturbou quando esteve lá em cima três semanas antes de morrer, e os túmulos sacrificiais foram profanados? Quem sabe o que ela pode ter visto e por que ela precisava ser silenciada? Só seu filho pode nos dizer, e até hoje seu pai nunca permitiu que ele fosse entrevistado.

Desconfio que vamos saber mais dessa história nos próximos dias. Fiquem ligados nos próximos posts, pessoal.

@BlogMundodoWyrd

Deixe um comentário <u>aqui</u>

***

— Seria só por alguns dias.

— Não. *De jeito nenhum.* É uma ideia insana, Alex. Você sabe disso. Não sei nem por que está considerando.

Mas eu sei, claro que sei. Ela olha para mim, presa entre a fúria e a súplica.

— Adam, ele é só um garotinho. Um garotinho apavorado, solitário e devastado. Ele passou pela experiência mais terrível, da qual ainda nem sabemos o pior, e sua *própria mãe* o está rejeitando. Não é surpresa que ele não esteja conseguindo lidar com isso, anos vivendo no escuro e agora... — Ela gesticula ao redor, para a enfermaria, as macas, as pessoas. — Tudo *isso*. Ele só precisa de alguns dias de paz e tranquilidade em um lugar seguro. Longe de toda essa sobrecarga sensorial.

— É *para isso* que serve a assistência social... Não é nossa função, pelo amor de Deus. Pelo que sabemos, eles podem muito bem já ter algum lugar preparado.

— Não têm. As enfermeiras me disseram. Eles estão com problemas porque há crianças demais e poucas pessoas dispostas a recebê-las. E é só uma colocação de emergência... só *alguns dias*...

— Mesmo que isso seja verdade, eles não vão entregá-lo a qualquer um que por acaso esteja de passagem. Há regulamentos, regras, você precisa ser aprovado. Esse tipo de coisa pode levar meses...

Ela ergue a mão.

— Eu falei com Emma. Ela diz que não é exatamente de acordo com as regras, mas que poderia abrir uma exceção para nós. Como você é policial e ela me conhece há muitos anos, podia classificá-lo como "colocação particular", porque seria apenas *por alguns dias*. E eu sei que seus pais vêm nos visitar em breve, mas ele provavelmente já não vai estar lá em casa quando isso acontecer. E mesmo que estivesse, eles iam entender. Sei que iam.

Ela agora está suplicando e sabe que eu não vou conseguir resistir por muito tempo. Não mais do que ela aguenta suplicar.

— E o trabalho? Eu ia precisar de uma autorização, e não consigo ver Harrison concordando. E mesmo que ele concordasse, não posso ficar um tempo afastado, não no momento... você sabe que não posso...

— Eu posso — diz ela rapidamente. — Não tenho tido muito serviço e posso trabalhar de casa. Como costumava fazer antes.

Quando nós tínhamos Jake.

As palavras trovejam silenciosamente no ar.

— Nós temos aquele quarto adorável — diz ela em voz baixa, sem olhar para mim. — Tudo de que ele poderia precisar.

Mas isso só deixa as coisas piores. A ideia de outra criança na cama de Jake. Com as coisas de Jake.

Eu engulo em seco.

— Eu não quero. Desculpe, mas simplesmente não quero. Por favor, não insista.

Ela põe a mão em meu braço e me força a olhar para a criança. Ele está sentado embaixo da mesa no canto da sala de brinquedos, olhando fixamente para mim, com o polegar na boca. Exatamente como Jake fazia. É insuportável.

Alex se aproxima. Posso sentir o calor de seu corpo.

— Por favor, Adam — sussurra ela. — Se não por ele, por mim?

***

Quinn abre os olhos e os fixa no teto, então rola para o lado e passa a mão pelas costas nuas de Erica. Ele sempre achou que ela tinha uma bunda linda. Ela gira a cabeça para olhá-lo, e ele sorri. Erica parece fantasticamente desgrenhada, e ele começa a se sentir excitado outra vez. É algo no contraste entre o quanto é controlada de uniforme e o quanto é desinibida sem ele. Sem falar no prazer imenso em levá-la de um estado para o outro.

— Eu queria perguntar — diz ela, se erguendo e se apoiando sobre um cotovelo. — Foi você ou Gislingham que falou com aquele acadêmico em Birmingham?

Quinn passa um dedo sobre sua coluna. Nesse momento, francamente, o caso que se foda. Ele tenta rolá-la em sua direção, mas ela o afasta.

— Não, sério, eu queria perguntar a você antes, mas esqueci.

— Sério, isso pode esperar.

— Não, é importante... foi você ou Gis?

Quinn desiste e se deita de costas.

— Foi Gis. Disse que o sujeito era um verdadeiro babaca.

— Mas não havia alguma coisa sobre a primeira mulher de Harper vir de Birmingham?

— É, ouvi alguma coisa sobre isso. Por quê?

— A sra. Gibson, no número sete. Ela disse que achava que o sujeito que visitava Harper tinha um pouco de sotaque de Birmingham. Por isso eu estava me perguntando... mesmo que ela esteja errada sobre ele ser filho de Harper, talvez ainda fosse aparentado. Mas com a esposa, não com Harper. Um sobrinho, talvez, alguma coisa assim.

Quinn se levanta na cama.

— Na verdade, isso pode fazer sentido. A primeira coisa a se fazer é dar uma olhada... Se ela tinha um parente homem da idade certa, não vai levar muito tempo para encontrá-lo.

— Você quer que eu faça isso? Não quer botar, em vez disso, Gis?

Ele estende a mão, pega uma mecha de seu cabelo entre os dedos e gira, no início com delicadeza, mas então com um pouco mais de força, puxando o rosto dela em sua direção.

— Não — sussurra ele. — A ideia é sua, por que você não deve ficar com o crédito? Mas tem uma coisa que eu gostaria que você fizesse por mim. E essa, com certeza, não é para a droga do Gislingham.

— Bom — diz Erica, maliciosamente, enquanto enfia a mão por baixo dos lençóis. — Se é a ordem de um superior...

— Ah, é — diz ele rispidamente, sentindo a língua dela em sua pele. — Absolutamente.

***

Meia-noite. Uma área de luz amarela e o murmúrio baixo de vozes no posto de enfermagem.

Vicky está bem-aninhada na cama. Ela está chorando muito, com o punho cerrado sobre a boca de modo que não faz barulho. E durante todo o tempo seus olhos estão fixos na foto que uma das enfermeiras colocou em sua cabeceira.

É uma foto de seu filho.

***

Eu chego cedo na manhã de quinta-feira, mas, quando entro na sala de incidentes, Quinn já está lá, prendendo a lista de tarefas no quadro. E assoviando. Lanço-lhe um olhar penetrante até que ele para.

— Desculpe, chefe. Estou de bom humor, só isso.

Eu não trabalhei com ele por todos esses meses sem saber o que isso significa. Mas pelo menos Quinn não está com a camisa de ontem. Quem quer que seja ela, está sendo convidada para a casa dele.

— A entrevista coletiva é ao meio-dia — digo. — Então, se tem alguma coisa que eu possa dizer a eles além de observações ilusórias sobre inquéritos em andamento, quero saber. Logo. Especialmente o DNA. E Harper?

— Está sendo monitorado a cada quinze minutos. O sargento da carceragem diz que ele dorme a maior parte do tempo. Ou fica só ali sentado, murmurando consigo mesmo. Nós conversamos com a médica dele, e ela se ofereceu para vir aqui esta tarde, só por garantia.

— Certo. Bom. Vou outra vez para o hospital para falar com a garota. Se tivermos sorte, ela pode nos contar o que aconteceu. Ou pelo menos identificar Harper. Então vamos poder indiciá-lo. Baxter encontrou alguma coisa no banco de pessoas desaparecidas?

— Ainda não. Mas tudo depende se chegou a haver...

— Queixa de seu desaparecimento. É. Eu sei disso, Quinn. Mais alguma coisa?

— Algumas possibilidades, mas nada concreto. Eu vou informando você. Você vai voltar para cá, não vai, depois de ver a garota?

— Na verdade, não. Talvez precise passar em casa.

Ele está olhando para mim; sabe que tem alguma coisa errada.

— O menino... ele talvez fique conosco por algum tempo. Só até Vicky voltar a andar com as próprias pernas. Os assistentes sociais estão se esforçando para conseguir uma colocação para ele.

Só até Vicky conseguir voltar a andar com as próprias pernas? Que tipo de frase idiota é essa?

Quinn está olhando fixamente para mim.

— E sua mulher, tudo bem com ela em relação a isso?

— Na verdade, foi sugestão dela. Ela foi comigo ontem à noite ao John Radcliffe, e o garoto realmente gostou dela. Eu resolvi as coisas com Harrison. Ele acha que isso pode ser útil. Se o garoto começar a confiar em Alex, talvez possa falar com ela. Supondo que ele saiba falar.

A primeira regra de Fawley sobre o trabalho da polícia? Mentirosos exageram. E eu acabei de dar a Quinn três razões por que acho que essa é uma boa ideia.

Merda.

— Certo — diz Quinn, decidindo, pela primeira vez, que a discrição é o melhor caminho.

— Supondo que tudo corra bem, vou passar em casa para instalá-lo, depois volto antes do meio-dia. Então você resolve as coisas enquanto isso, está bem?

Ele assente.

— Claro, chefe. Sem problema.

***

```
Entrevista por telefone com o Sargento Jim Nicholls
(aposentado)
4 de maio de 2017, 9h12
Na ligação, sargento detetive G. Quinn
```

JN: Eu estava procurando Adam Fawley, mas a telefonista disse que ele não está...

GQ: Não se preocupe, pode falar comigo, eu sei do que se trata.

JN: Alguma coisa sobre os chamados na Frampton Road, não é? Cerca de dez anos atrás?

GQ: Na verdade, um em 2002 e outro em 2004.

JN: Meu Deus, faz muito tempo mesmo... Acho que deve ser isso. Eu já estou aposentado há cinco anos. Não me lembro da última vez que falei com alguém de Thames Valley.

GQ: O que você se lembra dos chamados? Não tem muita coisa nas anotações. E nenhuma menção sobre as queixas.

JN: Na verdade, nunca houve queixa. Nenhum deles quis fazer uma reclamação e, sim, eu me lembro. Não foi um caso de violência doméstica habitual. Não mesmo.

GQ: Continue.

JN: Bom, para começar, foi o endereço. A Frampton Road. Quer dizer, não é exatamente Blackbird Leys, é? Não me lembro de ninguém recebendo um chamado por problemas de violência doméstica por lá, durante todo o tempo em que estive na polícia.

GQ: Não sei, não. Esse tipo provavelmente é mais sutil em relação a isso.

JN: Mas não foi só isso. Foi o que descobrimos quando chegamos lá. A vizinha que telefonou disse que eles estavam gritando a noite toda, mas, quando passou de meia-noite, ela nos chamou.

GQ: E?

JN: Foi a mulher que abriu a porta. Não sei você, mas, na minha época, eram os homens que faziam isso. A maioria tentava se livrar de nós sem nos deixar entrar. Fingiam ser uma tempestade em copo d'água. Você conhece a lenga-lenga. Enfim, daquela vez foi diferente. Ela parecia um pouco corada, mas fora isso estava bem. Estava usando um *négligé* de seda. Era muito bonita.

GQ: E o que ela disse?

JN: Bom, ela chegou toda envergonhada e disse que o barulho devia ter sido por ela e o marido terem sido um pouco mais "exuberantes" que o habitual na cama. Disse que a senhora da casa ao lado era um pouco pudica e se chocava facilmente. Ela piscou um pouco os cílios.

GQ: O que o marido disse?

JN: É aí que fica interessante. Eu estava quase deixando aquela história pra lá quando a policial que estava comigo insistiu em vê-lo também. Então a sra. Harper entrou, e esperamos por algum tempo. Finalmente ele apareceu. O rosto todo machucado de um lado e o início de um terrível olho roxo.

GQ: Então *ela* estava batendo *nele*?

JN: Ele não disse isso. Na verdade, disse que tinha batido em uma porta naquela tarde. Como se fôssemos acreditar naquilo. E ele alegou que o barulho era exatamente o que a mulher disse que era. Basicamente, apoiou a história dela. Usou até algumas das mesmas palavras. Aquela história sobre a vizinha ser um pouco pudica.

GQ: O senhor não acreditou nele?

JN: Claro que não. Eu não nasci ontem. Não acreditei em uma palavra. Não na hora, e muito menos quando a mesma coisa voltou a acontecer cerca de um ano depois. Foi quando ele disse que tinha escorregado na escada, mas você não fica com aquele tipo de ferimento fazendo isso. Acho que ela o atacou com alguma coisa. Uma frigideira, talvez.

GQ: Ou um martelo?

JN: Não foi a primeira coisa que passou pela minha cabeça. Por que sugere isso?

GQ: Nada. Esqueça. Então ele nunca disse explicitamente se sua mulher o estava agredindo?

JN: Não. Tentei falar com ele sozinho na segunda vez, só para lhe dar a chance de falar comigo sem ela tentan-

GQ: do influenciar, mas ele só continuou com as mesmas besteiras sobre ter sido uma fornicação especialmente vigorosa. Ele usou mesmo esse termo. Fornicação.

GQ: Meu Deus.

JN: Para ser honesto, senti pena do velho. Ela era mesmo muito sexy, mas, meu Deus, eu não tocaria nela nem com uma vara de três metros. Eu acho que ela também estava pulando a cerca. Aquele acidente de carro? Eu lembro quando aconteceu, Priscilla não é o tipo de nome que você esquece. E, sim, ela estava acima do limite de velocidade, mas o que você talvez não saiba é que havia outro homem no carro, e era muito óbvio o que eles estavam fazendo. A calcinha dela estava embaixo do banco de trás. Entretanto, a coisa mudou, agora.

GQ: Como assim?

JN: Eu vi as notícias. É o mesmo Harper, não é, o sujeito com a garota no porão? Deve ser.

GQ: É, é o mesmo. Só estamos tentando preencher as lacunas.

JN: Talvez ele só ache que chegou a sua vez.

GQ: A vez dele?

JN: É, você sabe. Vingança. Ele não pode mais se vingar da mulher, então se vinga das mulheres em geral. Não que eu queira interferir com as investigações, é claro.

GQ: [*pausa*]

Não. Isso foi muito útil. Obrigado.

JN: Sempre disposto a ajudar. Diga alô para Fawley por mim, está bem? Por falar nisso, como está o filho dele, o Jake? Fawley costumava mimá-lo demais, mas não dava para culpá-lo, não quando eles tentaram engravidar por tanto tempo. Um menino lindo, também. Era igualzinho à mãe.

***

— Como está Vicky esta manhã?

Titus Jackson enfia a caneta no bolso do jaleco branco.

— O progresso é lento, inspetor, mas pelo menos não estamos regredindo. Imagino que o senhor queira vê-la outra vez.

— Não podemos segurar Harper por tanto tempo antes de indiciá-lo. Preciso ter certeza do que aconteceu antes de fazer isso.

— Entendo.

Ele caminha comigo pelo corredor e, quando chegamos à porta, para e se vira para mim, com algo nitidamente em mente.

— A enfermeira Kingsley disse que o senhor e sua mulher podem abrigar o garotinho.

— Não é "abrigar".

Desconfio que posso ter dito isso um pouco rápido demais, porque vejo seu cenho franzido se aprofundar um pouco.

— Só estou lhe dando um lugar onde dormir por alguns dias. A situação está difícil para os assistentes sociais.

— É muito legal da sua parte.

— Não sou eu, é minha... — Eu paro, mas é tarde demais.

Ele me olha, pensativo.

— Você mesmo não está muito seguro?

Eu respiro fundo.

— Não. Para ser sincero, não. — Eu o encaro nos olhos. Ele tem olhos simpáticos. — Pouco mais de um ano atrás, perdemos nosso filho. Ele tinha dez anos e tirou a própria vida. Estava sofrendo de depressão. Nós fizemos todo o possível, mas...

Tem uma pedra em minha garganta.

Jackson estende a mão e toca meu braço só por um momento.

— Eu sinto mais do que consigo expressar.

Eu me forço a falar.

— Foi muito duro para a minha esposa... bom, para nós dois. Mas especialmente para ela. Ela quer outro filho mas, sabe, na idade dela...

Ele assente.

— Entendo.

— Ela tem me pressionado a pensar em adoção, mas não tenho certeza. E agora tem esse garotinho que não tem lugar nenhum para ir...

Ele me observa em silêncio. Sem julgar.

— E vocês discutiram isso tudo, você e sua mulher?

— Ontem à noite, quando chegamos em casa, tudo sobre o que ela queria falar eram planos e preparativos. Toda vez que eu puxava outro assunto, ela sempre dizia que era apenas por alguns dias. Que ele ia voltar para a mãe antes que nos déssemos conta.

— Vamos torcer para que seja verdade.

— Por que você acha que não?

— Vicky está fazendo progressos, mas é um processo lento, e precisamos pensar em seu filho também. Nós o levamos para vê-la outra vez ontem, mas ela só ficou encarando a parede.

— Os policiais que os encontraram disseram que achavam que ela estava dando toda a comida e a água para o menino... isso com certeza deve significar alguma coisa, não?

Ele balança a cabeça tristemente.

— Não querer que ele morra é uma coisa; ter sentimentos maternais por ele é outra totalmente diferente. Tem uma barreira entre ela e a criança, inspetor. Não uma ligação. Não é preciso ser psiquiatra para descobrir por quê.

Ele estende a mão na direção da maçaneta da porta.

— Vamos entrar?

Dessa vez, ela com certeza me reconhece. Vicky se senta na cama, e eu noto um pequeno sorriso.

— Como você está, Vicky?

Um leve meneio de cabeça.

— Tem umas perguntas que eu gostaria de fazer, e algumas coisas que preciso lhe contar. Tudo bem?

Ela hesita, então aponta para a cadeira.

Eu me aproximo devagar e me sento. Ela torna a se encolher na cama, mas só um pouco.

— Consegue nos dizer o que aconteceu com você?

Ela afasta os olhos de mim e balança a cabeça.

— Certo, tudo bem. Eu entendo. Mas, se você se lembrar de alguma coisa, pode escrever para mim como fez ontem à noite, está bem?

Ela olha para mim novamente.

— A outra coisa que eu queria lhe dizer é que vamos botar uma foto sua nos jornais. Deve haver alguém por aí que conheça você, alguém que a ame e provavelmente passou esse tempo todo procurando você. Há histórias sobre você em todos os jornais e na internet...

Eu paro, porque seus olhos estão arregalados e ela está balançando a cabeça sem parar. Quando Jackson se aproxima, ela pega o papel que eu trouxe e risca nele letras enormes, violentas e irregulares.

NÃO NÃO NÃO

***

BBC News
Quinta-feira, 4 de maio de 2017 – atualizado pela última vez às 11h34

URGENTE: Novo apelo por testemunhas no caso do desaparecimento de Hannah Gardiner

A Polícia de Thames Valley emitiu um novo apelo por testemunhas em relação ao desaparecimento de Hannah Gardiner, em junho de 2015. Anteriormente, achava-se que Hannah tinha desaparecido em Wittenham Clumps na manhã do dia 24 de junho, mas a polícia agora está pedindo para qualquer um que a tenha visto em Oxford naquela manhã apareça para depor, especialmente se a viu perto de seu apartamento na Crescent Square, ou falando com qualquer pessoa na mesma área. Isso parece

> corroborar os boatos de que o corpo de Hannah Gardiner foi encontrado no jardim de uma casa na Frampton Road ontem pela manhã. Também pediram para que qualquer mulher jovem que estivesse andando com um carrinho de bebê em Wittenham Clumps na manhã do desaparecimento procure a polícia, se ainda não fez isso.
>
> A Polícia de Thames Valley ainda não revelou a identidade da jovem e do menino encontrados no porão da mesma propriedade na Frampton Road. Uma entrevista coletiva está marcada para hoje à tarde.
>
> Qualquer um com informação sobre os dois casos deve entrar em contato com a sala de incidentes da Polícia de Thames Valley no telefone 01865 0966552.

***

— Tudo pronto?

Estou odiando muito a minha própria voz. A animação falsa. É o tom que enfermeiras usam quando pedem a você para vestir uma bata de hospital ou tirar a calça. Não acredito que Alex não está lançando um de seus olhares, mas isso só mostra quão absorvida pela criança ela está.

O menino está de pé entre nós, com um dos braços em torno da perna dela e, na outra mão, o brinquedo sujo que disseram que estava com ele no porão. O que ele não larga por nada. Reconheço as roupas que ele está usando. Roupas que Alex deve ter guardado todos esses anos. Eu na verdade não quero pensar sobre isso. Ele inclina a cabeça para olhar para ela, que acaricia seu cabelo.

— Temos tudo de que precisamos, então, sim, acho que estamos prontos. — Sua voz parece tão trêmula quanto a minha. Mas por uma razão diferente. Ela está fragilizada de felicidade.

Estendo a mão na direção do menino, mas ele se encolhe, e Alex diz logo:

— Está tudo bem. Ele só precisa de um pouco de tempo.

Ela se agacha.

— Eu vou carregar você, tudo bem?

Aparentemente está, porque ele não oferece resistência, e nós três saímos na direção do carro, onde ela o prende na cadeirinha que eu não sabia que ainda tínhamos.

Estava esperando que ele reagisse ao som do motor, mas ele parece incrivelmente calmo. Quando pegamos o trânsito, tento pensar em alguma coisa para dizer. Mas Alex chega lá primeiro.

— Eu queria saber de que nome chamá-lo — diz ela. — Não podemos chamá-lo de "menino" ou "garoto" a semana inteira.

Eu dou de ombros.

— Com sorte Vicky vai conseguir falar conosco em um ou dois dias. Ela vai nos dizer o nome dele.

— Se ela realmente lhe *deu* um — diz Alex, virando-se para olhar para o menino no banco traseiro. — Se ela está tão traumatizada para bloquear a coisa toda, pode nunca ter tido nenhuma ligação com ele. Dar um nome a uma criança... é tudo parte disso, é como você sinaliza seu relacionamento. Acho que ela está em negação profunda até mesmo que ele é dela. E, francamente, quem pode culpá-la? Deve ser difícil tentar amar o filho de seu estuprador...

— Nós não sabemos se foi isso o que aconteceu, Alex. Não com certeza. Você é advogada. Sabe que não se deve tirar esse tipo de conclusão precipitada.

Eu não quis que parecesse condescendente, mas pareceu. Seus olhos se fixam nos meus por um momento, mas ela é a primeira a virar o rosto.

Reduzimos a velocidade e paramos quando o tráfego se estreita para uma pista. A obra nesse trecho parece estar sendo feita há meses.

— Você disse "a semana inteira".

— Oi? — diz ela.

— Agora mesmo, você diz que não podíamos chamá-lo de "menino" ou "garoto" pela semana inteira. Achei que iam ser apenas alguns dias.

Ela não está olhando para mim.

— Vão ser. Provavelmente. Mas com a vinda de seus pais...

— Isso é no *mês que vem*...

— Acho que devíamos avisá-los, só por garantia.

— Avisar?

— Não seja difícil, Adam. Você sabe muito bem o que eu quero dizer.

Eu sei. Só queria não saber.

**

— Sobre o caso da jovem e da criança encontrados no porão, tudo o que posso dizer nesse estágio é que o inquérito está avançando.

A entrevista coletiva está lotada, e meu nível geral de estresse e irritação só piorou pelo fato de ter me esquecido de que deveríamos ir até o centro de imprensa de Kidlington e só ter chegado lá dez minutos antes da hora. Eu olho para as fileiras de rostos e vejo muitos que não reconheço. Veículos nacionais, sem dúvida; não tínhamos tanto interesse da mídia desde o caso de Daisy Mason. Isso não foi uma grande surpresa — uma menina de oito anos sequestrada de seu próprio jardim. Mas, nesse momento, as rodas estão girando, e eu saí da estrada. Um dos jornalistas na primeira fila está murmurando que não sabe por que nos demos ao trabalho de trazê-los aqui se isso era tudo o que íamos contar a eles.

— E o DNA? — pergunta uma mulher no fundo. — Não acredito que vocês ainda não determinaram quem é o pai daquela criança. Achava que, hoje em dia, os resultados saíam em algumas horas, não?

— Os testes melhoraram, mas isso ainda leva tempo. E o DNA não vai nos revelar toda a história. Precisamos conversar com a jovem, mas ela ainda não consegue falar conosco. Tenho certeza de que vocês entendem que ela está em um estado muito tenso e angustiado.

— Vocês já têm uma foto? — pergunta o homem do *Oxford Mail*. — Os vizinhos disseram que vocês tinham uma, que a estavam mostrando para as pessoas e perguntando se alguém a reconhecia.

— Não vamos liberar a foto neste momento.

— Bom, que tal a droga de um nome? Uma foto da criança? Alguma coisa... *qualquer* coisa?

— A investigação está em estágio crítico. Tenho certeza de que vocês entendem...

— É, é, é. Já ouvi isso tudo antes.

— Está bem — comenta uma mulher no fundo. — E esse novo apelo por testemunhas do caso Hannah Gardiner? Isso significa que vocês estão ligando os dois, certo?

Abro minha boca, em seguida torno a fechá-la. Que apelo por testemunhas, porra?

— Se o senhor se esqueceu, inspetor, estou com a declaração aqui. — A repórter sorri, então passa o dedo pelo tablet. — *"A Polícia de Thames Valley está apelando a qualquer pessoa que tenha visto Hannah Gardiner na manhã de 24 de junho de 2015, nas vizinhanças da Crescent Square, Oxford, que entre em contato com a sala de incidentes no distrito policial de St. Aldate's, especialmente se a viram conversando com alguém na mesma área."* Etc., etc., etc. — Ela ergue o tablet. — Isso é de sua equipe, pelo que eu entendo, não?

— É...

— Então vocês *estão* ligando os casos. Isso significa que o corpo encontrado naquele jardim deve ser de Hannah, e que o homem, Harper, é suspeito de matá-la. Isso está certo, não está? Ou estou deixando passar algo absurdamente óbvio?

— Não estou em posição de comentar...

— Li em algum lugar — diz o homem mais velho na frente — que havia um corvo morto enterrado com o corpo, alguma coisa de ritual pagão. O senhor gostaria de fazer algum comentário, inspetor? Ou isso é mais uma coisa que vocês "não podem comentar"?

— Sim, fico satisfeito por comentar sobre isso. Nunca houve nenhuma conexão que seja entre satanismo ou paganismo e o caso de Hannah Gardiner, e não há uma agora.

— Mas havia ou não havia um pássaro?

A mulher o interrompe:

— Então vocês *estão* reabrindo o caso. Nós podemos citá-lo?

— Não estamos reabrindo nada porque ele nunca foi fechado...

— Vou considerar isso como um *sim*.

— ... e, nesse estágio da investigação, não conseguimos dizer mais do que já dissemos a vocês. Devemos isso às famílias das vítimas...

— E a família do falsamente acusado? O que vocês devem a ele, inspetor detetive Fawley?

A voz vem de algum lugar no fundo. As pessoas se viram para olhar, e o homem se levanta. Um murmúrio se espalha quando eles o reconhecem.

Matthew Shore.

Como diabos ele entrou aqui?

— Então, tem uma resposta para mim? Quer dizer, o senhor estava no caso Hannah Gardiner, não estava?

— Isto é uma entrevista coletiva, sr. Shore.

— E eu sou membro da imprensa. — Ele ergue uma credencial. — Olhe, diz isso, bem aqui. Então eu torno a dizer, e por acaso acho que é a terceira vez, e meu pai? E um homem que vocês assediaram e vitimizaram embora não tivessem provas...

Posso sentir os níveis de estresse de Harrison subirem; isso está ao vivo no canal de notícias da BBC, e o sujeito da Sky está gravando com o celular.

— Olhe, sr. Shore, esta não é a hora nem o lugar.

— Então quando exatamente é a droga da hora e do lugar? Estou tentando falar com a Polícia de Thames Valley há meses e sou sempre dispensado.

— Nós nunca indiciamos seu pai em relação ao caso Hannah Gardiner. Ele cumpriu pena por um crime completamente diferente.

— É, mas ele nunca teria sido nem condenado se seu rosto não tivesse aparecido em todos os malditos jornais por meses, muito menos pegado uma pena de três anos... Não foi de jeito nenhum um julgamento justo...

Harrison limpa a garganta.

— Isso não é algo que podemos comentar, sr. Shore. O senhor vai ter que falar com o Serviço de Promotoria da Coroa.

— E o senhor acha que não fiz isso? — pergunta ele, sardônico. — Eles não são melhores que vocês. Não há justiça nesta droga de país, nenhuma responsabilização. Vocês simplesmente varrem tudo para debaixo do tapete...

Harrison fica de pé.

— Muito obrigado, senhoras e senhores. Mais comunicados serão emitidos quando for apropriado. Boa tarde.

A primeira pessoa que vejo quando saio é Quinn. Ele devia estar no fundo. Ele faz uma careta.

— Queria saber como Shore entrou. Vou pegar Gis por isso.

— O que *eu* gostaria de saber é quem emitiu a porra daquele apelo por testemunhas? Foi você?

Ele hesita, nitidamente decidindo se confessa ou não.

— Os jornalistas iam ligar os casos independentemente do que fizéssemos, então achei que valia a pena ver se toda essa nova publicidade refrescava a memória de alguém...

O que, na verdade, faz muito sentido. Não que eu esteja no clima para dizer isso.

— Mesmo sabendo que avisei Gardiner que ele ia ter tempo para avisar os pais de Hannah? Mesmo você sabendo muito bem que devia checar uma coisa dessas comigo antes?

— Mas o senhor disse...

— Eu disse para ficar de olho nas coisas...

— O senhor na verdade me disse para "resolver as coisas"...

— Eu *não* disse para tomar decisões importantes sem me perguntar. Eu estava só no John Radcliffe, pelo amor de Deus, não na porra da lua... você podia ter ligado, mandado uma mensagem.

Quinn fica muito vermelho, e percebo — tarde demais — que Gislingham está parado a poucos passos de distância. Eu não devia repreender Quinn na frente de seus subordinados. Isso simplesmente não se faz.

— Achei — explicou Quinn, baixando a voz — que o senhor ia preferir que eu não o incomodasse. Com essa história da criança, sua mulher e tudo mais.

E tudo mais.

Você já está pensando "transferência clássica" e não está errado. Mas saber e fazer alguma coisa em relação a isso não são a mesma coisa. E agora, não pela primeira vez, eu me pergunto se meu verdadeiro problema com Quinn é ele ser muito parecido comigo. Se a gente ignorar o vestuário um pouco berrante e as transas em série, é claro.

— Está bem — digo, por fim. — Vá falar com Gardiner e peça desculpas.

— Eu não posso só ligar para ele?

— Não. Não pode. E peça para Challow acelerar aqueles malditos resultados de DNA. — Então respiro fundo e me viro. — O que você quer, Gislingham?

Ele parece embaraçado.

— Desculpe por atrapalhar, chefe, mas a sala de incidentes acabou de receber uma ligação depois do noticiário na TV. Era de Beth Dyer.

***

Quinn estava certo; não demora muito tempo. Até a hora do almoço, Erica Somer localizou tanto um sobrinho quanto uma sobrinha da primeira sra. William Harper. Mas, quando ela vai até a sala de incidentes à procura de Quinn, quem encontra é Fawley. Ele está parado em frente ao mural. As fotos. O mapa. As imagens das duas jovens e dos dois meninos. Os vivos e os mortos. Ele parece perdido em seus pensamentos. Ausente.

— Desculpe, senhor — diz ela, ainda um pouco insegura perto dele. — Eu estava procurando o sargento detetive...

Ele se vira para olhá-la, mas leva alguns segundos, ela percebe, para que registre quem Erica é.

— Policial Somer.

— Sim, senhor.

Não era algo que ela jamais poderia contar a Quinn, mas Fawley é de longe o homem mais bonito do distrito. O fato de parecer totalmente ignorante disso só aumenta a atração. Quinn é exatamente o oposto, ele opera com algum tipo de sistema de ecos sexuais como de morcego, enviando sinais constantemente e vendo como eles voltam. Fawley, por outro lado, é autocontido. Ele não tem o nível de autoconfiança de Quinn, e ela normalmente consegue algum tipo de reação com homens. Mas não desse.

— Eu estava pensando em Vicky — diz ele. — Sobre o tipo de família de onde ela deve ter vindo para que não queira que eles saibam que está bem.

— Ela pode ter fugido de casa. O que pode explicar ninguém ter dado queixa de seu desaparecimento.

Ele se volta para olhar para a foto da garota outra vez.

— Você provavelmente está certa. — Então se vira. — Desculpe, você não veio aqui para me ouvir pensar alto. O que foi?

Ela ergue um papel. Uma folha impressa.

— Ontem à noite — diz ela. — Eu de repente tive esse palpite. Se a primeira esposa de Harper vinha de Birmingham, então ela ainda podia ter família por lá. E se o tal "John" que a sra. Gibson achou ser filho de Harper também tinha sotaque de Birmingham...

Ele já chegou lá.

— Então ele pode ser um parente da esposa.

— Isso, senhor. Então eu verifiquei. — Ela entrega o papel a ele. — Nancy Harper tinha uma sobrinha e um sobrinho. A sobrinha, Noreen, é recepcionista de um consultório médico e mora em Berwick. Mas o sobrinho, Donald Walsh, dá aula de História em uma pequena escola particular em Banbury. Ele tem 53 anos. Estou tentando conseguir uma foto, mas até agora ele se encaixa na descrição.

Fawley olha para a folha impressa.

— Bom trabalho, Somer. Então você acha que não era John, mas Don?

— Acho que sim, senhor. Seria fácil para a sra. Gibson ter ouvido o nome errado. Não acho que sua audição seja assim tão boa.

— Então você tem um endereço para esse Donald Walsh?

— Tenho. Eu tentei ligar, mas não tive resposta. Acho que alguém devia ir até lá, considerando que é tão perto. Mesmo que ele não esteja, podemos descobrir alguma coisa com os vizinhos. Com que frequência ele vem a Oxford. Se ele e Harper mantêm contato.

— E é por isso que você estava procurando o sargento detetive Quinn? Para arranjar isso?

Ela se esforça para não corar, mas não tem certeza se funciona.

— Isso, senhor. Para que ele possa organizar alguém.

— Bom, ele não vai voltar por cerca de uma hora. E a detetive Everett ainda está no hospital, então por que você não procura Gislingham e diz a ele que dei minha aprovação?

— O senhor quer que *eu* vá?

Ele agora parece só um pouco irritado.

— Com Gislingham, isso. Não tem nenhum problema, tem?

— Não, senhor.

— Bom. Conte-me o que você descobrir.

***

Entrevista por telefone com Beth Dyer
4 de maio de 2017, 14h12
Na ligação, detetive A. Baxter

AB: Srta. Dyer, aqui é o detetive Baxter, da Polícia de Thames Valley. Você ligou para o distrito depois da entrevista coletiva, não?

BD: Ah, liguei. Obrigada por retornar.

AB: Você tem alguma coisa para nos contar?

BD: Tenho. É, bom, é um pouco difícil.

AB: Nós vamos fazer todo o possível para manter confidencial o que você nos disser. Mas isso depende muito do que tem a dizer.

BD: Aquele policial na TV, o inspetor detetive Fawley. Ele disse que o corpo que vocês encontraram era de Hannah.

AB: Não creio que isso tenha sido confirmado oficialmente...

BD: Mas é ela, não é?

AB: [*pausa*]

　　É, srta. Dyer. Nós acreditamos que é. O sr. Gardiner foi informado.

BD: Como ele encarou isso?

AB: Não posso discutir isso, srta. Dyer. Havia mais alguma coisa?

BD: Desculpe, isso deve ter parecido horrível. Eu estou um pouco enrolada agora. Só que, bom, foi por isso que eu liguei. Era sobre Rob.

AB: Entendo. Acredito que, quando a sra. Gardiner desapareceu, você nos disse que achava que o marido dela podia estar tendo um caso, não?

BD: Eu disse. Mas não se trata disso. Bom, não diretamente.

AB: Ele estava tendo um caso ou não estava?

BD: Acho que não. Pelo menos, não na época. Mas começou logo depois. Aquela cuidadora... a babá. Seja lá do que ela chama a si mesma. Pippa alguma coisa. Eu os vi com Toby há cerca de três semanas em Summertown. Eles com certeza eram um casal, ela estava toda cheia de carinhos com ele. Homens podem ser tão ingênuos.

AB: E que relação isso tem com o desaparecimento da sra. Gardiner?

BD: Estou chegando lá. Quando tudo aconteceu, vocês disseram, a polícia, que ela havia desaparecido em Wittenham. Só que agora vocês dizem que ela não saiu de Oxford.

AB: Esse parece ser o caso.

BD: Como o carro dela chegou lá? Como Toby chegou lá?

AB: Bom, acreditamos que quem quer que tenha sido o responsável pela morte da sra. Gardiner deve ter levado o carro para Wittenham, sabendo que era onde ela devia estar naquele dia. Para nos fazer pensar que ela estava lá. Como um disfarce.

BD: Mas quantas pessoas sabiam que ela devia estar em Wittenham?

AB: Ela tinha combinado de fazer uma entrevista no local. Havia uma equipe da BBC. Várias pessoas deviam saber.

BD: Mas esse homem, o Harper. Na Frampton Road. O que vocês acham que a matou. Como ele sabia?

AB: Infelizmente não posso comentar uma investigação em andamento.

BD: Mas Rob sabia, não é? Ele sabia aonde ela estava indo. E fazia mais sentido que Toby estivesse lá, se foi Rob.

AB: Não sei ao certo o que você está tentando me dizer, srta. Dyer. Está sugerindo que o sr. Gardiner matou a esposa e abandonou o filho de dois anos sozinho...?

BD: [*ficando agitada*]

Olhe, eu não contei uma coisa a vocês na época. Algumas semanas antes do desaparecimento dela eu vi Hannah. Ela tinha uma marca no rosto. Um hematoma. Tinha maquiagem por cima, mas eu ainda consegui ver.

AB: Você perguntou como ela conseguiu aquele roxo?

BD: Ela disse que foi Toby, que ele estava ficando fora de controle e acertou o rosto dela com um carrinho de brinquedo por acidente.

AB: Isso lhe pareceu plausível?

BD: Acho que pode ter acontecido assim. Toby andava um pouco hiperativo... achei que ele pudesse ter TDAH, mas ela me disse que eu estava sendo ridícula. Mas ela com certeza estava preocupada naquelas últimas semanas. Tenho certeza de que ela estava preocupada com alguma coisa. E estava muito reservada em relação a Rob naquele dia. Acho que eles estavam tendo problemas. Sei que ela queria outro filho, mas ele não estava muito disposto.

AB: Por que não nos contou isso dois anos atrás, srta. Dyer?

BD: A imprensa não parava de dizer que vocês tinham aquele outro suspeito, o que estava no protesto. E havia todas aquelas pessoas que a viram lá, então achei que não podia ser Rob. Mas, quando vocês não indiciaram aquele homem, eu pensei…

AB: O quê?

BD: Bom, para ser honesta, achei que ela podia apenas tê-lo deixado. O Rob. Que ela se fez de morta só para poder escapar. Para que ninguém procurasse por ela. Eu vi uma vez um programa de TV assim. Uma dessas coisas de crime. E os pais dela vivem na Espanha, então achei que ela pudesse ter ido para lá.

AB: Isso me parece muito improvável, srta. Dyer. Abandonar o filho, ir embora sem o passaporte ou os documentos…

BD: Eu sei. Parece loucura.

AB: E ela não teria entrado em contato com você? Mesmo que não imediatamente, algum tempo depois, quando a poeira baixasse?

BD: [*pausa*]

AB: Afinal de contas, vocês eram melhores amigas, não eram? Ou eu entendi errado?

BD: [*silêncio*]

AB: Srta. Dyer?

BD: Olhe, se quer saber, nós nos afastamos um pouco. Aquela vez sobre a qual contei a vocês… não foi a última vez que eu a vi. Nós tivemos uma discussão depois daquilo. Ela disse que eu estava dando em cima de Rob. Que eu estava dando mole para ele no aniversário dela.

AB: Isso era verdade?

BD: *Ele* estava dando em cima *de mim*. Claro que ele disse a ela que era o contrário. É óbvio. Mas não era. E, de qualquer forma, não *aconteceu* nada. Mesmo que ele... Mesmo se...

[*pausa*]

Olhe, eu não teria feito isso com a Hannah, está bem?

AB: Entendo.

BD: E em todos esses anos vocês nunca encontraram um corpo. Acho que eu só queria acreditar que isso significava que ela estava viva em algum lugar. Mas agora não posso continuar em silêncio. Porque agora sei que ela está morta, e não consigo me livrar da sensação de que Rob teve alguma coisa a ver com isso.

***

Se tem uma coisa que detesto é me ver na TV. Mesmo agora, depois de meia dúzia de apelos, ainda não suporto. Então, quando o restante da equipe se reúne para assistir ao noticiário, dou minhas desculpas e vou para o café na St. Aldate's. É como a resposta para uma dessas questões de programação linear nas quais eu era tão ruim na escola: grande o bastante para normalmente conseguir lugar, longe o bastante do principal fluxo de turistas para que ainda não tivesse sido tomado pelas grandes redes. E é por isso que me diverte, momentaneamente, ver uma fila de turistas chineses descendo pela calçada em minha direção, seguindo uma mulher segurando um guarda-chuva vermelho que marchava bem confiante na direção errada. Porque, independentemente da obra-prima da arquitetura que estivessem procurando, com certeza não a encontrariam descendo a Abingdon Road.

Estou no balcão quando meu telefone toca. É Challow.

— Você quer a notícia ou a boa notícia?

Xingo em silêncio enquanto passo uma nota de cinco libras para o barista; não estou no clima para os jogos mentais de Challow.

— Deixe-me adivinhar. São os resultados de DNA.

— Desculpe. Ainda estou esperando.

— Então suponho que essa seja a notícia, e não a boa notícia.

— Você não sabe dizer?

— Olha, só me conte de uma vez, está bem?

Challow dá uma risada seca.

— Por que não vem aqui e vê por si mesmo?

***

— Adam? É você? — a voz está entrecortada, mas eu a reconheço imediatamente.

— Espere um minuto, pai. Estou dirigindo.

Eu paro no acostamento e pego o telefone.

— Estou aqui. Aconteceu alguma coisa?

Posso ouvi-lo soltar um leve suspiro exasperado.

— Por que você sempre acha que alguma coisa aconteceu?

— Desculpe, é só que...

— Vimos você no noticiário, sua mãe e eu.

— Ah, está bem. Certo.

— Você estava muito bem.

Por algum motivo, tudo o que ele diz sempre soa do pior jeito possível para mim.

— Não é um tipo de "participação", pai. Não se trata de mim.

— Eu sei disso, Adam. — Ele parece tão irritado quanto eu. — O que eu *quis dizer* foi que você se saiu muito bem. Calmo. Com autoridade.

E agora eu me sinto um merda. Como sempre.

— Sei que você não gosta que tenhamos orgulho de você, filho, mas nós temos. A força policial não seria a nossa primeira opção, mas você conseguiu construir uma carreira respeitável.

É uma palavrinha tinhosa esse "conseguiu". Então digo a mim mesmo que estou imaginando, que preciso parar de avaliar todas as possíveis inferências negativas. Não tenho nem certeza se foi a intenção dele.

— Olhe, pai. Foi ótimo você ter ligado, mas preciso ir. Estou a caminho do laboratório.

— Sua mãe mandou um oi, e ela está ansiosa para ver você. E Alex, é claro.

Então a linha fica muda.

***

Com o passar do dia, as nuvens se reúnem e, pelo meio da tarde, o céu está escuro como estivéssemos no final do outono. Uma chuva lenta de verão tamborila nas árvores no centro da Crescent Square. Dois esquilos correm um atrás do outro pela grama.

No apartamento, Pippa está enroscada no sofá, jogando Candy Crush no telefone. Ela pode ouvir Rob falando no outro aposento. São os pais de Hannah. Ela nunca os conheceu, mas sabe exatamente como eles são. Gervase e Cassandra, até seus nomes são presunçosos.

A porta para o escritório se abre, e Rob surge na soleira. Ele está vestido para ir para o trabalho, mas talvez ela consiga fazê-lo mudar de ideia. Ela estica as pernas e flexiona os pés nus.

— Telefonaram do escritório — diz ele, ignorando Pippa. — Estão com algum tipo de crise. Eu não me importo de ir, vai me ajudar a distrair a cabeça.

— Como foram as coisas... ao telefone?

Isso provoca um lampejo de irritação.

— Bom, o que você acha? Não é uma ligação social, é? "Como está o tempo, ah, por falar nisso, encontraram sua filha enterrada no barracão de um velho pervertido."

Ele pega as chaves do carro.

— Não sei a que horas vou voltar.

— Preciso falar com você.

— Bom, vai ter que esperar — diz ele, seguindo na direção da porta. — Eu disse que chegava lá às quatro.

— Estou grávida.

Rob se vira para olhar para ela, que ainda segura o celular na mão.

— Você está grávida. — A voz dele está embotada. — Isso não é possível.

— Claro que é *possível*, Rob. — Ela enrubesce um pouco. — Eu já estava querendo te contar há um tempo, mas nunca parecia haver uma hora boa.

— Você disse que estava tomando pílula.

— Eu estava. Estou. Às vezes isso acontece. Você faz ciência, devia saber.

— Isso mesmo — diz ele, com a voz perigosamente suave. — Eu "faço ciência". E por isso eu sei que essa criança que você está esperando não é minha.

— Claro que é... Tem que ser.

— Por quê? — diz Rob baixinho, indo na direção dela. — Porque você não dormiu com mais ninguém?

— Não — gagueja ela, agora aterrorizada. — Claro que não dormi.

— Você... — diz ele, parado acima dela, apunhalando o ar com cada palavra — está *mentindo*.

Ela se encolhe diante da violência em sua voz.

— Eu não entendo...

Ele dá um sorriso horrível.

— Não? Ainda não entendeu? *Eu não posso ter filhos*. Isso está claro o suficiente para você?

As bochechas dela estão bem vermelhas. Pippa olha para o telefone, mais para evitar olhar para ele que qualquer outra coisa. Mas essa é a coisa errada a fazer. Rob pega o celular e o joga do outro lado da sala. Então a segura pelo pulso e a puxa com força para botá-la de pé.

— Olhe para mim quando estou falando com você.

O rosto dele está tão próximo que a pele dela fica salpicada de saliva.

— Você está me machucando...

— Então, quem foi? De quem é o pirralho que você está querendo passar por meu, algum estudante aleatório? O homem que lê o medidor de luz? *Quem?*

Ele a segura pelos ombros e a sacode.

— Você tem feito isso aqui, no *meu apartamento*?

— Não... claro que não. Eu nunca faria isso. Foi só uma vez, não significou nada...

Ele dá um sorriso. Feio.

— É, tá bom.

— Eu não o amo, eu amo *você*...

Ela morde o lábio até sair sangue. Há lágrimas. Ela está suplicando com ele.

Rob ri.

— *Você me ama?* Você não conhece a droga do significado da palavra *amor*.

Rob a empurra com força de volta para o sofá e vai até a porta. Ele se vira e a observa chorar por um momento.

— Quando eu voltar, não quero encontrá-la aqui.

— Você não pode fazer isso! — Ela chora. — E Toby? Quem vai buscá-lo? Quem vai cuidar dele?

— Sou perfeitamente capaz de cuidar de meu próprio filho. Deixe as chaves e vá. Nunca mais quero ver você outra vez.

***

Lingfield Road, 29, Banbury. Uma casa geminada. Bela entrada de carros de cascalho. Gerânios.

— O que você acha? — pergunta Gislingham, desligando o motor.

Somer pondera por um momento.

— Parece apenas o que é, uma casa de professor do ensino fundamental.

Gislingham assente devagar.

— Não consigo ver essa casa aparecendo em um episódio futuro de *Crimes não solucionados*, mas você sabe o que dizem... As aparências enganam.

No portão, ela se vira para ele, mas Gis faz um gesto galante.

— Depois de você.

Ela dá um sorriso, um pouco tenso, então lembra a si mesma que só porque a maioria dos homens gosta de olhar para sua bunda não significa que Gislingham tem que ser um deles.

Na porta, ela faz uma pausa antes de tocar a campainha. Então uma segunda e uma terceira vez. Gislingham vai até a janela da frente e espia o interior. Através de uma fresta nas cortinas, ele consegue ver um sofá, poltronas grandes demais para a sala e uma mesinha de centro com uma pilha de revistas, com os cantos cuidadosamente alinhados.

— Nenhum sinal de vida — diz ele.

Somer se junta a ele e olha para dentro. Arrumado, mas nada inspirador. Eles sabem pelos registros que não há nenhuma sra. Walsh oficial, mas ela está começando a desconfiar que também não haja uma extraoficial.

— Ele obviamente gosta de bibelôs — comenta Gislingham, apontando para uma cristaleira na parede em frente. — Quer dizer, com aquelas prateleirinhas estranhas, não deve ser uma estante de livros, não é?

Somer franze levemente a testa.

— Tenho certeza de que já vi alguma coisa assim antes... — Ela balança a cabeça. O que quer que tenha sido, já esqueceu.

— Vamos tentar a escola? — sugere Gislingham. — Achei que estavam de férias, mas quem sabe esses lugares particulares elegantes tenham um calendário diferente do restante do país?

Somer dá de ombros.

— Você está perguntando à pessoa errada. Mas vamos, por que não? São só dez minutos de distância.

Quando estão andando de volta na direção do carro, uma mulher surge da casa em frente, com dificuldades com um carrinho de bebê dobrável e uma criança pequena.

— Só vou ver se ela conhece Walsh — diz Somer, saindo na direção da mulher. — Não vou levar nem um minuto.

Gislingham volta para o carro e pega seu jornal no compartimento lateral. Quando um celular começa a tocar, ele leva um momento para perceber que não é o dele. E quando abre o porta-luvas e pega o telefone de Somer, a tela diz: "Gareth". Ele está com um sorriso malicioso quando atende a ligação.

— Alô? É o telefone da policial Somer?

Silêncio. Três pulsações, quatro, cinco.

— *Gislingham?*

— É, quem está falando?

— É Quinn. Como você sabe muito bem.

— Desculpe, parceiro, não esperava que fosse você.

Outro silêncio. Um silêncio eloquente que dizia "o cacete que não esperava".

— Estava só ligando para saber como as coisas estão indo — diz Quinn, por fim. — Com Walsh e tal. Não tinha me dado conta de que você tinha ido também.

— Nós ainda não o localizamos. Quer que eu diga a ela que você ligou?

Quinn hesita.

— Não. Não precisa. Eu já consegui o que queria.

É, está bem, pensa Gislingham enquanto desliga. Conseguiu o cacete.

O Petersham College é uma escola antiga e antiquada, pelo menos é o que dá para inferir pela fachada. Dois pátios vitorianos copiados de Oxford completos, com refeitório, capela e vitrais nas janelas. Gislingham estaciona em uma vaga identificada como "Visitantes", e eles seguem uma grande placa amarela até o que se anuncia como "Alojamento do Porteiro".

— É só um, então — diz Somer. — Queria saber o que eles fazem quando ele fica doente e precisa faltar.

— Desculpe, não entendi.

Ela balança a cabeça.

— Piada de gramática de nerd. Deixa pra lá.

Ela passou dois anos tentando lecionar inglês em uma escola sem critérios de seleção antes de decidir que, se ia passar seus dias lidando com drogas, facas e atos de violência aleatórios, ela podia muito bem ser paga para fazer isso profissionalmente.

O porteiro, por sua vez, revela-se uma mulher, não um homem. Uma mulher de meia-idade com um blazer vinho e uma saia plissada.

— Posso ajudá-los? — pergunta, olhando para eles por cima dos óculos.

Eles mostram suas identificações.

— Gostaríamos de ver o sr. Walsh, por favor? Donald Walsh?

Ela se inclina para a frente sobre a mesa e aponta.

— A sala dele é em um dos prédios novos, a Coleridge House. Passe pelo arco à esquerda. Eu posso ligar para ele e avisar que vocês estão indo, se quiserem me dizer do que se trata.

Somer sorri para ela; ela está nitidamente ávida por uma boa fofoca.

— Na verdade, não há necessidade. Obrigada mesmo assim.

Eles seguem pelo pátio interno. Alguns meninos passam por eles com as mãos nos bolsos. Suas vozes são um pouco berrantes demais, e seus blazers também. Há os nomes de professores listados em um quadro no pé de cada escadaria, e uma pequena placa de madeira que pode ser substituída que diz "está" ou "não está". Gislingham move algumas delas, só por mexer.

— Nossa, eles estão bem de vida por aqui, não é? — comenta ele, olhando ao passar pelas poltronas de couro, as estantes de livros, as lareiras de pedra enormes. — Embora eu não tenha a menor ideia por que as pessoas pagam rios de dinheiro para mandar seus filhos para lugares como este. Educação é educação. O resto é só a maldita embalagem.

— Mas essa é a questão — diz Somer. — É a embalagem que eles querem.

Mas, quando eles passam pelo arco, é uma história bem diferente. Um amontoado de construções provisórias no estacionamento dos funcionários e dois blocos de extensão pesados dos anos 1970 batizados, de forma um tanto incongruente, com o nome de poetas românticos. Aposto que eles não trazem pais de possíveis futuros alunos aqui, pensa Somer enquanto Gislingham empurra e abre a porta da Coleridge House. Ecos duros e o cheiro de desinfetante. A sala de Walsh fica no terceiro andar, e não tem elevador, por isso os dois estão arfando um pouco quando chegam à porta. O homem que atende usa uma camisa xadrez, uma gravata de tricô e um par de sapatos bem-engraxados. Ele se parece muito com o homem descrito por Elspeth Gibson.

— Sim? Em que posso ajudar?

— Detetive Chris Gislingham, policial Erica Somer, Polícia de Thames Valley. Nós podíamos dar uma palavrinha com o senhor?

Ele pisca, então torna a olhar para o interior da sala.

— Na verdade, estou dando uma aula extra. Vocês podem voltar mais tarde?

— Nós viemos de Oxford — diz Gislingham. — Por isso, não, não podemos "voltar mais tarde". Podemos entrar?

Os dois homens se encaram por alguns momentos, então Walsh se afasta para o lado.

— É claro.

O interior da sala é mais uma sala de aula que um escritório. Aqui não há nenhuma poltrona de couro, só uma mesa, uma fileira de cadeiras de espaldar duro, um quadro-negro antiquado e alguns cartazes enquadrados: *Madame Butterfly* na English National Opera; uma exposição de artefatos japoneses no museu Ashmolean. E, se remexendo um pouco em uma das carteiras, um menino ruivo com um livro de exercícios no colo. Onze, talvez doze anos.

— Está bem, Joshua — diz Walsh, talvez com certo prazer excessivo. — Parece que um *deus ex machina* inesperado o libertou prematuramente do purgatório que é a derrubada das leis dos cereais.

Ele segura a porta aberta e gesticula para o garoto.

— Pode ir. Mas quero ver esse trabalho amanhã de manhã cedo.

O garoto para sob o umbral, olha para Gislingham e então vai embora. Eles conseguem ouvir o barulho de seus pés descendo a escada.

— Então — diz Walsh, dando a volta em sua mesa em um jogo de poder que não passa despercebido para nenhum deles. — Como posso ajudá-los?

— Imagino que o senhor saiba por que estamos aqui — começa Gislingham.

Walsh olha para ele, depois para Somer.

— Para ser honesto, não.

— É sobre seu tio ou, falando de maneira mais específica, o marido de sua tia. William Harper.

— Ah... Bom, não vou dizer que estou surpreso. Embora não saiba por que eles acharam que vocês deviam vir aqui.

— É um assunto importante, sr. Walsh.

— É claro. Não estava querendo sugerir... bom, vocês sabem. Só precisam entrar em contato comigo que eu resolvo as coisas. Imagino que não haja mais ninguém. Não agora.

Gislingham o encara.

— De quem está falando, sr. Walsh?

— Os advogados. Imagino que ele tivesse alguns. Firma de Oxford, não é?

— Não estou entendendo.

— Sobre o testamento — responde Walsh. — É por isso que estão aqui, não é? O Bill morreu?

Somer e Gislingham trocam um olhar.

— O senhor não viu as notícias? Os jornais?

Walsh dá um sorriso falso.

— Infelizmente eu não tenho muito tempo para ler jornais. Vocês têm ideia do quanto este trabalho exige da gente?

Na verdade, Somer sabe muito bem. Mas ela não vai dizer isso para ele.

— Olhe — diz ela. — Acho que o senhor devia se sentar.

***

— Como um colega meu observou esta semana, às vezes nós simplesmente temos sorte.

Estou no laboratório, parado ao lado de Challow, olhando para uma mesa de metal coberta de folhas de papel repletas de linhas manuscritas. Algumas estão intactas, outras com manchas de umidade, algumas reduzidas a polpa e completamente ilegíveis.

— O que é isso, algum tipo de diário?

Challow assente.

— Nina o encontrou quando examinou as caixas que estavam no porão. Ele estava enfiado em um canto, supostamente para que o velho não encontrasse. Havia alguns livros velhos ali, e a garota rasgou todas as páginas em branco. Também havia algumas canetas velhas nas caixas. Umas Bics laranja. Harper parece ser o tipo que não suporta jogar nada velho fora. — Ele gesticula para as folhas de papel. — Nós salvamos o que pudemos, mas acho que houve uma infiltração no piso acima recentemente. Na verdade, estou surpreso por a garota não ter uma pneumonia terrível, aprisionada por todo esse tempo naquela droga de lugar horrível.

Ele acende uma luminária e a puxa para baixo para podermos ver com mais clareza.

— Transcrevi as folhas que ainda estão intactas e enviei o escaneamento para vocês, e vou fazer o possível para decifrar o restante. Nunca se sabe, é incrível o que a tecnologia pode fazer hoje em dia.

— Obrigado, Alan.

— Boa leitura. Embora, pensando bem, isso provavelmente também seja só uma figura de linguagem.

***

Quinn está prestes a desistir quando a porta finalmente se abre. Embora não se abra muito. Mesmo assim, é o suficiente para registrar pés descalços, cabelo louro comprido, pernas ainda mais compridas e uma camisola que, nitidamente, não tem nada por baixo. Um dia de merda, de repente, não parece tão de merda assim, no fim das contas.

— O sr. Gardiner está?

Ela balança a cabeça. Ela tem um desses rostos que sempre parece um pouco inchado. Ou isso ou ela esteve chorando.

Quinn mostra sua identificação e abre seu sorriso mais agradável.

— Sargento detetive Gareth Quinn. Quando ele volta?

— Ele está no trabalho. Tarde, eu acho.

Ela está prestes a fechar a porta, mas ele dá um passo à frente.

— Talvez eu pudesse entrar... para deixar um recado? Nós só queríamos nos desculpar pela forma como saíram as notícias sobre a mulher dele.

Ela dá de ombros.

— Tanto faz.

Ela se vira e sai andando. Quando ele empurra a porta e a abre mais para segui-la, percebe que ela está segurando uma taça de vinho. Uma taça grande.

A garota já desapareceu, e Quinn se vê sozinho na sala. Tem uma bolsa decorada com um monte de pompons no sofá, e uma garrafa de vinho em uma mesa baixa. Ela está quase vazia. Quinn começa a examinar a sala; se ela o pegar bisbilhotando, ele sempre pode dizer que estava procurando papel e caneta, embora ele tenha os dois no bolso interno. Uma TV nitidamente cara, alguns livros, principalmente livros médicos, gravuras emolduradas em preto e branco. Quinn nunca deixou que uma mulher fosse morar com ele, mas chama sua atenção que não haja muita coisa da garota aqui. Ele volta para o corredor.

— Você está bem? — pergunta ele alto.

Há silêncio, então a garota sai do quarto carregando uma mala transbordando de roupas e a larga no chão da sala de estar. Ela está de jeans, agora, e botas de cano curto de salto muito alto. Há dois centímetros de pele branca entre o alto das botas e a barra do jeans. Ela se senta no sofá e tenta fechar a parte de cima da mala, com os cabelos longos caindo sobre o rosto.

— Por favor — diz Quinn, aproximando-se depressa. — Eu posso ajudar.

Ela olha para ele, briga com o zíper por mais alguns instantes, então desiste.

— Como quiser.

Ela torna a se sentar no sofá e vira o rosto, e ele leva alguns momentos para perceber que ela está chorando.

Quinn fecha os últimos centímetros de zíper e põe a mala de pé.

— Você está bem?

Ela assente, secando as lágrimas com os dedos. Ela ainda não está olhando para ele.

— Você precisa de carona ou de alguma outra coisa?

Um pequeno arquejar que pode ser um soluço, então um meneio da cabeça.

— Obrigada — sussurra ela.

Dez minutos depois, Quinn está botando a mala na traseira de seu carro, e eles seguem pela Banbury Road.

Ele olha para a mulher.

— Não deve estar sendo fácil para ele. Você sabe, todo aquele…

Pippa se vira para olhar para ele.

— É, tá bom — diz ela. — Toda essa coisa de encontrar a esposa embaixo do piso. Mas isso foi há *dois anos*.

O que não é nada, é claro. Mas talvez não na idade dela.

— Para onde você vai? — pergunta ele depois de algum tempo.

Ela dá de ombros.

— Não sei. Não para casa, isso é certo.

— Por que não?

Ela lança um olhar em sua direção, e ele decide não insistir.

— Os últimos dias… também não devem ter sido fáceis para você.

— Você acha? — murmura ela, olhando pela janela. Mas há lágrimas em seus olhos novamente.

Na rodoviária, ele estaciona e vai até o porta-malas para pegar os pertences de Pippa. É só quando ela estende a mão para jogar a bolsa no ombro que Quinn vê o que provavelmente devia ter percebido logo de cara.

— Como isso aconteceu? — pergunta ele em voz baixa.

Ela fica vermelha e puxa a manga.

— Não é nada. Bati com o braço na porta.

Ele estende a mão, e ela não resiste. O machucado está feio, ainda vermelho. A marca de dedos cravados na pele delicada.

— Ele fez isso?

Ela não o está olhando nos olhos, mas assente.

— Você pode dar queixa.

Ela balança a cabeça veementemente; está se esforçando para não chorar outra vez.

— Ele não teve a intenção — diz Pippa, com a voz tão baixa que ele precisa se inclinar para ouvi-la.

Um ônibus de Londres passa por ele, e Quinn vê as pessoas olhando para os dois com curiosidade.

— Ei, deixe-me lhe pagar um café.

Ela balança a cabeça outra vez.

— Eu preciso encontrar algum lugar para ficar.

— Não se preocupe com isso. Tenho certeza de que podemos encontrar algum lugar para você.

Ele, então, pega a mala e a bota outra vez no porta-malas.

***

A mulher na recepção da St. Aldate's parece ansiosa. Ela verifica o celular três vezes nos cinco minutos que o sargento encarregado leva para se levantar do escritório dos fundos e ir até a frente.

— Posso ajudá-la?

— Meu nome é Lynda Pearson. Dra. Linda Pearson. Estou aqui para ver William Harper. Ele é um dos meus pacientes.

— Ah, claro, estamos aguardando a senhora. Pode esperar um pouco? Não deve demorar.

Ela dá um suspiro; já ouviu isso antes. Vai até a fileira de cadeiras, então tira o telefone da bolsa de lona. Pelo menos pode fazer algo útil enquanto está presa ali.

— Dra. Pearson?

Ela ergue os olhos e vê um homem corpulento em um terno que é um pouco pequeno demais para ele. Os botões de sua camisa estão um pouco esticados. Ficando careca, um pouco sem fôlego. A meio caminho da hipertensão arterial. Ele parece ter quarenta anos, mas provavelmente é uns cinco anos mais novo.

— Detetive Andrew Baxter — apresenta-se ele. — Vou levá-la até a carceragem.

Ela pega suas coisas e sobe a escada atrás dele.

— Como Bill tem passado?

— Até onde sei, está bem. Temos feito o possível para não colocá-lo em situações estressantes. Cuidamos para que ele receba comida de que gosta, esse tipo de coisa.

— Ele deve estar comendo melhor aqui do que comia em casa. Ele perdeu muito peso nos últimos meses. Derek Ross já o viu?

— Não desde que foi trazido para cá. Foi Ross quem sugeriu que ligássemos para a senhora.

Eles chegam à carceragem, e Baxter acena com a cabeça para o sargento à mesa.

— Visita para William Harper.

Enquanto caminham na direção da cela de Harper, Lynda Pearson tem uma premonição súbita e horrenda de que eles vão encontrar o velho pendurado nas barras da janela enforcado com a própria camisa. Mas deve ser seu cérebro cansado reprisando todos os seriados policiais que ela viu na TV ao longo dos anos, porque, quando a porta se abre, Harper está sentado docilmente em sua cama, com os dois pés no chão. Ele parece magro, mas tem alguma cor em seu rosto que não estava ali antes. O prato e o copo na bandeja ao lado da cama estão vazios.

— Como você está, Bill? — diz ela, sentando-se na única cadeira disponível.

Ele estreita os olhos para a médica.

— O que você está fazendo aqui?

— A polícia me pediu para vir. Eles queriam que eu desse uma olhada em você. Para garantir que está tudo bem.

— Quando eu posso ir para casa?

Pearson olha para Baxter.

— Ainda não, infelizmente, Bill. A polícia ainda tem algumas perguntas. Você vai precisar ficar aqui um pouco mais.

— Nesse caso — diz ele, parecendo completamente lúcido —, quero ver o policial responsável. Quero dar um depoimento.

***

— Isso é mesmo necessário?

Walsh foi da descrença para a irritação no espaço de aproximadamente três frases. A primeira em resposta à notícia, a última, ao pedido de Gislingham para que ele os acompanhasse até St. Aldate's.

— Por que precisam que eu faça isso? Tenho compromissos, aulas, correção de trabalhos, atividades extracurriculares para supervisionar... Isso é muito inconveniente.

— Eu entendo, senhor, mas precisamos colher amostras. DNA, impressões digitais...

Ele olha fixamente para eles.

— Para quê? Eu não vou àquela casa há anos.

— É mesmo? — diz Somer. — O senhor não se dava bem com seu tio?

— Minha cara, como seu colega observou corretamente apenas alguns minutos atrás, nós não somos *aparentados* de verdade.

Os olhos de Gislingham se arregalam; se isso foi uma tentativa de fazer Somer simpatizar com ele, foi um erro de cálculo de proporções espetaculares.

— Sr. Walsh — diz ela tranquilamente. — Já determinamos que muito poucas pessoas visitaram aquela casa nos últimos anos, e o senhor é uma delas. Precisamos eliminar qualquer suspeita...

Seus olhos se estreitam.

— Suspeita? Vocês realmente acham que eu tenho alguma coisa a ver com o que ele estava fazendo? Posso garantir que não tinha ideia do que ele estava tramando. Fiquei tão chocado quanto qualquer um.

Somer o encara por um momento.

— *Fiquei?*

Ele parece irritado.

— O que foi?

— O senhor acabou de dizer "Fiquei tão chocado quanto qualquer um". Isso significa que o senhor sabia. Sabia antes de chegarmos aqui. O senhor viu as notícias como todo mundo.

— Olhe — diz ele, respirando fundo. — Eu trabalho em uma escola. Uma escola muito *cara*. Sabe quanto as pessoas pagam por ano para mandar seus filhos para um lugar como esse?

Ela pode imaginar. E é provavelmente mais que seu salário.

— A última coisa de que preciso em minha posição é estar associado a alguma coisa como... como *aquilo*.

Aposto que não quer, pensa Somer, já que você está tão na base da hierarquia social que está enfiado em uma sala no bloco anexo com uma vista grandiosa para os latões de lixo.

— Vamos fazer o possível para sermos discretos — diz ela. — Mas o senhor ainda precisa nos acompanhar até Oxford. Mesmo que não tenha ido à Frampton Road há algum tempo, temos digitais que até agora não foram identificadas, e podiam estar lá há muito tempo. E, de qualquer forma, tenho certeza de que "um lugar como esse" esperaria que o senhor fizesse tudo em seu poder para ajudar a polícia.

Ela o pegou, e ele sabe disso.

— Está bem — diz ele pesadamente. — Posso ir no meu carro?

Só no carro Gislingham se volta para ela.

— Nossa, você o pegou de jeito, com certeza.

— Sabe... — diz Somer, pensativa. — Tenho certeza de que hoje em dia há orientações no setor da educação pública sobre professores ficarem sozinhos com alunos. Acho que você é aconselhado a deixar a porta aberta.

— Por acaso você está sugerindo que estava acontecendo alguma cosia entre ele e aquele garoto?

— Não, não necessariamente. Mas acho que devíamos investigar. Pelo que lembro, esta é a terceira escola em que ele trabalha nos últimos dez anos. Isso pode sugerir alguma coisa. Ou nada.

— Mas vale a pena conferir.

Ela assente.

— Embora precisemos ter cuidado ao fazer isso. Se você é professor, um boato desses pode destruir sua carreira. Mesmo um comprovadamente inverídico.

Isso aconteceu com uma pessoa que ela conhecia. Um homem calado, inofensivo e, como se revelou, totalmente ingênuo que foi forçado a deixar seu emprego depois que um aluno do décimo ano afirmou ter apanhado dele. A última notícia que ela teve era que agora ele trabalhava como caixa em Lidl.

Gislingham liga o motor, e alguns instantes depois eles veem o Mondeo prata de Walsh emergir do estacionamento dos funcionários.

— Por falar nisso — diz Gislingham quando Walsh se aproxima deles. — Do que ele estava falando... aquela coisa de *sexy machine*?

Por um momento, ela fica completamente confusa.

— Ah, você quer dizer *deus ex machina*? Isso vem das tragédias gregas, é quando um escritor leva sua trama a uma situação tão confusa que a única maneira de consertá-la é usando um deus.

Gislingham sorri.

— Parece uma ideia ótima. Um desses ia nos ajudar muito.

— Achei que já tivéssemos um — diz ela secamente. — Sob o disfarce do inspetor detetive Adam Fawley.

Gislingham dessa vez dá uma gargalhada, então engrena o carro. As costas da mão dele roçam na dela.

Só por um segundo.

***

Estou escrevendo isto porque quero que todo mundo saiba. Se eu morrer aqui embaixo, se eu nunca sair, quero que as pessoas saibam o que ele fez comigo.

Eu ia ver um apartamento. Um dos estudantes tinha ido embora, então havia um quarto vago por alguns meses, um quarto que com certeza era melhor do que onde eu estava antes. Só que eu consegui quebrar o salto quando atravessei a rua, então estava ali, sentada no muro, tentando consertá-lo, quando ele surgiu. Achei que ia me pedir para sair do muro, mas ele só olhou para meu sapato e disse que tinha cola para consertá-lo. Só ia levar um minuto, disse ele. Quando o encarei, ele sorriu. Estava usando gravata, eu me lembro disso. Ele não parecia um psicopata. Parecia simpático. Como o tio de alguém. Então eu disse que tudo bem, e o segui até o interior da casa.

Ele disse que precisava pegar a cola no barracão e que tinha acabado de fazer chá, e perguntou se eu queria um pouco. Ele deve ter feito assim. O chá.

Achei que estava com um gosto um pouco estranho [material ilegível]

… deitada de bruços no chão. Comecei a gritar, mas ninguém apareceu. <u>Ele</u> nunca apareceu. E, depois de algum tempo, precisei fazer xixi e comecei a chorar porque senti minha calça jeans ficando encharcada, e foi horrível. Não sei quanto tempo levou até eu perceber que podia me arrastar sobre os joelhos. Eu não parava de bater nas coisas no escuro, mas encontrei a cama, o vaso sanitário e as caixas cheias de tralhas.

Tudo cheira a gente velha. Acho que este lugar deve ficar no subsolo, porque é muito frio...

[uma folha ilegível]

... ele está lá fora. Ouvi o barulho de uma chave, depois passos na escada, então uma luz se acendeu. Eu pude ver por baixo da porta. Então eu o ouvi do outro lado da porta, respirando. Respirando e escutando. Eu fiquei imóvel, e no fim ele foi embora. Mas a luz embaixo da porta ainda está lá.

Ele vai descer outra vez, não vai?

Não quero que ele me estupre. Sou virgem e não quero que ele seja o primeiro.

Por que não vem ninguém?

[duas folhas ilegíveis]

... aqui outra vez. Ele tinha água e me deixou beber um pouco, mas a maior parte escorreu pela minha blusa. Eu disse que estava com fome também, mas ele disse que eu precisava fazer por merecer. Tentei bater nele, e ele me deu um tapa. Ele disse que eu ia ser boazinha no fim porque eu não ia comer até que fizesse isso. Eu cuspi a água nele, e ele disse que eu podia fazer como quisesse. Você pode beber da privada, não me importa. Você vai mudar de atitude, sua vadiazinha desagradável. Sempre mudam.

Eu não paro de me perguntar se alguém está procurando por mim. As pessoas no apartamento não vão se dar ao trabalho. Minha mãe não sabe onde estou e provavelmente não ligaria se soubesse. Ela diria que era bem-feito por ter sido tão burra. É isso o que ela sempre diz. Eu podia morrer aqui, e ninguém ia saber.

Não quero morrer.

Por favor, não deixe que...

                    [três folhas danificadas]

Ele me estuprou

Ele me ESTUPROU

Não sei há quanto tempo, porque estou aqui deitada, chorando sem parar. Por favor, se você ler isso, não deixe que ele se safe. Faça com que pague pelo que fez.

Ele trouxe mais água, mas acho que havia algo nela outra vez, porque comecei a me sentir estranha. Como se eu soubesse o que estava acontecendo, mas não pudesse fazer nada em relação a isso. Em um minuto ele estava ali sentado, sorrindo para mim, e no seguinte estava tirando minha calcinha e me tocando com suas mãos horríveis e enrugadas e enfiando os dedos em mim e perguntando se eu estava gostando. Ele não me desamarrou, acho que ele gosta que eu esteja amarrada. Ele fez aquilo comigo de costas, depois me virou e fez de novo. E o tempo inteiro eu estava com o rosto na sujeira, e doía como se ele estivesse me rasgando por dentro.

Eu fiquei doente depois. Havia sangue escorrendo pelas minhas pernas.

Mas ele deixou água e comida

E deixou a luz acesa

                    [várias folhas faltando]

... há quanto tempo estou aqui, mas não consigo contar os dias porque ele levou meu relógio e meu celular. Minha menstruação veio hoje, então deve fazer pelo menos três semanas. Eu disse a ele que precisava de absorvente, e ele só me trouxe um rolo de papel higiênico. Ele nem devolveu minha calcinha, o canalha perverso. Diz que ela está suja. E, de qualquer modo, ele gosta de olhar para mim sem ela. Para a minha "vagina", como ele chama.

Ele ficou ali observando enquanto eu enfiava o papel entre as pernas. Ele tinha uma expressão estranha no rosto. Como se gostasse de ver o sangue. Como se isso deixasse tudo ainda melhor em sua mente distorcida e perturbada. Ele disse que era uma pena que não pudéssemos transar enquanto eu estava sangrando, mas ele podia me pegar por trás se eu quisesse. É como se ele achasse que temos algum tipo de relacionamento. Eu não achei que nada podia deixar esse pesadelo pior, mas estava enganada.

[*várias folhas danificadas*]

… mais agradável comigo agora. Ele diz que podemos ser uma família e que ele sempre quis ter um filho e que ele espera que seja um menino. Ele devolveu minha calça e até tentou lavá-la. Ele me deixa ficar com a luz acesa, também. E me dá mais comida. Mas, quando eu disse que precisava ver um médico, ele deu uma risada horrível e disse que, se eu queria um doutor, eu estava no lugar certo. Então, quando pedi outra vez, ele disse que as mulheres no século XIX tinham bebês nos campos e no dia seguinte já estavam trabalhando. Que eu era jovem e forte, e ele ia cuidar de mim. De mim e do bebê.

Mas ele deve ter ficado com raiva, porque apagou a luz outra vez depois disso. Fico aqui deitada no escuro. Sentindo essa criança dentro de mim. Me devorando por dentro.

[*uma ou mais folhas faltando*]

O bebê está ali deitado, olhando para mim. Quando chora, seu rosto se franze e fica vermelho. Ele me disse que eu tenho que alimentá-lo, mas dei as costas para ele. Ele queria um filho... pode muito bem alimentá-lo. Ele arranjou leite e conseguiu fazer o bebê beber um pouco.

Ele levou a roupa de cama suja e me deu lençóis novos. Ele não parava de dizer que ia garantir que tudo estivesse limpo e higienizado, mas eu disse que não me importava. Eu não me importava mais se eu ia viver ou morrer. Não mais. E ele disse que eu tinha que viver pelo bebê, e eu só virei o rosto para a parede e chorei.

Ele disse que tínhamos sorte por eu ser tão jovem e o trabalho de parto ter sido tão fácil. E eu disse:

— <u>Sorte</u>? Sorte por ser mantida prisioneira aqui embaixo? Sorte por ser estuprada dia após dia?

E ele disse que não é assim e que eu sei muito bem disso, e que preciso me comportar. Que ele tem sido bonzinho porque eu estava grávida, mas que as coisas agora iam mudar.

Diz que preciso cuidar do bebê e que ele vai me deixar em paz se eu fizer isso, portanto é do meu interesse. Eu lhe digo para levar o bebê lá para cima e cuidar dele sozinho, mas ele não faz isso. Ele diz que o bebê é meu. Meu e dele. Ele diz que o bebê se chama Billy.

Eu não vou dar nome nenhum

Não aqui embaixo

Não no escuro

Ele está olhando para mim. O bebê. Ele tem olhos azuis. Cabelo escuro igual ao meu. Estou tentando pensar nele como meu. Como apenas meu, sem nada a ver com aquele velho pervertido horrível.

Ele não chora muito. Só fica ali deitado no cobertor olhando para mim. Já se passaram mais de três meses. O velho ainda está sendo "bonzinho" comigo. Eu recebo mais comida. Absorventes. Ele até apareceu com roupas. Deve tê-las conseguido em algum brechó de caridade, mas podia ser pior. Ele trouxe roupas para o menino também. Uma camiseta e alguns macacõezinhos.

Talvez ter o bebê seja uma boa coisa, no fim das contas. Porque ele não pode manter um bebê aqui embaixo para sempre, pode? E se o menino ficar doente? Ele não vai deixá-lo morrer. Ele não liga para mim, mas não vai deixar que nada aconteça ao bebê.

Não ao seu filho

Não ao seu Billy

[uma ou mais folhas faltando]

NÃO TEM MAIS COMIDA E A ÁGUA ESTÁ ACABANDO

NÃO SEI QUANTO TEMPO MAIS ELA VAI DURAR

POSSO OUVIR PESSOAS NA CASA AO LADO, MAS, POR MAIS ALTO QUE EU GRITE, NINGUÉM VEM

NINGUÉM VEM

***

Baxter me liga da carceragem às 17h30. Minha cabeça está cheia de palavras. As palavras da garota e as imagens que meu cérebro criou a partir delas. Eu sabia o que ele devia ter feito com ela, mas é diferente — ouvir, assistir àquilo se desenrolar em meu cérebro. Estou com tanta raiva agora que sei que vou precisar tomar muito cuidado. E sentindo uma pena imensa.

Do outro lado da linha, Baxter está esperando.

— Chefe?

— Desculpe, eu estava distraído. O que é?

— É Harper. Ele está lúcido. E diz que quer prestar depoimento.

Hora de contar até dez.

— Está bem. Você ligou para a advogada dele?

— Infelizmente ela vai demorar pelo menos uma hora para chegar, e não sei se podemos nos dar ao luxo de esperar. Não no estado em que ele está. Quando ela chegar aqui, podemos tê-lo perdido outra vez. Mas sua médica está aqui, então, se não tiver problema, ela está disposta a ser a acompanhante.

— Por mim, tudo bem. Leve-o para a sala de interrogatório um. Quinn está por aí?

— Não o vi hoje.

— Você vai comigo, então. Chego aí em dez minutos.

***

Harper me olha direto nos olhos quando entro na sala, o que com certeza é uma novidade. Ele está com as costas retas e parece consciente do ambiente ao redor. A médica é uma mulher de aparência capaz com cabelo grisalho opaco e olhos inesperadamente bonitos. Eu me sento ao lado de Baxter e encaro Harper.

— Então o senhor quer nos dar um depoimento, dr. Harper?

Sinto Baxter olhar para mim; ele percebe que alguma coisa mudou só pela minha voz.

Harper hesita, então assente.

— E o senhor tem consciência de que esta é uma entrevista formal e que o senhor ainda está sob custódia?

Ele torna a assentir.

— Nesse caso, para a gravação, sou o inspetor detetive Adam Fawley. Também estão presentes, além do dr. Harper, a dra. Lynda Pearson e o detetive Andrew Baxter. Então, dr. Harper, o que o senhor quer nos contar?

Ele olha para mim, depois para Baxter. Mas não diz nada.

— Dr. Harper?

Ele olha ao redor, dessa vez mais devagar.

— É ela, não é? — diz ele.

— Não entendi.

— Vocês querem que eu fale *dela*.

Baxter abre a boca para falar, mas estendo a mão para impedi-lo. Quero ouvir isso do jeito que Harper contar. Já ouvi a versão da garota; agora quero ouvir a dele.

Ele pega o copo de água à sua frente, então olha para mim. Seus olhos estão úmidos e marcados por pequenas veias vermelhas.

— Você já desejou poder voltar o relógio, mesmo que só por uma única hora?

Meu coração bate com força e, por um momento, não acho que consiga respirar. O que quer que eu estivesse esperando, não era isso. A raiva, ela ainda está ali, mas agora o sentimento predominante é o de perda. Não por Hannah, não por Vicky, nem mesmo pela criança. A minha própria. Porque eu não precisaria nem de uma hora; eu daria tudo o que tenho por cinco minutos. Os cinco minutos que passei arrumando as latas de lixo na noite em que Jake morreu. Os cinco minutos que demorei para encontrá-lo, descê-lo de onde estava e tentar ressuscitá-lo, apesar de já ser tarde demais. Foi só isso que bastou.

Cinco minutos.

Cinco malditos minutos.

— Ela me assombra, sabia? — diz ele de repente. — Aquele vestido vermelho que fazia com que ela parecesse uma puta. Suas mãos pequenas e frias ao redor do meu pau. Eu sabia que não podia ser ela, que ela, na verdade, não estava *ali*. Mas isso não parou. Noite após noite. Ela não me deixava em paz.

Eu me inclino para a frente.

— De quem o senhor está falando, dr. Harper?

— Foi um momento de loucura. É isso o que dizem, não é? Um "momento de loucura". Mas você não pode voltar atrás. Depois, quero dizer. Você precisa viver com o que fez. — Ele baixa a cabeça entre as mãos e esfrega os olhos. — Esses últimos meses, sei que não tenho agido normalmente. A maldita bebida. Os apagões. Eu vejo coisas, acordo sem saber onde estou ou como cheguei lá. — Ele se recosta na cadeira e os braços caem ao lado do corpo. — Aquele merda do Ross quer me botar em um asilo. Diz que estou maluco, porra. Talvez ele esteja certo.

Vejo Lynda Pearson olhar para ele e acho que sei por quê. Os palavrões... são como um alerta. Um sinal de que ele está se afastando. Que nós o estamos perdendo.

Abro minha pasta de papelão rapidamente e pego uma foto da garota. É a primeira vez que eu olho seu rosto depois de ler o diário que Challow encontrou.

— É desta mulher que o senhor está falando?

Ele me olha sem entender. Pisca.

— Essa jovem se chama Vicky. Ela foi encontrada no porão de sua casa. Com um garotinho.

Eu lhe passo outra fotografia. Ele a afasta.

— Priscilla sempre foi uma vaca do mal.

— Esta não é sua esposa, dr. Harper. Esta é uma jovem chamada Hannah Gardiner. Seu corpo foi encontrado em seu barracão. Ela estava desaparecida havia dois anos.

Eu junto as fotos, lado a lado, de frente para ele.

— O que o senhor pode me dizer sobre essas mulheres?

— Sei o que você está pensando, mas está errado. Eu não sou um homem mau. *Ela* deve ter dito que eu era um pervertido. — Agora, há saliva escorrendo de sua boca. — Um desses *pedófilos* que deixa a imprensa toda nervosa. Foi isso o que ela disse. Que eu era um pedófilo sujo e pervertido que devia ser preso.

— Quem disse isso? — pergunta Baxter. — Foi Vicky, não foi, quando você estava fazendo as coisas doentes que fazia com ela...

Harper se encolhe.

— Do que ele está falando? — Ele se vira para Pearson, agora falando mais alto. — *Do que ele está falando?*

Eu aponto para a foto de Vicky.

— Dr. Harper, temos provas de que o senhor estuprou essa garota...

Ele começa a balançar para a frente e para trás, chorando baixinho.

— Não é minha culpa, não é minha culpa.

— Estuprou e a manteve trancada em seu porão por cerca de três anos...

Ele cobre os ouvidos.

— Eu não vou lá embaixo, não mais. Tem alguma coisa lá embaixo, eu escuto à noite, gritando e arranhando...

Eu me inclino para a frente, forçando-o a olhar para mim.

— O que o senhor ouviu lá embaixo, dr. Harper? *O que o senhor ouviu?*

Mas Pearson se vira para mim e balança a cabeça.

— Desculpe, inspetor, acho que não podemos continuar.

Do lado de fora, no corredor, Pearson me chama.

— Acho que tem uma coisa que o senhor deve saber. Eu teria dito algo antes, mas é a primeira vez que vejo aquela foto... Não saiu nada na imprensa.

— Desculpe, não estou entendendo. — Se sou um pouco lacônico com ela, bom, isso não seria nenhuma grande surpresa.

— Aquela garota — diz ela. — Vicky. Ela é igualzinha a Priscilla. O cabelo, os olhos, tudo. Não tenho certeza de o que isso significa, ou se significa alguma coisa, mas acho que o senhor precisa saber.

— A sra. Harper também era sua paciente?

Ela balança a cabeça.

— Não. Ela ia a um médico particular. Mas eu a encontrei algumas vezes. Vamos dizer apenas que ela não era uma pessoa muito fácil de se lidar.

— Segundo nossos registros, a polícia foi chamada duas vezes por violência doméstica. Nas duas ocasiões, parece que ela era a agressora. Que ela atacou o marido.

Ela assente.

— Não posso dizer que é uma surpresa. Por tudo o que sei, ela lhe dava uma vida de cão. Eu me lembro de Bill me dizendo que tinha feito um teste de infertilidade porque eles estavam tentando engravidar. Só muito depois ele descobriu que ela tinha colocado um DIU anos antes. Ele ficou furioso. Tanto pela mentira quanto pelo fato de ter perdido a chance de ser pai. Ele e Nancy quiseram filhos, mas nunca conseguiram engravidar.

Eu assinto devagar.

— Qualquer um ficaria com raiva. Esse tipo de mentira.

Ela dá um suspiro.

— Eu acho que ele a odiava, mesmo antes disso. Pelo que o caso fez com Nancy. Eu disse a ele que o câncer de mama teria aparecido de qualquer forma, mas ele não parava de se culpar, dizendo que ele e Priscilla a haviam matado. Aparentemente, quando disse a Priscilla que nunca ia deixar Nancy, ela foi até a casa e lhe contou sobre o caso. Nancy nem imaginava, ela confiava muito nele. A ideia de Bill ser infiel nunca teria passado por sua cabeça. Ela foi diagnosticada menos de um ano depois, e só viveu seis meses após isso. É daí que vem muito da animosidade, agora. Toda a fúria que ele tinha que conter enquanto Priscilla estava viva... o Alzheimer está botando tudo para fora. E quando você mostra a ele uma foto de alguém que se parece tanto com ela, bom, é fácil imaginar por que ele reage como reage.

— Então como ele teria reagido se a tivesse encontrado? Se tivesse visto Vicky em frente à sua casa?

A médica fica pálida.

— Meu Deus, é isso o que o senhor acha que aconteceu? Foi isso o que ele disse sobre um momento de loucura?

Eu dou de ombros.

— Não sei.

Ela balança a cabeça com tristeza.

— Coitada da garota. E aquela pobre criança. Você sabe como ele está?

Eu podia responder, mas não digo nada.

— Ele está em boas mãos. Pelo menos por enquanto.

***

Na sala de incidentes, Somer está em um dos computadores, vendo montes e montes de imagens. Um dos detetives passa atrás dela e se inclina para dar uma olhada.

— Se você está procurando móveis, podia tentar a Wayfair. Minha namorada garante que é boa. Eu devia saber, já que sou em quem paga por tudo aquilo.

Somer ainda está olhando para a tela.

— Não é para mim. Tem um tipo especial de cristaleira que estou tentando encontrar.

O detetive dá de ombros.

— Como quiser. Estava só tentando ajudar. Nós não estamos *todos* atrás de uma transa, sabe?

Ela o observa se afastar, com o rosto queimando, se perguntando o que fez de errado. Ou mesmo se fez alguma coisa de errado. Então ela dá um suspiro, sabendo exatamente o que sua irmã teria dito se pudesse vê-la agora. Mas Kath era a garota mais bonita da escola desde o primeiro dia de aula: ela se acostumou muito cedo com o custo de sua aparência. Somer, em contraste, passou a infância ouvindo que era apenas "bonitinha", e a mudança, quando veio, lhe proporcionou uma chuva de atenção com a qual ela não tinha ideia de como lidar. Há vezes, como agora, em que ela sente como se não tivesse feito praticamente nenhum progresso.

Ela se volta para o computador e, alguns minutos depois, se recosta e fica olhando para a tela. Então faz o login no servidor compartilhado do Departamento de Investigação Criminal e abre as fotos feitas na Frampton Road.

— Peguei você — diz ela em voz baixa.

***

Donald Walsh está sentado exatamente na mesma cadeira em que William Harper estava sentado meia hora atrás. Ah, se ele soubesse... Na sala ao lado, Everett está observando na tela. É evidente que Walsh está sendo dramático. Está fazendo uma cena, verificando o relógio a cada trinta segundos e olhando ao redor com uma expressão cada vez mais irritada. A porta se abre, e Gislingham entra para se juntar a ela. O rosto dele diz tudo.

— Então você conseguiu alguma coisa?

— Consegui. As digitais de Walsh batem exatamente com os conjuntos não identificados tanto no porão quanto na cozinha. Elas *também* batem, e é aí que fica interessante, com algumas das que encontramos no barracão. Mas só nas latas de tinta e coisas de jardim.

— Então você vai interrogá-lo?

Gislingham assente.

— Ele com certeza tem explicações para dar.

Na tela, a porta se abre e revela Quinn, que olha ao redor, claramente esperando que Gislingham já estivesse ali.

— Ops — diz Gislingham. — Essa é a minha deixa.

Everett observa quando ele se junta a Quinn, sentando-se e empurrando a cadeira para trás.

— Sr. Walsh — começa Quinn. — Sou o sargento detetive Gareth Quinn. O detetive Gislingham o senhor já conhece. Para os propósitos da gravação, posso confirmar que o senhor já foi avisado…

— O que é uma reação burocrática exagerada absurda, se me permite dizer. Eu não tive absolutamente *nada* a ver com nenhum aspecto dessa confusão absurda.

Quinn ergue uma das sobrancelhas.

— Ah, é? — Ele abre a pasta que estava carregando. — Acabamos de ter a confirmação de que algumas das impressões digitais que encontramos no número 33 da Frampton Road batem com as suas.

Walsh dá de ombros.

— Isso não é surpresa. Eu o visitei várias vezes. Embora não recentemente.

— Quando o senhor esteve lá pela última vez?

— Não tenho certeza. Talvez no outono de 2014. Fui a uma conferência em Oxford naquele outubro e passei para ver Bill por alguns minutos. Para ser honesto, praticamente parei de ir depois que Priscilla morreu.

Gislingham franze a testa; isso não parece certo, não com tudo o que ele ouviu falar dela.

— Então o senhor se dava bem com Priscilla?

— Se quer saber, a achava uma mulher terrível. Uma vadia desagradável, uma verdadeira destruidora de lares, embora eu saiba que este último é um conceito um tanto ultrapassado atualmente. Ela fez dos últimos anos de minha tia um inferno. Eu fazia questão de só ir lá quando sabia que ela não estava.

— E com que frequência era isso, o senhor diria?

— Enquanto Nancy ainda estava viva, costumava ir duas ou três vezes por ano. Depois que Bill se casou com Priscilla, provavelmente uma vez por ano, no máximo.

— Então por que parou de ir depois que Priscilla morreu? Isso sem dúvida teria tornado as coisas mais fáceis entre o senhor e o dr. Harper, não?

Walsh se recosta na cadeira.

— Não sei, só aconteceu assim. Não há nenhum motivo escuso nisso, policial.

Mas Gislingham não está convencido.

— Então deixe-me ver se entendi direito. O senhor parou de vê-lo no exato momento em que ele precisava de alguém para cuidar dele? Ele está sozinho, começando a mostrar sinais de demência...

— Eu não sabia de nada disso — diz Walsh rapidamente.

— O senhor não teria como saber, não é? Já que parou de se dar ao trabalho de ir vê-lo.

Walsh desvia o olhar.

— Não foi só isso, foi? — pergunta Quinn. — Vocês dois tiveram uma discussão. Uma grande discussão, pelo que soubemos.

— Isso é absurdo.

— Uma pessoa viu vocês.

Walsh lança um olhar ferino.

— Se está falando daquela velhota, ela está longe de minha ideia de uma testemunha confiável.

Faz-se silêncio. Walsh está tamborilando os dedos nas coxas.

Então há uma batida na porta, que se abre para revelar Erica Somer carregando uma pilha de papéis. Ela tenta chamar a atenção de Quinn, mas ele toma o cuidado de não olhar para ela.

— Sargento? Eu podia dar uma palavrinha?
— Estamos no meio de uma entrevista, policial Somer.
— Eu sei disso, sargento.

Gislingham percebe que é importante, mesmo que Quinn esteja se recusando a fazer isso. Ele se levanta e vai até a porta. Observando na tela, Everett vê Quinn ficar cada vez mais irritado até Gislingham finalmente voltar para a sala. Dessa vez, Somer o segue. Quinn não ergue o olhar. E não a olha nos olhos quando ela pega a cadeira do canto, em frente a ele.

Gislingham põe os papéis sobre a mesa, então gira uma das folhas para ficar de frente para Walsh. É uma fotografia.

— Reconhece o que está nessa fotografia, sr. Walsh?

Walsh olha para o papel e se mexe um pouco na cadeira.

— Não, não de cara.

— Acho que o senhor sabe muito bem. O senhor tem uma igual.

Walsh se recosta e cruza os braços.

— E daí? O que isso tem a ver com as coisas? É só uma cristaleira.

Gislingham ergue uma das sobrancelhas.

— Dificilmente. É um tipo de cristaleira muito especial, projetada para guardar um tipo muito especial de ornamento. Um tipo de ornamento que por acaso o dr. Harper tem. Sabemos disso porque eles estão bem aqui. — Ele aponta para uma segunda foto. — No conteúdo de seu seguro. Só que, o que é muito estranho, não me lembro de ver nada disso na casa. O que eu me *lembro*, entretanto, é de ver uma cristaleira igual a essa na *sua* sala.

Gislingham de repente percebe quanto Quinn está olhando duro para ele. E, se tem uma coisa que Quinn odeia, é ser deixado em uma situação difícil.

— Então, sr. Walsh — diz rapidamente Gislingham —, por que não poupa nosso tempo e nos diz exatamente para o que é essa coisa?

A boca de Walsh se estreitou em uma linha fina e irritada.

— Meu avô era diplomata e passou muitos anos no Japão depois da guerra. Durante esse tempo, ele reuniu uma considerável coleção de *netsuke*.

Quinn larga a caneta e ergue os olhos.

— Uma coleção de quê?

Walsh ergue uma das sobrancelhas.

— Vocês não têm ideia do que estou falando, não é? — diz ele sardonicamente.

Mas sarcasmo raramente é a melhor maneira de lidar com Quinn.

— Bom, nesse caso — responde ele —, por que o senhor não continua e me conta?

— *Netsuke* são pequenas peças talhadas — explica Somer. — Fazem parte do vestuário tradicional japonês. São um tipo de fecho.

Walsh sorri para Quinn.

— Sua colega parece estar mais bem-informada que você.

Quinn lança um olhar venenoso em sua direção.

— Então, essa coleção de seu avô, quanto ela valia?

— Ah, provavelmente algumas poucas centenas de libras — diz Walsh, distraído. — Era mais o princípio da coisa... o valor sentimental. Meu avô os deixou para Nancy, e, quando ele morreu, achei que deviam voltar para a família.

— Mas o dr. Harper não concordou?

Um lampejo de raiva passa pelo rosto de Walsh.

— Não, não concordou. Eu conversei com ele sobre isso, mas ele disse que Priscilla gostava muito deles. Ele deixou bem claro que ela não ia abrir mão deles.

Aposto que não, pensa Quinn.

— Entendo — diz ele. — Mas, depois que ela morreu, o senhor pensou, bom, vale tentar de novo?

— Como você disse de forma tão eloquente, pensei. Eu fui falar com ele outra vez.

— E mais uma vez ele disse não. Era isso que os dois estavam discutindo.

Gislingham dá um sorriso seco; ele sempre diz que, quando se trata de crime, é amor ou dinheiro. Ou, às vezes, os dois.

Walsh agora está muito irritado.

— Ele não tinha o *direito*... aqueles objetos eram parte da história da minha família... nosso legado...

— Então onde estão eles agora?

Walsh para abruptamente.

— O que você quer dizer com isso?

— Como o detetive Gislingham acabou de observar, não tem nenhuma dessas coisas, esses netsuquês, na casa. O senhor, por outro lado, parece ter uma cristaleira especialmente projetada para exibi-los.

Walsh enrubesce.

— Comprei aquilo quando achei que Bill fosse ser razoável.

— Então o senhor está dizendo que se fizermos uma busca em sua casa não vamos encontrar nenhum dos itens listados no formulário do seguro?

— É óbvio que não — retruca com rispidez. — Se eles não estão na Frampton Road, não tenho ideia de onde estão. E, se esse for o caso, vou querer dar queixa de seu desaparecimento. Oficialmente.

Quinn vira uma página em sua pasta.

— Certo. Então talvez nós agora possamos nos voltar para a questão das impressões digitais.

— O quê?

Walsh lança para ele um olhar vazio, distraído.

— As impressões digitais que mencionei. Até agora nós as encontramos em diferentes partes da casa. Algumas estão na cozinha...

— Isso não é surpresa. Devo ter passado a maior do meu tempo lá...

— E algumas estão no porão.

Walsh olha fixamente para ele. Engole em seco.

— O que quer dizer com o porão?

— O porão onde a jovem e a criança foram encontrados. Talvez o senhor possa explicar como elas foram parar lá.

— Não tenho ideia. Acho que nunca fui lá embaixo. E quero que registrem que eu absoluta e categoricamente não sei *nada* sobre aquela jovem. Ou seu filho. — Ele olha de um para outro. — Além disso, não estou preparado para responder mais nenhuma pergunta até ver minha advogada.

— O senhor, é claro, tem o direito de fazer isso — diz Quinn. — Da mesma forma que temos o direito de prendê-lo. O que, para evitar qualquer dúvida, estou fazendo agora. Entrevista encerrada às 18h12.

Ele se levanta para ir embora, tão depressa que sai pela porta antes que Gislingham tenha tempo de se levantar. E quando Somer aparece no corredor, ele a pega pelo braço e a puxa de lado. O sorriso dela gela quando vê a expressão no rosto dele.

— Você *nunca* mais vai fazer isso comigo — diz ele com raiva. — Fui claro?

Ela puxa o braço.

— Fazer o que, exatamente?

— Fazer com que eu parecesse um idiota na frente de um suspeito, na frente da porra do *Gislingham*, pelo amor de Deus.

— Desculpe... eu só estava tentando ajudar...

Ele aproxima o rosto do dela.

— Se é isso o que você considera ajudar, então esqueça. Na verdade, esqueça. Ponto final.

— De onde veio tudo isso?

Mas ele já foi embora.

***

A reunião da equipe é às 18h30. E, dessa vez, eu estou assumindo. A sala está cheia e abafada. Mas silenciosa. Todos aqui já sabem.

— Está bem — digo em meio à expectativa. — Vocês provavelmente sabem que a equipe de Challow encontrou uma coisa nas caixas do porão da Frampton Road. É um diário escrito por Vicky durante seu cativeiro.

Dou um passo à frente e ligo o projetor.

— Algumas partes estão faltando ou foram danificadas, mas não resta dúvida do que aconteceu com ela. Essa é a transcrição das páginas-chave. Mas aviso a vocês: é uma leitura dolorosa.

Fico em silêncio enquanto eles leem. Há expressões de espanto, cabeças balançando. Algumas das mulheres estão fazendo um grande esforço, e sei o exato momento em que Gislingham chega a "Billy". Não me permito olhar para ele, mas eu o sinto se enrijecer, ouço seu ofegar de espanto.

— Vamos esperar pelo DNA como prova formal, mas pretendo indiciar William Harper por estupro e cárcere privado antes do fim do dia. Agora temos o suficiente para montar um caso contra ele.

Faz-se silêncio.

— Senhor — interrompe Somer, hesitante. — Sei que não sou do Departamento de Investigação Criminal e tudo mais, mas é possível que haja outro jeito de ler isso? Eu não conheci Harper, mas conheci Walsh, e acho que é *dele* que ela está falando aqui. O homem que ela descreve abrindo a porta se parece mais com Walsh para mim.

— Na verdade, ela tem razão — diz Gislingham rapidamente. — A gravata, o jeito afetado de falar. Isso é Walsh. Harper é o que sai na rua de colete.

— Isso foi há pelo menos três anos. Harper, na época, era um homem muito diferente. — Mas, mesmo enquanto estou dizendo isso, estou começando a duvidar.

— Sim, senhor, mas veja — diz Somer, ficando de pé e se dirigindo para apontar a transcrição. — Ele a chama de "vadia desagradável". Foi exatamente disso que Walsh chamou Priscilla. Nesta tarde, quando o entrevistamos.

Harper chamou a esposa de "vaca do mal", mas é Walsh quem diz "vadia desagradável". Palavras importam. Nuances importam. Eu me aproximo da tela. Somer está parada na luz do projetor, as palavras de Vicky cruzando assustadoramente seu rosto.

— Esta referência aqui — diz ela, ainda um pouco hesitante. — Sobre o doutor e Vicky estarem "no lugar certo". Sim, isso pode ter sido Harper falando sobre si mesmo, mas também *podia* ser Walsh falando sobre Harper. Sobre ele ser um doutor phD, mas não um médico de verdade.

— De qualquer forma, é uma piada bem doentia — diz Gislingham, carrancudo. — Para uma garota prestes a dar à luz sem ajuda médica.

Ele tem motivo para sentir isso, um homem cujo filho só sobreviveu por causa de equipamento ultramoderno e uma equipe inteira de especialistas neonatais.

Fico ali parado, relendo. E relendo de novo. Posso ouvi-los todos às minhas costas. Os murmúrios, as tentativas de descobrir o rumo que aquilo está tomando.

Eu me viro para olhar para eles.

— O que nós sabemos sobre Walsh?

— Na verdade, bastante coisa — diz Quinn, quando a energia muda um pouco. — Temos suas digitais em algumas das caixas no porão, assim como na cozinha e em alguns objetos no barracão...

— E como Walsh explica isso?

Quinn balança a cabeça.

— Não explica. Insiste que nunca esteve no porão e exigiu falar com sua advogada antes de responder mais perguntas. Ainda estamos esperando a chegada dela. Mas, quando ela chegar, também vamos perguntar a Walsh sobre uma coleção de *netsuke* que Harper herdou da primeira esposa. Essas coisas aqui.

Ele ergue uma página com imagens. Um coelho de marfim, dois sapos entrelaçados, uma cobra enrolada, um corvo curvado em torno de um crânio. Belos, pequeninos e perfeitos.

— Walsh os queria de volta — prossegue Quinn. — Mas Harper se recusou. Só que não há sinal deles na casa. Tem uma cristaleira no quarto onde Walsh diz que eles ficavam, mas está vazia.

— Então essa coleção... era valiosa?

Quinn assente.

— Pode ser. Walsh nos disse que eles valem apenas algumas centenas de libras, mas por acaso sei que exemplares raros podem chegar a cem mil ou mais. Cada.

Vejo Somer olhar para ele, e o esforço que ele faz para evitar seus olhos.

— Na verdade, senhor — fala Somer, dirigindo-se de maneira um tanto evidente a mim, não Quinn. — Vi uma cristaleira na parede da casa de Walsh quando fomos até lá. Ela tinha um design bem característico, o tipo de coisa que as pessoas compram para coleções de *netsuke*.

Uma coisa eu sei: sua pronúncia é muito melhor que a de Quinn.

— Minha teoria pessoal? — prossegue Quinn como se a interrupção de Somer nunca tivesse acontecido. — Acho que Walsh percebeu que Harper estava começando a perder o juízo e aproveitou a oportunidade para roubar a coleção. Toda de uma vez, ou aos poucos, de modo que não ficasse tão óbvio caso alguém como Ross estivesse bisbilhotando. Isso podia significar que ele ia àquela casa com muito mais frequência do que está dando a entender. Então ele talvez estivesse lá naquele dia, no dia em que Vicky foi sequestrada.

— Mas alguém não o teria visto se ele estivesse indo muito lá? — pergunta Baxter. — Apenas uma vizinha afirmou tê-lo visto na casa, e isso faz um bom tempo.

— Não acho que isso deva ser considerado conclusivo. Não naquela parte de Oxford. E, de qualquer modo, ele podia ir lá à noite. Duvido que alguém o teria notado no escuro.

— Certo — digo, dirigindo-me para toda a sala. — Gislingham, organize uma busca na casa de Walsh. E vamos manter em mente que ele mora em Banbury. Se ele é mesmo algum tipo de psicopata sexual, a casa da Frampton Road seria o melhor esconderijo: distante o suficiente, mas não tão longe, só uma senhora idosa na casa ao lado, um porão com paredes grossas e nenhuma janela...

— Meu Deus, é melhor até que uma masmorra — brinca Gislingham, provocando risos que são um alívio da tensão. É uma piada que temos. Desde *Prime Suspect*, todo assassino em série da TV parece ter a própria câmara de tortura particular. Como Alex uma vez observou, evidentemente tudo o que era necessário para pegar todos os assassinos em série em atividade seria vasculhar os arcos das ferrovias no país.

— E mais uma coisa — continuo. — Quando entrevistei Harper, ele disse que não vai mais ao porão, que tinha começado a ouvir barulhos vindos de lá. "Gritando e arranhando" foram as palavras usadas. Ele pareceu realmente assustado. E isso pode fazer sentido, se Walsh tiver trancado Vicky lá embaixo sem o conhecimento de Harper. O velho está ficando confuso, ele bebe... não é inconcebível. Walsh podia ter levado a garota para dentro da casa sem que ele soubesse. Afinal de contas, ele pode até ter uma chave.

— É — diz Gislingham. — Mas Harper não diria uma coisa assim, mesmo que não fosse verdade? É quase certo que ele diga que nunca soube nada sobre isso.

— Em teoria, é, mas isso surgiu perto do fim da entrevista, quando Harper estava começando a ficar mais confuso. Não acho que ele estava fingindo. O que também podia explicar outra coisa que tem me incomodado sobre Harper. Raptar aquela garota, mantê-la trancada... Um crime desses não surge do nada. Sempre tem alguma coisa que leva a ele, algum tipo de escalada ao longo do tempo, mesmo que isso só fique óbvio em retrospecto. Mas, com Harper, não tem nada, ou nada que encontramos.

— Tem pornografia na casa — diz Baxter.

— É — diz Quinn. — Mas e se aquilo na verdade fosse coisa de Walsh? Vamos ser realistas, lá seria um lugar mais seguro para um professor escondê-la do que na própria casa.

— Está bem — digo. — Então vamos pegar digitais para ter certeza. E tudo que eu disse sobre escalada, tudo isso se aplica a Walsh, tanto quanto a Harper. Se foi ele, vai haver algo que levou a isso. Algum traço que podemos encontrar se procurarmos bem o bastante.

— Havia um garoto na sala dele na escola — comenta Gislingham. — O coitado parecia aterrorizado.

Somer ergue os olhos.

— Também é a terceira escola em que ele leciona nos últimos dez anos. Eu vi os registros. Valia a pena verificar se tem alguma coisa por trás disso.

Ela é boa. É muito boa.

— Está bem, Somer, você pode ficar com a parte de Banbury. Trabalhe com Gislingham para fazer a ligação com a polícia local tanto na escola quanto na casa.

Vejo Quinn olhar para ela e depois para mim. Em seguida, afasta os olhos. Ele está puto, mas não estou nem aí.

— Alguma notícia sobre a garota? — pergunta um dos detetives no fundo.

— Ela ainda não disse nada — diz Everett. — Mas vou voltar para o hospital de manhã.

— E o menino?

Everett olha para mim, depois para o detetive.

— Ele está bem. Melhor.

Aceno levemente com a cabeça para Everett. Um gesto de agradecimento. Por sua discrição.

— Está bem — continuo. — Agora... Hannah Gardiner. Apesar do apelo por testemunhas, ninguém apareceu ainda com nenhuma informação nova sobre o paradeiro de Hannah naquela manhã...

— Além dos malucos de sempre — murmura o detetive no fundo.

— Mas nós *temos* dois novos fatos importantes. O primeiro é que ela costumava estacionar seu carro na Frampton Road. Então se estamos considerando Walsh como um possível suspeito, precisamos verificar com urgência onde ele estava naquele dia, se ele podia tê-la encontrado na rua. Escolas tendem a manter registros muito bons, por isso talvez tenhamos sorte.

O nível de ruído está subindo, e eu levanto a voz.

— *Porém*, e tem um grande *porém* aqui, pessoal, temos um segundo fato novo que aponta em uma direção completamente diferente. Baxter falou com Beth Dyer, que contou a ele algo que dá uma nova perspectiva sobre o relacionamento entre Hannah e Rob. Algo que a srta. Dyer infelizmente não achou necessário compartilhar conosco dois anos atrás. E que também pode explicar porque ainda não encontramos nenhum traço de cena de assassinato na Frampton Road.

Baxter se levanta e se vira para encarar o grupo.

— Beth diz que viu Hannah algumas semanas antes de seu desaparecimento com um hematoma no rosto. Hannah disse ter sido um acidente com Toby, mas Beth não acreditou nela. Ela acha que foi Rob, afirmou que os dois estavam tendo problemas. Ela evitou mencionar essa ideia em 2015, mas está fazendo isso agora. E ela disse uma coisa que me marcou: quem quer que tenha matado Hannah, como souberam onde deixar o carro? Não havia muita gente que soubesse aonde ela ia naquele dia. Walsh não teria como saber, aliás, tampouco Harper. Mas Rob sabia. Somando isso aos hematomas…

Eu assinto, lembrando.

— Jill Murphy disse alguma coisa parecida em 2015. — Ela era a sargento detetive no caso, e muito boa também. — Ela achava que Beth tinha uma quedinha por Rob.

— É, bom… — diz Baxter. — Acho que ela ainda tem. O que, é claro, poderia significar que ela está inventando tudo isso só para se vingar dele. Não seria a primeira vez.

— Mesmo assim, ainda precisamos dar outra olhada em Rob Gardiner. Diante desses novos fatos, ele acaba de se tornar nosso principal suspeito. Essa é de longe a explicação mais fácil para a falta de outro DNA no carro.

A navalha de Occam. Sempre acredite na mais simples de todas as explicações disponíveis. Nós costumávamos chamar de a navalha de Osbourne quando ele ainda estava na Polícia de Thames Valley, de tanto que ele dizia isso. Esta é uma razão para termos ficado tão concentrados em Shore: ele também era a resposta mais fácil.

— Nós descartamos Gardiner em 2015 porque tivemos avistamentos de Hannah em Wittenham, e os horários não batiam. Mas agora sabemos que ela nunca saiu de Oxford, por isso vamos ter que rasgar aquela linha do tempo e começar de novo.

Eu me aproximo e aponto para os horários presos por Baxter no quadro.

— Gardiner tem um álibi muito sólido a partir das 7h57, quando seu trem partiu de Oxford, mas e antes disso? E no dia anterior?

— Espere aí — diz Quinn, apontando para o primeiro registro da linha do tempo. — Hannah certamente estava viva às 6h50, quando deixou aquela mensagem de voz...

— Você a ouviu?

— Bom, não...

— Eu ouvi. Na época. Várias e várias vezes. E nós a reproduzimos para seus amigos, também. A qualidade não é maravilhosa, mas todos acharam que era ela. Mas e se não fosse? É possível que tenha sido outra pessoa? Será que Beth Dyer podia estar certa o tempo inteiro? Será que havia uma mulher misteriosa em cena, alguém de quem nunca soubemos que deu um álibi para Gardiner?

Eu percebo que todos estão céticos, mas eu insisto.

— Tudo o que estou dizendo é para analisarmos isso outra vez. Programas de reconhecimento de voz melhoraram muito, mesmo em dois anos. E vamos trazer Pippa Walker aqui, também. Só para o caso de haver alguma coisa estranha na ligação em que ela não tenha pensado na época.

— Vale a pena tentar — comenta Gislingham. — Especialmente agora, que ela teve aquela briga com Gardiner.

Olho para ele sem entender, e ele gesticula na direção de Quinn, que parece ter sido pego desprevenido.

— Eu a vi no apartamento de Gardiner esta tarde — diz ele depois de uma pausa, olhando de soslaio para Gislingham. — Ela e Gardiner tiveram alguma briga, e ele a expulsou de casa. Ela tinha um hematoma no pulso. Disse que foi ele quem fez.

— Certo, vamos trazê-la aqui e pegar um depoimento. Imagino que vocês saibam onde encontrá-la, não?

Quinn abre a boca, em seguida torna a fechá-la.

— E, enquanto estamos fazendo isso, vamos verificar o passado de Gardiner à procura de qualquer outra sugestão de violência... Falem com a ex-esposa...

— Eu tentei — interrompe Baxter. — Ela não está retornando minhas ligações. E, quando alguns policiais foram até lá, ninguém atendeu.

— Então localizem antigas namoradas, pessoas que ele conhecia na universidade. Vamos lá, vocês já estão cansados de saber qual é o procedimento.

Eu me volto novamente para a linha do tempo.

— Se você tirar a ligação às 6h50, todo o álibi de Gardiner desmorona. Ele podia ter facilmente matado Hannah no dia 23, a enterrado naquela noite, depois levado o carro para Wittenham cedo o bastante na manhã seguinte para conseguir pegar aquele trem.

— Mas, nesse caso, como ele voltou? — pergunta Quinn.

— Ele tem uma bicicleta — diz Somer, sem olhar para ele. — Uma dessas dobráveis. Ele está com ela nas imagens das câmeras de segurança da estação de Reading. E Wittenham fica só a quinze quilômetros de distância. Ele podia fazer o percurso em o quê, quarenta minutos?

— E o menino? — pergunta alguém. — Você está dizendo que Gardiner simplesmente o largou por lá contando com a possibilidade de que alguém o encontrasse? Ele poderia mesmo ter feito isso com o próprio filho?

É uma boa pergunta.

— Concordo que não é provável, não aparentemente. Mas lembre-se: a entrevista de Hannah em Wittenham estava originalmente marcada para bem mais cedo naquela manhã. Rob não tinha como saber que Jervis havia se atrasado. Ele pode ter suposto que o menino seria achado muito mais rápido do que realmente foi.

— Mas isso pressupõe que ele não estava com o celular dela, que ele àquela altura já tinha se livrado dele.

— É verdade, mas isso não é impossível.

— Você ainda teria que ser uma porra de psicopata — murmura Gislingham —, para fazer isso com um menininho.

— Essa é a questão — digo. — Talvez isso seja exatamente o que ele quer que nós pensemos, que só um psicopata poderia fazer isso com o próprio filho. De qualquer modo, não podemos nos dar ao luxo de fechar nenhuma linha de investigação até termos certeza de que ela não leva a lugar nenhum. E, se isso parece um clichê, lembrem-se de como um clichê vira clichê.

— *Porque é verdade* — murmuram em uníssono. Eles já ouviram essa antes. Todos menos Somer, que sorri, depois tenta disfarçar fingindo tomar nota em seu bloco. Ela tem um sorriso bonito; ilumina todo o seu rosto.

— Mas e o corpo, senhor? — pergunta Baxter. — Se Rob a matou, como ela foi parar no barracão de Harper?

— Os quintais de Harper e Gardiner dão um para o outro nos fundos. E a cerca é bem frágil, não seria muito difícil passar por ela.

— Você não acha muita coincidência, chefe? — interrompe Everett. — Quer dizer, Rob Gardiner por acaso enterrar o corpo da mulher no jardim da mesma casa onde encontramos uma garota presa no porão? Quais as chances de isso acontecer?

Eu lanço um olhar para Baxter, que finge que eu não fiz isso.

— É uma boa observação, Ev. E você tem razão, eu não acredito em coincidências. Normalmente. Mas, se rejeitarmos a possibilidade de coincidências, há um risco de forçarmos as provas para fazer com que tudo se encaixe. E não sei de vocês, mas, quanto mais descobrimos sobre esses dois crimes, mais diferentes eles parecem. Então vamos investigá-los assim. Pelo menos por enquanto.

As pessoas começam a se levantar, a remexer em papéis, e gesticulo para que Everett se aproxime.

— Você pode olhar o que Vicky diz sobre si mesma em seu diário, ver se isso nos ajuda com uma identificação?

— Não tem muito, chefe...

— Ela fala em procurar um apartamento novo e não estar há muito tempo na cidade. Então pergunte ao centro de empregos sobre garotas chamadas Vicky que estavam em seus registros dois ou três anos atrás e, de repente, pararam de aparecer sem nenhuma explicação. E tente as locadoras de imóveis também.

Ela não está convencida, mas é profissional.

— Está bem, chefe, vou ver o que posso fazer.

— O que é? — pergunto, porque tem alguma coisa. Alguma coisa que ela queria acrescentar, mas não o fez.

— Eu estava lembrando como ela reagiu mal quando o senhor quis botar uma foto dela no jornal. Tem alguma ideia do porquê?

Eu balanço a cabeça.

— Neste momento, nenhuma.

***

Janet Gislingham está dormindo no sofá quando seu marido chega do trabalho, e só quando ela acorda e vai ver o filho é que percebe que ele está em casa. Billy está cochilando, aninhado em seus cobertores azuis e brancos, em seu quarto azul e branco, cercado de brinquedos macios e pilhas de roupas de diversos tamanhos, todas ainda nas embalagens plásticas. Não há nenhum produto para bebê que Jane não tenha considerado, comprado ou pegado emprestado só por garantia. E acima do berço, um móbile que o irmão igualmente louco por futebol de Gislingham fez para o primeiro sobrinho, com as figuras recortadas de jogadores famosos do Chelsea. Drogba, Ballack, Terry, Lampard girando lentamente no quarto aquecido.

Gislingham está parado junto ao berço, e Janet observa quando ele estende a mão e acaricia delicadamente o cabelo sedoso do filho. Billy se remexe um pouco sob a mão do pai, fazendo pequenos ruídos durante o sono, as mãozinhas se fechando e abrindo. O amor no rosto do homem chega a ser doloroso.

— Chris? — diz ela com a mão ainda na porta. — Está tudo bem?

Mas ele não responde, não se mexe. Tudo está imóvel, exceto pelos muxoxos do bebê. Ela não tem nem certeza se o marido sabe que ela está ali.

— Chris? — Um pouco mais alto, agora. — Você está bem?

Gislingham leva um susto e se vira para olhar para a esposa.

— Claro que estou — diz ele com o sorriso habitual. — Como poderia não estar?

Mas, quando ele se aproxima e a envolve nos braços, ela pode sentir as lágrimas dele molhando seu rosto.

***

Passa das nove da noite quando chego em casa. Passei mais de uma hora com Walsh, e sua história nunca mudou: ele nunca esteve no porão, ele não sabe nada sobre Hannah nem sobre a garota e não roubou nada da casa. Sua única explicação para as digitais é ter ajudado Harper a separar alguns itens para guardar anos atrás e que devem ser essas caixas que foram lá para baixo. Em outras palavras, uma situação sem saída. Nós o botamos sob custódia por essa noite, mas vamos ter que soltá-lo se não tivermos alguma coisa muito melhor do que temos agora.

Nesse trabalho, você fica bom em lidar com o inesperado. Identificando mesmo quando coisas muito pequenas não são como deviam ser. Mas, quando abro a porta de casa às 21h15, não preciso de poderes supersensíveis para perceber que alguma coisa mudou. Lírios em um vaso alto de vidro que eu não via há meses. Bryan Ferry tocando baixinho. Até, e isso é mesmo um choque, o cheiro de comida.

— Olá? — chamo, largando minha bolsa no vestíbulo.

Alex aparece na porta da cozinha, esfregando as mãos em um pano de prato.

— O jantar vai ficar pronto em dez minutos — diz ela, sorrindo.

— Você não precisava me esperar, eu podia esquentar uma pizza no micro-ondas.

— Mas eu quis. Fiquei com vontade de preparar alguma coisa, para variar. Quer uma taça de vinho?

Na cozinha, há uma panela de caçarolada no fogão. Uma receita espanhola que ela costumava fazer muito. Memórias de um fim de semana em Valência. Ela serve o merlot e se vira para mim, segurando a própria taça. Um a das últimas de um jogo que foi presente de casamento.

— Como foi seu dia?

Isso também é diferente. Alex não é de jogar conversa fora.

Bebo um pouco de vinho e o sinto subir direto para a cabeça. Acho que me esqueci de almoçar.

— Horrível. Parece que foi o sobrinho de Harper que prendeu e abusou da garota. Encontramos um diário que ela escreveu enquanto estava lá embaixo. Ela passou por coisas horríveis.

Alex assente. Estritamente falando, eu não devia estar contando nada disso a ela, mas não falamos estritamente nesta casa. Do mesmo jeito que não jogamos conversa fora.

— Eu temia isso — diz ela. — E Hannah?

— Também não está indo bem. Sua melhor amiga acabou de nos contar que Rob podia estar batendo nela. Ele voltou direto para a lista de suspeitos.

Sua expressão está fechada. Provavelmente tão fechada quanto a minha.

Ela se volta para a caçarolada. Alho, orégano, um toque de anchovas. Meu estômago ronca. E eu fico ali parado, com meu vinho, tentando decidir. Eu conto a ela o que Vicky escreveu sobre o menino? Eu digo a minha mulher que ela estava certa e eu, errado, que a própria mãe do menino o havia rejeitado, talvez ainda rejeite? Que ele passou toda a sua curta vida aprisionado com uma pessoa que nunca o desejou? E, se eu contar, isso só vai piorar as coisas? Isso só vai deixá-la mais determinada a dar a ele o amor que ela acha que toda criança merece, o amor que ela ainda tem, mas não consegue mais dar?

— Tem tempo — diz ela, ainda distraída com a panela. — Se você quiser subir...

— Está tudo bem. Posso trocar de roupa depois.

— Não quis dizer isso. Quis saber se você queria ver como ele está.

Eu sabia que o menino estava aqui. Claro que sabia. A comida, a música, o sorriso, as flores. Tudo é por causa dele. Mas saber isso e ir lá em cima, vê-lo...

— Está tudo bem. Ele está dormindo — diz ela, confundindo minha hesitação. Talvez deliberadamente. — Ele capotou. Acho que está exausto.

Ela torna a olhar para mim. É um teste. E eu nunca consegui falhar com Alex.

A luz no patamar da escada está acesa, embora ainda não esteja escuro, e a porta do quarto está entreaberta. Eu sigo adiante devagar até ver sua cabeça sobre o travesseiro. Os cachos escuros, o urso de pelúcia que Jake amava quando era daquela idade. O menino está todo encolhido como um gatinho, o brinquedo sujo ainda apertado em uma das mãos. Eu o escuto respirar, como costumava escutar Jake, parado exatamente onde estou agora.

**

O telefone toca seis vezes antes de Quinn atendê-lo.

— Sou eu — diz Somer. — Você está no carro? Posso ouvir o trânsito.

— O que você quer?

— Tentar resolver as coisas. Conversar.

— Não sei se temos nada o que conversar. Foi bom enquanto durou, mas você sabe o que dizem sobre cuspir no prato que comeu.

— Eu não fiz nada disso...

— Ah, tá bom.

— Precisamos ser profissionais, no mínimo — diz ela. — Você é um dos responsáveis pela investigação, e eu ainda sou parte dela.

— *Parte* dela? Na minha opinião, você parece estar fazendo um trabalho muito bom de tentar assumi-la.

— Ah, pare com isso! Você está sendo injusto...

— Sabe de uma coisa? Não dou a mínima. Só estou preocupado em botar aquele canalha do Walsh atrás das grades, onde é o lugar dele. Se você puder ajudar com isso, tudo bem. Se só está interessada em subir na sua carreira insignificante, então pode ir à merda.

Ele desliga bruscamente o telefone. Cinco minutos depois ele entra na garagem do seu prédio e para o Audi no estacionamento subterrâneo. Seu apartamento é no último andar, com uma vista que justificaria até a hipérbole de um corretor de imóveis. O sol está afundando no horizonte, e o céu está cor-de-rosa. Na varanda, olhando para o canal e para Port Meadow além dele, está Pippa. Ela está com uma taça de champanhe em uma das mãos. Ela se vira com o barulho da porta batendo e vai na direção dele. Ela está usando seu roupão, e seu cabelo está molhado.

— Você, então, não conseguiu encontrar lugar nenhum? — diz ele, tentando não parecer tão desconfiado quanto se sente.

Ela balança a cabeça.

— Você tentou todos aqueles números que eu lhe dei?

Ela dá de ombros. Isso obviamente não estava em um lugar muito alto em sua lista de prioridades.

— Você conhece Oxford. O lugar está sempre lotado.

— Olhe, tudo o que eu quis dizer é que você não pode ficar aqui. São as regras, sabe? Além do mais...

— Este lugar é incrível — diz ela, interrompendo-o. Ela faz um gesto ao redor com o braço. — Esta sala... é tão *grande*.

Quinn joga o paletó nas costas do sofá.

— Ah, bom, o restante do apartamento é bem pequeno.

E não há um quarto extra. Embora ele não diga isso em voz alta. Mas, mesmo assim, ela nitidamente adivinhou o que está na cabeça dele.

— Olhe, tem alguns amigos que eu posso tentar mais tarde. Tenho certeza de que vou encontrar algum lugar. Não quero lhe causar um monte de aborrecimentos. Não quando você foi tão legal comigo. — Ela vai até a garrafa, serve uma taça para ele e a leva até onde está. — É só *cava*. Eu comprei naquela lojinha de bebidas na Walton Street. Mas ainda é espumante, não é? — Ela está outra vez perto da janela. — Há quanto tempo você mora aqui?

— Só um ano e meio, mais ou menos.

— E sempre sozinho?

Ela não precisava ter feito essa pergunta, já que teve horas para vasculhar seu banheiro, suas gavetas, seu guarda-roupas.

Quinn põe a taça na mesa de centro.

— Por que você não se veste e eu vou resolver o jantar?

Ela arregala os olhos.

— Você vai *cozinhar*?

Ele sorri.

— Sem chance. Vou pedir alguma porcaria de delivery.

E, de repente, eles estão rindo.

***

De manhã, saio de casa antes de Alex acordar. Não tenho certeza se estou pronto para um café da manhã juntos. Ou para a nova e colorida caixa de Cheerios que estava na bancada quando fiz meu café. Se isso parece covarde, então provavelmente é.

Estou atravessando o estacionamento quando recebo a ligação de Challow.

— Chegou a hora de me redimir aos olhos do Departamento de Investigação Criminal.

— O DNA?

— Você vai receber hoje, mais tarde.

— Graças a Deus.

— Estou enviando aqueles testes extras de digitais que pegamos na Frampton Road também.

— E?

— As de Harper estão na maioria dos cômodos, nenhuma surpresa nisso. Não tem muita coisa no último andar, mas acho que faz tempo que ninguém vai lá em cima. Mas encontramos as de Walsh no corrimão do primeiro lance de escada. O que pode ou não ser útil. Do seu ponto de vista, digo. E aquela cristaleira, ela foi totalmente limpa, não tem nenhuma marca nela. Houve outra descoberta interessante, também.

— Que foi?

— A cristaleira não era a única coisa sem digitais. Também não havia nenhuma no material pornográfico. Há de Harper na caixa, e de Derek Ross também. Mas, na pornografia em si, nada. E não sei para você, mas para mim isso parece estranho. Na verdade, muito estranho.

***

Quando Quinn acorda ele já está atrasado, e seu pescoço dói. Ele esfrega os olhos com a base da mão e se senta, sentindo a cabeça latejar. Então pega o roupão e vai até a sala. Uma caixa engordurada de pizza, um pão de alho meio comido, duas garrafas de vinho vazias. Ele ouve o som do chuveiro. Ele vai até a porta do banheiro e bate.

— Preciso sair em quinze minutos, mas volto para pegar você mais tarde para que possa prestar depoimento.

Sem resposta. Ele vai até a cozinha e liga a cafeteira. Parece que a garota se antecipou a ele. Tem uma caneca vazia na bancada e, ao lado, o celular dela.

Ele olha para o celular por um momento. Então o liga.

***

```
Entrevista por telefone com Christine Grantham
5 de maio de 2017, 10h32
Na ligação, detetive A. Baxter
```

AB: Sra. Grantham, estamos falando com várias pessoas que estavam na Universidade de Bristol no início dos anos 2000. Acho que a senhora estava lá na época, correto?

CG: Estava, sim.

AB: E acho que a senhora também era amiga de Robert Gardiner?

CG: Então é disso que se trata. Eu estava curiosa.

AB: A senhora foi namorada dele, eu acho, não?

CG: Por algum tempo, sim.

AB: Como ele era?

CG: Essa, porém, não é a verdadeira pergunta, é? Vocês encontraram o corpo da mulher dele e de repente você está me perguntando sobre ele. Isso não pode ser coincidência.

AB: Só estamos tentando conseguir um quadro completo, sra. Grantham. Preencher as lacunas.

CG: Bom, na verdade, "lacunas" é a palavra quando se tratava de Rob. Sempre tive a sensação de que ele estava escondendo alguma coisa. Ele era uma pessoa muito reservada, e ainda deve ser.

AB: Ele alguma vez fez algo que a deixou desconfortável?

CG: O senhor está me perguntando se ele me batia? Porque se estiver, a resposta é não. Ele é uma pessoa atenciosa. E, sim, ele tem pontos de vista forte e não tolera a estupidez dos outros, e isso, às vezes, pode deixá-lo um pouco agressivo. Mas, para ser sincera, acho que ele nem percebe que está fazendo isso em grande parte do tempo.

AB: O que a senhora sabia sobre o passado dele?

CG: Ele vem de algum lugar em Norfolk, eu acho. Mas não de família rica. Ele teve que trabalhar duro para chegar onde chegou. Sempre achei que isso explicava muito sobre ele. A intensidade, sabe?

AB: A senhora alguma vez conheceu Hannah?

CG: Não. Nós não mantínhamos contato.

AB: E por que seu relacionamento acabou?

CG: [*pausa*]

Não sei se isso é algo que eu queira lhe contar.

AB: Esta é uma investigação de homicídio, sra. Grantham...

CG: [*pausa*]

Olhe, eu queria uma família...

AB: E ele não?

CG: Não, não foi isso. Ele sem dúvida queria filhos. Ele só não podia tê-los.

***

— Então você não a reconhece?

Everett está no centro de empregos no meio da cidade. Sofás, terminais de computador, mesas que estão se esforçando muito para não parecerem mesas. Há painéis coloridos de verde e amarelo pendurados; fotos de modelos sorridentes com dentes ótimos e mensagens alegres sobre estar "Aqui para ajudar" e "Prontos para o trabalho". É um contraste um tanto doloroso com as pessoas circulando indiferentes por ali, que não parecem em nada prontas para muita coisa. A mulher sentada em frente a Everett parece destruída.

Ela olha outra vez para a fotografia no telefone de Everett, então o entrega de volta para ela, balançando a cabeça.

— É muita gente. Eu provavelmente não a reconheceria se ela tivesse vindo aqui três semanas atrás, muito menos três anos.

— E seus registros? A senhora pode fazer uma busca por garotas chamadas Vicky ou Victoria que estavam registradas por aqui na época? Digamos, de janeiro de 2014 em diante?

— Isso eu posso fazer.

Ela se volta para o computador. Tem um cartão cansado preso à tela com massa adesiva. *Você não precisa trabalhar para ser louco aqui, mas ajuda.* Também tem um bonequinho plástico de troll com olhos saltados e cabelo de um azul chamativo. Everett não via um desses desde que estava na escola.

A mulher digita no teclado, então chega para a frente na cadeira.

— Tenho uma Vicky e três Victorias no arquivo de janeiro de 2014. A Vicky ainda está registrada, e as outras três Victorias tem empregos, uma no Nando's, uma na Oxford Brookes e uma com uma firma de limpeza. Embora isso provavelmente não vá durar. É um trabalho duro demais para a maioria.

— Tem algum jeito que nossa Vicky pudesse estar fazendo alguma solicitação aqui sem estar nesse banco de dados?

A mulher balança a cabeça.

— Não. Ela estaria aqui em algum lugar.

— Talvez com outro nome?

— Duvido. Ela teria que nos mostrar duas formas de identidade. Passaporte, carteira de habilitação… sabe, esse tipo de coisa.

Everett dá um suspiro. Como é possível, em um mundo digital, não deixar nenhum traço?

***

Quinn sobe ruidosamente os últimos degraus até o apartamento e abre a porta.

— Pippa? Você está aí?

Mas tudo o que ele escuta é o som da própria voz. Os restos congelados do jantar da noite passada ainda estão na mesa, mas as bolsas que estavam empilhadas no canto desapareceram. O único sinal de que ela tinha estado ali é uma calcinha de renda preta pendurada no canto da TV de tela plana.

— Merda — diz ele em voz alta. — Merda merda merda.

***

Quando olho para o rosto de Baxter, a primeira coisa que penso é que nunca o vi tão animado.

— Desculpe incomodá-lo, chefe, mas acabei de conversar com Christine Grantham ao telefone. Ela namorava com Rob Gardiner quando eles estavam na universidade.

— Ah, é?

— Tem uma coisa que ele não nos contou. Uma coisa grande.

***

Em Banbury, a equipe local de perícia forense está na Longfield Road. Eles levam mais de uma hora, mas, por fim, encontram os *netsuke* desaparecidos enrolados em uma toalha e escondidos embaixo de uma tábua solta do piso. A perita que os está embalando olha para um mais de perto enquanto o etiqueta. Uma lontra, com um peixinho preso entre os dentes. Quase dá para sentir a água sobre sua pelagem.

— Essas coisinhas engraçadas valem todo esse trabalho? — pergunta ela a Somer.

— Ah, sim. Desconfio que elas valem um bom dinheiro. Walsh provavelmente os escondeu depois de ver as notícias sobre Harper. Ele sabia que era apenas questão de tempo até que nós o localizássemos.

A mulher ergue as sobrancelhas.

— Que coisa. Parece um monte de plástico velho para mim. O tipo de coisa que você costumava encontrar em caixas de cereal. — Ela sorri, lacrando o saco. — Isso mostra a minha idade. Você provavelmente não se lembra disso.

Somer sorri.

— Na verdade, lembro.

— Está bem. Aí está o lote. Vou mandar fotografá-los para você.

— Obrigada. Vou precisar de algo para enviar para a seguradora, para comprovarmos exatamente de onde vieram essas coisas.

Há o som de pés na escada, e Gislingham surge com um dos peritos forenses. Os dois carregam juntos um computador, envolto em plástico.

— Alguma sorte? — pergunta Somer.

Gislingham faz uma careta.

— Nós revistamos o andar de cima e o sótão, mas não achamos nada. O computador não tem nem senha, e definitivamente nenhuma imagem questionável nem sites de pornografia no histórico do navegador. Se ele é pedófilo, esconde isso muito bem.

— E esse, com certeza, é o único computador que ele tem? Nenhum laptop ou tablet?

Ele balança a cabeça.

— A julgar pelo estado dessa coisa, o cara não é exatamente um aficionado por tecnologia. Quer dizer, olhe para isso, deve ter uns quinze anos de idade. Os peritos vão examiná-lo, só por garantia. Mas se você quer minha opinião, é um beco sem saída.

Duas horas mais tarde, na escola, Somer está se perguntando se isso vai ser o tema do dia inteiro. Embora, porém, um muro de tijolos dessa vez seja uma analogia melhor. Enquanto está sentada no escritório da secretária da escola, observando-a mexer com um computador que nitidamente está além de suas habilidades, ela se pergunta, como fez muitas vezes antes, o que há em escolas e cirurgias médicas que torna seus administradores tamanhos paradigmas de atitude passiva-agressiva. É o trabalho que faz isso ou, na verdade, são as pessoas desse tipo que são atraídas para o emprego? A secretária na última escola em que trabalhou podia ser o clone da mulher para quem está olhando agora. O mesmo cabelo cheio de laquê, a mesma saia, blusa e cardigã em tons de azul que não combinam entre si, os mesmos óculos presos em uma correntinha.

— Que data foi mesmo? — pergunta a mulher, dedilhando o teclado.

— Vinte e quatro de junho de 2015 — diz Somer pela terceira vez, com o mesmo sorriso que tinha nas duas anteriores, embora seu maxilar esteja começando a doer com o esforço.

A mulher olha por cima dos óculos para a tela.

— Ah, aqui estamos. Segundo o horário, o sr. Walsh tinha dois tempos com o terceiro ano nessa manhã.

— E a que horas isso teria começado?

— Dez e meia.

— Nada antes disso?

A mulher olha para ela.

— Não. Como eu disse, ele tinha os dois tempos, mais nada.

— E ele com certeza estava aqui nesse dia, ele não faltou?

A mulher dá um suspiro audível.

— Vou ter que checar o registro de faltas para lhe dizer isso.

Somer renova seu sorriso. De novo.

— Eu agradeço.

Mais batidas no teclado, então o telefone toca. A mulher o pega. É nitidamente alguma pesquisa imensamente detalhada sobre os processos de admissão e, enquanto Somer está ali sentada, dizendo a si mesma para não ficar com raiva, a porta do gabinete do diretor se abre.

Às vezes — só às vezes — o uniforme é útil.

— Olá, posso ajudá-la? — pergunta o homem, indo em sua direção. — Richard Geare. Eu sou o diretor. — E então, ao ver o sorriso dela (dessa vez, um de verdade), ele também sorri. — Não se escreve do mesmo jeito, antes que você pergunte. Acho que meus pais não tinham como saber. Digo a mim mesmo que isso ajuda minha credibilidade com as crianças, mas, na verdade, não tenho muita certeza. Elas provavelmente nem sabem quem ele é. Agora se fosse Tom Hiddleston, a história seria diferente, mas estou bons dez anos velho demais para tentar isso.

— Policial Erica Somer — diz ela, apertando a mão dele. — A srta. Chapman está me ajudando com algumas informações.

— Sobre?

— Um de seus professores. Donald Walsh.

Geare assume uma expressão de curiosidade.

— Posso perguntar por quê? Tem algum problema?

Somer olha para a secretária, ainda falando ao telefone mas tentando sinalizar para o diretor.

— Podemos conversar no seu gabinete?

A sala é surpreendente moderna para uma escola que toma tanto cuidado para parecer tradicional. Paredes lisas cinza-claro, um vaso de peônias brancas, uma mesa de madeira escura e aço.

— Você gosta? — diz ele ao vê-la olhando ao redor. — Foi um presente de casamento.

— Sua esposa tem bom gosto — diz Somer, se sentando. Geare faz o mesmo.

— Marido, na verdade. Mas, sim, Hamish tem um ótimo gosto. Então, como posso ajudá-la?

— Tenho certeza de que o senhor viu as notícias. A garota e o menino que foram encontrados em um porão em Oxford?

Geare franze a testa.

— Mas o que isso pode ter a ver com Donald Walsh?

— A casa onde eles foram encontrados... ela pertence ao tio do sr. Walsh. Ou melhor, ao marido de sua tia, já que eles não são aparentados.

Geare junta as pontas dos dedos.

— E?

— Estamos tentando determinar quem visitou a casa e quando. A srta. Chapman estava me ajudando com uma data específica em 2015. Verificando se o sr. Walsh estava na escola nesse dia.

— Então fazia tanto tempo assim que a garota estava lá embaixo?

Somer hesita, só por um momento, mas tempo o suficiente para Geare registrar.

— Não temos certeza — diz ela.

Ele torna a franzir a testa.

— Confesso que estou confuso. Por que querem saber sobre um dia específico, a menos que vocês achem que esse foi o dia em que a garota foi sequestrada?

Ela enrubesce um pouco.

— Na verdade, foi o dia em que Hannah Gardiner desapareceu. O senhor talvez se lembre do caso. Acreditamos que pode haver uma conexão. E, se não houver, precisamos excluir a possibilidade.

— E vocês acham que Donald Walsh pode ser essa conexão?

— Infelizmente, sim.

Há silêncio. Ela pode vê-lo pensar.

— Obviamente, não queremos que essa informação caia em domínio público.

Ele acena com a mão.

— É claro que não. Eu entendo isso. Só estou tentando conciliar o que você acabou de dizer com o Donald Walsh que conheço.

— E quem é esse?

— Um homem diligente, trabalhador. Um pouco enfadonho, para ser honesto. E um pouco reacionário, o que às vezes faz com que ele pareça hostil.

Ela assente, se perguntando se o verdadeiro problema era a sexualidade de Geare.

— E caso você esteja se perguntando — diz ele. — Nunca foi segredo o fato de que sou gay. Nem para os funcionários, nem para os pais. — Ele chega para a frente na cadeira, repentinamente franco e sério. — Olhe, policial Somer... Erica, eu só estou nesse emprego há nove meses, e há muitas mudanças que quero fazer. Esta escola pode parecer uma peça de museu, mas não tenho nenhuma intenção de administrá-la como uma. Esta sala — diz ele, gesticulando ao redor — é uma indicação melhor do tipo de escola que quero que esta seja, não as poltronas velhas na sala dos professores. E é por isso que eu trago pais interessados em matricular seus filhos primeiro aqui, bem antes de levá-los para conhecer o restante da escola.

— Talvez o senhor devesse mudar isso também.

— Os funcionários?

Ela sorri.

— As poltronas.

— Isso está na lista. Mas não — diz ele, mais sério agora. — Não me surpreenderia que houvesse algumas mudanças no quadro de funcionários também.

Somer não consegue evitar olhar de relance para a porta e, quando torna a olhar para Geare, ele está com um sorriso fraco.

— A srta. Chapman já estava planejando se aposentar no fim deste semestre. Às vezes é melhor não fazer mudanças demais de uma só vez, não acha? Mas alguns dos professores podem escolher partir por vontade própria. Nem todo mundo compartilha minha visão de para onde precisamos ir.

— E Walsh é um deles?

— Vamos dizer assim: desconfio que ele já teria ido embora se tivesse para onde ir. Ou dinheiro suficiente para não se importar.

— Eu ia lhe perguntar sobre isso, bom, indiretamente. Acredito que o sr. Walsh teve três empregos diferentes nos últimos dez anos. E este é o que ele passou mais tempo nesse período. Tem alguma coisa que o senhor possa me dizer sobre isso, sobre por que ele deixou as duas escolas anteriores?

Ele franze a testa.

— Não sei muito bem o que posso dizer, com essa história de proteção de dados...

— Isso não se aplica a uma investigação de assassinato, senhor. Mas sinta-se à vontade para verificar, se isso for deixá-lo tranquilo. Para ser sincera, é do interesse do sr. Walsh que consigamos um quadro o mais completo possível. Se isso revelar que ele não teve nada a ver com isso, quanto mais cedo nós determinarmos isso, melhor. Tenho certeza de que o senhor sabe o que estou dizendo.

Geare está em silêncio.

— Seria especialmente importante saber se houve algum incidente com mulheres jovens, qualquer sugestão de assédio sexual. Ou...

— Com crianças? — Ele está balançando a cabeça. — Absolutamente não. A única razão porque eu não estava dizendo nada era por estar me perguntando a melhor maneira de dizer, só isso. Donald Walsh é um homem difícil. Um pouco rude de vez em quando. Eu costumo me perguntar por que ele resolveu lecionar, considerando que não gosta de crianças. Toda aquela ironia... Ele com certeza chama isso de sagacidade, mas as crianças só acham que ele está sendo sarcástico. Isso as deixa desconfiadas, por isso ele tem problemas para se relacionar com elas. Ele também não é muito bom em trabalhar em equipe. Não tem "coleguismo". Essa, por falar nisso, é uma palavra de Donald. Pessoalmente, eu só diria "amistoso".

Há uma batida na porta, e a secretária enfia a cabeça por ela.

— Sr. Geare, a pessoa com quem tinha marcado chegou.

Somer se levanta e aperta a mão dele.

— Obrigada. Se o senhor pensar em alguma coisa que ache que devíamos saber, por favor, entre em contato.

No estacionamento, Gislingham está esperando. O computador da sala de Walsh está sendo carregado na van da equipe de perícia forense.

— Eu também falei com alguns professores — diz ele enquanto Somer entra no carro e fecha a porta. — Não gostam dele, mas não acham que ele seja suspeito.

— Richard Geare disse a mesma coisa. Em linhas gerais.

Gislingham olha para ela.

— Richard Geare? *Sério?*

Ela balança a cabeça.

— Coitado. Deve ser a primeira coisa que todo mundo diz.

— Então, ele é? — pergunta Gislingham, puxando o cinto de segurança.

— Ele é o quê?

Ele dá um sorriso.

— Você sabe, como o cara em *A força do destino.*

Ela sorri.

— Ah, se você soubesse...

***

As cortinas estão abertas no térreo do número 81 da Crescent Square. Robert Gardiner pode ser visto andando de um lado para outro, falando ao celular. Em um momento, ele de repente se abaixa e ergue o filho nos ombros. Quinn fica sentado observando por um instante, então sai do carro e atravessa a rua.

— Sargento detetive Quinn — diz quando Rob Gardiner abre a porta.

Gardiner franze a testa.

— O que você quer? Aconteceu alguma coisa? Vocês prenderam alguém?

— Pelo assassinato, não. Ainda não. É sua babá. Pippa.

Gardiner estreita os olhos.

— O que tem ela?

— O senhor sabe onde ela está?

— Não tenho a menor ideia.

— O senhor pode, então, me dar um número de celular? O senhor deve ter algum contato...

— Eu tinha no celular, mas apaguei. E, não, eu não sei de cor, desculpe.

— E um endereço da família dela?

— Não. Também não tenho isso.

— *Sério?* — diz Quinn, agora abertamente cético. — Ela estava cuidando de seu filho, o senhor não a verificou, pegou referências?

— Hannah a contratou, não eu. Ela a conheceu na feira dos produtores na North Parade. Em uma das barracas. Cerâmica, cafés artesanais ou algo assim. Enfim, as duas se encontraram algumas vezes depois disso, e ela disse a Hannah que estava estudando para ser babá, mas ficou sem dinheiro. Hannah ficou com pena e lhe deu uma chance. Ela era assim. Sempre vendo o melhor nas pessoas. — Ele olha fixamente para Quinn sem disfarçar a hostilidade. — Por que, afinal, você está procurando Pippa?

— Não se preocupe — responde Quinn. — Não era tão importante.

***

Everett tranca o carro e volta andando pela Iffley Road; se Vicky estava morando em um alojamento, esse é um lugar tão bom para começar quanto qualquer outro. Ela tem uma lista de propriedades alugadas, e o único jeito de progredir é bater em portas. Embora ela esteja com a péssima sensação de que está procurando uma agulha em um palheiro do tamanho de uma cidade.

Ela consulta o mapa. A primeira casa da lista é na rua em frente. Há uma pilha de bicicletas do lado de fora, e latões de lixo com rodinhas deixados de qualquer jeito no jardim da frente. Ela toca a campainha e espera, até que a porta se abre.

— Detetive Verity Everett — diz ela, erguendo sua identificação. — Posso lhe fazer algumas perguntas?

***

Entrevista com Robert Gardiner, realizada no distrito policial de St. Aldate's, Oxford
5 de maio de 2017, 14h44

Presentes: inspetor detetive A. Fawley, detetive A. Baxter e dra. P. Rose (advogada)

AF: Sr. Gardiner, obrigado por encontrar tempo para vir aqui. Peço desculpas por avisar tão em cima da hora. Queríamos falar com o senhor porque temos algumas perguntas adicionais em relação à morte de sua esposa.

RG: [*silêncio*]

AF: Sr. Gardiner?

RG: Estou esperando para ver o que vocês têm a dizer. Não consigo imaginar o que possam me perguntar que já não tenham me perguntado cem vezes. As respostas não vão ser diferentes. Mas vá em frente, fique à vontade.

AF: Como sabe, montamos nossa linha do tempo para aquele dia com base no fato de que várias testemunhas disseram ter visto sua esposa em Wittenham naquela manhã. Obviamente isso significa que temos que voltar a questionar várias pessoas sobre onde estavam. Inclusive o senhor.

RG: Então é isso, não é? Vocês vão tentar *me* acusar agora? E aquele sujeito, Harper, ou seja lá qual é o nome dele?

AF: Esperamos indiciá-lo em breve em relação à jovem e à criança encontradas no porão do número 33 da Frampton Road. Nós ainda não temos nenhum indício conclusivo que sugira que haja uma conexão entre esses crimes e a morte de sua esposa.

RG: Então, na falta de outras opções, vocês vão tentar novamente comigo, não é? Como da última vez?

AF: Uma nova informação veio à luz, sr. Gardiner…

RG: Certo, então agora vocês pensam seriamente que *eu* matei Hannah? Que abandonei *meu próprio* filho?

AF: Eu não disse isso.

RG: Você não precisou, porra.

AF: Olhe, estamos tentando descobrir o que aconteceu. E para fazer isso precisamos de sua ajuda. Sua cooperação.

PR: Meu cliente está mais do que disposto a ajudá-los de todas as maneiras razoáveis. Embora eu considere que vocês o estejam interrogando como testemunha, não como suspeito, considerando que não o detiveram.

AF: Por enquanto, sim. Então vamos repassar outra vez o que aconteceu.

RG: Meu Deus, quantas vezes mais vou precisar repetir a mesma coisa? Eu saí do apartamento às 7h15 e peguei o trem das 7h57 para Reading...

AF: Não naquela manhã, sr. Gardiner. Na noite anterior. Terça-feira, 23 de junho.

RG: Mas vocês sabem que Hannah estava viva naquela manhã. Vocês nem precisam acreditar na minha palavra. Vocês mesmos escutaram aquela mensagem de voz. Que diferença faz o que aconteceu na noite anterior?

AF: Mesmo assim, eu gostaria que o senhor respondesse a pergunta.

RG: [*suspiro*]

Pelo que me lembro, peguei Toby na creche quando voltei do trabalho. Deve ter sido em torno das cinco da tarde. Então devo ter chegado em casa por volta das 17h30. Eu estava em uma reunião com investidores alemães na maior parte do dia, por isso estava exausto. Nós tivemos só uma noite tranquila em casa.

AF: Alguém pode confirmar isso?

RG: Não. *Como eu disse*, estávamos só nós três. Eu, Hannah e Toby.

AF: A babá não estava lá com vocês?

RG: Não, ela saiu por volta das sete.

AF: Sua mulher estava em casa quando o senhor voltou?

RG: Não. Ela só chegou por volta das oito da noite.

AF: E como ela estava?

RG: O que quer dizer com isso?

AF: Feliz? Ansiosa? Cansada?

RG: Ela estava um pouco preocupada, eu acho. Estava com muita coisa na cabeça. A entrevista do dia seguinte... havia muita coisa dependendo disso.

AB: A entrevista em Wittenham? Com Malcolm Jervis?

RG: É. Vocês *sabem* disso. Já passamos por isso inúmeras vezes. Era muito importante para ela. Uma reportagem grande. Ela estava trabalhando nisso havia meses.

AF: Então ela estava à tarde em Summertown. Na BBC.

RG: Até onde eu sei, sim.

AF: Até onde sabe?

RG: Olhe, o que é isso? Tem alguma coisa que vocês não estão me contando?

AF: Só estamos tentando estabelecer os fatos, sr. Gardiner. Não há nenhum outro lugar onde ela poderia ter estado?

RG: Ela me *disse* que estava em Summertown.

AB: Quando ela chegou?

RG: Isso.

AB: Às oito?

RG: Isso.

AF: Então seria uma surpresa para o senhor descobrir que ela saiu da redação da BBC às 14h45 daquela tarde e não voltou?

RG: Do que vocês estão falando? É a primeira vez que ouço falar disso.

AF: Não tínhamos motivo para verificar antes. Como eu disse. Agora temos.

AB: Também apuramos que o carro de sua esposa foi captado pelo reconhecimento de número de placa na Cowley Road pouco depois das 16h30.

RG: [*silêncio*]

AF: O senhor sabe o que ela estava fazendo lá?

RG: Não, não sei.

AF: Nenhuma outra reportagem em que ela estivesse trabalhando?

RG: Não que eu saiba.

AF: Também identificamos uma ligação de um celular pré-pago não identificado para o telefone do escritório de sua mulher naquela tarde. Cerca de uma hora antes de ela sair. Sabe alguma coisa sobre isso?

RG: Não. Eu já disse. E, de qualquer forma, pode ter sido qualquer um, algum espectador com uma história. Qualquer um. Um daqueles manifestantes no acampamento. Todos tinham esse tipo de telefone.

AB: Então por que ir à Cowley?

RG: Como eu vou saber?

AF: Desculpe por ter que levantar esse assunto, sr. Gardiner, mas seu filho. Toby. Ele não é seu filho biológico, é?

RG: O quê? Como vocês ousam? Isso é *pessoal*. Não tem nada a ver com isso.

AF: Não tenho tanta certeza disso, sr. Gardiner. Se o senhor não é o pai de Toby, quem é?

RG: Não faço ideia.

AF: Sua mulher tinha um caso?

RG: [*risos*]

Vocês estão tão perdidos que chega a ser patético. Essa é sua teoria, não é? Que espanquei minha mulher até a morte porque descobri que ela tinha um caso na Cowley Road com o pai do meu filho? E depois, supostamente, abandonei Toby em Wittenham porque ele não era meu?

AB: Foi isso o que aconteceu? Sua mulher tinha um caso?

RG: Não, é claro que não tinha. Está bem, é verdade, não posso ter filhos. Isso nunca foi segredo, embora eu não fosse sair anunciando isso por aí na droga do Facebook.

AF: Por que o senhor não nos contou isso em 2015, quando Hannah desapareceu?

RG: Porque a) não tinha nada a ver com isso, e b) não era da droga da sua conta. E as duas coisas, por acaso, ainda se aplicam.

AF: Então Toby é adotado?

RG: Não, ele foi concebido por inseminação artificial de um doador. Hannah não teve problema com isso.

AF: Mas isso tinha causado problema em outros relacionamentos, não tinha?

RG: Vocês estão interrogando minhas *ex-namoradas*?

[*volta-se para a dra. Rose*]

Eles têm permissão de fazer isso?

PR: Tem mais alguma coisa, inspetor? Parece-me que o sr. Gardiner já teve mais que o suficiente por um dia. Ele ainda está lidando com a descoberta do corpo de sua esposa. Em circunstâncias particularmente horríveis.

AF: Infelizmente ainda não terminamos. A análise do cobertor encontrado em torno do corpo de Hannah tem traços de seu DNA. Seu, dela e de seu filho. Só isso. De mais ninguém. O senhor pode explicar isso?

RG: [*silêncio*]

AF: Pode explicar isso, sr. Gardiner? O senhor já teve um cobertor assim?

RG: Não tenho ideia.

AF: Era verde-escuro com padronagem em tartã vermelho. Caso isso refresque sua memória.

[*silêncio*]

RG: A única coisa em que posso pensar é no cobertor de piquenique que ela costumava guardar na mala do carro. Achava que tínhamos nos livrado dele, mas ainda podia estar lá.

AB: Como ele era?

RG: Eu não lembro, mesmo. De uma cor escura. Talvez verde.

AF: Também encontramos impressões digitais. Quando encontramos o corpo de sua mulher, havia fita em torno dele. Fita adesiva.

PR: Isso é mesmo necessário, inspetor? Esse tipo de detalhe é extremamente perturbador.

AF: Desculpe, dra. Rose, mas essas são perguntas que precisamos fazer. Havia digitais na fita, sr. Gardiner, mas a maioria delas está borrada demais para dar um resultado claro. Mas uma delas bate parcialmente com a sua.

PR: Bate *parcialmente*? De quantos pontos estamos falando, aqui?

AF: Seis, mas como eu disse…

PR: Ah, pelo amor de Deus, minhas digitais provavelmente batem em seis pontos. Vocês precisariam de *pelo menos* oito, para começo de conversa, inspetor. *E o senhor sabe muito bem disso*.

AF: O senhor é um homem violento, sr. Gardiner?

RG: *O quê?* Isso de novo, não. Não, claro que não sou violento.

AF: Sua esposa, aparentemente, tinha um hematoma no rosto algumas semanas antes de desaparecer.

RG: [*risos*]

Quem lhe disse isso? Beth Dyer? Tinha que ser. Ela é uma intrigueira. De natureza horrível. Se quer saber, foi Toby. Ele acertou Hannah no rosto com um de seus brinquedos. Foi um acidente. Um acidente com uma criança pequena. Se algum de vocês tivesse filho saberia disso.

AB: O sargento detetive Quinn também viu um hematoma ontem no braço de sua babá.

RG: Olhe, ela está prestando queixa ou algo assim?

AB: Vamos trazê-la para prestar depoimento. É possível que ela queira ir adiante com isso.

RG: [*silêncio*]

Eu mal a toquei. Sério. Ela só me irritou, só isso.

[*silêncio*]

Olhe, ela tinha acabado de me dizer que estava grávida. Disse que era meu, negou ter dormido com outra pessoa. Bom, até vocês conseguem somar dois mais dois e chegar a quatro nesse caso.

AB: Então a srta. Walker é sua namorada?

RG: Ela não é minha namorada.

[*silêncio*]

Nós dormimos juntos. Uma vez. Está bem? Vocês nunca fizeram uma coisa muito idiota quando estavam com raiva e deprimidos e se arrependeram depois? Não? Bom, incrível.

AF: Então, quando ela tentou fazer com que o filho se passasse por seu, o senhor perdeu a cabeça?

RG: Fiquei com raiva. Isso não é um hábito.

AF: Sério? Me parece que o senhor tem um pavio inusitadamente curto.

AB: Foi isso o que aconteceu em 2015? Hanna o "irritou"?

RG: Não sejam ridículos.

AF: Ou foi outra coisa… Alguma coisa aconteceu com Toby, uma coisa que o senhor achou ser culpa dela?

RG: [*silêncio*]

Vou dizer isso agora, depois vou para casa cuidar do meu filho, e, a menos que me prendam, acho que não há nada que possam fazer para me deter. A última vez que vi minha esposa foi às 7h15 na manhã de 24 de junho de 2015. Ela estava viva e bem. Eu nunca bati nela, não tenho ideia de quem a matou e não sei como ela foi parar na Frampton Road. Está claro?

AF: Perfeitamente.

PR: Obrigado, senhores, nós podemos sair sozinhos.

***

Quinn está esperando do lado de fora quando eu saio. Ele estava assistindo no vídeo. Parece sobressaltado. De um jeito bem incomum.

— Então, o que acha? — pergunta ele enquanto observamos Gardiner e Rose desaparecerem no corredor.

— O que eu acho? Acho que ele é nervoso, defensivo e imprevisível. Mas ainda não tenho certeza se é um assassino.

Quinn assente.

— Posso vê-lo matando a esposa em um acesso de fúria, mas largar o menino? Isso é um pouco demais.

— Eu sei. Walsh ou Harper, sim, mas não Gardiner. Mas Gardiner é o único que sabia com certeza aonde Hanna ia naquele dia.

— Na verdade, chefe — diz Baxter, saindo e fechando a porta às suas costas. — Não tenho tanta certeza disso. Eu verifiquei as especificações do Mini de Hannah. Ele tinha sistema de navegação por satélite. Ela podia facilmente ter inserido o endereço de Wittenham no sistema na noite anterior. E nesse caso...

Quinn joga as mãos para o alto.

— Nesse caso, qualquer pessoa que entrasse no carro podia saber para onde ela ia. *Meu Deus*. Voltamos à porra da estaca zero.

— Embora, nesse caso, eu apostasse em Walsh, mais que em Harper — continua Baxter sem se exaltar. — Harper nunca teve um computador até onde eu sei, muito menos um carro novo o bastante para ter sistema de navegação. Ele não saberia por onde começar.

— Está bem — digo. — Fale com Gislingham e peça a ele para ver se Walsh tem sistema de navegação no carro. E peça a ele para cobrir o ângulo da Cowley Road quando voltar, ver se alguém por lá reconhece Hannah. É uma chance pequena depois de tanto tempo, mas é uma coisa que precisamos checar mesmo assim.

— Está bem — diz Quinn, virando-se para ir embora, mas eu o seguro e em vez disso me viro para Baxter.

— Você pode fazer isso?

Baxter assente e segue pelo corredor, não sem antes dar uma olhada inquisidora para trás. Quando ele sai do alcance auditivo, eu me volto para Quinn.

— Duas coisas. Primeiro, onde diabos está Pippa Walker? Achei que você fosse trazê-la.

Ele pisca.

— Estou cuidando disso.

— Bom, se apresse. Em segundo lugar, resolva seja lá o que você tem com Erica Somer. Não me importa o que você faz da sua vida, Quinn, nem com quem, por falar nisso, mas não vou deixar que isso entre no caminho dessa investigação. Não quero ter que voltar a esse assunto.

— Certo — diz ele.

E, por mais estranho que pareça, é quase como se ele estivesse aliviado.

***

Às quatro da tarde, a Cowley Road está entrando em seu ritmo. Pilhas de frutas exóticas em caixas, uma pessoa varrendo a calçada diante da mercearia polonesa. Crianças e bicicletas, mães e carrinhos de bebê, alguns rastafáris fumando de pernas cruzadas na calçada, uma senhora com um carrinho de feira com motivos florais, um terrier de aspecto imundo andando sozinho. Gislingham localiza a câmera de reconhecimento de placas que captou o carro de Hannah e olha para a rua. Três lojas de apostas, uma loja de conveniência 24 horas e meia dúzia de restaurantes, eslovaco, vegano, libanês, nepalês, vietnamita. Ele podia apostar que a maioria deles não estava ali dois anos antes. Mas há um lugar que estava. O tradicional açougue de bairro que deve estar ali há uma geração inteira, talvez até uma década. Tortas salgadas e linguiças, com um dossel recortado antiquado e um açougueiro de plástico ainda mais antiquado parado alegremente do lado de fora, com as mãos nos quadris. Gislingham vai até a frente da fila e pede para ter uma palavra rápida.

— Qual o problema, parceiro? — diz o homem, olhando para as credenciais de Gislingham enquanto ele limpa uma junta de carne, girando, cortando, girando, cortando com habilidade.

— Sem problema. Sem nenhum problema. Eu só queria saber se você já viu essa mulher.

Ele abre uma foto de Hannah Gardiner. A que eles tinham usado na época. Ela está parada de costas para um portão; o cabelo escuro e comprido está preso em um rabo de cavalo, ela está usando um casaco acolchoado azul-marinho e há uma vista de campos, carneiros e montanhas. Algum lugar em Lake District.

— Eu me lembro dela, é a mulher que desapareceu, não é?

— Você se lembra dela... por aqui? Quando foi isso?

O homem parece arrependido.

— Não, desculpe, parceiro. Quis dizer que me lembro da foto. Ela estava em todos os jornais.

— Mas você acha que alguma vez a viu? Seu carro foi fotografado pelas câmeras de trânsito por aqui, na tarde da véspera em que ela desapareceu. O carro era um Mini Clubman laranja, mas ela pode ter vindo aqui a pé também.

— Mas isso foi há pelo menos um ano, não foi?

— Na verdade, dois. 23 de junho de 2015.

O homem afasta a gordura cortada para o lado e pega o barbante.

— Desculpe, mas sem chance. Não há tanto tempo assim.

— Tem algum lugar por aqui onde você acha que ela podia estar indo? Ela era jornalista.

O homem dá de ombros.

— Pode escolher. Podia ser qualquer coisa. Você olhou os jornais daquela semana? O *Oxford Mail*? Pode lhe dar uma pista.

"Por que não pensei nisso antes?", diz Gislingham para si mesmo.

— Obrigado, parceiro. Ajudou muito.

O homem ergue os olhos.

— Não se preocupe. Sempre feliz em ajudar a polícia. Quer algumas linguiças antes de ir? É por conta da casa.

De volta à calçada, Gislingham enfia um embrulho com a especialidade da casa no bolso do paletó e liga para Quinn.

— Alô, o que é?

— Acho que posso ter uma ideia sobre Hannah Gardiner. Estou voltando para o distrito para verificar.

— É, tanto faz.

Gislingham franze a testa.

— Você está bem? Está esquisito.

Há silêncio. E então ele diz:

— Olhe, se quer saber, acho que fiz merda.

Então é isso, pensa Gislingham. Não a coisa com Erica. Ou talvez não só a coisa com Erica. Ele espera. Não ia ser legal parecer muito ávido. Nem muito exultante.

— Aquela babá dos Gardiners — diz Quinn. — Pippa Walker. Você a conheceu também, não conheceu?

Por um momento horrível, Gislingham acha que sabe o que Quinn está prestes a dizer. Mas certamente nem ele teria...

— Você não fez isso... me diga que não fez.

— Não, claro que não, droga. É outra coisa. Eu a deixei ficar.

— O que você quer dizer com "a deixou ficar"? Deixou ficar onde?

— Gardiner a havia expulsado. Ela não tinha nenhum lugar para ir, por isso eu a deixei ficar no meu apartamento.

— No *seu* apartamento? Meu Deus, Quinn...

— Eu sei, eu sei... Olhe, não aconteceu nada, eu juro...

— Mas essa não é a questão, é? Você precisa tirá-la de lá... rápido.

— Ela já foi embora. Eu voltei agora e ela não estava lá.

— Mas ela ainda vai prestar o depoimento?

— Não sei.

— O que você quer dizer com *não sabe*? Você pegou o telefone dela, certo? Você pode ligar para ela.

Quinn dá um suspiro.

— É impossível ligar para o número que ela me deu.

Gislingham agora está ficando realmente puto.

— Ah, que maravilha. Então agora não temos ideia de onde ela está, nenhum meio de entrar em contato com ela, e ela pode ser a única testemunha que temos contra Gardiner.

Quinn respira fundo.

— Tem mais uma coisa. Eu olhei o celular dela, as mensagens de texto e coisas assim. Foi só por um minuto, ela estava no chuveiro.

— Merda, parceiro, quando estiver em um buraco, não cave mais fundo. Você precisa de permissão para fazer isso, você sabe disso.

Você pode perder a droga do seu emprego por isso...

— Eu sei, está bem? — retruca rispidamente Quinn. — Foi só uma questão de momento...

Os dois ficam em silêncio.

— E agora?

— Agora eu *sei* que Gardiner está mentindo. Pippa estava lhe enviando mensagens de texto pelo menos uma semana antes do desaparecimento de Hannah.

— Ah, bom, isso não é grande coisa, é? Ela estava cuidando do filho dele, deve ter enviado mensagens para ele algumas vezes.

— Não era isso, Gis. Confie em mim.

Mais corretamente confiar em você para nos meter nessa droga de confusão, pensa Gislingham.

— Então o que nós fazemos agora? Eles provavelmente não dariam um mandado para vasculharmos seu telefone mesmo que tivéssemos o número certo porque ela não é um dos suspeitos. Mesmo que estivesse transando com Gardiner, ela tem um álibi sólido para a manhã em que Hannah desapareceu. E não podemos informar o que estamos realmente procurando porque isso só ia deixar você na merda.

— Olhe, você vai me ajudar ou não?

Gislingham dá o suspiro mais alto que consegue.

— Eu não tenho muita escolha, tenho?

***

Passa pouco das cinco da tarde, e estou com Baxter na empresa de tecnologia que faz nosso trabalho pericial de reconhecimento de voz. Estamos em frente a um conjunto de telas de computador. Não tenho ideia de para que serve metade daquelas coisas. O analista sentado ao nosso lado não parece ter muito mais que quinze anos.

— Está bem — diz ele depois de um momento. — Agora eu baixei o áudio, então vamos ouvir juntos.

24/6/2015 06:50:34

Sou eu. Onde você está? Vou ter que sair daqui a pouco. Ligue para mim, está bem?

Há um barulho abafado, alguns estalidos e depois a linha fica muda. Ela parece desesperada, à beira da raiva. O analista volta e toca de novo, e a frustração de Hannah Gardiner mapeia a si mesma na tela em uma série de picos e declínios. Volume, tom, intensidade. O analista se recosta na cadeira, então se vira em minha direção.

— O problema é que ela fala muito pouco. São só dezessete palavras. Mas eu limpei o máximo possível e comparei com outros materiais que sabemos com certeza ser a voz de Hannah Gardiner. Reportagens no site da BBC, esse tipo de coisa.

Ele se vira e abre mais padrões de ondas na tela.

— Olhem, todas essas três são obviamente a mesma pessoa. É possível dizer isso mesmo sem fazer a análise.

Ele arrasta ao padrão produzido pela mensagem de voz e o alinha com as outras amostras.

— E aqui está a mensagem de voz. — Ele se recosta na cadeira. — Como eu disse, dezessete palavras na verdade não são suficientes para uma equivalência definitiva, mas eu apostaria que é ela.

— Então ela estava viva e bem na Crescent Square, às 6h50 daquela manhã?

Ele assente.

— Parece que sim.

***

— Quinn? Sou eu.

Gislingham está sem fôlego, sua voz está saindo em arquejos. Ao fundo, Quinn pode ouvir trânsito.

— Onde você está?

— Na High. Estava voltando da Cowley e acho que acabei de ver Pippa Walker. Se não era ela, é uma pessoa *muito* parecida.

Quinn aperta o telefone.

— *Onde...* Onde você a viu?

— No ponto de ônibus de Queen's Lane. Estou aqui agora, voltei assim que consegui fazer o retorno, mas ela já tinha ido embora.

— Ela estava com bolsas, uma mala ou coisa assim?

— Não que eu visse. Só uma sacola de compras, eu acho.

— Então se tivermos sorte, ela ainda está em Oxford.

— Vou ver se conseguimos alguma imagem de câmera de segurança. Podemos conseguir descobrir em que ônibus ela embarcou.

— Valeu, parceiro. Eu te devo uma.

— É — diz Gislingham pesadamente. — Eu sei.

***

Enviado: Sex., 5/5/2017, 18h05
De: alan.challow@thamesvalley.police.uk
Para: adam.fawley@thamesvalley.police.uk,
DIC@thamesvalley.police.uk

Assunto: Resultados de DNA – Frampton Road, 33

Estou prestes a ligar para você para falar sobre isso, mas, caso eu não consiga falar, aqui estão os pontos principais.

Barracão

Checamos duas vezes os resultados do cobertor usado para embalar o corpo de Hannah Gardiner, e não há DNA de Donald Walsh ou de William Harper. Os únicos DNAs além do dela eram, como foi dito anteriormente, de seu marido, Robert Gardiner, e de seu filho, Toby Gardiner.

Porão

A cama da jovem forneceu DNA de dois homens: saliva de Donald Walsh, e saliva e sêmen de William Harper.

Criança

Fizemos um teste de DNA com as amostras obtidas com os serviços de assistência social e as comparamos com algumas das gotas de sangue encontradas na cama da criança. O menino no porão é filho de William Harper.

***

Acabo de chegar na enfermaria do John Radcliffe quando recebo a ligação de Challow, o que faz com que eu ganhe um olhar de reprovação da enfermeira.

— Os celulares devem ficar desligados aqui, inspetor.
— Eu sei. Desculpe, mas é uma ligação importante.

E é.

— Tem certeza... Nenhuma dúvida? — Eu respiro fundo. — Está bem. Estou no hospital. Vou conversar com ela. Ver se consigo confirmar isso.

A enfermeira está olhando para mim com evidente impaciência.

— O senhor está pronto, agora?

— Estou, desculpe.

Faz menos de 24 horas desde a última vez em que a vi, mas Vicky parece muito melhor. Alguém a ajudou a lavar o cabelo, e ela está sentada na cadeira junto da janela vestindo uma calça jeans e um suéter grande. Tem uma revista em seu colo, e ela de repente parece reconectada com o mundo. Uma garota comum outra vez. Eu faço um agradecimento silencioso para quem quer que tenha feito tudo isso e, quando capto o olhar da enfermeira, sei que foi ela. Ela sorri.

— Acho que Vicky está se sentindo um pouco melhor hoje. Conseguimos até convencê-la a comer alguma coisa.

Eu aponto na direção da cadeira ao lado da cama.

— Posso me sentar perto de você por alguns minutos, Vicky?

Ela me lança um olhar, então assente. Arrasto a cadeira para um pouco mais perto e me sento.

— Você conseguiu escrever alguma coisa para a gente?

Ela fica um pouco vermelha, e vira o rosto.

— Vicky ainda não conseguiu falar — diz a enfermeira. — Achamos que é melhor não forçar. Levar as coisas devagar.

— Acho essa uma ideia muito boa — digo, tentando parecer tranquilizador. — Mas acabamos de receber uma ligação de nosso laboratório de perícia forense e, se você achar que é capaz, gostaria de lhe fazer algumas perguntas. Tudo bem com isso?

Ela olha para mim. Não faz nenhum movimento.

— Tem uma coisa que precisamos esclarecer bem: se apenas uma pessoa a atacou ou se foram duas. Não podemos ter certeza a partir dos resultados de DNA que obtivemos, e tenho certeza de que você entende o quanto é importante sabermos ao certo se é uma ou outra coisa, então você pode me dizer, Vicky? Era só um homem?

Ela olha fixamente para mim por um momento. Suas bochechas estão ficando coradas outra vez. Então ela assente.

Eu pego o telefone, encontro a imagem e mostro para ela.

— Era este homem?

Ela olha para mim, depois para a foto, então balança a cabeça.

Eu mudo a imagem.

— Este?

Ela engasga em seco, e leva a mão à boca. Lágrimas brotam.

— É — murmura ela, com a voz rouca pelo longo silêncio. — É.

***

Quinn – encontrei as imagens da câmera de segurança daquele ponto de ônibus. Pippa pegou o #5 na direção de Blackbird Leys. Peguei o número de registro, então talvez você consiga localizar o motorista. Ele provavelmente vai se lembrar dela

Valeu, Gis. Como eu disse, te devo uma

Me ocorreu agora que o #5 passa pelo parque empresarial. Será que ela podia estar indo ver Gardiner?

Com certeza vale a pena perguntar a ele.
Valeu, parceiro

***

— Então, em que situação nós estamos, Adam?

O escritório do superintendente Harrison. Sábado de manhã. Há poucas boas razões para estar aqui no fim de semana, mas, de um a dez em uma escala de desconforto, isso provavelmente é só um cinco. E, para ser justo, ele precisa saber.

— Vicky identificou Harper como seu sequestrador, senhor. E os resultados da perícia confirmam isso.

— E o DNA de Walsh na roupa de cama da garota?

— Ele nos contou que dormiu lá umas duas vezes, e Challow diz que saliva pode ter chegado à roupa de cama se ela estivesse na cama que ele usou. Não é impossível.

— Então o sequestro foi coisa só de Harper. Sem nenhuma cumplicidade de Walsh.

— É o que parece. Vicky não o reconheceu.

— Mesmo assim, esse é um homem que nunca foi violento antes. Você acha que a demência de Harper foi um fator, de algum modo disparado pela semelhança infeliz de Vicky com sua esposa?

Respiro fundo. Eu tinha tanta certeza de que era Harper, mas depois o diário me convenceu do contrário, e desde então eu tenho pensado em Harper como um velho triste explorado por Donald Walsh com propósitos próprios distorcidos. Mas ele não é. Não pode ser.

— Na verdade, senhor, acho que é muito mais complexo que isso, devia ser uma história muito diferente. Veja o diário de Vicky. Não há sugestão de que o homem que a prendeu estava em estado de vulnerabilidade mental. Acho que ele sabia exatamente o que estava fazendo. E, sim, a semelhança de Vicky com Priscilla pode ter sido um fator, mas não por confusão. Por vingança. Por alguma ideia pervertida de vingança.

— Mas ele não disse que estava com medo do porão, que podia ouvir barulhos lá embaixo?

— Desconfio que seja porque a demência esteja piorando. Ele pode até ter esquecido que a garota estava lá. Isso também explicaria por que a comida e a água pararam de chegar.

Harrison se recosta em sua cadeira.

— Ainda estou me esforçando para entender isso. À primeira impressão, Walsh parecia muito mais provável.

— Eu sei, senhor. Também achei isso.

— Mas o DNA não mente. O garoto é filho de Harper.

— É, senhor.

— Por falar em DNA, em que pé você está com Gardiner?

— Nós o interrogamos outra vez. Temos a digital parcial na fita adesiva e alguns traços de DNA no cobertor em que o corpo estava enrolado, mas é tudo circunstancial, nada disso resistiria nos tribunais. Embora pareça que ele pode ter sido violento com a babá. Estamos tentando descobrir se isso faz parte de um padrão.

— *Pode ter sido*? Você não falou com ela sobre isso?

— Ainda não, senhor. Ela está se revelando difícil de localizar.

Eu o vejo franzir a testa e xingo Quinn mentalmente.

— Mas você ainda não está excluindo Harper, ainda é possível que ele tenha cometido os dois crimes, a garota no porão *e* Hannah Gardiner?

— Sim, senhor. Isso ainda é possível.

— E a promotoria da coroa abriria um caso contra ele, considerando seu estado de saúde?

— Não sei, ainda não chegamos a esse estágio.

— Mas, enquanto isso, ele está em acomodações apropriadas?

Eu assinto.

— Uma unidade segura de demência perto de Banbury. Aconteça o que acontecer, ele não vai voltar para a Frampton Road. A casa, provavelmente, vai acabar sendo vendida.

— Bom, pelo menos a Polícia de Thames Valley vai ter um cliente satisfeito.

— Senhor?

— Aquele babaca que comprou a casa ao lado.

Estou começando a ter a nítida impressão de que Quinn está me evitando e, quando o encontro sentado em seu Audi no estacionamento, comendo um sanduíche, sei que tenho razão.

Eu bato na janela.

— Quinn?

Ele a abaixa, apressando-se em engolir o que está comendo.

— Oi. O que é, chefe?

— O que você está fazendo aqui fora?

— Almoçando.

Dou para ele um olhar de "é, está bem", e ele pelo menos tem a decência de parecer envergonhado.

— Você já trouxe Pippa Walker?

— Ah, estou com um probleminha com isso, chefe.

Então é isso.

— Que tipo de problema?

— Não conseguimos localizá-la.

Olho para ele até parar de mastigar e guardar o sanduíche de volta no saco.

— Soube que há coisas chamadas telefones celulares…

Ele enrubesce.

— Eu sei, mas não temos o número. O que ela me deu, ninguém atende. Desculpe, senhor.

Eu normalmente não recebo um "senhor" de Quinn a menos que ele saiba que fez merda, por isso ele aparentemente decidiu tomar seu remédio mesmo a contragosto. Uma metáfora mista, mas dá para entender a intenção.

— Tomamos um depoimento dela em 2015, deve haver um endereço nisso.

Ele assente.

— Arundel Street.

— Bom, comece por lá. Faria sentido que ela voltasse para um lugar que conhece.

— Certo — diz Quinn, e liga o motor. — Não se preocupe. Foi vacilo meu. Eu vou resolver.

***

— Policial Somer? Aqui é Dorothy Simmons, da seguradora Holman. Nós conversamos antes sobre a coleção do dr. Harper?

— Ah, sim, obrigada por retornar, ainda mais no fim de semana.

— Dei uma olhada nas fotos que enviou e as comparei com o que temos no arquivo do dr. Harper. E você tem razão, são sem dúvida os mesmos itens.

— E eles são valiosos?

— Ah, são. Quando o dr. Harper avaliou a coleção em 2008, valia algo em torno de 65 mil libras. Na verdade, estou tentando fazer com que ele atualize a avaliação, estava preocupada que o seguro estivesse muito baixo. Mas ele nunca entrou em contato conosco.

— Isso foi de grande ajuda, srta. Simmons. Obrigada.

— Ah, só mais uma coisa. Não sei o quanto é importante, mas o sr. Walsh parece ter apenas alguns dos *netsuke*. Alguns parecem estar faltando.

— E são exemplares caros?

— Um, sim, mas os outros são os menos valiosos do conjunto. Não sei se isso é importante.

É bem possível, pensa Somer. Se Quinn estiver certo e Walsh só estivesse interessado em furtar os valiosos. Nada de "valor sentimental" nem "herança de família". Mas, mesmo assim, isso levanta uma questão interessante.

Onde está o resto?

***

Depois de uma busca infrutífera na Arundel Street, o dia de Quinn não dá nenhum sinal de que vai melhorar tão cedo. Quando ele volta para o distrito logo após as três da tarde, a primeira pessoa que vê no corredor é Gislingham.

— Você já encontrou aquele motorista de ônibus?

Gislingham olha para ele. Foi sua lambança, pensa, resolva você.

— Não — diz ele em voz alta. — Tenho coisas para fazer. As *minhas* coisas.

Quinn passa a mão pelo cabelo. Ele tem orgulho do cabelo e gasta muito com ele. Isso irrita Gislingham, embora saiba que isso não devesse acontecer. Embora a calvície que Quinn começou a notar no espelho do banheiro provavelmente tenha alguma coisa a ver com isso.

— Está bem — diz Quinn. — Desculpe, é só que Fawley está em cima de mim.

É, mas nem metade do que ele estaria se soubesse a verdade, pensa Gislingham.

Ele se vira para a máquina de café e finge estar decidindo entre o cappuccino e o *latte*, e escolhe o de sempre (que tem, de qualquer modo, o mesmo gosto do resto). Então se vira para olhar para seu sargento detetive.

— Olhe, vou ajudar quando puder, está bem?

Quinn olha para ele. Metade sua quer repreender Gis, a outra metade está lembrando que ele está lhe devendo. A segunda metade ganha.

— Está bem — diz ele. — Está bem. Obrigado.

***

— Então você acha que vai conseguir dar um retorno para eles até o fim da segunda-feira?

Alex Fawley passa o celular de uma mão para a outra. É um de seus colegas, querendo saber algo sobre seu cliente mais importante que devia ter sido enviado na sexta à tarde. Alex tem tentado evitar passar o caso para seu assistente, mas conciliar sua carga de trabalho com uma criança pequena não é fácil; já era ruim quando era com Jake, mas agora...

— Alex?

— Desculpe. Eu só estava checando a agenda. É, isso deve funcionar.

— Tem certeza? Quer dizer, sempre podemos...

— Não, não. Sério, está bem.

Há um estrondo, vindo do outro quarto. E um gemido que cresce até se tornar um grito.

— Meu Deus, Alex! O que foi isso?

— Nada... nada. Estou com decoradores em casa. Eles devem ter deixado alguma coisa cair. Olhe, desculpe, Jonathan, mas preciso ir. Vou mandar os documentos para você o mais rápido possível, prometo.

***

Na sala de interrogatório dois, Donald Walsh está sendo acusado formalmente. E está fazendo um enorme esforço para esconder, mas é um homem com raiva. Everett foi a sorteada para essa, mas ela desenvolveu uma casca bem grossa contra ironia pesada. O que provavelmente é uma boa coisa.

— Sr. Walsh, o senhor está sendo indiciado pelo furto de certos artefatos do dr. William Harper no número 33 da Frampton Road, Oxford. Creio que seu advogado já explicou seus direitos e o que vai acontecer em seguida. O senhor compreende?

— Considerando que tudo foi dito em sentenças e palavras bem simples, acredito que entenda.

— O senhor agora tem uma data para comparecer diante do tribunal e de um juiz como acabamos de discutir...

— Sim, sim, não precisa repetir tudo isso outra vez, policial. Eu não sou *retardado*.

Everett termina de preencher o formulário e o entrega a Walsh, que o apanha bruscamente e faz um grande teatro para assiná-lo sem ler uma palavra.

— Ainda não sei qual o grande problema — diz ele com irritação. — Eu só estava cuidando da coleção. Qualquer pessoa *razoável* veria imediatamente que Bill não está em condições de fazer isso. Na última vez que fui lá, uma das melhores peças já havia desaparecido. Sumido. Até onde sei, ele pode tê-la jogado na maldita privada. E elas virão para mim quando ele morrer. Ele não tem filhos, quem mais há? Na verdade, é um maldito milagre que mais delas não tenham sido roubadas muito tempo atrás, qualquer um podia ter entrado naquele lugar, a segurança era inexistente.

— Meus colegas precisaram arrombar a porta para entrar.

— É, bom, se eles tivessem usado o *cérebro* e tentado dar a volta até os fundos teriam descoberto que a estufa não tinha nem mesmo uma fechadura. Metade das janelas estava quebrada. Até aquele maldito gato tinha entrado, o siamês. Eu o ouvi no andar de cima. Não é surpresa que itens tenham sido roubados. Algo que, por acaso, vou insistir que vocês investiguem.

O que, pensa Everett, é na verdade bem absurdo, levando-se tudo em consideração. Mas ela é prudente demais para dizer isso.

Walsh joga o formulário de volta para Everett. Ele desliza pela mesa e cai no chão.

— Certo. *Suponho* que eu agora posso ir para casa, se está tudo bem por você.

***

São 16h30 e Alex ainda não começou a trabalhar. Está chovendo forte, e ela está sentada na cozinha com o menino a seus pés. Construir aquela ampliação foi um pesadelo, mas ela transformou toda a casa. Deu espaço para se espalhar. E luz. Mesmo com o tempo nublado, luz entra pela claraboia. Ela desce da cadeira para o chão, ao lado da criança.

— Vamos fazer uma brincadeira?

Ele olha desconfiado para ela. Está com um urso de pelúcia em uma das mãos. O urso de pelúcia de Jake. O que Adam comprou para ele antes mesmo que nascesse.

— É fácil — diz ela. — Veja.

Ela se deita no chão e olha para o alto, para o céu. Agulhas de chuva dourada captam a luz antes de se estilhaçarem em estrelas contra o vidro da claraboia.

— Viu? Dá para ver a chuva caindo. Parece mágica.

O menino olha para cima, esticando o pescoço. Então ele ergue as mãos na direção da luz, rindo em uma bolha de pura alegria infantil.

***

Entrevista por telefone com Terry Hurst, motorista de ônibus, Oxford Bus Company
6 de maio de 2017, 17h21
Na ligação, sargento detetive G. Quinn

GQ: Sr. Hurst, estamos tentando localizar uma jovem que embarcou em seu ônibus em Queen's Lane às 16h35 de ontem.

TH: Ah, sim, então é disso que se trata?

GQ: É um inquérito policial, sr. Hurst. Isso é tudo o que o senhor precisa saber.

TH: Então como era ela, essa garota?

GQ: Cerca de 1,70 metro, cabelo louro comprido. Olhos verdes. Ela estava usando um short jeans, uma blusa tipo de crochê e sandálias. E óculos escuros.

TH: Ah, eu me lembro dela, sim.

GQ: Se lembra de onde ela desceu? Achamos que pode ter sido no parque empresarial.

TH: Não, com certeza não foi lá. Ela estava em pé, porque o ônibus estava bem cheio, e me lembro de olhar ao redor para garantir que todo mundo estivesse desembarcando bem. A essa altura, ela já tinha descido.

GQ: Vocês não têm câmeras de segurança no ônibus?

TH: Não naquele.

GQ: Então o senhor não tem absolutamente nenhuma ideia de onde ela desceu?

TH: Eu não disse isso. Na verdade, acho que foi perto do supermercado Tesco na Cowley Road. Isso ajuda?

GQ: Acho que é um começo. Se é o melhor que o senhor pode fazer.

TH: De nada.

[*murmura*]

Babaca.

***

Devem ser duas ou três da manhã quando acordo. O céu está no tom azul profundo que indica o início do verão. A cortina está entreaberta e posso sentir um sopro de ar fresco.

Eu me ergo sobre os cotovelos, piscando na escuridão. Quando entro em seu quarto, ele está ali de pé. No berço. No silêncio. O brilho de seus olhos captando uma nesga de luz da janela. Ele está com um dedo na boca, e na outra mão o urso de pelúcia de Jake.

— O que foi? Teve um pesadelo?

Ele olha para mim, balançando um pouco, então sacode a cabeça.

— Você quer um pouco de leite?

Dessa vez, ele assente.

Eu me aproximo.

— Posso te pegar no colo?

Ele olha para mim, então ergue os braços. Eu me abaixo e o pego. É a primeira vez que fiz isso desde que ele veio para cá, e por causa disso, porque está escuro e meus sentidos estão aguçados, estou consciente dele, de sua presença física, de modo mais agudo do que já estive antes. Sei que o tenho mantido a distância, não só mental mas emocionalmente, e sei que isso também me manteve fisicamente distante. Mas agora, pela primeira vez, tenho sua pele contra minha pele, e seu cheiro em minhas narinas. Sabonete, leite, xixi, aquele cheiro doce de biscoito que crianças pequenas sempre parecem ter. Ele se encosta em meu peito e sinto seu peso se mover em meus braços. Alex sempre diz que há uma razão para as mulheres que não têm filhos terem gatos. Algo quente e vivo que é mais ou menos do peso de um bebê — uma coisa que você pode pegar no colo e segurar contra você como faria com uma criança; há um prazer psicológico profundo nisso, que vai além do amor consciente. E ali parado, segurando esse menino contra mim, eu também sinto isso.

De manhã, acordo primeiro. Ao descer, Alex nos encontra na cozinha. O menino na cadeira alta com uma tigela de banana amassada, e eu enchendo a lava-louça. Eu deixo Alex louca quando torno a empilhar tudo o que ela põe dentro da máquina, por isso estou tentando terminar antes que ela desça. O rádio está ligado, e estou cantarolando. Embora eu não perceba isso até Alex aparecer. Ela está usando uma calça jeans clara e uma camiseta branca, e seu cabelo está solto. Sem maquiagem, ela de algum modo parece mais jovem. Talvez eu a veja demais no modo advogada.

Ela sorri para mim.

— Você parece feliz.

Alex está olhando fixamente para o que estou fazendo na lava-louça, mas decidiu não falar nada sobre isso. Está determinada a não estragar o clima.

— Eu não devia. Provavelmente vou ter um dia sinistro.

Ela se aproxima do menino e passa a mão delicadamente em seu cabelo.

— Você vai ter que trabalhar o fim de semana todo? — Seu tom de voz está leve; mais leve do que normalmente está em circunstâncias como essa.

— Desculpe. Você sabe como é.

Ela pega a caixa de suco e a agita.

— É uma pena. Eu esperava que pudéssemos fazer alguma coisa. Ir a algum lugar...

Ela se detém, mas escuto suas palavras do mesmo jeito. *Como uma família.*

Eu me volto novamente para a lava-louça e começo a arrumar tudo outra vez, movendo xícaras, trocando pratos de lugar.

Uma atividade de deslocamento em todos os sentidos da palavra.

— Olhe, tem uma coisa que você precisa saber.

Ela serve uma xícara de café. Com cuidado, com calma exagerada.

— Ah, é?

— Recebemos o resultado do DNA. O pai do menino. Não é Donald Walsh.

Ela se debruça na bancada e leva a xícara aos lábios.

— Entendo. Então foi William Harper, no fim das contas?

— Foi. Vicky o identificou.

Os olhos dela se arregalam um pouco, mas esse é o único sinal.

— Ela está falando?

— Um pouco. Algumas palavras. Não podemos nos dar ao luxo de apressá-la.

— Não — diz ela rapidamente. — Absolutamente não. Isso pode causar um dano enorme.

Eu me ergo, sentindo a dor nos joelhos.

— Olhe, Alex...

— Sei o que você vai dizer, Adam. Que isso é só por alguns dias... que não sou a mãe dele.

Eu me aproximo um pouco mais e ponho a mão em seu braço.

— Só não quero que você se machuque. Não quero que você se ligue a ele, nem que ele se ligue a você, aliás. Não seria justo. Nem bom.

Os lábios dela tremem.

— Com ele? Ou comigo?

E enquanto seus olhos se enchem de lágrimas, eu a puxo em minha direção e nós ficamos ali parados, com meus braços ao seu redor, beijando seu cabelo. O menino ergue os olhos de sua tigela e olha para nós, com os olhos enormes fixos nos meus.

***

Às 7h15 Gislingham já estava acordado há três horas. Ele acabou desistindo de tentar dormir outra vez e saiu da cama, deixando Janet enterrada em um sono que nem Billy conseguiu interromper. E agora, com o filho aninhado no canguru sobre seu peito, ele está andando pela cozinha, arrumando as coisas, esquentando leite, cantando Johnny Cash.

— Quem disse que os homens não conseguem ser multitarefas, hein, Billy? — diz ele, sorrindo para o bebê gorgolejante. — Mas é nosso segredo, está bem? Porque, se a mamãe descobrir, vai dar para nós dois uma lista de tarefas do tamanho de seu braço. Na verdade, do tamanho do *meu* braço. Nossa — diz ele, pegando um pé gorducho. — É um belo chute de esquerda que você está desenvolvendo, rapaz. Ainda vamos ver você jogando no Stanford Bridge.

— Ah, não vai, não — diz Janet, entrando na cozinha de camisola e pés descalços. — Não se eu tiver alguma coisa a ver com isso. — Ela se senta pesadamente em uma das cadeiras da cozinha.

— Você parece cansada — comenta Gislingham cuidadosamente. — Por que não volta para a cama?

Ela balança a cabeça.

— Muita coisa para fazer.

Gislingham olha em torno da cozinha.

— Acho que eu fiz a maioria. A máquina de lavar está ligada, a louça está limpa, Billy já comeu.

Ela dá um suspiro, então se levanta outra vez e se aproxima, para remover Billy do canguru. O menininho começa a espernear, em seguida a chorar, com o rosto franzido e vermelho.

— Ele estava bem — diz Gislingham. — Sério.

— Precisa trocar a fralda — responde ela olhando para trás quando se abaixa para pegar um pacote de fraldas da bolsa de compras que Gislingham trouxe para casa. Então sai andando da cozinha com Billy ainda gritando e sobe a escada.

— Bom, *eu* não achei que ele precisasse ser trocado! — anuncia Gislingham para ninguém em particular. Ele solta o canguru e vai pegar a bolsa de compras vazia. Ele a amassa para reciclar, então para. Senta-se à mesa e pega o celular.

> Acabei de pensar uma coisa. Aquela bolsa de compras que Pippa levava com ela no ponto de ônibus, acho que pode ser da Fridays Child. A imagem das câmeras de segurança está um pouco turva, mas acho que reconheço o logo. É aquele lugar na Cornmarket.

Ele aperta "enviar" e vai botar a chaleira outra vez para ferver. No segundo andar, Billy ainda está chorando. Ele bota um pacotinho de chá em uma caneca e escuta o sinal do telefone.

> Isso só vai ajudar se ela pagou com cartão de crédito.

Gislingham faz uma careta para o telefone e dá um suspiro. Será que eu vou ter que fazer absolutamente *tudo*?

> Comprei o presente de aniversário de J lá. Eles tinham uma lista no caixa onde você podia se inscrever para receber ofertas etc. Você tinha que deixar o nome e o telefone. Não é muito provável, mas vale tentar.

Dessa vez, a resposta é quase imediata.

> Genial. Obrigado, parceiro, mantenho você informado. Eu te devo uma cerveja.

Gislingham faz outra careta, então joga o celular na mesa e se levanta para fazer o chá.

***

— O nome é Walker, Pippa Walker. Tem certeza de que não há nenhum registro?

A garota no caixa revira os olhos.

— Eu já *olhei*, sabe?

A placa do lado de fora diz A FRIDAY'S CHILD... É AMOROSA E GENEROSA!, mas a garota do caixa não parece muito interessada, de qualquer modo, não quando se trata de informação. Ela está mastigando chiclete, com a boca ligeiramente aberta, e há piercings em seu nariz e no lábio superior. Algo que não combina nada com os mostruários rosa-cintilante, joias de ouro e acessórios femininos. Quinn respira fundo. Normalmente, ele é muito bom em lidar com mulheres, mas essa parece imune. Deve ser lésbica, pensa ele. Que azar da porra.

— Você pode olhar outra vez? Melhor ainda, pode me deixar olhar?

Ela olha para ele desconfiada.

— Não devia haver regras sobre isso? Proteção de dados ou algo assim?

Ele sorri.

— Eu *sou* policial.

O que é verdade. Até certo ponto.

O que consegue muito mais, pelo menos em termos de distração, é um grupo de estudantes japonesas, de repente exclamando junto de um mostrador de bolsas de lantejoulas e faixas de cabelo floridas.

Deixado sozinho no balcão, Quinn estende o braço e gira a lista para ficar de frente para ele, começa a examinar os nomes e encontra "Walker", só que a inicial parece mais um T que um P. Mas o número é muito parecido com o que ela deu a ele, só com dois dígitos alterados. Um erro fácil de cometer. Ele pega o celular e liga. Direto no correio de voz. Mas é ela, é a voz de Pippa. Ele espera pelo sinal.

— Sou eu, Gareth. Aquele depoimento sobre o qual falamos... Você pode vir até a St. Aldate's? — Ele faz uma pausa. — Olhe, se quer saber, estou na maior merda por causa disso. Então, eu agradeceria, está bem?

***

Em seu computador, com dor de cabeça e a garganta parecendo ter cascalho, Gislingham está examinando as páginas do *Oxford Mail* de junho de 2015, à procura de alguma pista do que podia ter feito Hannah Gardiner ir até a Cowley Road. Tudo e nada é a resposta curta. Festas escolares, futebol infantil, um novo esquema de trânsito. Tudo com seu valor, mas nada muito cativante. Pelo menos, não no conjunto. Depois de vinte minutos, ele desiste e tenta uma abordagem diferente. Ele digita "Hannah Gardiner" e "Cowley Road" no Google e vê algumas histórias que ela cobriu na BBC e uma quantidade enorme de fotos. Uma com ela noticiando autorizações de construções controversas, outra uma selfie na festa da Cowley Road em 2014 que ela postou no Facebook. Há dançarinos emplumados, um dragão chinês, um homem de perna de pau. E no primeiro plano, a família: Rob, Hannah e Toby.

Ele imprime a foto e a leva para a sala de incidentes, onde Erica Somer está parada junto do mural. Ela está fazendo um círculo de marcador vermelho em torno de alguns *netsuke* na folha com as fotos.

— O que tem de tão especial nesses? — pergunta Gislingham, olhando um pouco mais de perto.

Ela se vira e dá um breve sorriso.

— O fato de que desapareceram. Embora haja uma rara, aparentemente. Aquela: *Netsuke em marfim na forma de uma concha nautiloide* — diz ela, lendo de um texto impresso. — *De autoria de Masanao, um dos maiores mestres de Kyoto. Altura: cinco centímetros. Comprimento: seis centímetros. Valor: 20 mil libras.*

Gislingham assovia.

— Quem diria?

Somer se afasta do quadro.

— Policiais estão repassando essas fotos entre negociantes de arte e lojas de antiguidades. Nunca se sabe, alguém pode reconhecê-los. O que você tem? — diz ela, olhando para o papel em sua mão.

— Isso? — diz ele. — É uma foto que Hannah Gardiner botou em sua página no Facebook em agosto de 2014. São ela e Rob na festa da Cowley Road. Eu estava procurando conexões que ela podia ter por lá e encontrei isso.

Há um barulho atrás deles, e Everett entra bruscamente pela porta. Ela parece cansada.

— A Banbury Road está engarrafada até Summertown. No *domingo* — diz ela, largando a bolsa em uma mesa. Ela se vira para olhar para eles, depois para a foto que Gislingham está prendendo no quadro. — O que é isso?

— É uma foto de Hannah — responde ele. — Aqui.

Ele aponta, e Everett se aproxima para se juntar a eles.

— Estou tentando decidir se ela está realmente tão feliz quanto parece ou se é só para a câmera — comenta Somer, voltando-se para Everett. — O que você acha?

Mas Everett está olhando para outra coisa.

Ou melhor, outra pessoa.

***

Quando Quinn desce até a recepção, a garota está parada perto da janela, olhando para a rua. Ela se vira para vê-lo e se aproxima, mas ele a leva novamente de volta para a janela, para o recepcionista não ouvi-los.

— Para onde você foi?

— Recebi a mensagem de uma amiga dizendo que eu podia dormir em seu sofá por alguns dias. — Pippa olha para ele, sorrindo, os olhos verdes amigáveis. — Você trouxe minha calcinha?

Quinn olha para trás. O sargento da recepção está olhando na direção deles, nitidamente intrigado.

— Você não pode dizer coisas como essa — chia ele. — Não aqui. Quer que eu seja demitido?

Ela dá de ombros.

— Está bem, então vou embora.

Ele a segura pelo braço.

— Não, não faça isso. Precisamos que você dê aquele seu depoimento como testemunha… *eu* preciso que você faça isso.

Ela o estuda, com a cabeça inclinada para um lado.

— Está bem — diz ela, por fim.

— Vou ter que lhe perguntar outras coisas também. Como o que aconteceu no dia em que Hannah desapareceu. E antes disso, também. É importante que você diga a verdade, está bem?

— Está bem — concorda ela, com um leve franzir de testa.

— Não, estou falando sério. *Toda* a verdade. E tem outra coisa. — Ele engole em seco. — Dê como endereço o dessa sua amiga. Onde você está ficando agora. Não diga nada sobre ter dormido no meu apartamento.

Ela olha para ele por um longo momento, para a ansiedade que ele está falhando em esconder, e sorri.

— Claro. Você só estava tentando me fazer um favor, certo? Nada *aconteceu*.

— Não — diz ele rapidamente. — Claro que não.

***

Estou na sala ao lado da sala de interrogatório dois, assistindo a uma imagem de vídeo de Quinn interrogando Pippa Walker. Ela não parece ligar para o ambiente nem para o calor. Quinn, por outro lado, está visivelmente suando em sua camisa Thomas Pink.

— Vamos repassar outra vez — diz ele. — Quando eu a vi no apartamento do sr. Gardiner, você disse que tinham tido uma discussão e que ele causou a marca em seu pulso. Isso está correto, não está?

— Bom, está. Mas não acho que foi a intenção dele. De qualquer forma, não como *você* quis dizer.

Quinn se remexe na cadeira.

— Ainda é agressão, srta. Walker.

Ela dá de ombros.

— Se você está dizendo.

— E você e o sr. Gardiner tinham um relacionamento?

Ela se recosta na cadeira e cruza as pernas.

— É. Já há algum tempo.

— Desde antes do desaparecimento da sra. Gardiner?

A garota parece surpresa.

— Não. Quer dizer, acho que ele estava interessado em mim, mas nada *aconteceu*.

Ela olha fixamente para Quinn, com um pequeno sorriso brincando nos lábios, e Quinn afasta os olhos, remexendo desnecessariamente em seus papéis.

— Tem certeza absoluta — diz ele sem olhar para ela — de que não houve *nada* entre vocês dois antes do desaparecimento de Hannah?

Ela fica inexpressiva.

— Tenho. Acabei de dizer a você.

Ele remexe outra vez nos papéis.

— No dia em que Hannah desapareceu, ela ligou para você de manhã cedo.

— É, mas só recebi a mensagem depois. Olhe, já contei isso tudo à polícia.

Mas Quinn insiste.

— Mas quando ouviu a mensagem, não achou nada estranho?

Ela dá de ombros outra vez.

— Hannah parece irritada… Por quê? — Pippa revira os olhos, como se não conseguisse acreditar que ele seja tão burro. — Eu não tinha aparecido, estava passando mal. Então ela ia ter que levar Toby com ela naquela entrevista que ia fazer. Ela odiava fazer isso. Achava que não era "profissional".

— O sr. Gardiner não podia tê-lo levado?

— De *bicicleta*? *Acho* que não.

— E mesmo mais tarde, depois de saber que Hannah havia desaparecido, não achou nada estranho na ligação?

Ela franze a testa.

— Mas tudo aconteceu depois. Ela estava bem naquela manhã, não estava?

Quinn fica ali sentado por um momento, então recolhe seus papéis e sai da sala. A garota estica a mão e pega o celular na bolsa.

A porta se abre e Quinn entra, jogando o paletó em uma cadeira.

Eu olho para ele.

— O que foi aquilo?

Ele afrouxa a gravata.

— Será que eles não podem, pelo menos uma vez, botar a temperatura certa neste lugar?

— Quinn, eu perguntei o que está acontecendo. Entre você e aquela garota.

Ele põe os papéis na mesa.

— Nada, chefe. Não tem nada acontecendo, juro. Só acho que ela não está nos contando tudo, que está escondendo alguma coisa.

— Na verdade, chefe, acho que ele está certo.

É Gislingham na porta.

— Vocês dois precisam ver isso.

Ele põe uma foto sobre a mesa à nossa frente.

— Eu a encontrei quando estava procurando razões por que Hannah podia estar na Cowley Road. São ela e Rob na festa de 2014.

Olho fixamente para a foto. Hannah está sorrindo, segurando a câmera, com Toby aninhado no braço livre. Rob está atrás deles, olhando para o lado, mas com um braço em torno dos ombros dela. Parece amor, mas como eu sei muito bem, fotos não precisam ser editadas no Photoshop para enganar. O controle pode muito frequentemente parecer cuidado e carinho.

— Ali — diz Gislingham, apontando. — No fundo, à esquerda.

— A garota loura?

— É um pouco difícil ter certeza com a sombra em seu rosto, mas acho que é ela. Acho que é Pippa Walker.

— E Rob Gardiner está olhando direto para ela.

Olho para a foto, depois para Gislingham.

— Quando ela nos disse que conheceu os Gardiners?

— Acabei de verificar no depoimento original — diz Gislingham, silenciosamente triunfante. — Ela disse que foi em outubro de 2014. Dois meses *depois* que essa foto foi tirada.

— Certo — diz Quinn, e se prepara para sair. Mas eu o seguro. Na imagem de vídeo, a garota está se olhando no espelho de maquiagem.

— Quero uma mulher lá com você dessa vez.

— O quê? — diz ele. — Por quê?

— Peça a Ev para entrar com você. E, se não encontrá-la, chame Somer.

Ele me lança um olhar, mas não diz nada. Quanto a Gislingham, ele podia jogar pôquer com aquela expressão.

— Certo, Quinn?
— Certo, chefe.

***

— Mas preciso de você aqui.

— Desculpe... — diz Everett. O sinal está falhando; ela está nitidamente no carro. — Tenho uma lista inteira de lojas de antiguidades para ver. Estou atrás dos *netsuke* desaparecidos.

Quinn mal consegue esconder a irritação.

— Mas isso, com certeza, é trabalho para um policial uniformizado. É só uma droga de um furto.

— Não foi ideia minha, sargento. Fawley disse para...

— É, é, eu sei.

— Por que isso é um problema tão grande? Gislingham deve estar por aí, e Baxter...

— Olhe, esqueça, está bem?

Só que "bem" é claramente a última coisa que está, e Everett encerra a ligação sem entender nada. Quinn, enquanto isso, tem uma coisa desagradável a fazer. Somer não está à mesa, mas seu sargento sugere que ele tente a cantina. Não, porém, sem um sorriso malicioso, que Quinn decide não perceber.

Ela está no canto, com um café e um livro. Um livro enorme, um clássico da literatura. Ele havia se esquecido, por um momento, de que ela tinha sido professora de inglês. Quando ele chega à mesa, ela vê sua sombra cair sobre as páginas e ergue os olhos. Ela abre um sorriso. Um sorriso um pouco artificial, mas um sorriso.

— É sobre uma jovem mantida em cativeiro e estuprada — diz ela, indicando o livro. — Foi publicado em 1747, mas certas coisas nunca mudam, não é?

Quinn enfia as mãos nos bolsos. Ele não está fazendo muito contato visual.

— Vou interrogar Pippa Walker outra vez. Fawley quer que você participe.

— Eu? Por que não...

— Ele quer uma mulher, e Everett não está aqui.

Então foi ideia de Fawley, não sua. O pensamento fica claro o suficiente em seu rosto.

— Então, você está livre?

Ela se apruma na cadeira e fecha o livro.

— Claro. O que você quiser, sargento.

Ele lança um olhar em sua direção, esperando o sarcasmo. Mas o rosto dela está livre de qualquer desdém.

— Quer dez minutos para ler as anotações do interrogatório?

— Já fiz isso. Eu tento me manter informada, mesmo que seja "apenas uma policial uniformizada".

Ela espera que ele faça alguma observação cheia de farpas sobre usar a investigação para promover a carreira, mas isso não acontece. Ela recolhe suas coisas, segue-o pelo corredor, e eles descem a escada até a sala de interrogatório dois, e ele para em frente à porta. Eles podem ver a garota pelo painel de vidro. Ela está jogando um jogo no celular. Ela não ergue os olhos quando eles se sentam e dá um suspiro profundo quando Quinn pede a ela para guardar o celular. Pippa olha com cautela para Somer.

— Quem é ela?

— Policial Somer. Ela vai acompanhar a entrevista.

Pippa se recosta na cadeira.

— Por quanto tempo *mais* vão me manter presa aqui? — diz ela, com aquele sotaque da classe média alta do qual a cidade está tão cheia.

— Nós só temos mais algumas perguntas.

— Mas eu já disse tudo o que sei. — Ela chega para a frente na cadeira outra vez. — Eu estou colaborando, não estou? Você disse que sim.

— E está — responde Quinn, corando um pouco. — Mas precisamos esclarecer bem o que aconteceu. Então vamos voltar outra vez ao começo.

A garota revira os olhos.

— Você conheceu Hannah Gardiner em outubro de 2014, em uma barraca na North Parade.

Ela pisca, parecendo confusa.

— O que isso tem a ver com qualquer coisa?

Ele empurra pela mesa a foto da festa da Cowley Road.

— Quando esta foto foi tirada, em agosto de 2014, você disse que não conhecia nem Rob Gardiner, nem sua esposa.

Ela olha para a foto, então se recosta na cadeira e dá de ombros.

— Deve haver centenas de pessoas aí. Milhares.

— Então foi só coincidência.

Ela sorri para Quinn.

— É. Se você quiser chamar assim.

— E o fato de ele estar olhando direto para você, isso também é só coincidência?

Ela inclina a cabeça para o lado e começa a enrolar uma mecha de cabelo no dedo.

— Muitos homens olham para mim. *Você* olhou.

Quinn enrubesce, dessa vez mais profundamente.

— Então, na época dessa foto, você e Rob Gardiner não se conheciam?

— Não...

— Vocês não estavam tendo um caso?

Ela torna a sorrir.

— Não, nós não estávamos tendo um "caso". — Ela lança um olhar na direção dele. — Embora, na verdade, eu goste de homens mais velhos...

Talvez seja por isso que Fawley queria uma mulher nisso, pensa Somer. Porque eu não vou cair nesse joguinho de sedução idiota.

Ela puxa a pasta de Quinn em sua direção e pega uma folha de papel.

— Você acabou de afirmar que tinha nos contado tudo o que sabia. Bom, com certeza não nos contou que está grávida. Quem é o pai? Porque sabemos que não é Rob Gardiner.

Pippa olha para ela.

— Quem lhe contou? Isso não é da sua conta.

— Você não sabia que ele não podia ter filhos?

250 . EM UM PORÃO ESCURO

Pippa faz uma expressão estranha para ela, mas não diz nada.

— E essas marcas no seu pulso, foi isso o que aconteceu quando ele descobriu? Ele bateu em você como batia na esposa?

Pippa abaixa as mangas.

— Não vou falar sobre isso de novo. — Mas seu tom de voz mudou. A bravata desapareceu.

— Você tem consciência — diz Somer, tranquilamente — de que pode acabar diante de um tribunal se mentir para a polícia?

Os olhos de Pippa se arregalam, e ela olha para Quinn.

— Do que ela está falando?

— Bom... — começa Quinn, mas Somer o interrompe:

— Estamos investigando Rob Gardiner como um possível suspeito na morte da esposa. Isso significa examinar cada centímetro de sua vida com um pente fino. Seus registros telefônicos, mensagens de texto. Onde ele estava e quando. *E com quem ele estava.* Você entende?

Pippa assente; suas bochechas estão vermelhas.

— E, se descobrirmos que você está mentido para nós, você pode acabar com uma acusação criminal no seu colo.

Quinn está olhando fixamente para ela, mas Somer não se importa. Ele sabe que ela está forçando a barra, mas a garota, não.

Pippa ficou pálida. Ela se volta para Quinn.

— Você disse que *eu* devia pensar em prestar queixa contra *ele*. Você nunca disse nada sobre *me* prender.

— Você quer mesmo ter seu bebê na prisão? — continua Somer. — Na verdade, quer mesmo ter seu bebê? Porque acho que o serviço social vai entender que ele ficará em melhor situação se for adotado por outra pessoa. Interferir no curso da justiça dá cadeia, sabia?

— *Não* — diz Pippa, agora realmente assustada. — Por favor... não me mandem para a prisão.

— Nesse caso — retruca Somer, se recostando na cadeira e cruzando os braços —, é melhor você começar a falar, não é? E, desta vez, nós gostaríamos da verdade.

Pelo amor de Deus, não diga nada, implora Somer a Quinn em silêncio. Force-a a confrontar isso, force-a a decidir.

— Está bem — diz Pippa, por fim. — Vou contar. Mas só se vocês me garantirem proteção. Dele. Do que ele vai fazer comigo quando descobrir.

Uma hora mais tarde, quando saem da sala, Quinn se volta para Somer.

— Caramba, você sabe ser uma vadia fria quando quer.

Somer ergue uma das sobrancelhas.

— A única coisa que importa é conseguir um resultado. Botar o canalha certo atrás das grades. Não foi isso o que você disse?

Ela se vira para ir embora, mas Quinn a chama de volta.

— Era pra ser um elogio. Desculpe se não pareceu um.

Somer olha para ele. O ar superior habitual parece curiosamente esvaziado. Na verdade, ele ficou quase que em silêncio por todo o tempo em que eles tomaram o depoimento.

— Sinceramente, não faz a menor diferença — diz ela.

Mas, quando sai andando, ela se permite um pequeno sorriso.

***

DEPOIMENTO DE PIPPA WALKER

7 de maio de 2017
DATA DE NASCIMENTO: 3 de fevereiro de 1995
ENDEREÇO: Belford Street, Apartamento 3, Oxford.

Este depoimento, constituído de duas páginas, ambas assinadas por mim, é a verdade, até onde sei e acredito, e eu faço isso sabendo que, se ele for refutado por provas, serei submetida a processo se declarei intencionalmente aqui qualquer coisa que sei ser falsa ou que não acredite ser verdade.

Comecei a trabalhar para os Gardiners em outubro de 2014. Nunca os encontrei antes disso. Aquela foto na festa é só coincidência.

Eu convivia muito com Rob. Sua esposa ficava muito fora, então acabamos passando muito tempo juntos. Era bem óbvio que ele estava interessado em mim, então foi só questão de tempo, na verdade. Ele me disse que não estava feliz com Hannah e que queria deixá-la e ficar comigo. Ele disse que ia contar a ela, mas sempre adiava isso.

O que aconteceu em 23 de junho de 2015 foi que Hannah nos encontrou na cama. Ela tinha dito a Rob que ia chegar tarde naquela noite, mas na verdade chegou pouco depois das seis. Ela perdeu o controle, começou a gritar com ele, xingando, rasgando minhas roupas. Rob disse que Toby estava no quarto ao lado e podia ouvir tudo, mas ela não deu importância. Hannah arrastou Rob da cama e começou a bater nele — ele tentou afastá-la, mas ela estava louca, gritando furiosamente comigo, dizendo que eu era uma vadia e uma puta e que ela nunca devia ter confiado em mim. Rob me mandou pegar minhas coisas e ir embora — disse que ia ficar tudo bem e que ele ia lidar com aquilo. Então eu fiz isso. A última vez que os vi eles estavam na cozinha. Eu não parava de pensar que Rob ia me telefonar, mas ele não fez isso e, quando mandei uma mensagem de texto para ele, não tive nem resposta. Então, por volta da meia-noite, eu voltei lá. Assim que ele abriu a porta, percebi que alguma coisa ruim tinha acontecido. Ele agia de forma estranha e não quis me deixar entrar.

Ele disse que estava tudo bem, que eles tinham resolvido as coisas e que eu devia ir para casa. Quando acordei na manhã seguinte, estava passando muito mal, como disse antes. Foi por isso que não recebi a mensagem de voz de Hannah até a noite, e a essa altura estava na TV que ela havia desaparecido. Não fazia nenhum sentido que ela ainda quisesse que eu cuidasse de Toby naquele dia depois de todas as coisas que ela disse para mim na noite anterior. Mas eu soube que era ela na mensagem — era sem dúvida sua voz, embora soasse um pouco diferente. Pequena. Não como quando ela normalmente me ligava.

Minha colega de apartamento disse que eu devia procurar a polícia, mas eu estava com muito medo — não conseguia ver como Rob podia ter matado Hannah, e se eles achassem que eu tinha matado? E se ele dissesse que tinha sido eu? Meu DNA estaria no apartamento, e ele era um cientista — seria mais inteligente que a polícia e conseguiria fingir algo com facilidade. Foi por isso que nunca contei à polícia que estávamos tendo um caso. Tive medo que achassem que eu tinha feito aquilo. Que isso me daria um motivo. E em quem as pessoas iam acreditar se a questão ficasse entre ele e mim? E, de qualquer forma, eu o amava. Ele podia me levar a fazer qualquer coisa que quisesse. Sei que ele nunca teve a intenção de me machucar. Ele ficou mesmo arrependido depois.

Pippa Walker

Este depoimento foi tomado por mim no distrito de polícia da St. Aldate's, começando às 17h15 e terminando às 18h06. Também estava presente a policial Erica Somer. Após sua conclusão, eu o li para Pippa Walker, que o assinou em minha presença.

Sargento detetive Gareth Quinn

***

Na sala de incidentes, Quinn recebe uma salva de palmas, mas ele está longe de ser o general em desfile que eu esperava que fosse agora. Na verdade, ele tem até a decência (não habitual) de insistir que o verdadeiro crédito era de Somer. Embora ele pareça tão desconfortável admitindo isso, eu me pergunto por que ele se dá ao trabalho de fazê-lo.

Depois de um ou dois momentos, interrompo os parabéns.

— Está bem, todo mundo, vamos manter isso em perspectiva. O depoimento de Pippa é um grande passo adiante, mas não é o suficiente, não sozinho. Ele não prova que Gardiner matou a mulher, embora *prove* que ele está mentindo para nós, e lhe dá um motivo. Nenhum dos quais nós tínhamos antes. Mas isso ainda nos deixa com uma linha do tempo que não bate. Se Hannah Gardiner morreu na noite de 23 de junho, como ela deu um telefonema às 6h50 da manhã seguinte?

Baxter levanta a mão.

— Na verdade, tenho uma teoria sobre isso. Deixe comigo.

— Está bem. — Eu olho ao redor da sala. Estamos nisso direto há seis dias. Todo mundo está desanimado. — Vamos recomeçar amanhã de manhã. Rob Gardiner não vai a lugar nenhum. Todos vocês vão para casa e durmam um pouco. Isso inclui você, Gislingham. Você parece exausto.

Uma hora mais tarde chego em minha entrada de carros, paro e fico ali sentado um momento olhando para a casa. As janelas no andar de cima estão abertas, e as cortinas estão balançando com a brisa. O sol está baixando e iluminando a casa do outro lado da rua contra um céu azul brilhante. Em Oxford, chamam isso de Hora Dourada, o breve período em que o sol poente faz a pedra brilhar como se fosse iluminada por dentro.

Desligo o motor e me lembro. Como costumava ser. Antes. Alex cozinhando. Uma taça de vinho branco gelado. Jake brincando no chão aos pés dela ou, mais tarde, chutando uma bola no jardim. Paz. Imobilidade. Uma hora dourada.

A primeira coisa que escuto quando abro a porta é um choro. Não há comida pronta. A cozinha parece uma zona de guerra.

— Está tudo bem? — chamo enquanto largo minha bolsa no vestíbulo.

— Está tudo bem. Ele só não quer tomar banho.

Quando abro a porta do banheiro, posso ver o que ela quer dizer. O menino está jogado no chão gritando, e há água por todo o lado, e uma boa quantidade em Alex, também. Ela ergue os olhos, com o rosto vermelho.

— Desculpe. Acho que perdi o jeito, só isso. Ele foi tão bonzinho até agora, foi mesmo. Mas tive que botar aquele brinquedo dele para lavar, e desde então ele está impossível.

— Quer que eu assuma?

— Você não está cansado?

— Acho que ainda consigo lidar com uma criança pequena.

— Está bem — diz ela, ficando de pé com um alívio evidente. — Vou preparar o jantar enquanto isso, então.

Quando a porta se fecha, o menino para de gritar de repente e olha para mim. Há marcas de lágrimas em seu rosto.

— Oi, parceiro, o que houve?

Quando Alex aparece uma hora mais tarde, estou no jardim, fumando um cigarro. O ar está fresco, e a grama, coberta de orvalho, mas ainda há um brilho no céu. Ela vai acender as luzes, mas eu a detenho. Algumas coisas são melhores ditas no escuro.

Ela me entrega uma taça de vinho e se senta ao meu lado.

— Ele está dormindo. Finalmente. — Alex olha para o jardim. — Veja só, a lavanda que plantamos no ano passado... Está cheia de abelhas. Preciso trazê-lo aqui fora para vê-las.

Dou um trago no cigarro, deixando que a pausa se prolongue.

— Dia duro? — pergunta ela com leveza, deixando que eu conte a ela se quiser. Ou não.

— Toda vez que eu acho que estou prestes a resolver esse caso, ele se transforma em outra coisa. Uma coisa ainda mais horrível.

— Como pode ficar pior? A coitada daquela garota presa e estuprada. Hannah Gardiner morta a pancadas...

— Vamos prender o marido dela pela manhã. A babá nos deu um depoimento que o incrimina.

Alex está com a mão sobre a boca.

— Ah, meu Deus...

Então ela para.

— Tem mais alguma coisa, não tem?

Eu apago o cigarro.

— Tem. Mas não sobre o caso. Sobre nós. E o menino.

— Ah, é?

— Foi quando eu estava com ele no colo no banheiro... Ele começou a fazer uns ruídos, a se mexer contra mim... Como... Bom...

Mas posso ver por seu rosto que ela sabe exatamente o que quero dizer.

— Você sabia?

Ela assente.

— Aquela enfermeira simpática. Ela me alertou. Disse que ele tinha feito isso uma vez antes e que eu não devia ficar alarmada. Que ele devia ter sido exposto a todo tipo de coisas terríveis lá embaixo naquele porão e que ele é jovem demais para entender. Sua mãe sendo... Bom, você sabe. Ela sugeriu que eu lesse aquele livro de Emma Donoghue... *Quarto*? Ele está no meu Kindle há séculos, mas eu nunca o li antes.

— Está ajudando?

Ela se vira para mim no escuro.

— Está me fazendo chorar.

Segunda-feira de manhã. Alex passa o café da manhã me contando todas as coisas que planeja fazer com o menino naquele dia. Alimentar os patos, brincar no balanço, caminhar às margens do rio. É como se ela tivesse uma lista mental, marcando todas as coisas que costumávamos fazer com Jake. Eu não posso fazer isso. Está próximo demais. E, de qualquer modo, é justo com aquele menino forçá-lo a ocupar o espaço criado para outra criança? Ou talvez isso seja apenas eu procurando uma desculpa. Não que eu precise de uma. Não neste momento.

Quando chego à sala de incidentes, o analista de reconhecimento de voz já está lá com quase todo mundo. E a informação deve ter se espalhado, porque o lugar está vibrando de expectativa.

— Então, o que temos?

O analista empurra seus óculos um pouco mais para cima no nariz. Ele nitidamente não está acostumado com um público tão grande.

— Bom, eu olhei o que o detetive Baxter sugeriu e, sim, é possível. Não posso *provar*, mas o padrão de interferência espectral pode realmente indicar...

— Interferência espectral? Traduza, por favor.

Ele enrubesce.

— O ruído ao fundo... a qualidade do som... É possível que a voz na ligação tenha sido uma gravação.

Com certeza não há nenhum ruído de fundo agora. É quase possível ouvir as pessoas prendendo a respiração.

— Então, vamos ser claros — digo. — Você acha possível que Gardiner tenha tocado uma mensagem antiga ao telefone, uma coisa que ele já tinha em seu correio de voz?

O analista assente.

— Não posso afirmar com cem por cento de certeza. Mas ele podia ter feito isso. Isso explicaria a qualidade um pouco vazia do som.

— E, lembrem — diz Baxter rapidamente, ansioso para capitalizar seu golpe —, Hannah nunca usou nenhum nome na ligação, e também não menciona a hora, não havia nada que a ligasse àquele dia em especial.

Eu torno a me virar para a linha do tempo.

— Está bem, vamos supor que foi isso o que aconteceu. Gardiner mata Hannah na noite anterior, depois que ela o encontra na cama com Pippa Walker. Ele enterra o corpo no barracão de Harper e, quando Pippa aparece outra vez à meia-noite, não deixa que ela entre, supostamente porque ainda está limpando o sangue. Então, na manhã seguinte, ele forja uma ligação para Pippa às 6h50 para parecer que sua esposa ainda está viva. Mas ainda tem um problema, não tem?

Eu me viro para olhar para eles.

— A ligação foi feita do telefone fixo da Crescent Square às 6h50, o que significa que Rob Gardiner tinha que estar *na* Crescent Square a essa hora. Nós o descartamos como suspeito antes porque não havia tempo para ele ir a Wittenham e voltar para pegar o trem de 7h57. E isso ainda é verdade. Isso não bate.

— É possível, senhor.

É Somer. No fundo. Ela se levanta e se aproxima.

— E se ele não estava naquele trem?

Baxter franze a testa.

— Nós sabemos que ele estava. Temos imagens dele chegando em Reading.

Mas ela está balançando a cabeça.

— Nós sabemos onde ele desembarcou. Mas não sabemos onde *embarcou*.

Ela olha para Gislingham, que assente.

— Você tem razão. As câmeras de segurança de Oxford não estavam funcionando nesse dia.

Somer se vira e olha para o mapa. Wittenham, Oxford, Reading. Ela aponta.

— E se, em vez disso, ele embarcou aqui?

Didcot Parkway. A meio caminho de Reading, e a apenas oito quilômetros de Wittenham pela estrada.

Gislingham está checando seu telefone.

— O trem de Oxford às 7h57 para em Didcot às 8h15.

— Certo — digo, pegando a caneta e traçando uma segunda linha do tempo junto da primeira. — Vamos ver isso passo a passo. Se ele saiu de Oxford pouco antes das sete da manhã, logo depois de forjar a mensagem de voz, ele teria chegado a Wittenham a que horas?

Gislingham reflete sobre isso.

— De carro, a essa hora da manhã, acho que seria apenas meia hora.

— O que o colocaria em Wittenham às 7h30. Talvez 7h25. E ele teria de sair de Wittenham por volta das 7h50, para estar no trem em Didcot às 8h15. A pergunta é: isso é tempo suficiente? Para deixar o carro, levar o carrinho morro acima, abandonar seu filho e ir embora, tudo em menos de meia hora?

— Acho que é, senhor — diz Somer. — Seria apertado, mas é possível. Ele pode ter feito isso.

Gislingham está assentindo. Baxter também. Tem só uma pessoa que não disse nada.

Quinn.

***

Fora da sala de incidentes, Gislingham segura Quinn e o puxa para dentro de uma sala próxima.

— Mas que porra está acontecendo? Você quer morrer ou o quê? Vi Fawley de olho em você. Não vai demorar para ele descobrir se você continuar assim.

Quinn está parado de costas para ele, mas agora se vira lentamente. Gislingham nunca o viu com aparência tão esgotada.

— O que foi? Tem alguma coisa, não tem?

Quinn se senta pesadamente.

— Ela mentiu. Pippa, no depoimento. Talvez só parte dele, mas sei que ela mentiu.

Gislingham puxa uma cadeira.

— Foi a mensagem de texto?

Quinn assente.

— Ela disse que enviou uma mensagem de texto para Gardiner naquela noite, mas sei que ela não fez isso. Vi todas as mensagens de texto que ela enviou para ele. Não havia nada naquela noite.

— Talvez ela tenha apagado.

— Ela tem o mesmo celular que eu. Se você apaga uma, ele apaga toda a conversa. Não havia mensagem *nenhuma*. — Ele leva as mãos à cabeça. — É como um maldito pesadelo. Quanto mais eu tento resolver, pior fica. Fawley vai prender Gardiner com base no depoimento de uma testemunha que eu *sei* que não é confiável e mesmo assim não posso falar nada sem colocar o meu na reta.

— Está bem — diz Gislingham, colocando a cabeça para trabalhar em uma solução. — Nós só precisamos conseguir um mandado para ver os registros telefônicos dela, não é? Assim você fica limpo. Nós teríamos que verificar o depoimento de qualquer forma, mesmo sem tudo isso.

— Mas o juiz provavelmente vai se perguntar por que simplesmente não perguntamos a ela se podemos olhar seu maldito telefone, por que precisamos de um mandado se ela é só uma testemunha…

— É, bom — diz Gislingham. — Você vai ter que pensar em uma resposta para isso…

— Mas você sabe o que vai acontecer no momento em que pusermos Pippa sob qualquer pressão. Ela vai contar, não vai? Que ela dormiu no meu apartamento, que nós… Você sabe.

— Bom, vocês *fizeram*?

— *Não*. Eu já disse que não.

Mas ele está suando como um mentiroso.

— Olhe — diz Gislingham. — Se ela for dizer isso, você vai ter que contar. Contar a Fawley que você foi um idiota e torcer para ele não querer levar isso adiante. E, enquanto isso, concentre-se em alguma coisa útil. Como conseguir a droga desse mandado.

— Certo — diz Quinn, com a voz um pouco mais animada.

— E, enquanto faz isso, procure agir um pouco mais como o sujeito pretensioso e irritante de sempre, está bem? Essa coisa de você dar o devido crédito aos outros está me deixando assustado.

Quinn dá um sorriso desalentado.

— Vou tentar — diz ele.

***

Entrevista com Robert Gardiner, realizada no Distrito
Policial da St. Aldate's, Oxford
8 de maio de 2017, 11h03
Presentes: inspetor detetive A. Fawley, detetive V.
Everett, dra. P. Rose (advogada)

PR: Preciso dizer, inspetor, que isso está chegando perigosamente perto de assédio. O senhor tem mesmo bases adequadas para prender meu cliente? Por *assassinar* sua esposa? Não consigo ver que novas "provas" vocês podem ter, e isso é extremamente inconveniente, considerando que ele atualmente não tem uma babá.

AF: Ontem à tarde, meus detetives interrogaram a srta. Pippa Walker. Imagino que o senhor achava que ela tinha deixado a cidade, sr. Gardiner. Ou torcia por isso.

RG: [*silêncio*]

AF: Mas ela ainda está aqui.

RG: [*silêncio*]

AF: Ela prestou um depoimento completo sobre o desaparecimento de Hannah.

RG: Isso é ridículo. Ela não pode ter lhes contado nada porque ela não *sabe* nada.

VE: Também mandamos nosso médico dar uma olhada naquelas marcas no seu pulso. O machucado que você fez.

RG: Olhem, não foi assim. Eu expliquei a vocês. Descobri que ela estava tentando fazer com que o filho de outra pessoa se passasse por meu, que ela estava transando por aí...

VE: E isso lhe dá permissão para agredi-la?

RG: Eu não a *agredi*. Apenas a segurei, provavelmente com mais força do que percebi. Se ela está lhes contando alguma coisa diferente, então está mentindo.

AF: [*silêncio*]

Imagino que não pegue bem, não é?

RG: Do que você está falando?

AF: Com seus empregadores. Acho que eles não iam ficar muito felizes com um de seus gerentes seniores sendo processado por violência doméstica.

RG: Quantas vezes vou ter que repetir? Não foi *violência doméstica*. Foi uma *discussão*. Tem uma diferença.

AF: Não cabe a mim aconselhá-lo, é claro, mas eu não contaria com isso como estratégia de defesa.

PR: Olhe, inspetor…

AF: Mas vamos em frente. Quando começou seu relacionamento com a srta. Walker?

RG: Como assim?

AF: É uma pergunta bem simples, sr. Gardiner.

RG: O que isso tem a ver com qualquer coisa?

AF: Apenas responda a pergunta, por favor.

RG: Não tem nenhum *relacionamento*. Nós só transamos algumas vezes. E foi *depois* do desaparecimento de Hannah. Meses depois.

VE: Achei que o senhor tinha dito que havia sido só uma noite.

RG: Uma, duas, três vezes… Que diferença isso faz? Não era um relacionamento. Era só sexo.

AF: Então qualquer sugestão de que o senhor está tendo um caso que começou bem antes da morte de sua esposa é totalmente inverídica. Segundo o senhor.

RG: É claro que é, é isso o que ela está dizendo?

AF: Então exatamente quando ela se mudou para a sua casa?

RG: Bom, ela ficava um pouco por lá, de vez em quando. Olhe, eu estava completamente transtornado depois que Hannah desapareceu. Não estava comendo, não conseguia nem me organizar para lavar a louça, e eu tinha que pensar em Toby. Um dia, Pippa simplesmente apareceu na minha porta e disse que estava preocupada comigo e perguntou se eu precisava de ajuda. Eu estava de saída para o trabalho e, quando voltei, o lugar estava limpo, havia comida na geladeira e uma refeição pronta. Ela dormiu algumas vezes no sofá depois disso e quando falou que ia ter que se mudar de seu apartamento, eu disse que ela podia ficar por algumas semanas.

VE: Então isso foi há quanto tempo?

RG: Não sei. Três meses. Um pouco mais. Ela ainda não conseguiu encontrar um lugar para ficar.

VE: Aposto que não.

RG: O que quis dizer com isso?

AF: O senhor precisa saber, sr. Gardiner, que, como resultado do interrogatório da srta. Walker, revisamos completamente nossa teoria anterior sobre a morte de sua esposa.

RG: [olha de um policial para outro, mas não diz nada]

AF: As linhas gerais da história são mais ou menos assim: em junho de 2015, você e Pippa estavam dormindo juntos por no mínimo seis meses. O fato de ela estar cuidando de seu filho dá uma cobertura perfeita para o relacionamento. Mas na terça-feira, 23 de junho, sua esposa chega em casa cedo. De forma inesperada. E o que ela descobre são o senhor e a srta. Walker fazendo sexo.

RG: Foi isso que ela contou a vocês? Que estávamos transando?

AF: Ela disse que houve uma discussão furiosa, que sua mulher estava batendo no senhor e o senhor mandou a srta. Walker embora, dizendo que ia "lidar com isso". Ela lhe enviou uma mensagem de texto e não teve resposta, e quando ela apareceu na sua casa várias horas mais tarde, o senhor não a deixou entrar.

RG: Absolutamente nada disso aconteceu…

AF: Acreditamos que durante essa discussão sua esposa recebeu um golpe na cabeça. Possivelmente um acidente, possivelmente em autodefesa. Qualquer que seja a verdade, o senhor tinha um problema sério nas mãos. Então pegou o cobertor no carro de Hannah e envolveu o corpo com ele, prendendo com fita adesiva. Quando escureceu, o senhor levou o corpo pelos fundos do prédio e através da cerca em ruínas até o jardim de Harper. Um jardim que o senhor sabia, tendo uma vista desimpedida dele por vários meses do seu apartamento, não ser usado quase nunca. Procurando alguma coisa com o que cavar uma cova, o senhor arrombou o barracão e descobriu que havia um alçapão no chão. Mal conseguindo acreditar na própria sorte, o senhor escondeu o corpo ali embaixo. Ninguém ia descobrir. Pelo menos era nisso que o senhor acreditava. Na manhã seguinte, forjou uma mensagem para Pippa Walker usando uma mensagem de voz antiga de sua esposa. Então o senhor foi de carro até Wittenham, onde deixou o carro e seu filho no carrinho, pensando, erradamente, como se revelou, que alguém iria descobri-lo em poucos minutos. Então o senhor foi de bicicleta para Didcot, onde embarcou no trem para Reading. Foi quase o assassinato perfeito. Quase.

RG: [*silêncio*]

PR: Espere um minuto, achei que você estivesse falando de um acidente. Autodefesa?

AF: O golpe inicial pode ter sido, mas isso não a matou, como seu cliente sabe muito bem. O que aconteceu, sr. Gardiner, ela se mexeu? Gritou de dor? Foi então que percebeu que não tinha terminado o serviço? Foi quando a amarrou? Foi quando o senhor *afundou o crânio dela*?

RG: [*se levanta e corre até o canto da sala para vomitar*]

PR: Já basta, inspetor. Para evitar qualquer dúvida, o sr. Gardiner refuta absoluta e categoricamente essa nova versão dos acontecimentos. É uma fabricação completa do início ao fim, e o senhor não tem nenhuma prova para corroborá-la, até onde sei.

AF: Vamos fazer uma busca forense completa no apartamento do sr. Gardiner...

RG: [*inclinando-se para a frente*]

Bom, não vão encontrar nada, já posso lhes adiantar isso...

PR: [*contendo Gardiner*]

Não precisa dizer mais nada, Rob.

[*dirigindo-se a Fawley*]

Meu cliente não teve nada a ver com a morte de sua esposa e não estava tendo um caso com a srta. Walker na época em que Hannah desapareceu. Não cabe a mim aconselhá-lo, mas arrisco sugerir que aquela jovem tem explicações sérias a dar.

AF: Obrigado, dra. Rose, seus comentários vão ser considerados. Entrevista encerrada às 11h34.

***

BBC News
Segunda-feira, 8 de maio de 2017 – atualizado pela última vez às 12h39

URGENTE: Marido de Hannah Gardiner é preso por seu assassinato

A BBC soube que Robert Gardiner foi preso sob suspeita de assassinar sua esposa, Hannah, que desapareceu em junho de 2015. A polícia agora acredita que a sra. Gardiner morreu na noite de 23 de junho, depois de uma discussão em seu apartamento na Crescent Square, em Oxford. Pelo que se sabe, o filho do sr. Gardiner, Toby, está sob os cuidados da assistência social.

A Polícia de Thames Valley confirmou que um homem de 32 anos foi preso em conexão com o caso, mas se recusou a revelar seu nome. Eles também insistiram que não há provas que liguem a morte da sra. Gardiner à descoberta de uma jovem e uma criança no porão da casa onde o corpo da sra. Gardiner foi encontrado, embora "as investigações ainda estejam em andamento".

Esta reportagem urgente está sendo atualizada, e mais detalhes vão ser publicados em breve. Por favor, recarregue a página para ler a versão completa.

***

— Fawley? É Challow.

Tem um eco na linha, ele parece estar dentro de uma tubulação.

— Onde está você?

— Na Crescent Square — diz ele. — Na casa de Gardiner. Acho que é melhor você vir aqui.

Quando chego ao apartamento, a equipe de perícia forense está na cozinha, e Erica Somer está na sala, verificando gavetas, estantes, atrás de livros. A cozinha parece saída de uma revista. Madeira clara pintada com um tom claro de creme. Superfícies de granito. Detalhes cromados. E limpa. Muito limpa.

— Então o que é? O que vocês encontraram?

A expressão de Challow está fechada.

— É mais um caso do que *não* encontramos.

Ele aponta com a cabeça na direção da perita, e ela fecha as persianas e apaga as luzes.

— O que eu devia estar vendo?

Challow faz uma careta.

— É isso mesmo. *Não tem nada*. Passamos luminol no chão inteiro, e não tem nem um traço de sangue em lugar nenhum.

— Gardiner é um cientista, ele saberia que alvejante usar…

Mas Challow não está convencido e, para ser honesto, nem eu.

— Este piso é de madeira — diz ele. — Mesmo com os produtos químicos certos e muito tempo você nunca conseguiria remover tudo dos veios. Não com a quantidade de sangue que ela deve ter perdido.

— Isso pode ter acontecido em algum outro lugar do apartamento? — Mais um pouco de esperança.

Ele balança a cabeça.

— O piso é o mesmo em todo lugar, menos nos banheiros. E até agora não encontramos nada.

Eu volto para a sala.

— Em que quarto Pippa estava dormindo, Somer?

— Por aqui, senhor.

É o quarto de Toby. É igual ao de Jake. Não o de Jake antes, mas o de agora. Cheio de bagunça, vida e cheiros de menino. Brinquedos espalhados pelo chão, roupas jogadas de qualquer jeito nas costas da cadeira. E, junto de uma parede, um sofá-cama. Então, Rob Gardiner estava mantendo Pippa longe. Ele podia estar transando com ela, mas estava lhe enviando uma mensagem, mesmo assim.

De volta à sala, Somer está examinando a lata de lixo de papéis.

— Fotos — diz ela, mostrando-as para mim. — Parece que o sr. Gardiner está se esforçando para se livrar de todos os traços da srta. Walker em sua vida.

Ela passa as fotos para mim, uma a uma. Pippa levantando Toby no ar; Toby em seu colo brincando com um pingente em seu pescoço; Toby em seus braços, sorrindo para ela, as mãozinhas aplaudindo.

— Então, e agora? — diz ela. — Isso livra Rob?

Eu balanço a cabeça.

— Não necessariamente. Só porque ela não morreu aqui, não significa que ele não a matou. Nós só precisamos descobrir onde.

— Mas mesmo assim...

Somer se cala.

— O quê?

— Nada. Eu provavelmente estou errada...

— Até agora, seus instintos têm sido precisos. Então me conte.

— Se Rob Gardiner realmente chegou a Wittenham antes das 7h30 naquela manhã, como levou três horas para alguém encontrar Toby? Temos os depoimentos de todas aquelas testemunhas, havia montes de pessoas por lá. Com certeza alguém teria visto aquele carrinho de bebê mais cedo.

E esse fato se erguia contra outras coisas que têm me incomodado. A amarração, para começar. Ainda não vejo por que ele tinha que fazer isso. Mesmo que ela ainda estivesse se mexendo depois daquele primeiro golpe, duvido que estivesse em condições de lutar. E eu mesmo vi Gardiner no dia em que Hannah desapareceu, e não havia nenhuma marca nele, nenhum arranhão, nenhum esfolado, nada. Se eles tivessem mesmo tido uma briga tão violenta, acho que eu teria percebido os sinais.

Então meu celular toca. É o sargento da recepção.

— Tem uma mensagem para o senhor. De Vicky. Eles a transferiram para o Vine Lodge. Ela quer vê-lo. Diz que é importante.

— Diga a ela que estou a caminho.

O Vine Lodge é uma bela casa vitoriana de quatro andares que valeria tanto quanto a de William Harper se estivesse em North Oxford, em vez de aqui, na Botley Road, à beira do parque industrial, com uma vista para o *showroom* de carpetes. Eles deram a Vicky um quarto individual, o que significa que vai ser pequeno, mas pelo menos não é — graças a Deus — no subsolo. Embora três lances de escada sejam um lembrete inconveniente do quanto estou fora de forma.

— Não se preocupe, não contamos a nenhum outro residente quem ela é — diz o gerente enquanto subimos.

Ele é um homem animado com a cabeça raspada, com um brinco e uma tatuagem que sobe pelo pescoço. Talvez ajude se parecer com as pessoas que você está supervisionando.

— E estamos tentando mantê-la longe dos jornais e das notícias, como o senhor pediu. Mas não tenho certeza de quanto sucesso conseguimos com isso.

— Como ela está, no geral?

Ele para por um momento e pensa sobre isso.

— Melhor do que eu esperava. Muito quieta. — Ele dá de ombros. — Acho que isso não é surpresa. Acho que ela vai precisar ver o psiquiatra por muito tempo ainda.

Eu assinto.

— Ela falou sobre o menino?

Ele balança a cabeça.

— Não, pelo menos não para mim. Mas quando ela chegou, a TV estava ligada lá embaixo, e havia um desses anúncios de fralda passando. Pampers ou algo assim. Ela não conseguiu nem olhar.

Subimos o restante das escadas em silêncio. Há música vindo de algum lugar, e, quando passamos pelas janelas nos patamares, posso ver alguns dos garotos do lado de fora. Alguns estão fumando. Dois rapazes estão jogando bola.

O gerente bate na porta no alto da casa, então torna a descer ruidosamente. Vicky está sentada perto da janela, olhando para as crianças no jardim. Eu me pergunto quanto tempo faz que ela não passa tempo com pessoas da sua própria idade.

— Oi, Vicky, você disse que queria me ver?

Ela sorri, hesitante. Ela ainda parece dolorosamente magra. As roupas largas só deixam isso pior.

Eu gesticulo na direção da cadeira, e ela assente.

— Você tem tudo de que precisa? Soube que a comida não é ruim. Bom, talvez "não tão ruim quanto poderia ser" provavelmente seja mais preciso.

Ela ri um pouco.

Eu chego para a frente na cadeira.

— Então, sobre o que queria falar comigo?

Vicky está observando. Ainda em silêncio.

— Você disse que era importante. Por que não nos conta qual é seu nome completo? Para que possamos encontrar sua família?

Ela está torcendo a barra do pulôver no colo. E quando fala, é a primeira vez que diz alguma coisa além de um sussurro. A primeira vez que eu realmente ouço sua voz. É mais profunda do que eu esperava. Mais suave.

— Eu vi as notícias. Na TV.

Eu espero. Mas um pensamento está girando em minha cabeça.

Há lágrimas agora.

— Quando eu vi, eu lembrei. Ele disse que tinha pegado outra garota e a enterrado no jardim. O velho. Achei que ele estivesse dizendo isso só para me assustar.

— Ele disse mais alguma coisa? O nome dela, o que ele fez com ela?

Ela balança a cabeça.

— Você não se lembrou de mais nada?

Ela balança a cabeça outra vez.

É suficiente. Vai ter que ser.

Eu me levanto e, quando paro na porta, ela está olhando pela janela outra vez. Como se eu nunca tivesse estado ali.

***

Entrevista por telefone com Rebecca Heath
8 de maio de 2017, 16h12
Na ligação, detetive Baxter.

RH: É o detetive Baxter?

AB: Sim, é ele. Em que posso ajudá-la?

RH: Meu nome é Rebecca Heath. Soube que o senhor está querendo falar comigo. Sou a ex-esposa de Rob Gardiner.

AB: Ah, sim, sra. Heath, nós lhe deixamos algumas mensagens.

RH: Não retornei porque não queria me envolver. Estou tentando seguir em frente com a minha vida. Mas acabei de ver o noticiário. Ele disse que vocês prenderam Rob. Por matar Hannah.

AB: Foi feita uma prisão, mas infelizmente não tenho liberdade de discutir os detalhes.

RH: Bom, se foi Rob que vocês prenderam, pegaram o homem errado. Eu estive lá naquela noite, no dia 23 de junho.

AB: A senhora falou com o sr. e a sra. Gardiner na noite anterior ao desaparecimento dela?

RH: Não, não exatamente. Minha mãe estava muito doente e eu achei que Rob pudesse querer vê-la. Eles sempre foram muito próximos.

AB: Em seu depoimento original, a senhora disse que estava em Manchester no dia em que Hannah desapareceu, o que, acredito, foi verificado.

RH: Eu estava. É lá que a minha mãe mora. Peguei o primeiro trem para Manchester Piccadilly no dia 24 de junho. Foi bem cedo, umas 6h30 da manhã. Mas eu ainda estava em Oxford na noite anterior.

AB: Então a senhora foi até a Crescent Square?

RH: Eu não queria telefonar e correr o risco de a Hannah atender, então fui até lá. Eu esperava encontrar Rob sozinho. Mas, quando entrei na rua, ela estava chegando.

AB: A que horas foi isso?

RH: Pouco antes das oito. Rob saiu para ajudá-la com as compras. Ela, porém, deve ter estacionado em outro lugar, porque eu não vi o carro.

AB: Como eles pareciam?

RH: Felizes. Ele passou o braço pela cintura dela. Hannah estava sorrindo. Francamente, chegava a ser enjoativo de tão romântico.

AB: Então o que a senhora fez?

RH: Esperei por algum tempo. Me sentei em um banco. Eles estavam com as cortinas abertas, então eu podia vê-los lá dentro. Estavam cozinhando, acho. Em determinado momento, vi Rob carregando Toby nos ombros.

AB: Mas a senhora não bateu na porta?

RH: Não. Fui embora depois de uns quinze minutos.

AB: Por que não contou isso à polícia na época?

RH: Vocês nunca perguntaram. E, de qualquer modo, todo mundo estava dizendo que ela tinha sido vista em Wittenham no dia seguinte. Não imaginei que seria importante saber onde ela estava na noite anterior.

AB: Por acaso você viu a babá?

RH: Bom, posso lhe dizer uma coisa: ela *sem dúvida* não estava no apartamento naquela noite.

AB: O que faz com que tenha tanta certeza?

RH: Porque eu a vi na Banbury Road quando passei por ela. Sabia quem era porque a havia visto com Toby uma ou duas vezes na cidade. Ela estava sentada em um muro com alguns homens. Estudantes, provavelmente. Todos pareciam bem bêbados.

AB: Obrigado, sra. Heath. A senhora poderia vir até aqui e prestar um depoimento formal?

RH: Se for necessário. Sinceramente, eu não suportava Hannah. Mas não foi Rob quem a matou. Isso eu sei.

***

De volta ao carro, eu pego meu telefone.

— Quinn? É Fawley.

— Onde você está? Estou tentando te ligar faz um tempão.

— Vine Lodge. Vicky queria me ver.

— Olhe, a ex-esposa de Gardiner ligou. Ela afirma ter visto Rob e Pippa naquela noite. E se o que ela diz é verdade, não vejo como ele pode ter matado Hannah.

— Eu sei. Vicky se lembrou de uma coisa. Ela disse que Harper se gabava sobre outra garota. Sobre matar outra garota e enterrá-la no jardim. Essa tem que ser Hannah. Hannah morreu na Frampton Road, e William Harper a matou. Esses dois casos... eles sempre estiveram ligados. E essa ligação é William Harper. Nós só precisamos encontrar um jeito de provar isso.

— Está bem... — começa ele.

— E Quinn? — digo, interrompendo-o. — Traga a babá, Pippa, mais uma vez. Está começando a parecer que ela inventou aquela história toda, e não estou disposto a deixar isso passar.

Há um silêncio.

— Tem certeza? — diz Quinn, por fim. — Ela é só uma garota. E, na verdade, ela nunca o acusou formalmente. Ela só estava assustada...

A lei de Fawley. Três mentiras, e você está fora. Ou, nesse caso, é descoberto.

— Desde quando você ficou tão mole, Quinn? Ela *mentiu* em um *depoimento oficial*. Traga-a aqui bem cedo e a autue.

Posso praticamente ouvir sua ansiedade.

— Por quê?

— Para começar, burrice explícita.

E algo me diz que ela não é a única por aqui que é culpada disso.

Uma hora e meia depois, estou sentado em frente à minha própria casa. No carro, encerrado em meus próprios pensamentos. Então uma cortina se move lá dentro, e percebo que estou aqui fora há tempo demais. Alex vai ficar preocupada. Desço do carro e pego meu paletó no banco do passageiro. Quando chego à porta, ela já a abriu e está ali parada em um facho de luz amarela pálida. Minha esposa linda e descalça.

Lá dentro, ela me serve uma taça de vinho e se volta para mim, de repente consciente que meu silêncio não é de tranquilidade.

— Você está bem?

— Vi Vicky hoje. Ela disse que Harper contou a ela que já tinha matado antes. Que tinha sequestrado outra garota e a enterrado no jardim.

Posso ouvi-la ofegar.

— Hannah Gardiner?

Eu assinto.

— Então não foi Gardiner.

— Não, Gardiner não fez isso.

Dou um gole no vinho e sinto o calor correr por minhas veias.

— Então por que aquela garota mentiu? A que lhe deu o depoimento?

— Gardiner tinha acabado de expulsá-la de casa porque ela está grávida de outro cara. Pode ter sido uma tentativa débil de vingança.

Alex olha para o jardim.

— Isso me lembra um livro do John Ford.

— Há?

Ela balança a cabeça.

— Esse caso todo está se transformando em uma verdadeira tragédia de vingança.

— Aquela peça que vimos... Onde foi mesmo?

— Em Stratford. Chamava-se *Women Beware Women*. Mas todas aquelas peças eram muito parecidas: vingança, violência, identidades trocadas. E sangue. Muito, muito sangue.

Eu agora me lembro dessa produção; eu saí salpicado de sangue. Só que, pelo menos, daquela vez, não era real.

Mais tarde, quando saio para buscar uma coisa no carro, noto um movimento na janela do andar de cima e ergo os olhos para ver o menino olhando para mim. O impostor vivendo no lugar do meu filho.

***

Rob Gardiner abre a porta de seu apartamento e a fecha em silêncio às suas costas. O filho pequeno está dormindo em seus braços, e ele vai até o sofá e o deita delicadamente. Toby se remexe um pouco e vira, com o polegar na boca. Gardiner acaricia delicadamente o cabelo do filho, então se ergue. A sala está escurecendo no crepúsculo, mas ele não acende as lâmpadas.

Ele vai até a janela dos fundos e olha para o jardim. Então fecha as cortinas e se senta pesadamente em uma poltrona. Em frente a ele, sobre o console da lareira, os porta-retratos prateados captam o que resta da luz. Ele não consegue ver as fotos, mas as imagens estão gravadas em sua mente. Toby e Hannah. Os três. Hannah sozinha. Uma vida que ele teve no passado.

Ele ofega e leva a mão à boca, com cuidado para não acordar o filho. E as lágrimas que se seguem são silenciosas, enquanto ele fica ali sentado, no escuro, lembrando.

Lembrando.

***

Bem cedo na manhã seguinte, informo a equipe sobre a situação em que estamos. Sobre o que Vicky disse, o que Pippa inventou e o que Gardiner não fez.

— O que significa — digo, por fim — que voltamos para a nossa linha do tempo original: Hannah estava viva às 6h50, quando ligou para Pippa e deixou o apartamento rumo a Wittenham por volta das 7h30, levando Toby com ela. Trabalhamos com a suposição de que ela se encontrou com Harper na rua alguns minutos depois, quando foi buscar o carro, e ele a atraiu para sua casa. Do mesmo jeito que fez com Vicky.

Pés se remexem; há uma sensação de estar de volta onde começamos; e não em situação muito melhor. Porque ainda não temos provas e ainda não temos a cena do assassinato.

— Então, e agora? — pergunta Baxter. Posso ouvir o cansaço em sua voz.

— Quero que você volte à Frampton Road e trabalhe com a equipe de Challow em outra busca na casa.

— Mas nós já revistamos o lugar inteiro, a perícia forense analisou todos os aposentos...

— Não importa. Deve haver alguma coisa que deixamos passar.

Quando surjo no corredor, o sargento da recepção está me esperando do lado de fora.

— Aquele especialista em perfis, Bryan Gow, está na recepção querendo falar com o senhor, inspetor.

— É mesmo? Achei que ele estivesse em Aberdeen ou algum outro lugar.

— Parece que não. Quer que eu diga a ele para voltar mais tarde?

— Não, ele não teria se dado ao trabalho de vir aqui se não fosse importante. Pode trazê-lo. E peça a alguém para nos trazer café, está bem? Um decente, não essa porcaria instantânea da máquina.

Eu sou detido pelo superintendente no caminho de volta até minha sala, então Gow já está lá quando abro a porta do escritório.

E agora eu sei o que ele está fazendo ali: ele tem uma fotocópia do diário de Vicky sobre a mesa à sua frente. Assim como um café para viagem do café da rua.

— Onde conseguiu isso?

Ele ergue a sobrancelha.

— O *latte*?

— O diário.

Ele se recosta na cadeira e cruza a perna, seu pé está balançando um pouco contra seu joelho.

— Allan Challow me mandou. Disse que pensou que eu ia achar interessante. O que, é claro, é verdade.

Eu me sento de frente para ele.

— E?

— Tenho algumas ideias preliminares.

— Se importa de compartilhá-las com um mero policial?

Ele dá um sorriso fraco.

— É claro. Mas eu gostaria de ver a garota também. Isso é possível?

— Pedi a Vicky que viesse aqui para dar seu depoimento. Ia ser amanhã, mas podemos ligar e ver se podemos antecipar isso.

Gow estende o braço e pega seu copo de café.

— Perfeito.

Vou procurar Everett e peço a ela para entrar em contato com o Vine Lodge e, quando volto para a sala, Gow está folheando as páginas do diário.

— É a criança que me intriga — diz ele. — Ou melhor, o relacionamento da garota com a criança. Pelo que entendi, eles tentaram botá-los juntos no hospital, mas isso não deu certo.

— Ela gritou tanto que tiveram que levar o menino embora. Disseram que isso só ia deixar as coisas piores, forçar a questão.

— E depois disso, que contato eles tiveram?

— Nenhum.

Ele franze a testa.

— Tem certeza? Quer dizer, você não tem necessariamente como saber...

Eu aceito a verdade inevitável.

— Na verdade, tenho. Ele está na minha casa. — Posso sentir o sangue fluindo para meu rosto. — Só por alguns dias. Enquanto encontram para ele um lugar definitivo.

Cale a boca, Fawley. Só cale a boca.

Gow está olhando fixamente para mim.

— Bom, não é exatamente o protocolo...

— Antes que você pergunte, Harrison aprovou.

Há uma pausa longa, então ele assente.

— Entendi. E, pelo que você sabe, a garota perguntou por ele?

— Não. Tudo o que sei é que ela reagiu mal quando viu imagens de um bebê na TV.

Gow se recosta na cadeira e junta as pontas dos dedos.

— Mais alguma coisa?

— O psiquiatra do John Radcliffe disse que pode ser transtorno de estresse pós-traumático. Que ela está bloqueando o que aconteceu, e a criança é parte disso.

Gow assente devagar.

— Se o menino é produto do estupro, ele vai ser um lembrete físico e sempre presente dessa violência. Se ela não consegue se conectar com ele, pode não ser mais complexo que isso.

Uma coisa que sei sobre Bryan Gow é que ele escolhe suas palavras com muito cuidado.

— *Se?*

Ele se volta outra vez para o diário e folheia as páginas.

— O que temos aqui é uma trajetória psicológica muito clara em relação à criança. Passamos de seu horror com as agressões sexuais de Harper à rejeição do bebê quando ele nasce e então a uma aceitação gradual da criança como sua. Aqui, por exemplo: "Estou tentando pensar nele como meu. Como apenas meu, sem nada a ver com aquele velho pervertido horrível."

— Portanto?

— A questão é que isso está completamente em desacordo com o modo como a garota está se comportando agora. A rejeição violenta da criança, o fato de apagá-la. Isso não tem nada a ver com o que está escrito no diário.

— Certo, mas o trecho que você acabou de ler foi antes de a comida e a água começarem a acabar, talvez seus sentimentos tenham mudado por causa do trauma pelo qual ela passou.

Mas Gow está balançando a cabeça.

— Pelo que me disseram, Vicky estava dando todos os suprimentos para a criança. Isso indica que ela estava sentindo uma conexão *mais forte* com ele a essa altura. Não o contrário.

— Então como você explica isso?

— Acho possível que houvesse algum tipo de conluio. Um conluio psicológico, nesse caso. Uma versão da síndrome de Estocolmo. Por isso eu mesmo quero avaliá-la. — Ele se recosta na cadeira. — Quando você entrevistá-la, fale com ela sobre a criança — sugere Gow. — Mas comece de maneira neutra. "Nascimento" e não "bebê", por exemplo. Mantenha a emoção fora disso. Então aumente a pressão aos poucos. Vamos ver como ela reage.

***

— Como você está se sentindo, Vicky?

— Estou bem.

E ela realmente parece muito mais perto de estar bem do que vi até agora. Embora ainda haja olheiras escuras sob seus olhos. O gerente do Vine Lodge a acompanhou até aqui, e ele lhe dá um sorriso de estímulo quando Vicky encontra seu olhar.

— Também quero agradecer você por concordar em vir aqui, Vicky, vai ser uma ajuda enorme.

Everett e eu nos sentamos, e ponho meus papéis sobre a mesa.

— Montar um caso contra o homem que sequestrou você é um processo muito complicado, e precisamos reunir muitas provas detalhadas. Provavelmente vamos precisar falar com você várias vezes ao longo das próximas semanas e, se você concordar, vamos pedir que faça isso aqui, para podermos gravar as conversas e usá-las no tribunal caso precisarmos. — E para Bryan Gow poder assistir na sala ao lado. Embora isso, é claro, eu não compartilhe com ela. — Sei que aqui não é muito agradável, mas torna nosso trabalho mais fácil. Você está de acordo?

Ela olha firme para mim.

— Sim.

— E o sr. Wilcox aqui concordou em ser o que chamamos de um "adulto apropriado". O que significa que ele vai ficar de olho nas coisas do seu ponto de vista.

Ela torna a olhar para Wilcox e sorri.

— Se você precisar fazer uma pausa ou se quiser interromper a entrevista, é só me avisar. — Eu abro minha pasta. — Podemos começar com seu nome, para a gravação?

— Vicky. Vicky Neale.

— E seu endereço?

— Não tenho. Não mais.

— Onde foi o último lugar em que você morou?

— Um quarto em East Oxford. Eu não gostava muito de lá.

— Que rua?

— Clifton Street. Número 52.

— Qual o nome do senhorio?

Ela dá de ombros.

— Não sei. Ele era asiático. Rajid ou algo assim. Eu só fiquei lá por algumas semanas.

— E antes disso? — pergunta Everett, erguendo os olhos de seu bloco. — Onde ficava sua casa?

— Harlow. Mas não é minha casa *de verdade*.

— Ajudaria muito se tivéssemos um endereço.

Ela olha para Wilcox, agora hesitante.

— Não quer que sua mãe e seu pai saibam onde você está? Você está desaparecida há muito tempo...

— Meu pai morreu. E minha mãe não se importa. Ela diz que tenho idade suficiente para andar com as minhas próprias pernas e ela tem uma nova família em que pensar. De qualquer forma, a essa altura, ela provavelmente se mudou, ela dizia que eles estavam pensando em ir para o norte. Ela e seu novo namorado.

Sei que eu insisto na lei de Fawley, mas em minha experiência, três respostas para uma pergunta nunca são um bom sinal. Mesmo assim, a dor em seus olhos é real o suficiente.

— Acho que devemos conseguir localizá-la, mesmo assim — diz Everett. — Suponho que você não se importe em telefonar para ela se conseguirmos, não?

Vicky abre a boca, em seguida torna a fechá-la.

— Como quiser. Mas, como eu disse, ela não vai se importar.

— Mesmo quando ela descobrir o que aconteceu com você, a provação pela qual você passou... Com certeza qualquer mãe...?

— Não a minha. Ela provavelmente vai dizer que foi tudo culpa minha. Que eu mereci isso por ter sido tão burra.

Ela está piscando, tentando conter as lágrimas, se recusando a chorar. Tenho, subitamente, uma imagem de como ela devia ser quando pequena.

— Então, você pode nos contar o que aconteceu? — pergunto delicadamente. — Como o dr. Harper a sequestrou? Desculpe, sei que isso é difícil, mas precisamos que você nos conte tudo o que aconteceu.

Ela esfrega os olhos com o dorso da mão.

— Eu estava a caminho de ver outro quarto, só que meu salto quebrou. Eu estava sentada no muro quando ele saiu da casa e disse que podia consertá-lo para mim. Ele não parecia esquisito nem nada. Ele me lembrou meu pai. Por isso eu entrei.

Everett ergue os olhos.

— Quando exatamente foi isso?

— Em julho de 2014. No dia 5 de julho. Eu me lembro porque houve fogos de artifício na noite anterior, e alguém disse que deviam ser alguns americanos.

— E quanto anos você tinha?

— Dezesseis. Eu tinha dezesseis anos.

Everett passa sobre a mesa uma fotografia de Harper.

— Pode confirmar se esse é o homem de quem você está falando, Vicky?

Ela olha, em seguida afasta os olhos. Então assente.

— E ele lhe ofereceu chá — digo. — Isso está certo, não está?

— Está. Era um dia muito quente, e ele não tinha nada gelado. Ele deve ter posto alguma coisa nele, porque em um minuto eu estava lá sentada naquela cozinha terrivelmente fedorenta, e no seguinte acordei naquele porão.

— E ele a manteve presa lá embaixo e a estuprou?

— Foi — sussurra ela.

— Não consigo imaginar o quanto isso deve ter sido horrível.

O lábio dela estremece, e Vicky assente.

Eu viro uma página de minhas anotações.

— Você pode me falar sobre a comida e a água?

Ela pisca, confusa.

— O que quer dizer com comida e água?

— Desculpe. Sei que é difícil, mas a promotoria vai ter que explicar coisas como essa para o júri.

Ela assente.

— Tudo bem. Ele deixava garrafas de água. Comida enlatada. Era tudo coisa de gente velha. Pêssegos em calda. Feijão aguado. Eu tinha uma colher de plástico. Meus pulsos estavam amarrados na frente com um lacre de plástico. Mas eu conseguia comer. Mesmo com dificuldade.

— E escrever — digo, sorrindo para ela. — Isso é impressionante. Poucas pessoas teriam a presença de espírito para fazer isso.

Ela empina o nariz.

— Eu queria que todo mundo soubesse o que aconteceu se eu morresse lá embaixo, eu queria que as pessoas soubessem o que ele fez.

— A mesma coisa que ele fez com aquela outra garota.

— Ele se gabava disso. De tê-la enterrado no jardim. Não achei que fosse verdade. Achei que ele só quisesse me assustar. Para que eu fizesse o que ele queria.

— Ele lhe contou como supostamente a matou? Quando isso aconteceu?

Os olhos dela se arregalam.

— Não lembro exatamente, mas a essa altura eu já estava no porão havia muito tempo.

— E você ficou no porão do dr. Harper por quase três anos?

— Não sabia quanto tempo tinha sido. Não até eu sair.

Ela engole levemente em seco, um meio soluço.

— E ele a manteve lá embaixo mesmo quando você engravidou?

Ela torna a assentir.

— E quando as contrações começaram? Nessa hora, com certeza ele a deixou sair, não?

Ela abaixa a cabeça. Quando seus olhos tornam a encontrar os meus, eles estão cheios de lágrimas.

Há uma batida na porta, e um dos detetives aparece. Eu me levanto e vou até ele.

— Desculpe, chefe — diz ele em voz baixa. — Mas estão querendo falar com o senhor. *Na sala ao lado.* — Ele me lança um olhar cheio de significado.

Quando me volto para Vicky outra vez, ela está apoiada em Wilcox, chorando em silêncio.

— Desculpe mesmo, Vicky. Eu não queria aborrecê-la. Quer encerrar por hoje?

Wilcox ergue o olhar.

— Acho que é melhor. Ela já teve o bastante.

— Amanhã de manhã, então? Por volta das dez?

Ele assente e ajuda a garota se levantar.

Eu observo os dois seguirem pelo corredor e passarem pelas portas de vaivém. Em determinado momento, Wilcox põe a mão delicadamente no ombro de Vicky.

Quando me junto a Gow na sala ao lado, ele está reexaminando as imagens da entrevista.

— Aqui — diz ele, sem olhar para mim. — Quando você pergunta a ela sobre a comida e a água. Ela baixa os olhos antes de responder, então olha para a direita. Se você acreditar em programação neurolinguística, o que, por acaso, é o meu caso, isso é um grande alerta de fabricação. Mas esse não é o único sinal. Quando você fez essa pergunta a ela, ela a repetiu. Ela não faz isso em nenhum outro momento. Estava tentando ganhar tempo. — Ele se inclina para a frente e aponta. — E então ela leva a mão à boca ao responder. Olhe.

— Então ela não estava dizendo a verdade?

— Com certeza não toda a verdade, e não apenas a verdade. — Ele se encosta na cadeira e se vira para olhar para mim. — Acho que eu estava certo sobre o conluio, acho que ela chegou a algum tipo de acordo com Harper. Algo que ela aceitou por desespero na época, mas agora acha profundamente vergonhoso. A vergonha é um sentimento muito fora de moda atualmente: o mundo moderno está sempre nos dizendo que não precisamos ficar embaraçados em relação a nada do que fazemos ou pensamos. Mas a mesma resposta ainda está lá, na psique, vergonha de si mesma, arrependimento, repulsa. Essas são emoções imensamente poderosas, e ainda mais quando a pessoa está em negação. O que quer que essa garota tenha feito, ela não quer admitir, sem dúvida não para você, e pelos indícios que acabei de ver, tampouco para si mesma.

Ele se recosta na cadeira e começa a limpar os óculos. O que é seu próprio "sinal" pessoal, embora eu nunca tenha tido a coragem de lhe dizer isso.

— Mas isso, certamente, não invalida toda a sua história, invalida?

Ele torna a botar os óculos.

— Claro que não. Só significa que tem algum elemento no que aconteceu naquela coisa que ainda não sabemos.

— Então como nós descobrimos a verdade? Não podemos perguntar a Harper, ele ainda está dizendo que não sabe nada sobre nada disso. Isso quando ele está em condições de dizer alguma coisa.

Ele pode ver o desespero em meu rosto. Ele checa seu relógio e se levanta.

— Você é o detetive, Fawley. Tenho certeza de que vai descobrir.

Meu telefone toca. Uma mensagem de texto de Baxter.

> Na Frampton Road. Somer acha que pode ter encontrado alguma coisa.

Gow, enquanto isso, parou na porta.

— Pode valer a pena dar uma olhada no diário outra vez. Não consigo apontar nada específico, mas alguma coisa nele não parece verdadeira.

***

Na Frampton Road, há um policial uniformizado na porta, e o som de movimentos acima. O que quer que seja, é no andar de cima. O banheiro ou o primeiro andar agora estão com as tábuas do piso expostas, e o linóleo antigo está enrolado no canto. O carpete também foi retirado no quarto principal. Há também o cheiro bem leve de luminol, um cheiro que você nem percebe a menos que tenha sido exposto a ele várias vezes.

Eles estão no último andar. Baxter, a perita forense Nina Mukerjee, Erica Somer e outro policial uniformizado de cujo nome não consigo lembrar.

— Então, o que vocês conseguiram?

Baxter aponta para Somer. Um gesto que diz "até onde sei, esta busca é infrutífera, então, se der errado, é com ela, não comigo".

— Aqui, senhor — diz ela.

O quarto da frente. Provavelmente tinha sido antes um quarto para serviçais, com uma claraboia no telhado e a pequena lareira de ferro fundido. Ela se volta para mim, hesitante.

— O senhor vai achar que é uma ideia louca, que é culpa do meu diploma em literatura inglesa...

— Não. Vá em frente. Estamos sem opções. Tudo o que nos resta são ideias loucas.

Ela enrubesce um pouco; isso lhe cai bastante bem.

— Está bem, se supusermos que Hannah com certeza morreu nesta casa...

— Acho que ela morreu. Eu *sei* que morreu.

— Está bem. Mesmo assim, os peritos não encontraram absolutamente nada. Isso simplesmente não é possível.

— Não devia ser, não.

— Não — disse ela, agora insistente. — Não é. Deve *haver* provas. Nós simplesmente ainda não as encontramos.

— Como Challow sempre me lembra, eles passaram luminol em todos os andares...

— Exatamente. Mas e se não forem nos andares que devíamos estar olhando?

— Não sei se entendi...

Ela se vira e aponta para o alto.

— Olhe.

Uma mancha marrom, mais escura nas bordas, curiosamente em formato de coração. O restante do teto está manchado de umidade e idade, mas isso é diferente. Mais profundo. Mais pesado.

— Está seco — diz ela. — Eu verifiquei. E eu sei que é loucura, quer dizer, como ela poderia ter morrido lá em cima? Não faz sentido, mas tem aquela cena em *Tess, uma lição de vida*...

Mas não estou escutando, já estou no patamar da escada. O alçapão do sótão fica bem acima da escada. Os vitorianos não levavam muito a sério conceitos agradáveis como saúde e segurança.

— Ninguém verificou aqui em cima?

Baxter faz uma careta.

— Os policiais deveriam ter feito isso, mas parece que alguém deu uma bola fora. Desculpe, senhor.

— Certo. Bom, é melhor nós mesmos darmos uma olhada então, não é?

Baxter encontra uma cadeira no quarto ao lado, e eu subo nela. O alçapão está emperrado, então preciso fazer força para soltá-lo. Mas não consigo chegar até lá com a cadeira.

— Tem uma lanterna, Baxter?

— Tem uma no carro, senhor. E tem uma escada na estufa. Eu me lembro de ver.

— Está bem, pegue a lanterna que eu vou buscar a escada.

Quando ele volta, estou apoiando a escada no alçapão.

— Eu seguro para o senhor — diz Somer rapidamente. — O senhor vai quebrar o pescoço se cair daí.

Eu começo a subir, empurrando o alçapão até ele se abrir e bater ruidosamente no chão. Posso sentir uma corrente fria de ar, e partículas de poeira e areia caírem em meu rosto. Quando chego ao último degrau da escada, eu me ergo até me sentar na borda. Não quero pensar no que estou fazendo com minha calça. Somer me entrega a lanterna, e eu a ligo e aponto o facho ao redor. Caixas, lixo, tralhas; as mesmas coisas que havia no porão. Na parede, os fios das velhas campainhas dos serviçais. Eu mal consigo ler as etiquetas. *Sala de café da manhã. Sala íntima. Escritório.* No lado oposto, há um buraco nas telhas do tamanho do meu punho.

Eu fico lentamente de pé, curvado sob as vigas do telhado, e sigo cuidadosamente pelas tábuas. A maioria delas não está pregada e balança um pouco sob o meu peso. De repente, do nada, alguma coisa se mexe. Algo assoma no escuro, asas, algo coriáceo em meu rosto...

Eles devem ter me ouvido gritar.

— O senhor está bem? — pergunta Baxter.

Meu coração ainda está batendo forte.

— Estou. Foi só um morcego. Me assustou, só isso.

Eu respiro fundo e me recomponho. Calculo onde deve ficar a marca no teto. E, sim, tem alguma coisa ali. Sem forma, de algum modo encurvada. Eu chamo Nina para subir e a guio com a luz da lanterna. Quando ela chega para se juntar a mim, seguro o facho da lanterna sobre o que quer que seja enquanto ela calça um par de luvas de plástico. E, enquanto ela ergue e afasta cuidadosamente o objeto, podemos ver no chão a grande mancha escura há muito ressequida.

***

Leva algum tempo para abri-la. O plástico está tão seco e petrificado que racha e não fica estendido sobre a mesa. O estagiário do laboratório faz uma piada sobre ser como desenrolar um pergaminho do Mar Morto, então percebe que isso é pouco sensível nas circunstâncias e se cala. Eles, então, trabalham em silêncio até que a coisa toda se abre diante deles sob a luz da lâmpada acima.

Nina Mukerjee pega o telefone e liga para Challow.

— Então — diz ele alguns minutos depois enquanto veste o jaleco do laboratório e se aproxima da mesa. — É o que achamos que era?

Nina assente.

— Uma capa para carros. Provavelmente dos anos 1970, e provavelmente para aquele Cortina na entrada de carros.

Eles ficam ali parados, olhando para o plástico. Dessa vez, não há necessidade de luminol.

— Meu Deus — diz Nina em voz baixa. — Ele nem se deu ao trabalho de lavar.

***

São sete da noite na Botley Road. Os únicos sons no Vine Lodge vêm da cozinha. Vozes abafadas, o barulho da porta da geladeira abrindo e fechando, risos.

No quarto da garota, há silêncio. Mas não é o silêncio do sono.

Vicky está sentada na cama, abraçando os joelhos, balançando um pouco para a frente e para trás. Ela ouve um ruído no patamar da escada e sua cabeça se ergue. Ela vai depressa até a porta e experimenta a maçaneta. Ela cede ao seu toque, e Vicky fica ali parada por um instante, respirando pesadamente, de punhos cerrados tão apertados que os nós dos dedos aparecem sob a pele azulada.

***

Enviado: Ter., 9/5/2017, 19h35   **Importância: Alta**
De: alan.challow@thamesvalley.police.uk
Para: alan.fawley@thamesvalley.police.uk
Assunto: Urgente – Frampton Road

Só para dizer que acho que descobri um meio de testar sua teoria sobre o diário. E o laboratório fez os outros testes que você pediu. Um conjunto de resultados não pareceu correto, então eles refizeram tudo. Mas não havia erro. Há traços de mecônio no chão do quarto dos fundos no último andar. Você não precisa que eu diga a você o que isso significa.

***

— Que cheiro é esse?

Gislingham se vira e vê a esposa na porta da cozinha. Ele está ao fogão, de avental, pano de prato no ombro, segurando uma espátula. E ele está se divertindo muito. Do outro lado da mesa, Billy está em sua cadeirinha alta e nitidamente mais interessado no que o pai está cozinhando que na papa sem graça em sua tigela de plástico.

— O *brunch* — diz ele. — Só preciso chegar mais tarde hoje, então achei que devia aproveitar isso ao máximo.

Janet Gislingham se aproxima do fogão e olha para a frigideira.

— Linguiças?

Gislingham sorri.

— Uma pequena amostra de apreço de um membro agradecido do público. Que por acaso é açougueiro.

— Cuidado, as autoridades podem acusá-lo de receber subornos.

Gislingham ergue as mãos, fingindo estar horrorizado, fingindo o sotaque *cockney*.

— É uma prisão justa, oficial. O senhor me pegou com a mão na pasta.

Janet ergue uma das sobrancelhas.

— Não devia ser com a mão na massa?

Gislingham dá uma risada alta, então se volta para a frigideira e corta um pedaço de linguiça.

— Aqui... Experimente.

Janet hesita por um momento, mas elas estão simplesmente cheirosas demais. Ela pega o pedaço de carne da ponta da faca.

— Ei... Está quente! — exclama, abanando a mão em frente da boca.

— Incrível, não é?

Janet assente.

— Onde você conseguiu?

— Na Cowley Road. O melhor no antigo estilo inglês.

— Não me lembro da última vez que fiz linguiça.

Gislingham não consegue se lembrar da última vez que ela cozinhou nada, mas isso não importa. Ela está sorrindo.

— Você está com gordura no queixo. — Ele estende a mão e a limpa com os dedos, então deixa a espátula na frigideira e abraça a esposa. Billy começa a gorgolejar, e Gislingham dá uma piscadela para o filho.

Vai ficar bem. Tudo vai ficar bem.

***

Na cantina, Quinn está no sexto dia de seu próprio pesadelo pessoal. Ele está emanando tanta energia negativa que as pessoas estão evitando se sentar perto dele, embora o lugar esteja sempre cheio a essa hora do dia. Ele chegou depois de passar pela Belford Street, onde Pippa disse que estava ficando, mas ainda não havia recebido resposta. Ele põe o telefone com força ao lado do prato de ovos com bacon que mal tocou. Ela vai reconhecer seu número, agora, então não é surpresa que não esteja atendendo — ele precisa que outra pessoa tente e, agora, há apenas uma pessoa para quem pode pedir.

Ele olha ao redor da cantina. Onde está Gislingham, afinal?

***

Pouco antes das dez, Vicky e o gerente do Vine Lodge estão de volta à sala de interrogatório um. Gow e eu os observamos na imagem de vídeo. Eu chamei Wilcox de lado quando eles chegaram e conferi com ele: ela ainda não tinha perguntado sobre o menino.

Gow dá uma olhada nos papéis que eu tenho na mão.

— Foi uma ideia astuta, pedir a Challow para fazer esses testes no diário.

— Foi o que você disse sobre ele não parecer verdadeiro. Foi só uma intuição.

— É isso o que faz você ser bom em seu trabalho. Mas agora, porém, isso lhe dá um problema, não é?

Eu me volto para ele.

— Porque você vai ter que compartilhar os testes com a defesa de Harper.

Eu faço uma careta.

— Eu sei. E todos sabemos o que vão fazer com eles.

Há uma batida na porta. Everett.

— O senhor está pronto?

***

Quando Gislingham finalmente chega ao escritório, ele vai procurar Quinn.

— Nós conseguimos os registros do celular? — pergunta ele, sentando-se na borda da mesa de Quinn. Algo que Quinn normalmente detesta. Mas, quando o gato sai, os ratos fazem a festa.

Quinn balança a cabeça.

— A juíza disse exatamente o que você disse que ela diria. — Ele parece, na verdade, ainda pior do que ontem. — E agora Fawley quer que eu a traga aqui para acusá-la de dar um falso depoimento. Mas não há ninguém no endereço que ela me deu. E ela não está atendendo o telefone.

— Ela provavelmente reconhece seu número. Vou tentar.

Gislingham digita os números em seu celular e espera.

— Nada também — diz ele, por fim. Mesmo seu otimismo incansável está sofrendo um certo golpe. Ou talvez não. Porque o próprio

Quinn está agora ao telefone, e está gesticulando com urgência para Gislingham.

— Tem certeza? — pergunta Quinn. — Ela deu mesmo o nome de Pippa Walker? — Seus dedos se cerram em um punho. — Woods, você acabou de salvar a minha vida.

***

— Obrigado por voltar, Vicky — digo enquanto tomamos nossos lugares. — Trouxe a detetive Everett comigo outra vez, se estiver tudo bem. Só para o caso de eu deixar alguma coisa passar.

Ela sorri um pouco. Assente. Está torcendo a barra do pulôver em seu colo outra vez.

— Quero começar agradecendo você, Vicky. Depois do que disse sobre a outra garota, revistamos a casa outra vez. E encontramos uma coisa. Uma capa de plástico para carros.

Ela ergue os olhos para os meus. Seus lábios se movimentam, mas não há palavras.

— Tem sangue nela. Acreditamos que é daquela outra garota, a que desapareceu. Então achamos que você está certa. Ele realmente matou outra pessoa.

Ela fecha os olhos por um momento. Então baixa a cabeça.

Eu olho para Everett. Ela assente levemente.

Respiro fundo.

— Infelizmente essa não foi a única coisa que encontramos, Vicky. No último andar da casa, há três quartos vazios. Não parecia que ninguém ia lá em anos. Mas testamos todos eles mesmo assim só por garantia. E em um deles, no menor, nos fundos, encontramos traços de uma substância pouco comum. Apenas traços pequenos, mas não dá nunca para remover um traço desses completamente, mesmo que você limpe com muito cuidado. Não com o equipamento que temos hoje em dia. Você sabe que substância era?

Ela não está reagindo.

— Chama mecônio. São os dejetos que os bebês têm no sistema digestivo quando estão no útero. É inconfundível, e só está presente por algumas horas após o nascimento. Só há uma explicação para isso, Vicky. Havia um bebê naquele quarto. Na verdade, um bebê provavelmente *nasceu* naquele quarto.

A garota ergue os olhos para os meus. Seu rosto agora está desafiador.

— Por que não nos contou?

— Porque eu sabia que vocês iam começar a me acusar, como está fazendo agora.

— Acusar você de quê, Vicky?

— De não escapar, de não tentar fugir.

— E por que não fez isso? Por que não tentou escapar?

— Olhe — diz ela. — Ele só me deixou sair quando minha bolsa estourou. E ele nunca me deixou sozinha lá em cima. Nem uma vez. Era impossível escapar. *Era impossível.*

Everett ergue os olhos de seu bloco.

— Por cerca de quanto tempo você ficou lá em cima?

Ela dá de ombros.

— Algumas horas, talvez. Era de noite. Estava escuro lá fora todo o tempo. Escute, vocês estão me acusando de alguma coisa? Aquele canalha me estuprou, fez as coisas mais *nojentas* comigo...

— Nós sabemos disso, Vicky — digo em voz baixa.

— Então por que estão me tratando como se eu fosse uma criminosa?

— Olhe, Vicky, eu entendo, *todos* nós entendemos, que você estava apenas tentando sobreviver. E se isso significasse chegar a algum tipo de acordo com o homem que a sequestrou, bom, não haveria vergonha nenhuma em admitir isso, não até onde eu entendo...

— Eu não estou com *vergonha* — diz ela, olhando-me direto no rosto, com as mãos espalmadas sobre a mesa. — Porque eu nunca fiz nenhum acordo com aquele velho pervertido nojento. Isso está claro? — Há manchas de cor perigosa em seu rosto, agora.

— Está bem — digo rapidamente. — Vamos falar sobre outra coisa. — Eu procuro em meus papéis. — Ontem você disse que o dr. Harper levava comida enlatada para você, não é?

Ela revira os olhos.

— Nós temos que repassar tudo isso *outra vez*?

Wilcox lança um olhar na minha direção. Um olhar que diz: que diabos você está fazendo, não consegue ver que ela está angustiada?

E Vicky está. Mas não pela razão que ele pensa.

— E seu bebê, Vicky? O dr. Harper levava comida para ele? Para o seu menininho?

Ela se encolhe diante da palavra.

— Eu o amamentei. Eu não queria fazer isso, mas o velho me obrigou. Ele soltava minhas mãos enquanto eu fazia isso e tornava a amarrá-las depois.

— Ah, sim, lembrei. Mas tem outra coisa que me intriga.

— Ah, é? — diz ela, se recostando na cadeira e cruzando os braços.

Gow sempre fala sobre as nuances da linguagem corporal, mas não preciso da ajuda dele para interpretar essa.

— Aquele saco de lixo no porão, havia alguns potinhos de papinha de bebê ali. Então não foi só amamentação, foi?

Ela começa a olhar para as unhas.

— É, ele trazia algumas coisas para o garoto. Mas só recentemente. Quando o bebê já estava maior.

— Onde o dr. Harper conseguia a comida?

— Não pergunte *pra mim* — responde ela rispidamente. — Eu não estava *lá*, estava? Pode ter sido em qualquer lugar. Há lojas por toda a parte por lá.

— Na verdade, há surpreendentemente poucas. E ainda menos nas redondezas. O dr. Harper não era capaz de dirigir havia pelo menos um ano e, com sua artrite, ele não tem grande mobilidade. Há apenas duas lojas onde ele poderia ter ido a pé. Ontem, a detetive Everett e eu falamos com os funcionários.

— E, quando mostrei a eles a foto do dr. Harper, todos o reconheceram — diz Everett. — Eles o viram várias vezes por lá. Em sua maioria, comprando cerveja, aparentemente. Mas nenhum deles nunca lhe vendeu nada para bebês.

— Como você pode imaginar — continuo —, uma coisa assim teria chamado a atenção, um velho como ele comprando essas coisas.

— Ah! — diz Everett rapidamente. — Mas havia o pedido do supermercado também, não havia, chefe? Talvez tenha sido lá que ele conseguiu as papinhas.

Vicky olha para ela. E morde a isca.

— Ah, é, eu lembro agora.

Eu olho para o meu arquivo.

— Tem razão. Parte do lixo encontrado no porão realmente vinha do pedido de supermercado do dr. Harper. O problema é que ele nunca incluiu papinha de bebê. Verificamos. A lista foi feita pelo assistente social dele e nunca variava.

Vicky olha fixamente para mim.

— Olhe, eu estava *no porão*. Não tenho ideia de onde ele conseguiu isso.

— Pegamos digitais nos potes de papinha de bebê também. As suas estão lá, Vicky, e algumas outras, a maioria borrada. Mas não há nenhuma do dr. Harper. Algumas latas de comida têm as digitais dele, mas não há nenhuma nos itens de bebê, nenhuma. Você sabe me explicar isso, Vicky?

Ela dá de ombros.

— É a ele que vocês deviam perguntar. Não a mim.

— Ah, nós vamos. Com certeza vamos. Mas, para ser sincero, ele não está muito bem...

— *Bem* — diz ela rapidamente. — Espero que ele apodreça no inferno pelo que fez comigo. Olhe, já terminamos? Estou cansada.

— Falta pouco, prometo. Mas vão perguntar a você muitos desses detalhes no tribunal, então precisamos ouvir o que você vai dizer. Sobre o diário, por exemplo.

Ela franze a testa.

— O que tem ele?

— Pedi a nosso especialista forense para dar uma olhada nele outra vez. Ele descobriu uma coisa agora que não tinha percebido antes. Algo que nunca lhe ocorreu verificar.

Ela não diz nada, mas seus olhos se estreitaram. Ela está na defensiva.

— Ele usou um equipamento chamado aparato de detecção eletrostático. É algo bem antiquado, hoje em dia.

Tão velho, na verdade, que a máquina em questão passou os últimos quinze anos guardada no fundo de um armário. É a primeira vez que me sinto grato por Alan Challow ser um acumulador tão terrível.

— Mas ele ainda tem uma função muito útil — continuo. — Pode nos dar uma boa ideia de quanta pressão foi aplicada ao papel. Com que força o escritor estava segurando a caneta, em outras palavras. Ou se eles pararam e recomeçaram enquanto estavam escrevendo. No seu diário, a pressão era incrivelmente constante.

— É? E daí?

— Isso é muito incomum. Quer dizer, com algo escrito mais de dois anos atrás. Não se veria isso normalmente. É muito mais provável que aconteça se todas as páginas foram escritas ao mesmo tempo.

Wilcox se remexe um pouco na cadeira. Não consigo imaginar o que ele está pensando.

— A única folha diferente era a última. Onde você falava sobre a água se esgotando, sobre o quanto você estava desesperada que alguém aparecesse…

Ela bate as palmas das mãos sobre a mesa.

— Isso porque eu achava que ia *morrer*. Você não entende isso?

— Ah, entendo, sim, Vicky.

Wilcox olha para ela.

— Talvez possamos fazer uma pausa? — pergunta ele. — Isso… isso tudo é muito estressante.

— Está bem. Vamos pedir para que nos tragam café e começamos de novo em cerca de meia hora.

A sala de incidentes está lotada. Até Gow está lá. Os únicos que estão faltando são Quinn e Gislingham. Eu me pergunto o que exatamente está acontecendo, porque com certeza tem alguma coisa acontecendo. E agora Gislingham foi arrastado para o meio disso também.

— Então Harper *a deixou sair*? — pergunta Baxter assim que nos vê. — Por que diabos ela não tentou fugir?

— Ela tinha acabado de dar à luz, Baxter...

— É, certo, mas isso não significa que ela estava completamente incapacitada, não é, senhor? Ela não podia ter quebrado uma janela, chamado alguém? Deve haver *alguma coisa* que ela podia ter feito.

Everett parece pensativa.

— O que é, Ev?

— Quando Donald Walsh estava sendo acusado, ele falou sobre ouvir ruídos no andar de cima. Ele achou que fosse um gato. Um gato siamês. Minha tia tinha um, o bicho miava sem parar. Mas sabe de uma coisa? O miado dele parecia *muito* com um choro de bebê.

Baxter está olhando fixamente para ela.

— O que você está dizendo?

Everett dá de ombros.

— Como sabemos se ela só esteve no andar de cima para o parto? Talvez ele a tenha deixado sair mais de uma vez. Talvez *ela mesma* tenha comprado a papinha de bebê.

Eu me volto para Gow.

— Isso é possível? Você disse que podia haver alguma espécie de conluio entre eles.

Ele não responde imediatamente; sempre foi dado a pausas teatrais.

— É possível, sim — diz ele, por fim. — Esse pode ter sido o acordo que ela fez com Harper: ele a deixava sair do porão por alguns períodos, em troca de algum tipo de concessão da parte dela.

— Como sexo? — diz Everett.

— É o mais provável. Mas não como os estupros. Ela pode ter concordado em cooperar e agir como se eles estivessem em algum tipo de relacionamento. Até mesmo uma família. Há sugestões disso no diário.

— Ainda não sei por que ela não podia ter escapado se ele a estava deixando sair do porão — diz Baxter. — Especialmente se ele estava realmente deixando que ela saísse.

Gow olha em torno da sala.

— Não é incomum, nessas situações, que o sequestrador separe a mãe e a criança por longos períodos. Para enfraquecer a ligação entre elas. Harper pode ter permitido que a garota saísse de vez em quando, mas mantinha o menino trancado. Então a criança, na verdade, era refém. A garota não podia escapar sem deixá-lo para trás.

Baxter balança a cabeça, agora com a voz alta e dura.

— Não acredito nisso de jeito nenhum. Acho que ela teria deixado a criança para trás com a maior facilidade.

Gow dá um sorriso acanhado.

— Só estou determinando todas as possibilidades, policial. Fazer perfis não é uma ciência exata. Você não pode simplesmente apertar um botão para a resposta sair. Cabe ao Departamento de Investigação Criminal determinar o que realmente *aconteceu*.

A porta se abre. Um dos policiais uniformizados. Ele está carregando uma bandeja com café e uma lata de Coca-Cola. Ele olha ao redor da sala, então me vê.

— Sua esposa está aqui, senhor. Ela diz que é urgente.

— Minha *esposa*?

Alex nunca vem aqui. *Nunca*. Ela odeia. Diz que cheira a mentiras. Mentiras e banheiros públicos.

Ele parece um pouco embaraçado.

— Sim, senhor. Está na recepção.

Alex está sentada em uma das cadeiras de plástico brancas alinhadas contra a parede. O menino está ao lado dela, de pé no assento e olhando pela janela. Ela está com a mão na parte de baixo de suas costas, tomando cuidado para que ele não caia.

Eu vou rapidamente até ela.

— Você não devia mesmo estar aqui — digo em voz baixa.

— Desculpe, sei que você está ocupado...

— Não é isso... Vicky está aqui. Ela está no prédio. Pode ser estranho, quero dizer, se ela vir o menino.

O menino começa a bater na janela, e Alex estende o braço para segurar suas mãos.

— Olhe, o que é, Alex, por que você não telefonou?

— Terminei o romance. *Quarto*.

Eu levo um momento para lembrar.

— Certo. Está bem. Mas eu preciso mesmo voltar... Você pode me contar à noite?

— Tem um detalhe no fim, depois que a garota é libertada. O filho dela vai ter que se adaptar a um mundo que ele nunca viu antes.

— Não estou entendendo.

— Ele precisa aprender coisas novas. Coisas que nunca fez antes porque passou a vida inteira em um único aposento. Um quarto em um andar. Sem *escadas*.

Eu me viro para olhar para o menino. Ele está batendo na janela outra vez, dando gritinhos de alegria. Eu tento lembrar... Tento visualizá-lo...

— Ele sabe fazer isso — diz Alex, lendo minha mente. — Eu já o vi. Várias vezes.

— E ele fez isso de primeira?

Ela assente.

— Ele não teve nenhum problema em subir a escada. Porque ele nitidamente já tinha *feito isso antes*.

***

Quinn estaciona o Audi na rua junto à área da antiga prisão, que havia sido transformada em um hotel elegante e um pátio pavimentado com bares e pizzarias. Há pessoas sentadas na parte externa, bebendo café, conversando, sorrindo ao sol.

— Disseram à gerente da loja para mantê-la lá até chegarmos — diz ele, desligando o motor.

— Você teve muita sorte por Woods ter escutado um policial relatando um furto a uma loja — diz Gislingham, só um pouco ressentido, agora que o destino parece ter dado a Quinn um passe livre. Ou talvez ele só quisesse recolher todos os elogios ele mesmo.

Quinn dá de ombros.

— Ele sabia que eu estava tentando localizá-la, então eu acho que o nome deve ter chamado a atenção.

— E é com certeza a mesma Pippa Walker?

— Estou quase certo. Aparentemente, essa garota furtou um pompom de bolsa. Um objeto caro de designer. Eu já vi a bolsa dela, ela tem montes dessas coisas.

— Mas que droga é um pompom de bolsa, afinal? — murmura Gislingham enquanto segue Quinn na direção de Carfax, às vezes lutando para passar através da multidão densa, as pessoas sem olhar para onde estão indo, as crianças pequenas que não respeitam as regras e correm em ângulos erráticos; os consumidores, os passantes, os perdidos. A loja de moda elegante fica, bem apropriadamente, na High. Na vitrine, cubos cromados exibem joias, sapatos, bolsas e óculos escuros.

Quinn aponta para uma das prateleiras quando eles empurram e abrem a porta.

— Certo — diz Gislingham. — Então isso é um pompom de bolsa. Quem poderia saber, hein? Quem poderia saber?

A gerente está nitidamente parada na porta, alerta, e rapidamente os conduz para longe de um casal de americanos idosos extremamente magros que estão examinando lenços com estampa de leopardo.

— Então — diz Quinn, olhando ao redor. — Onde está ela?

— Eu pedi que esperasse no escritório — diz a gerente, baixando a voz. — Ela estava começando a ficar, bem, *barulhenta*.

Aposto que estava, pensa Gislingham.

— Você pode nos mostrar o caminho? — diz Quinn, agora nitidamente agitado.

Eles a seguem até os fundos, que está escuro, abarrotado e apertado depois do brilho esparso e extremamente branco da área de vendas. A gerente chuta uma caixa de folhetos promocionais para o lado e abre a porta do escritório. Mas não tem ninguém ali dentro. Só uma cadeira de plástico, um computador e prateleiras repletas de papelada. Quinn se volta para ela.

— Ela deveria estar aqui. *Onde diabos ela está?*

A gerente ficou pálida.

— Ela não pode ter saído pela frente, eu a teria visto. E Chloe estava aqui inventariando o estoque a manhã inteira, ou pelo menos deveria estar...

Há, então, um barulho, um som de descarga, e outra porta se abre. Uma mulher sai, os vê e enrubesce.

— Chloe, você não devia estar de olho na srta. Walker? — pergunta a gerente com rispidez.

A mulher parece confusa, com uma das mãos sobre a barriga.

— Ela está no escritório, não está? Ela estava lá há um segundo. Honestamente, só fiquei um minuto no banheiro, segurei o máximo possível, mas sabe como é quando você está grávida...

Quinn joga as mãos para o alto.

— Merda, ela deve ter nos ouvido.

— Tem alguma outra saída? — interrompe Gislingham.

A gerente gesticula.

— Tem uma saída nos fundos que dá para o Covered Market, mas só a usamos para jogar o lixo fora...

Mas os dois homens já saíram correndo.

Quinn sai ruidosamente pela porta no mercado e verifica todas as lojas ao passar. Loja de sanduíches, comida tailandesa para viagem, butique, padaria. O lugar parece de repente cheio de garotas de cabelo comprido. As mesmas vozes, as mesmas roupas, o mesmo cabelo louro com luzes que deve ter custado uma fortuna no salão. Rostos que se voltam para o dele, assustados, irritados, confusos. Uma delas até sorri. Então Quinn está no espaço aberto no centro, vendo Gislingham correndo na direção dele, vindo do outro lado. Os dois ficam ali parados, examinando os corredores. Loja de molduras, de tortas, sapateiro. A estante de plantas em frente ao florista, o mural com cartazes de shows e exposições de arte e peças nos jardins das faculdades. Avenidas que levam em todas as direções. É como procurar um rato em um labirinto.

— Você consegue vê-la?

— Não — diz Gislingham, com os olhos na multidão. — Não conseguimos cobrir esse lugar todo sozinhos, ela pode estar em qualquer lugar.

Quinn está respirando com dificuldade.

— Se estivesse tentando se esconder aqui, aonde você iria?

Gislingham dá de ombros.

— Algum lugar com um segundo andar?

— É o mais provável. Como se chama aquele lugar? O café?

— Georgina's — diz Gislingham. — Mas nunca consigo encontrá-lo.

Mas Quinn já foi, agora correndo.

— *Por aqui.*

Ele vira a esquina e sobe apressado a escada de madeira até o café, para no alto e quase derruba uma garçonete segurando uma bandeja. Metade das pessoas no salão se volta para olhar para ele. Mas nenhuma delas é Pippa.

— Desculpem — diz Quinn antes de se virar e descer, agora mais devagar. Onde diabos está Gis?

Seu telefone toca.

— Eu a encontrei — diz Gislingham. — Market Street. Venha rápido.

Quando Quinn emerge ao ar livre, ele percebe imediatamente aonde ela foi. E o motivo.

— Ela está aí dentro?

Gislingham assente.

— Entrou há alguns minutos. Só tem essa saída. Tudo o que precisamos fazer é esperar.

— Que se foda, vamos entrar.

— É o banheiro feminino... Você não pode...

Mas Quinn já está passando pela fila de mulheres pacientes de meia-idade, exibindo sua identificação.

— Polícia. Saiam do caminho, por favor. Saiam do caminho.

As mulheres recuam, murmurando, afrontadas, e Quinn começa a bater nas portas.

— Polícia. Abra.

Uma a uma as portas se abrem. Uma mulher asiática com um lenço no cabelo sai com uma criança, de rosto baixo, sem fazer contato visual. Uma senhora idosa vem em seguida, movimentando-se com dificuldade. Então uma mulher corpulenta de *tweed* que reclama em voz alta que vai "relatar isso para seu superior". Até que só uma porta no fundo permanece. Quinn vai até ela.

— Srta. Walker — diz ele em voz alta. — Precisamos falar com você. Abra a porta, por favor, ou vou ter que arrombá-la.

Seu coração está batendo forte após correr. Ou pela adrenalina. É difícil dizer.

Há um silêncio, em seguida o som do trinco se abrindo.

***

Quando eu era criança, adorava aqueles quadros de Escher. Você sabe quais — todos em preto e branco e geométricos. Não havia sites sofisticados, então tudo o que tínhamos era papel, mas eu amava ilusões de ótica, e aquelas eram as melhores. Eu tinha um dos quadros de Escher na parede do meu quarto, *Dia e noite*. Você deve tê-lo visto, é aquele em que é impossível dizer se são pássaros brancos à noite ou pássaros negros de dia. E é assim que me sinto quando empurro e abro a porta da sala de incidentes. Não é o que você está olhando, é de onde você olha que determina o que você vê.

A equipe ergue os olhos. Vê meu rosto. Fica em silêncio.

Então eu conto a eles o que a minha esposa disse.

Há uma pausa longa enquanto eles absorvem isso, então, de repente, estamos todos olhando para Gow.

— É possível que Harper também estivesse deixando a criança sair — diz ele, por fim, tirando os óculos e pegando o lenço. — Que a garota tenha negociado isso.

— Mas?

Porque tem um *mas* aqui. Um bem grande, posso vê-lo em seu rosto.

— Quando ela negou ter vergonha de combinar alguma coisa com Harper, tudo em sua linguagem corporal me sugeriu que ela estava dizendo a verdade. Então o que quer que a esteja deixando em conflito, não é isso. Então como, eu me pergunto, nós explicamos o fato de que essa criança claramente *não passou*, como alega a srta. Neale, toda a sua curta vida aprisionada naquele porão? Pessoalmente — diz ele — eu tendo para a explicação mais óbvia.

A navalha de Occam. A resposta mais simples está invariavelmente certa.

Há uma onda de incredulidade enquanto eles entendem o que Gow está realmente dizendo.

Seguramente não, seguramente ela não pode...

Mas eu acho que ela fez isso.

— Vicky inventou tudo — digo. — O sequestro, a prisão... A coisa toda. É tudo falso.

Posso ouvi-los prender a respiração. Gow olha para seu relógio e se levanta.

— Tenho que dar um seminário em exatamente 35 minutos. Mas vocês podem me ligar depois, se precisarem de mim.

Quando a porta se fecha atrás dele, as pessoas se remexem, mudam de posição. Há uma sensação de tempo avançando repentinamente, depois de dias andando em círculos.

— Faz todo o sentido para mim — diz Baxter, cruzando os braços, inteiramente redimido. — Não há necessidade de escapar se, para começar, você *nunca ficou preso*. Aquela garota passou todo esse tempo acampada lá. Vivendo na casa de Harper. Comendo a comida dele. Não é surpresa que o velho estivesse perdendo peso.

Somer se vira para mim.

— O senhor acha mesmo que ela pode ter vivido lá por quase *três anos*? Quer dizer, sei que ela estava procurando um lugar barato para morar, mas isso é ridículo. E, de qualquer modo, com certeza *alguém* teria percebido.

Eu aponto para a fotografia.

— Não tenho tanta certeza, olhe para esse lugar. Ninguém usava o último andar havia anos. A única vizinha era uma idosa que não tinha muita probabilidade de ouvir grande coisa através daquelas paredes. E a única pessoa que visitava não ficava por mais de quinze minutos, e nunca subia...

— Walsh subiu — interrompe Baxter. — Para roubar os *netsuke*.

— Exatamente — diz Everett. — E, quando fez isso, ele ouviu uma coisa que achou ser um gato. Mas *aposto* que era o bebê de Vicky.

— Mas e Harper? — pergunta um dos detetives. — Meus dois filhos quase faziam a casa desabar com seus gritos quando eram bebês. Com certeza Harper teria ouvido *alguma coisa* por todos esses meses, mesmo que ele estivesse perdendo a sanidade, não?

Há silêncio. Um silêncio interrompido por Everett.

— Lembram dos comprimidos para dormir que a perícia encontrou no andar de cima? E se Vicky os tivesse encontrado? Ela podia estar drogando o velho para mantê-lo quieto.

— Não só ele — diz Somer em voz baixa. — Ele não era o único que ela queria silenciar.

— Vou ligar para Challow — diz Baxter com ar severo. — Pedir para ele fazer alguns testes com as amostras do menino. Se é isso o que ela estava fazendo, eles vão conseguir provar.

Somer balança a cabeça.

— Mesmo uma dose pequena seria terrivelmente perigosa para uma criança pequena. Ela podia tê-lo matado.

Everett dá de ombros.

— Pelo que vi, não acho que ela teria se importado. Não há absolutamente *nenhuma* ligação entre aqueles dois. A gente vê muitos relacionamentos disfuncionais neste emprego, mas esta é a primeira vez em que me deparo com uma mãe e um filho sem *nenhuma* ligação.

— Mas essa é a verdadeira questão, não é? — diz Somer em voz baixa. — O menino. Não a relação entre eles. O fato até mesmo de ele existir...

Baxter se volta para ela, compreendendo.

— Porque, se não foi uma prisão, também não pode ter sido estupro, pode? E a única coisa que *sabemos* com certeza é que Harper é o pai daquela criança. Então se ele não a estuprou, o que aconteceu? Ela na verdade *queria* fazer sexo com ele? Isso é simplesmente nojento... Afinal, por que diabos ela faria isso?

Dessa vez, não penso na navalha de Occam. Penso em Gislingham. Gislingham que, por acaso, ainda não chegou. Gislingham que sempre diz que se não é por amor, é por dinheiro.

Eu me volto para o mural. E ali está a resposta. Estava bem na nossa frente desde o primeiro dia: o número 33 da Frampton Road. Que vale, mesmo por uma estimativa conservadora, pelo menos, três milhões de libras.

— Ela vai processar Harper — digo. — Acusá-lo de estupro e cárcere privado, então vai exigir uma indenização. Aquela criança vai dar a ela parte de tudo o que William Harper possui. O menino não é um "filho"; é um esquema para ganhar dinheiro.

Eu olho ao redor da sala. É estranho, mas as mulheres parecem mais convencidas que os homens. Embora, ao fundo, Somer esteja de testa franzida.

— Mas uma garota como ela podia realmente *fazer* isso? — pergunta um dos detetives, voltando-se para Everett. — Quer dizer, você faria?

Everett dá de ombros.

— É muito dinheiro. Ela pode muito bem ter achado que valia algumas transas rápidas. É só fechar os olhos e pensar em outra coisa.

Baxter solta um assovio baixo.

— Meu Deus — diz ele. — Coitado do velho...

— Certo — interrompe Somer. — Vamos deixar as coisas bem claras, então. De algum jeito, Vicky descobriu que Harper mora sozinho e praticamente não vê ninguém, semana após semana. Ela se muda para lá e começa a viver no andar de cima, tudo sem que ele perceba. Ela consegue engravidar, também, se você acreditar em Harper, sem que ele perceba...

— Aposto que ela se inseminou com um temperador de peru — brinca um dos detetives, causando alguns risos embaraçados.

— Então Vicky o incrimina por sequestro e estupro forjando um diário de seu cativeiro e se trancando no porão.

Todo mundo agora está olhando para ela.

— Só que ela não fez isso, fez? Ela não se trancou lá dentro. A porta estava trancada *por fora*. — Somer olha ao redor da sala. — Então quem fez isso?

Eu gesticulo com a cabeça para Baxter.

— Nós conseguimos alguma digital dessa tranca?

Ele se volta outra vez para sua tela, clica no relatório da perícia e o lê.

— Não. Só as de Quinn. De quando eles a resgataram.

Então alguém pode tê-la limpado. *Deve* tê-la limpado.

— Na minha opinião — diz Baxter. — Tem que ter sido Harper. Ele disse, não foi, que estava com medo porque podia ouvir barulhos lá embaixo. Ele deve ter descido um dia, percebido que havia alguém naquele quarto e trancado a fechadura. Vicky ficou presa por seu próprio esquema... O que, pensando bem, seria muito irônico.

Somer assente devagar.

— Acho que isso é possível, embora ele não pareça se lembrar de ter feito isso...

— Ele não se *lembra* de muita coisa — retruca Everett. O que, na verdade, não é de seu feitio. Eu vejo o mesmo pensamento no rosto de Somer, e depois Everett enrubesce um pouco quando nota meu olhar.

— Se ele se lembra ou não, é uma teoria plausível — digo. — Então vamos ver se conseguimos confirmá-la, está bem? Por enquanto, mandem Vicky de volta para o Vine Lodge. Precisamos esclarecer os fatos antes de eu falar com ela outra vez.

***

Enviado: Qua., 10/5/2017, 11h50   **Importância: Alta**
De: alan.challow@thamesvalley.police.uk
Para: adam.fawley@thamesvalley.police.uk,
DIC@thamescalley.police.uk
Assunto: Urgente — Frampton Road

Estou mandando este e-mail para confirmar que o sangue, o cabelo e as partículas de tecido encefálico encontrados na capa do carro são de Hannah Gardiner. O assassino nitidamente a usou para impedir o vazamento de fluidos corporais no chão, e é por isso que não conseguimos determinar uma cena precisa de assassinato em outro lugar da casa. A vítima provavelmente foi deixada inconsciente e então arrastada para cima do plástico antes do golpe fatal. Há marcas de raspagem nele que corroboram essa teoria. As únicas digitais são de William Harper o que, é claro, era esperado, considerando que estava no carro dele. Se outra pessoa o manuseou, deve ter usado luvas.

***

```
Entrevista com Pippa Walker, realizada no distrito de
polícia da St. Aldate's, Oxford
10 de maio de 2017, 12h10
Presentes: sargento detetive G. Quinn, detetive C.
Gislingham
```

GQ: Para registro na gravação, esta entrevista está sendo realizada de acordo com a lei. A srta. Walker foi informada de seus direitos, incluindo o direito de ter a presença de um advogado. Ela afirmou não querer um.

PW: Não preciso de ninguém. É Rob que é culpado, não eu. Eu não fiz nada.

GQ: Mas isso não é verdade, é? Você mentiu. Uma mentira muito séria. E podemos provar.

PW: Não sei do que você está falando.

GQ: Você nos deu um depoimento três dias atrás afirmando que Hannah Gardiner flagrou você e Rob na cama e que você presenciou uma discussão terrível.

PW: E daí?

GQ: Nossos cientistas forenses fizeram um exame minucioso no apartamento da Crescent Square. Não há nada que sugira que Hannah Gardiner morreu lá. Nada. Por que você mentiu?

PW: Eu não menti. Isso foi há dois anos. Ele reformou o apartamento duas vezes desde então.

GQ: Isso não faria diferença. Ainda haveria algum traço. Seria necessário um tipo de produto de limpeza especial, e mesmo assim…

PW: Bom, ele é um cientista, não é? Ele saberia o que fazer.

GQ: A questão, srta. Walker, é que agora temos razões para crer que Hannah morreu no número 33 da Frampton Road, onde seu corpo foi encontrado. Temos provas periciais que ligam sua morte àquela casa.

PW: [silêncio]

CG: O que você tem a dizer sobre isso?

PW: O que isso tem a ver comigo? Eu nunca nem fui lá.

[se levantando]

Olhe, eu posso ir agora?

GQ: Não. Sente-se, por favor, srta. Walker. Você ainda não respondeu à pergunta. Por que mentiu sobre o que aconteceu no apartamento?

PW: Eu *não* menti.

GQ: Uma testemunha afirmou ter visto você na noite do dia 23 de junho. Você estava com dois rapazes em um ponto de ônibus na Banbury Road. Ao mesmo tempo que Hannah e Rob Gardiner estavam aproveitando um jantar pacífico e sem nenhuma discussão em casa.

PW: [*silêncio*]

Eu estava com medo dele. Ele me bateu...

GQ: Então você está admitindo... que não aconteceu nada no apartamento?

PW: [*silêncio*]

CG: Para registro, srta. Walker, houve ou não uma discussão violenta no número 81 da Crescent Square como você descreve em seu depoimento do dia 7 de maio de 2017?

PW: [*silêncio*]

Não.

GQ: Hannah Gardiner chegou em casa naquela noite e a encontrou na cama com seu marido?

PW: Não.

CG: Então você mentiu. Pior que isso, tentou incriminar um homem inocente pelo assassinato de sua esposa.

PW: Ele não é *inocente*, ele é um canalha...

GQ: Você percebe a seriedade disso? A encrenca em que você está?

PW: [*voltando-se para o detetive Quinn*]

Você percebe a encrenca em que *você* está? Quando eu contar a eles o que você fez, me receber em seu apartamento, transar comigo...

GQ: Você sabe que não foi isso o que aconteceu...

PW: Bom, vai ser a sua palavra contra a minha, não é?

CG: Acho que um júri vai estar mais inclinado a acreditar no sargento detetive Quinn, você não?

PW: [*pega o celular e mostra uma foto para o sargento detetive Quinn*]

Essa é a *minha* calcinha na *sua* cama. Em quem eles vão acreditar agora?

GQ: Você armou isso. Deve ter tirado a foto enquanto eu estava fora.

[*voltando-se para o detetive Gislingham*]

Ela está mentindo.

PW: Quero um advogado. Posso ter um se eu quiser, não é?

CG: É, como nós já…

PW: Nesse caso, eu quero um. Agora. Não vou falar mais nada até conseguir um.

CG: Pippa Walker, você está presa por suspeita de interferir no curso de uma investigação. Você tem o direito de ficar calada, mas pode prejudicar sua defesa se deixar de mencionar, quando perguntada, algo que vá usar posteriormente no tribunal. Qualquer coisa que disser pode ser usada contra você. Vamos levá-la para as celas para esperar a chegada de seu representante legal. Também será exigido que entregue seu celular. Entrevista encerrada às 12h32.

***

— Eu ainda tenho minhas dúvidas em relação a isso, inspetor.

Estou parado na porta da cozinha da Frampton Road com a advogada de Harper. Olhando pelo corredor, posso ver o médico de Harper o ajudando a sair de um carro da polícia. Ele parece ter encolhido. Ele olha assustado para duas ou três pessoas que passavam do outro lado da rua e pararam para observar. Nós fizemos isso com ele. Eu sei disso. Não foi nossa intenção, e fizemos isso pelas razões certas. Mas, mesmo assim, é nossa culpa.

Erica Somer sai pela porta do motorista e faz a volta, e ela e Lynda Pearson ajudam Harper a entrar lentamente na casa. Ele tropeça na escada, dobrado ao meio, com as mãos estendidas à frente como se não confiasse mais em seus olhos.

Eu me volto para a advogada. Ela sabe o que estamos tentando provar com esse exercício, mas não entende por que estamos fazendo isso agora.

— Isso é do interesse de seu cliente. Desculpe por ter que ser assim, mas precisamos de provas físicas. Tenho certeza de que a senhora entende.

— O que eu *entendo*, inspetor — diz ela com acidez, enquanto Somer e Pearson sentam Harper, rígido, em uma das cadeiras da cozinha —, é que o senhor podia ter obtido essa dita "prova" bem no início das investigações e poupado um idoso doente e vulnerável de um estresse desnecessário, sem falar na prisão. Eu pretendo fazer uma reclamação oficial.

Vejo Somer olhar para mim, mas não vou perder a paciência com a advogada. Ela tem razão. Ou, pelo menos, em parte.

— A senhora está livre para fazer isso, claro. Mas tenho certeza de que a senhora entende que não tivemos escolha além de prender o dr. Harper quando prendemos. Na verdade, estaríamos depreciando nosso dever se não tivéssemos feito isso, levando-se em conta as provas de que dispúnhamos na época. E sejam quais forem os resultados deste experimento, ele nada tem a ver com o estado físico de seu cliente três anos atrás, época do suposto sequestro.

Ela funga, irritada, e leva a mão ao bolso para pegar o celular.

— Vamos acabar com isso, está bem?

Eu me volto para Baxter, que está parado atrás de mim com uma câmera de vídeo; a advogada não é a única que vai filmar isso.

— Está bem, dr. Harper, o senhor está pronto?

Ele olha para mim, então ergue uma mão trêmula para proteger o rosto, como se temesse um golpe.

— Não há do que ter medo, Bill — diz a médica. — Ele é um policial. Não vai machucar você.

Os olhos aquosos de Harper me encaram. Ele não mostra nenhum sinal de me reconhecer.

Pearson se agacha e põe a mão no braço de Harper.

— Nós só precisamos descer no porão um minuto.

Os olhos do velho se arregalam.

— Não... Tem alguma coisa lá embaixo.

— Está tudo bem, Bill. Não tem nada lá embaixo agora, prometo. E vou estar com você o tempo inteiro. Assim como essa policial simpática.

Ela fica de pé e troca um olhar com Somer, que dá um sorriso sem energia.

Baxter vai até a porta e abre a fechadura, em seguida se inclina para dentro e acende a luz no teto. Somer ajuda Harper a se levantar e, entre as duas, ela e Pearson levam Harper até o topo da escada.

— Eu vou primeiro — diz Somer. — Só por garantia.

— Ele precisa descer sem ajuda — digo em voz baixa. — Esse é o objetivo.

— Eu sei, senhor — diz ela, corando. — Eu só...

Sua voz se cala, mas sei o que ela quer dizer.

— O vídeo está rodando — diz Baxter atrás de mim.

— Vá em frente, Bill — pede Pearson com delicadeza. — Leve o tempo que quiser. Segure no corrimão se precisar.

Leva quase vinte minutos e ele precisa descer de costas, agarrado ao corrimão com as duas mãos, murmurando e tremendo a cada passo. Uma ou duas vezes ele quase escorrega, mas no fim estamos todos parados no porão vazio. Na umidade, no cheiro e sob a luz desoladora e tremeluzente.

A advogada se volta para mim.

— O que isso prova, inspetor?

— Prova que o dr. Harper é fisicamente capaz de acessar esta área sozinho, apesar de a sua artrite ter nitidamente se deteriorado nos últimos meses.

Eu capto o olhar de Baxter, e sei o que ele está pensando: Harper desceu aqui e fechou a tranca da porta por medo e confusão, condenando Vicky e uma criança pequena a uma morte horrível e lenta que só uma coincidência fortuita impediu. Mas ele não tinha ideia do que fez. Ele provavelmente achou que eram ratos. Não é nem uma tentativa involuntária de homicídio, muito menos assassinato.

— Podemos levar Bill lá para cima outra vez agora, inspetor? — pergunta Pearson. — Ele está começando a ficar nervoso.

Eu assinto.

— Mas ele precisa fazer isso sozinho outra vez, por favor.

— Espere um minuto, senhor.

É Somer, do outro lado do aposento, perto da porta interna. Ela olha para a tranca no alto e leva a mão até ela.

Ela vira para trás e olha para mim.

— Não consigo ter apoio suficiente para movê-la. Não sem subir em alguma coisa.

A conclusão é óbvia, e a advogada percebe imediatamente.

— Qual é a sua altura, policial?

— 1,67 metro.

— E meu cliente não pode ter mais de 1,70 metro, mesmo se ficasse de pé reto, e ele tem a mobilidade *muito* restrita e as mãos aleijadas pela artrite.

"Aleijadas" é um pouco histriônico em minha cartilha, mas gosto que ela esteja querendo provar alguma coisa.

Eu me volto para Baxter.

— Você tem a fotografia da cena do crime?

Ele balança a cabeça.

— Não nesta câmera. Mas tenho algumas no meu telefone.

— Está bem, vamos dar uma olhada.

Ele começa a voltar as imagens do quarto interno, a roupa de cama imunda, o saco de latas vazias, o vaso sanitário repugnante. E então o aposento em que estamos parados. Móveis quebrados, caixas de papelão, sacos de plástico preto, uma velha banheira de metal cheia de lixo. Nada remotamente robusto o suficiente para subir em cima.

— E a escada? — digo em voz baixa. — A que fica na estufa?

Ele balança a cabeça.

— De jeito nenhum. Estava coberta de teias de aranha e lixo. Ninguém mexia nela havia meses. E Vicky não podia estar naquele porão por mais de três semanas.

Ele tem razão. Claro que tem. Seria um milagre se a comida e a água que encontramos durassem sequer isso tudo.

— Uma cadeira da cozinha, então?

Ele lança um olhar para Harper.

— Bom, *eu* posso trazer uma, chefe, mas não acho que *ele* pudesse, se entende o que eu digo.

— Acho que não precisamos submeter meu cliente a nenhuma outra humilhação em vídeo, não é? — diz a advogada em voz alta. — Supondo que vocês não tenham objeção, vou levá-lo de volta para o lar de idosos do Conselho ao qual *suas* ações o condenaram.

Nós ficamos parados e observamos enquanto ela e a médica ajudam Harper a subir a escada outra vez, então ouvimos seus passos se afastarem pelo corredor e a porta bater atrás deles.

— Fico tentando me convencer de que ele já teria que ir para um asilo de qualquer forma — diz Somer, mordendo o lábio. Eu sei o que ela quer dizer.

— Se não foi Harper que trancou Vicky aqui — diz Baxter depois de um tempo —, a única outra possibilidade é Walsh. Está bem, nós sabemos que ele não estuprou Vicky, mas podia facilmente ter percebido que ela estava aqui. Ele admitiu ouvir aquele ruído no andar de cima, não foi? E, sim, ele *afirma* ter achado que era um gato, mas e se isso foi apenas uma mentira? E se ele percebeu o que Vicky estava tramando e resolveu se livrar dela... permanentemente? E ele provavelmente teria se safado disso também, com o DNA da criança e o velho no estado em que está. Tudo teria apontado para Harper.

— O que você acha, Somer?

Ela pega um lenço de papel no bolso e começa a limpar a sujeira das mãos.

— Se Walsh realmente descobriu o que Vicky estava tramando, ele tinha um motivo e tanto para se livrar dela. Dela *e* da criança. O próprio Walsh disse: ele e a irmã esperam ficar com o dinheiro de Harper quando ele morrer. Não consigo vê-lo com vontade de dividi-lo com uma adolescente imunda e vigarista. — Ela faz uma careta. — O que, por acaso, é exatamente como ele a descreveria.

— E você acha que ele seria capaz de trancá-los? Sabendo muito bem o que isso ia significar?

Ela guarda o lenço novamente no bolso.

— Acho sim, senhor. Tem algo nele que demonstra sangue-frio. Não acho que ele more sozinho por acidente.

Baxter está nitidamente satisfeito por ela concordar com ele de forma tão conclusiva.

— *E* Walsh é definitivamente desonesto o suficiente para se lembrar de limpar a tranca depois.

Também não estou disposto a discutir essa.

— De qualquer modo — continua Baxter —, se não foi Walsh, então quem? *Não tem* mais ninguém. Mais ninguém tem nada remotamente perto de um motivo. Muito menos oportunidade.

Eu respiro fundo.

— Está bem. Vão ao Vine Lodge e prendam Vicky por tentativa de fraude.

Baxter assente.

— E Walsh?

— Nós sabemos quando Vicky foi encontrada e sabemos que ela não pode ter ficado ali embaixo por muito mais que três semanas. Vamos descobrir onde Walsh estava nesse período.

***

— Onde está Fawley?

Somer ergue os olhos de sua mesa, surpresa por Quinn escolher perguntar a ela, levando-se em conta quantas outras pessoas ele podia ter escolhido.

— Com o superintendente. Acho que ele estava querendo saber onde *você* estava.

Porque você praticamente desapareceu nos últimos dias. E porque você está com uma aparência horrível. Mas ela, na verdade, não diz essa parte.

Quinn esfrega a nuca.

— É, bom, você sabe. Caso difícil.

A porta se abre, e Woods, o sargento da carceragem, aparece e examina a sala até avistar Quinn, então o chama para que se aproxime. Somer vê os dois conversarem, então observa Quinn ir rapidamente até Gislingham. Ela vê, pelo rosto deles, que alguma coisa está acontecendo. Qualquer que seja a confusão em que se meteu, pensa ela, espero que não leve Gislingham junto. Ela gosta de Gislingham, e ele não merece pagar pelos erros de Quinn.

Ela se levanta e vai até eles, então finge estar procurando uma coisa em uma mesa a duas baias de distância. Suas vozes estão baixas, mas ela consegue escutar o que estão dizendo.

— Ela deve ter *alguma coisa* na bolsa — diz Gislingham. — Cartão de crédito? Passaporte? Carteira de motorista... Nós sabemos que ela dirige.

— Woods diz que não — responde Quinn. — Ele deve saber.

Gislingham se volta para seu computador.

— Está bem, vamos fazer uma verificação de carteiras de motoristas.

Ele digita, em seguida olha fixamente para a tela, mastigando a ponta da caneta. Então franze a testa e tenta outra coisa.

Aí ele se vira para olhar para Quinn.

— Merda — diz.

***

Depois de dizer a Harrison o que precisamos fazer, volto para a sala de incidentes. O lugar está zumbindo com atividade. Baxter está na frente, falando enquanto escreve em um quadro branco.

DONALD WALSH
VICKY NEALE

Motivo
Dinheiro - bens de Harper, sexual?

Meios
Em condições físicas suficientes para cometer o crime/alcançar a fechadura

Oportunidade
Visitante conhecido da casa com acesso ao porão

Álibi??

HANNAH GARDINER

Motivo
Predador sexual???

Meios
Acesso a:
  . Capa do carro, etc.
  . Possíveis armas do crime
Em condições físicas suficientes para mover o corpo/subir até o sótão sem ajuda

Oportunidade
Visitante conhecido da casa com acesso ao sótão/barracão

Pode ter encontrado Hannah na rua

Álibi??

— Alguma sorte com seu paradeiro nas três semanas em questão? — está dizendo Baxter.

— Estamos verificando câmeras de segurança e de trânsito na rota entre a Frampton Road e a Banbury — diz um dos detetives. — Mas é muito trabalho. Vai levar tempo.

— E o 24 de junho de 2015?

— Ainda estou aguardando informações — diz Somer de sua mesa. — A linha do tempo o coloca lecionando a partir das 10h30 daquela manhã, e seria virtualmente impossível ir e voltar de Wittenham. Pedi a eles que verificassem se ele pode ter faltado nesse dia, mas deixei isso de lado quando começamos a visar Gardiner. Desculpe.

— Mas o Departamento de Investigação Criminal de Banbury está de olho nele, não?

— Eles estão no caso, sim. Eles sabem que nós vamos até lá assim que tivermos provas suficientes para trazê-lo para cá.

Baxter vira de costas para o quadro e me vê.

— Tudo bem, chefe?

— O que você está fazendo?

— Trabalhando no caso contra Walsh. Como o senhor disse.

— Eu disse para verificar o álibi dele em relação a Vicky. Não falei nada sobre Hannah.

Somer olha para Baxter, em seguida para mim.

— Parecia o próximo passo lógico, senhor. Se Harper não conseguia subir em uma cadeira para abrir a porta no porão não há como ele ter levado aquela capa de carro para o sótão, mesmo dois anos atrás. O senhor mesmo teve um trabalhão para subir mesmo sendo trinta anos mais novo e tendo alguém para segurar a escada... — Ela está corando de leve.

— E, como eu disse — intervém Baxter —, quem mais temos? Walsh é o único com tanto o meio quanto a oportunidade.

Eu vou até o quadro e olho para o que Baxter escreveu embaixo de "Motivo".

— Nós falamos sobre isso antes, senhor — diz ele. — Como Walsh podia estar usando aquela casa para abusar de mulheres. Tem uma pilha de pornografia, ninguém explicou isso, explicou?

— Ele tem razão, chefe — diz Everett. — Se não é Harper, tem que ser Walsh.

— O assassino de Hannah pode muito bem ter tido motivação sexual, senhor. — É Somer outra vez. — Não temos como saber por quanto tempo ela esteve na casa. Ele pode tê-la mantido lá por dias. E ela *estava* nua e amarrada.

Eu me viro para olhar para eles.

— E, durante todo esse tempo, Vicky estava no andar de cima, completamente alheia a tudo?

Parte de mim quer acreditar nisso, mas estaríamos em regiões tão selvagens no mundo das coincidências que haveria placas de aviso dizendo: "cuidado com os dragões".

Eles estão olhando uns para os outros. Sem saber ao certo aonde isso está levando.

— Olhem — digo —, eu compro a ideia de que Walsh foi quem trancou Vicky. Isso faz sentido. E, sob seu ponto de vista, é o crime perfeito: sem sangue, sem contato. Só fechar a tranca e ir embora, sem praticamente nenhuma chance de algum dia ser pego. Mas Hannah... Não. Isso é diferente. É brutal e sujo. Sem falar em incrivelmente arriscado.

— Então qual é a sua teoria?

Eu me volto para olhar para o mural outra vez. Os mapas, a linha do tempo, as fotos. Há uma imagem em minha cabeça tentando entrar em foco.

— Eu acho que esse crime foi premeditado — digo devagar. — Planejado até o último detalhe por alguém que Hannah conhecia. Alguém que a enganou para levá-la até um lugar preparado com tudo de que precisaria para se livrar do assassinato. A arma, a fita adesiva, o cobertor, a capa de carro. Alguém que já até sabia onde ia esconder a capa de plástico depois. Alguém, em outras palavras, que não apenas a queria morta, mas que *conhecia aquela casa.*

O rosto de Somer está pálido.

— Mas para fazer uma coisa dessa teria de ser…

— Um psicopata? Você tem razão. Acho que a pessoa que matou Hannah Gardiner é uma psicopata.

— Chefe?

É Quinn. Na porta. Com Gislingham.

— Que simpático vocês aparecerem. — E, sim, isso soou tão sarcástico quanto pareceu. — Vocês dois vão finalmente contar que diabos têm feito nesses últimos dias?

Quinn parece encabulado.

— É tudo culpa minha, chefe. Gis só estava tentando ajudar.

Os dois trocam um olhar.

— Podemos ir para seu escritório? — pergunta Quinn.

Eu olho para ele, então para Gislingham.

— É melhor que isso seja bom.

E é. Embora não para Quinn.

Meia hora mais tarde, todo mundo na sala para o que está fazendo quando nós três andamos até a frente dela.

Eu me volto para Quinn.

— Vá em frente.

Ele engole em seco.

Ele acabou de levar a maior bronca de sua vida, e a merda em que está ainda não acabou. Não está nem perto disso.

— Trouxemos Pippa Walker de volta para cá há algumas horas para autuá-la por tentativa de interferência em um caso em andamento. Mas, quando o sargento da carceragem a registrou, ela não apresentou nenhuma identidade. Ela disse não ter nenhuma. O que, é claro, tem que ser mentira, então tentamos localizá-la por meio dos registros de carteira de motorista. Mas — ele respira fundo — não existe nenhuma Pippa Walker com a mesma data de nascimento que ela.

— Você tentou procurar por Philippa? — pergunta Everett.

Quinn balança a cabeça.

— Também não tem nada com esse nome. Nós procuramos por todos os nomes para os quais Pippa podia ser um apelido. Penelope, Patricia...

Um dos detetives ergue os olhos de seu telefone com um sorriso malicioso.

— Diz aqui que Pippa significa sexo oral em italiano. Será que isso pode ser relevante, sargento?

Há risadas contidas, e vejo Gis baixar o rosto para esconder um sorriso. Quinn já está com o rosto vermelho como eu nunca vi. Eu avisto Somer perto do fundo a observá-lo, presa entre a ironia e a preocupação. Espero que a ironia ganhe; ela é boa demais para ele. E Quinn cavou a própria cova, dessa vez.

— E uma conta bancária? — diz alguém quando os risos terminam.

— Nada que tenhamos descoberto — diz Quinn, ainda escarlate.

— Conta do celular?

Gislingham balança a cabeça.

— É um pré-pago.

— Então ela está usando um nome falso? — pergunta Everett, nitidamente confusa. — Por que ela ia precisar disso?

E, de repente, eu sei o que tenho que fazer. Eu me levanto e pego o paletó nas costas da cadeira.

— Aonde você vai? — pergunta Gislingham enquanto saio andando.

— Vou descobrir a resposta para essa pergunta.

***

— Próxima pergunta: qual a ligação entre Mary Ann Nichols, Elizabeth Stride, Catherine Eddowes e Mary Jane Kelly?

Há risadas altas pelo salão, e alguns gritos bem-humorados de "Armação! Armação!".

À sua mesa perto da lareira, Bryan Gow sorri e escreve a resposta de sua equipe na folha. Jogos de perguntas e respostas de pubs são uma de suas fixações, junto a observar trens e equações quadráticas. E vocês acham que estou brincando. Os outros membros dessa equipe em especial são um ex-técnico de laboratório e um professor aposentado de patologia forense. Eles chamam a si mesmos de Mentes Criminosas, o que achei bem inteligente até Alex observar, de forma um pouco corrosiva, que a série de TV tinha chegado lá primeiro.

Este é o pub habitual de Gow em uma tarde de quarta-feira — costumava ser um pé-sujo para os trabalhadores do cais de desembarque de carvão, mas, nos últimos anos, foi gourmetizado e ganhou glamour. Troncos na lareira no inverno, paredes cinza e de um azul-escuro esverdeado, lajotas pretas e brancas no chão cuidadosamente restauradas. Alex o adora, e a cerveja também ainda é boa. Eu gesticulo para Gow, perguntando se ele quer uma. Ele assente e, quando a rodada atual de perguntas termina e as folhas estão sendo recolhidas, se levanta e caminha em torno das mesas para se juntar a mim.

— O que eu fiz para merecer isso? — pergunta ele com ironia, pegando seu copo.

— Me fale sobre psicopatas. Sociopatas e psicopatas.

Ele ergue uma das sobrancelhas, como se quisesse dizer "então essa foi a conclusão, é?". Ele lambe espuma do lábio superior.

— Bom, alguns sinais exteriores são incrivelmente semelhantes. Os dois tipos são manipuladores e narcisistas, eles mentem bem, são incapazes de assumir a responsabilidade sobre seus atos e não têm praticamente empatia nenhuma. Tudo o que importa, tudo o que registra, é sua própria necessidade.

— E como você os diferencia?

— Psicopatas são muito mais organizados e muito mais pacientes. Sociopatas tendem a agir impulsivamente, o que significa que cometem erros, e é mais fácil para pessoas como você apanhá-los. Nesse caso, normalmente, há algum fator traumático na infância. Abuso, violência, negligência. Os suspeitos de sempre.

— E os psicopatas?

Ele faz uma careta.

— Psicopatas nascem desse jeito, não são criados. — Ele agora está me observando. — Isso ajuda?

Atrás dele, o mestre do jogo está chamando as pessoas de volta a seus lugares para a rodada seguinte.

Eu assinto.

— Ajuda. Eu acho que ajuda.

Ele pega o copo para ir, mas eu o detenho.

— Mais uma coisa.

— Eu não achava que você fosse um fã de *Columbo*, Fawley — diz ele com um sorriso seco.

Mas, quando ele escuta a minha pergunta, seu rosto se fecha.

***

Quando ele destranca a porta e me vê, seu rosto fica imediatamente desconfiado.

— O que você quer? — diz ele, sem se dar ao trabalho de esconder a hostilidade. — Você veio se desculpar? Porque eu espero mesmo que sim.

— Posso entrar? É importante.

Ele hesita, então assente. E abre a porta. Toby está dormindo no sofá diante da TV que passa um desenho animado, com um cachorro de brinquedo agarrado junto ao peito.

Gardiner desliga a TV.

— Deixe-me botar Toby na cama e já falo com você.

O apartamento está igual à primeira vez em que vim aqui. Há cheiro de comida, e ele também deve ter feito uma boa limpeza, porque não há traços da equipe da perícia. A única desordem é uma bagunça de garotinho feliz. Gardiner está obviamente fazendo tudo o que pode para que a vida de seu filho volte ao normal. Como eu faria, no lugar dele.

Ele volta e se senta no sofá.

— Então?

— Eu vim me desculpar. Pelo que o senhor passou nesses últimos dias. É desagradável só de pensar.

Ele me lança um olhar seco.

— Bem, de quem é a culpa disso?

— Desculpe. Mas não tivemos escolha. Precisamos eliminar todas as possibilidades. Seguir todas as provas.

— É, bem, essa é a questão, não é? Vocês não tinham nenhuma "prova". Não contra mim. Só mentiras maldosas.

— Essa é outra razão por que eu vim. Queria falar com o senhor sobre Pippa Walker.

Sua expressão endurece.

— O que tem ela?

— O depoimento que ela nos deu, sabemos que ela inventou.

— Com toda a certeza, ela inventou. — Sua voz se eleva, mas ele rapidamente volta ao controle.

Eu chego um pouco para a frente no assento.

— Mas ela inventou *tudo*? Acredito no senhor que não houve discussão naquela noite, mas vocês estavam realmente dormindo juntos antes da morte da sua esposa? Olhe, não estou tentando armar para o senhor, por isso estou fazendo isso aqui, não no distrito. Sabemos que ela lhe mandou várias mensagens de texto aproximadamente uma semana antes da morte de Hannah. Mensagens explícitas. O senhor deve saber do que estou falando.

Gardiner passa a mão no cabelo, então respira fundo e olha para mim.

— Está bem. Se você precisa saber, nós transamos uma vez. O que eu disse sobre fazer uma coisa de que se arrepende porque está deprimido e com raiva, bom, foi isso. Ela estava deixando bem claro que estava interessada, e uma noite em que Hannah não estava e eu tinha bebido um pouco demais, simplesmente... aconteceu.

— E isso foi pouco antes do desaparecimento de sua esposa?

— Cerca de duas semanas antes. Hannah estava em Nuneaton. Fazendo pesquisa em outros empreendimentos de Malcolm Jervis.

— E foi depois disso que Pippa começou a lhe enviar mensagens? Seus olhos estão infelizes.

— Ela não me deixava em paz. Ela parecia achar que aquilo tinha *significado* alguma coisa. Que nós tínhamos um futuro juntos... que eu na verdade a amava. Era loucura. Eu apaguei todas as mensagens. Eu nunca respondi *nenhuma* delas.

— Eu sei — digo em voz baixa.

— Então eu disse que ela ia precisar arranjar outro emprego, que ia simplesmente ficar difícil demais.

— E como Pippa encarou isso?

— Ela pareceu estar sendo realmente madura em relação a isso. Ela ficou em silêncio por um tempo, então pediu desculpas por ter interpretado erroneamente a situação. Que nós podíamos seguir em frente como se nada tivesse acontecido. Só que percebi depois de alguns dias que não ia funcionar, por isso disse que ela ia precisar encontrar outro emprego.

— Como ela reagiu?

— Ela disse que não havia problema, que eu não me preocupasse e que ela ia começar a procurar outro emprego.

— Como o senhor explicou isso tudo para Hannah?

— Eu só disse que provavelmente era um bom momento para uma mudança. Alguma coisa assim. Ela concordou imediatamente.

— E quando tudo isso aconteceu?

— Alguns dias antes do desaparecimento de Hannah. Acho que falei com Pippa na sexta-feira.

Se os alarmes não estavam tocando em minha cabeça, agora eles estão.

— E por que não contou nada disso, sr. Gardiner?

Ele parece desesperado.

— Simplesmente porque achei que isso fosse me causar problemas, e foi exatamente o que aconteceu, não foi? Assim que vocês descobriram que tivemos um caso, seu pessoal somou dois mais dois e supôs que eu devia ter matado Hannah.

— O senhor ainda assim devia ter nos contado — digo com delicadeza. — Teria sido melhor para o senhor a longo prazo. E para nós.

— Desculpe. — Ele se inclina para a frente, com as mãos nos joelhos. — Eu sei. Desculpe.

Ficamos sentados em silêncio por um momento.

— Até onde o senhor sabe, Pippa conhecia alguém na Frampton Road?

Ele balança a cabeça.

— Ela nunca mencionou ninguém para mim.

— Não há razão em que o senhor possa pensar para que ela pudesse ter visitado o número 33?

Ele franze a testa.

— Não. Tenho certeza de que ela não fez isso. Quando surgiram as notícias sobre a garota no porão, ela me perguntou que casa era. O que faz com que você pergunte isso?

Estou tentando encontrar a melhor maneira de dizer. Mas ele é um cientista, além de pai e viúvo. Ele consegue lidar com franqueza.

— O senhor nunca pensou que Pippa pudesse estar envolvida no desaparecimento de Hannah?

Ele olha fixamente para mim.

— *Pippa?*

— Isso nunca passou pela sua cabeça?

Ele está nitidamente surpreso.

— Claro que não. Você acha que eu teria deixado que ela morasse aqui, cuidasse de Toby, se eu achasse que ela tinha matado minha *esposa*? Como eu lhe disse, depois do desaparecimento de Hannah, eu fiquei muito mal, precisava de ajuda. Ela era ótima com tudo isso, e Toby gostava dela...

Sua voz se emudece. Ele engole em seco.

— Quer dizer, é, ela estava um pouco entusiasmada demais em certo momento, mas era apenas uma paixonite. Ela superou isso. Sabe como é quando você é daquela idade: num minuto é o fim do mundo, e no seguinte você nem consegue se lembrar do motivo de tamanho problema. Ela era pouco mais que uma adolescente, pelo amor de Deus. Não a droga de uma psicopata.

***

— Só que ele está errado. — Eu olho ao redor da sala. Se eles estavam se perguntando aonde eu tinha ido e por que, eles agora sabem. — Acho que ela é exatamente isso. Acho que Pippa Walker matou Hannah, e ela tinha toda a intenção de fazer isso.

Mas posso ver por seus rostos que eles não estão me acompanhando, ainda não. E não posso culpá-los. Ela é atraente, educada e, mesmo agora, tem só 22 anos: ela seria mesmo capaz da carnificina que deve ter ocorrido na casa dois anos atrás? Então eu repito a eles o que Gow disse. Sobre como psicopatas nascem desse jeito, não são criados. E como, na experiência dele, a fêmea da espécie é ainda mais narcisista que o macho, ainda mais egoísta, ainda mais vingativa quando contrariada.

— A verdadeira expressão que Gow usou foi "o inferno não tem fúria pior".

— E aposto que ele também lhe disse de onde vem a citação — murmura Gis.

— A questão é que com uma pessoa com esse tipo de personalidade, tudo gira em torno dela. Outras pessoas são meros obstáculos a serem eliminados. Se ela decidisse que queria Gardiner, então uma coisa pequena como ele já ter uma esposa não ia detê-la.

Havia uma cena que vi uma vez em um velho seriado policial da BBC, *Waking the Dead*, um dos que eu realmente assistia. O que ficou em minha mente foi o que a mulher que fazia perfis disse sobre por que as pessoas se tornam assassinas. Ela disse que homens matam por raiva ou dinheiro. Mas mulheres são diferentes. Mulheres matam porque têm alguma coisa em seu caminho.

— E ela conseguiu o que queria, não foi? — diz Everett, de expressão fechada. — Ela acabou indo morar com ele. E, se não tivesse engravidado, Gardiner podia até ter se casado com ela.

— Será que uma garota como ela teria força suficiente para esmagar o crânio de alguém? — pergunta Baxter. Pragmático, como sempre.

— Aquela teria — diz Quinn, fazendo uma careta. Alguma coisa do velho Quinn está começando a voltar. — E, lembrem-se, Hannah foi atingida por trás. Provavelmente não foi necessária muita força bruta.

— Mas e mover o corpo? Pippa podia mesmo ter ido até o barracão sozinha?

— Em minha opinião, sim — diz Quinn. — Hannah não era tão grande. E Pippa é jovem, está em forma...

Um dos detetives faz uma cara de "aham, sei" pelas costas dele.

— Acho que ela podia fazer isso, desde que tivesse tempo suficiente.

— E depois disso — diz Gislingham —, tudo pode ter se desenrolado exatamente como dissemos. Pippa pode ter ido até Wittenham, deixado o carro e voltado de ônibus. E ela também não ficaria tão incomodada por deixar a criança, não se o objetivo fosse conseguir Gardiner todo para si mesma. Eu disse, não disse, só um psicopata faria isso com uma criança pequena. Parece que eu estava certo.

— *E* encontraram o DNA dela no carro — diz Everett. — Só que isso não deu nenhum sinal de alerta porque sabíamos que ela costumava dirigi-lo.

— Então estamos dizendo que foi Pippa que as pessoas viram com o carrinho de bebê? — pergunta Somer. — Mas a cor do cabelo está errada, não? Pippa é loura, Hannah era morena.

Gislingham dá de ombros.

— Perucas não são difíceis de encontrar. Não se ela já tivesse planejado tudo como o chefe disse.

— Espere um minuto — diz Baxter. — Antes que nós todos nos deixemos levar. O assassinato aconteceu na Frampton Road, certo? Sabemos que Walsh tinha acesso a casa praticamente sempre que quisesse, mas e essa garota, Pippa? Como ela entrou lá?

Todo mundo precisa de um advogado do diabo, e Baxter tem um selo do próprio tinhoso.

— Na verdade — diz Quinn —, não acho que seria muito difícil. Você percebe olhando de fora que o lugar está em mau estado. Ela pode ter dado a volta, bisbilhotado nos fundos e descoberto que havia uma fechadura quebrada.

— Sem Harper saber?

— Ele estava ficando um pouco confuso, ele bebe, estava tomando aqueles comprimidos para dormir. Acho que, basicamente, ele não sabia muito bem o que estava acontecendo na casa.

— Está bem — diz Everett. — Então digamos que foi isso o que aconteceu. Só em nome da discussão. Próxima pergunta: como Pippa levou *Hannah* ali para dentro?

Gislingham joga as mãos para o alto.

— Ah, essa parte é fácil: ela esperou por ela na Frampton Road naquela manhã. Ela sabia que Hannah estacionava lá, então só escolheu o momento certo. E ela sabia que Hannah ia para Wittenham. Na verdade, ela era uma das poucas pessoas que seguramente *sabiam* disso. Então ela fica por lá, aí convence Hannah a segui-la, não sei, diz que viu um gato machucado, ou algo assim. Então, logo que elas saem de vista...

— Está bem, é razoável — diz Baxter. — Mas nada disso *prova* que ela esteva naquela casa, prova? É tudo circunstancial. A promotoria vai querer muito mais que isso. E, se não conseguirmos prendê-la por assassinato, seu advogado vai conseguir fiança na outra acusação, e nós nunca mais vamos vê-la.

Faz-se silêncio. As fotos olham fixamente para nós. Hannah. Pippa. Toby, que não conseguiu nos dizer nada sobre o homem mau que machucou a mamãe porque nunca houve nenhum homem mau. Só sua babá de sempre levando-o para um passeio de carro. Eu devo ter olhado para essas fotos cem vezes. Só agora, pela primeira vez, algo está me incomodando. Algo em relação a Pippa.

Em me viro para Baxter.

— Essa foto na festa da Cowley Road... Nós temos a versão eletrônica dela, certo?

— Temos, chefe — diz ele, indo até sua mesa e abrindo-a no computador.

Vou até lá e me abaixo para olhar para a tela. Então aponto.

— O colar. Pode dar um zoom nele?

Há um murmurinho baixo na sala agora, e as pessoas começam a se reunir à minha volta. Acham que estou prestes a fazer uma descoberta. E conforme Baxter amplia a imagem e ela entra em foco, eles têm certeza.

A corrente é comprida e prateada, e pendurado nela há um objeto intricadamente esculpido na forma de uma concha. Pequena, bonita e preciosa.

É o *netsuke* desaparecido.

O ruído começa a aumentar — a adrenalina da descoberta, das peças do quebra-cabeça de repente fazendo sentido. Logo, só uma pessoa não está em torno da tela. Somer. Ela está no quadro branco olhando fixamente para o que Baxter escreveu.

Eu me levanto e me junto a ela.

— O que você está pensando?

— O que o senhor disse sobre Walsh, que era impossível que ele matasse Hannah naquela casa sem Vicky saber.

Eu espero.

— E?

— O mesmo não se aplica a Pippa? Eu entendo que ela deve ter planejado tudo isso com muito cuidado, mas, por mais organizada que ela fosse, Vicky com certeza teria ouvido *alguma coisa*, não teria? E *não há como* Pippa ter levado aquela capa de carro para o sótão sem que Vicky soubesse, não se Vicky estava acampada no último andar.

Eu me viro e levanto a voz.

— Silêncio, todo mundo... Vocês precisam ouvir isso. Vá em frente, Somer. Diga tudo de novo.

Ela faz isso. Embora não sem corar.

— Então, qual sua teoria? — pergunta Quinn. — Vicky escuta um barulho, desce e se vê no meio de um banho de sangue?

— Por que não? — diz Somer. — Só que ela não pode procurar a polícia sem revelar seu próprio esquema. Depois de tudo pelo que ela passou para conseguir aquele dinheiro, ter o bebê, se esconder naquela casa, ela arriscaria perder tudo.

Quinn franze a testa, mas é uma expressão pensativa, não de desdém.

— Então você está dizendo que elas cobriram os rastros uma da outra? Destruição mútua assegurada?

Somer está animada, agora, e pela sala posso ver o pensamento começar a ter efeito.

— Pensem nisso, a última coisa que Vicky ia querer era a polícia investigando a casa. *As duas* precisavam fazer tudo o que pudessem para desviar a atenção da casa na Frampton Road. Então elas fazem um acordo. Pippa concorda em ficar em silêncio em relação a Vicky se Vicky ajudá-la a abafar seu caso. Foi *Vicky* que ajudou a mover o corpo, esconder a capa do carro, limpar a sujeira.

— Ei, ei — diz Gislingham, ficando de pé enquanto folheia uma pilha de papéis. — Merda. Por que não pensei nisso antes?

Ele acha a página e ergue os olhos, com o rosto pálido.

— A colega de apartamento que deu o álibi para Pippa em 2015? A que disse que Pippa passou aquela manhã inteira vomitando? O nome dela era *Nicki Veale*. — Ele olha ao redor, pronunciando cada palavra. — Vicky Neale é a colega de apartamento de Pippa... Elas são *a mesma pessoa*.

***

Uma hora depois, Everett está procurando um lugar para estacionar perto da Iffley Road. Quando eles dividiram as tarefas, ela convenceu Quinn a deixá-la pesquisar onde Pippa estava vivendo em 2015. Ele achava essa a pior das tarefas e disse isso, mas Everett tinha uma intuição de que essa podia ser a melhor chance que eles tinham de descobrir o verdadeiro nome da garota. Mas ela não ia dizer isso em público, especialmente na frente de Fawley. Ou de Somer. Ela não está com inveja de Somer, não exatamente, mas ela está recebendo um pouco de atenção demais, especialmente para uma policial em um inquérito do Departamento de Investigação Criminal. Juntando isso à sua aparência, é difícil não se sentir um pouco ofuscada. Everett tenta não se lembrar de seu pai a descrevendo como um saco de batatas quando ela era criança e se concentra em manobrar habilmente seu Fiat em um espaço pouco maior que o carro. Dois anos morando em Summertown têm suas vantagens.

Ela tranca o carro e vai até a imobiliária. O rapaz lá dentro está fechando a loja, mas cede e abre a porta quando ela lhe mostra sua identificação. Ele está usando uma camisa do Manchester United e uma calça de algodão larga.

— Você esteve aqui na semana passada, não esteve? — diz ele. — Ainda está procurando aquela garota? Vicky alguma coisa, não era?

— Dessa vez é uma garota diferente. Você tem os registros do verão de 2015 do número 27 da Arundel Street?

O jovem abre o laptop e examina alguns arquivos.

— Tenho, o que você quer saber?

— Vocês tinham nessa época uma Pippa Walker como inquilina?

Ele examina uma lista, então diz:

— É, tínhamos uma Walker. Ficou até aquele outubro.

— Pippa Walker?

O rapaz faz uma careta.

— Não sei. Era meu pai que administrava o lugar na época e ele só usava sobrenomes. Por isso não tivemos nenhuma sorte na última vez em que você esteve aqui, não havia o suficiente para ir adiante.

— Mas as pessoas têm que lhes apresentar uma identificação para alugar, não?

Ele dá um sorriso enorme para ela.

— É claro, policial. Nós aqui fazemos as coisas direitinho.

— Você por algum acaso maravilhoso não teria cópias do que ela apresentou a vocês?

Ele faz uma expressão triste.

— Provavelmente não. Não tanto tempo depois. Posso dar uma olhada, embora possa levar algum tempo. Meu pai não era muito habilidoso quando se tratava de tecnologia. Ele e o scanner eram inimigos declarados.

Ela sorri.

— Não se preocupe, eu posso esperar.

Ele aponta.

— Nós temos uma máquina de café.

Everett olha para ela e balança rapidamente a cabeça.

— Eu estou bem.

Ele sorri.

— Boa escolha. Na minha opinião, o café é horrível.

Enquanto ele examina os arquivos, Everett circula pelo escritório, olhando para as informações sobre imóveis presas nas paredes e se maravilhando com os preços que até pequenos apartamentos nesta parte da cidade agora estão custando.

Aparentemente, custando e também faturando — a maioria tem grandes adesivos vermelhos dizendo "ALUGADO". Um momento depois, ela para em frente a um deles, então pega seu caderno e o folheia. Quinn podia ter um tablet, mas humildes detetives ainda são movidos a papel. Isso irrita Gislingham o tempo inteiro.

— Esta casa aqui — diz ela de repente, virando para trás. — O número 52 da Clifton Street. Essa também é uma das suas?

É onde Vicky disse que estava morando quando alegou ter sido sequestrada.

Ele olha para ela e assente.

— É.

— Pode pesquisar essa para mim?

— Dois mil e quinze de novo?

— Não. Um ano antes. Primavera de 2014, antes de julho.

— Está bem — diz ele. Em seguida: — Lá vamos nós. Em quem você está interessada?

— Tem uma Neale na lista?

O rapaz assente.

— Tem.

Então Vicky estava falando a verdade, pelo menos em relação a isso.

O rapaz ergue os olhos do laptop para ela.

— Acho que você vai querer ver isso, policial.

Everett dá a volta na mesa e para ao seu lado. Ele aponta para a tela do computador. Para a lista dos outros inquilinos do número 52 da Clifton Street quando Vicky Neale morava lá.

Anwar, Bailey, Drajewicz, Kowalczyk.

E Walker.

— Esqueça a outra identidade — diz rapidamente Everett. — É essa a que eu quero ver.

***

— Recebi uma mensagem para vir aqui.

O sargento da recepção na St. Aldate's ergue os olhos e vê uma mulher de jaqueta jeans e calça jeans skinny. Ela tem cabelo louro com luzes e uma bolsa com alças com um boneco de um macaco rosa pendurado. Pelo jeito como está vestida, não deve parecer mais que vinte anos de costas, mas, de frente, tem pelo menos o dobro.

— Desculpe, a senhora é?

— Recebi uma mensagem sobre a minha filha. De uma mulher, uma detetive Everton...

— Everett.

Ela ergue uma das sobrancelhas.

— Se você está dizendo... Então, eu posso ver ela? Vicky? Quer dizer, eu *suponho* que ela esteja aqui.

O sargento pega o telefone.

— Deixe-me ligar para a sala de incidentes para pedir que alguém venha aqui buscá-la. Se quiser se sentar, sra. Neale...

— Atualmente é Moran. Se você não se importar.

— Sra. Moran. Tenho certeza de que não vai demorar.

A mulher o olha de cima a baixo.

— Espero que não. Porque eu vim de Chester só para isso.

Então ela gira sobre os saltos, instala-se no assento mais distante e pega o celular.

***

Entrevista com Pippa Walker, realizada no distrito de Polícia da St. Aldate's, Oxford
10 de maio de 2017, 18h17
Presentes: inspetor detetive A. Fawley, detetive C. Gislingham, dra. T. York (advogada)

TY: Chamei o senhor aqui, inspetor, para lhe informar que a minha cliente vai fazer uma reclamação formal em relação à conduta do sargento detetive Gareth Quinn.

AF: Isso, claro, é direito dela.

TY: Também preciso lhe dizer que ela decidiu não responder mais nenhuma pergunta a menos que obtenha algum tipo de imunidade da promotoria.

AF: Imunidade da promotoria por quê, exatamente? Ela já foi acusada por tentativa de interferência em um caso em andamento. Isso não vai desaparecer.

TY: Minha cliente teme que pode ser equivocadamente acusada de ter envolvimento na morte da sra. Hannah Gardiner.

AF: O que faz com que ela ache isso?

TY: A srta. Walker tem informações pertinentes a esse inquérito, mas não está preparada para divulgá-las sem as garantias que mencionei. Eu discuti a conveniência dessa posição com ela e a probabilidade de tal imunidade ser concedida, mas ela está irredutível.

AF: As investigações sobre a morte da sra. Gardiner ainda estão em andamento. Ainda não estamos em posição de indiciar…

PW: Isso é uma grande besteira. Não vou cair nessa.

TY: [*contendo sua cliente*]

Pelo que entendi, vocês não encontraram digitais da minha cliente na casa da Frampton Road, não?

AF: [*hesita*]

Não, não encontramos.

TY: Nem qualquer outra evidência forense que a ligue ao crime?

AF: [*hesita*]

A análise completa da cena do crime ainda não foi concluída…

TY: Então?

PW: [*afastando a mão da advogada*]

Querem saber quem a matou? Então me deem imunidade. Porque não vou dizer *nada* até que vocês façam isso.

***

— Essa aí tem coragem, tenho que reconhecer — diz Quinn quando volto para a sala de incidentes. Ele estava observando no vídeo. — Por falar nisso, você percebeu como não é apenas o nome que é falso, não é? Aquele sotaque de classe média alta dela escorregou um pouco também.

Ele tem razão. A máscara caiu. É a mesma garota, mas outra pessoa. Pássaros brancos à noite, pássaros negros de dia.

A porta se abre atrás dele e há uma mulher ali parada com um dos detetives. Alguém que não reconheço, mas que parece, mesmo assim, de algum modo familiar. Alguém que caminha em minha direção e para. Ela olha para o mural, depois para mim.

— Que diabos está acontecendo? Eles disseram ao telefone que se tratava de Vicky.

O detetive se antecipa rapidamente.

— Esta é a sra. Moran, a mãe de Vicky.

Ela olha para ele, depois para mim.

— Certo — diz ela, caminhando até o mural e apontando com uma colorida unha fúcsia. — Eu sou a mãe de *Vicky*. Então alguém podia, por favor, me explicar o que vocês estão fazendo com essa foto da minha outra filha, Tricia?

***

— Tricia — diz o jovem asiático, olhando para Everett. — Tricia Walker, esse era o nome da inquilina. Aqui está.

Ele pega uma página de passaporte escaneada. O rosto, a expressão, é nitidamente Pippa, mesmo que o cabelo esteja bem diferente. E não só o cabelo: maquiagem, expressão, tudo em relação a ela agora é mais atraente, mais preciso, mais caro.

— Adiantou alguma coisa? — pergunta ele.

Ela sorri para ele.

— Totalmente maravilhoso. Você pode imprimir?

Ela pega o telefone e liga para a sala de incidentes.

— Quinn? Sou eu. Everett. Escute, eu sei o verdadeiro nome de Pippa Walker. É *Tricia*. Ela e Vicky, elas não se conheceram na Frampton Road como pensávamos. Elas *se conheciam antes*. Elas dividiram uma casa em 2014. E não só isso, elas deram o mesmo *endereço anterior* quando se registraram na imobiliária. Aquelas duas garotas, acho que elas podem ser...

— Irmãs. É, Ev. Nós sabemos.

***

— Não estou muito satisfeito com isso, senhor.

O sargento da carceragem parece desconfortável; não deve ser muito frequente para ele receber um inspetor detetive às oito da noite.

— Ela devia estar com o advogado aqui, isso devia ser gravado.

— Eu sei, e vou dizer isso tudo a ela e, se ela não quiser falar comigo, então eu paro.

Ele ainda não parece convencido, mas se levanta, pega as chaves e seguimos pela passagem até a cela. Ele abre a janelinha de observação, confere o interior, então destranca a porta e a abre.

— Vou estar na minha mesa — diz ele.

Ela está sentada na cama estreita, com os joelhos dobrados junto ao peito. Ela parece doente sob a luz azulada.

— O que você quer? — diz ela desconfiada.

— Eu na verdade não devia estar aqui.

— Então por que está?

— Porque quero falar com você. Mas você pode chamar sua advogada aqui, se quiser.

Ela olha para mim por um momento. Não sei dizer se ela está intrigada ou apenas cansada demais para discutir.

— Tanto faz.

— Eles me disseram que você não quis ver sua mãe.

Ela pisca quando digo isso, e eu me aproximo um pouco mais.

— Imagino que você esteja surpresa por nós a termos localizado. Ela se mudou duas vezes nos últimos anos. Sem falar em ter mudado de nome.

Ela dá de ombros.

— Eu lhe disse. Ela só se importa com seu novo namorado. Ela não liga para mim. Não mais.

— Depois de falar com ela, temo estar inclinado a concordar com você.

Agora, sem dúvida há uma reação, mas não uma que ela quer que eu veja.

— Expliquei a ela que você é a garota que esteve nos jornais durante a semana passada, mas infelizmente isso não fez muita diferença. Ela parece achar que a culpa é sua.

Vicky apoia o queixo nos joelhos.

— Eu disse a vocês...

Mas há um tremor em sua voz, agora, que não estava ali antes.

— Também contamos que ela tem um neto, mas infelizmente isso também não me levou muito longe. Quer saber o que ela disse?

Silêncio.

— Ela disse: "Se ela acha que vai sobrar para mim cuidar dele, está muito enganada."

Ela ainda está abraçando os joelhos. Mas os nós de seus dedos estão brancos.

— Para ser justo, ela tem o próprio bebê para cuidar, agora. — Vicky ergue o rosto. — Eu não disse? É uma menina. Megan. Você tem uma irmã. Ou meia-irmã, para ser mais preciso.

Eu me sento na ponta da cama e abro a pasta que estou segurando.

— Mas você já tem uma, não tem? Tricia Janine Walker, para ser preciso. Nascida em 8 de janeiro de 1995. Sua certidão de nascimento está no nome do pai, mas sua mãe e Howard Walker nunca se casaram de verdade, não é? Então, três anos depois, eles se separaram e sua mãe se casou com Arnold Neale. E teve você.

Deixo que o silêncio se prolongue. Se adense. E quando falo outra vez, posso ouvir minha voz ecoar nas paredes frias e úmidas.

— Por que não nos contou sobre Tricia, Vicky? Por que você não nos contou que tinha uma irmã morando em Oxford esse tempo todo?

Ela dá de ombros, mas não diz nada.

— Ela podia ter ido vê-la no hospital, você podia ter ficado com ela em vez de ir para o Vine Lodge.

— Eu não sabia que ela estava aqui — diz ela, por fim.

— Infelizmente não acredito em você, Vicky. Acho que você sabia muito bem onde ela estava. Ela estava no apartamento de Rob Gardiner. Um apartamento que, inclusive, você pode *ver* da casa de William Harper.

Eu movimento a cabeça para baixo e para cima, tentando fazer com que ela olhe para mim.

— Foi lá que ela o viu pela primeira vez? Do último andar da Frampton Road? Porque vocês duas estavam lá, não estavam? Pelo menos no começo.

Os olhos dela se estreitam.

— Você não pode provar isso.

— Na verdade, podemos, sim. Porque Tricia roubou um dos ornamentos do dr. Harper. Ela o está usando em uma foto da festa da Cowley Road em agosto de 2014, então sabemos que, naquele momento, ela já devia ter estado dentro da casa. Não encontramos suas digitais em lugar nenhum, porque vocês duas passaram um tempo enorme limpando, mas Tricia simplesmente não conseguiu resistir àquele *netsuke*, não é? Foi só por acaso que ela escolheu aquele ou ela sabia o quanto ele vale? Ela sabia que podia conseguir mais de 20 mil libras por ele?

Vicky me lança um olhar.

— Eu acho que ela sabia, Vicky. Porque ela é inteligente, não é? Muito mais inteligente do que parece. Mais inteligente que você, por exemplo. Ela usa o sexo para conseguir o que quer de homens que são burros demais para ver que estão sendo manipulados. Dinheiro, segurança, atenção, controle… O sexo é só um meio para chegar a um fim. E, se o sexo não funcionar, ela não fica desnecessariamente preocupada. Porque ela tem muitas outras opções. Eu sei. Eu a observei em ação e, tenho que reconhecer, ela é muito boa. Ela enganou Rob Gardiner e enganou meu sargento. Ela enganou até a mim. Mas, principalmente, ela enganou você e Hannah.

Women beware women.

Exatamente como Alex dizia.

— Vocês planejaram isso juntas, não foi? Você se mudar para aquela casa, ter o bebê, pegar o dinheiro de Harper. Ela estava em todo o esquema desde o começo. E estava tudo indo muito bem, até que um dia ela vê Rob Gardiner e ele se torna a única coisa que importa. Infelizmente você já estava grávida do filho de Harper, infelizmente, diferente dela, você estava presa naquela casa. Como isso devia acabar, Vicky? Com você dormindo no porão por alguns dias para fazer com que parecesse real, depois subir cambaleante a escada quando soubesse que Derek Ross estava na casa? Como ia explicar sua fuga? Ia inventar alguma história sobre o velho ter enlouquecido? Dizer que ele tinha deixado a porta aberta por engano?

Vicky se senta ereta de repente e se recosta na parede da cela.

— Eu não sou burra, embora você pareça achar que sou. Tudo isso que você acabou de dizer é um monte de mentiras. Não vou cair nessa.

Eu sorrio.

— Engraçado, sua irmã usou exatamente a mesma expressão. Se tem uma coisa que o trabalho na polícia me ensinou é que os frutos não caem muito longe da árvore.

Tem uma batida na porta, e Woods enfia a cabeça para dentro.

— Só conferindo se está tudo bem, senhor.

Eu olho para a garota, mas ela não diz nada.

— Estamos bem, sargento. Mas Vicky talvez queira um chá.

Ela assente, e Woods fecha a porta. Podemos ouvi-lo abrir ruidosamente a janelinha de observação de outra cela a algumas portas de distância, depois vozes. Dele. De uma garota. Depois suas chaves tilintando pelo corredor.

Vicky se enrijeceu. Ela reconheceu a voz. Há uma expressão estranha em seu rosto que em qualquer outra circunstância eu chamaria de medo.

— Ah, eu não disse? Tricia está aqui. Neste mesmo corredor. Ela está diante de uma acusação criminal.

O rosto de Vicky se fecha outra vez. Ela quer me perguntar qual a acusação, mas não vai me dar a satisfação. Mas isso não me incomoda. Eu vou contar a ela mesmo assim.

— Há três dias, ela nos deu um depoimento. Sobre a morte de Hannah Gardiner. Ela nos contou que Rob Gardiner matou a esposa durante uma briga furiosa depois que Hannah encontrou ele e sua irmã na cama juntos.

E ali está — em seus olhos, aquele leve tremor de dúvida e surpresa que só vejo porque sei o que estou procurando. Não é o que ela estava esperando que eu dissesse; não é o que as duas tinham combinado.

— Mas aí *você* nos disse que William Harper tinha feito isso. Que ele tinha matado outra garota, depois a enterrado no jardim, e havia se gabado para você do que tinha feito.

Ela dá de ombros. Isso não importa.

— E esse era o plano original de Tricia, não era? Ela queria se assegurar que, quando o corpo de Hannah fosse encontrado, a polícia supusesse imediatamente que Harper devia tê-la matado. Era a casa dele, quem mais poderia ser? Se vocês tivessem sorte, nós talvez nem nos déssemos ao trabalho de procurar outro suspeito. E sabe de uma coisa? Quase funcionou. Então por que, perguntei a mim mesmo, Tricia ia de repente botar toda essa preparação cuidadosa em risco nos contando uma coisa completamente diferente? Algo que ela devia saber que iríamos provar ser mentira?

Vicky torna a olhar para mim. Ela não consegue decidir se isso é verdade ou armadilha.

Eu me aproximo um pouco mais.

— Algumas noites atrás, minha esposa me lembrou de uma peça que vimos há alguns anos. Foi mais ideia dela do que minha, ela sempre está me arrastando para coisas que, não fosse isso, eu não iria.

Ela olha para mim. Desconfiada de aonde isso está indo.

— Esse tipo de peça se chama "tragédia de vingança". E eu acho que foi por isso que Tricia mudou a história. Vingança. Ela tentou incriminar Rob por matar sua esposa porque ele a expulsou de casa quando ela lhe disse que estava grávida...

Vicky leva um susto, então baixa os olhos rapidamente. Mas não rápido o bastante para me enganar: ela não sabia que a irmã estava grávida.

— Ela não podia perdoar Rob por tê-la largado, podia? Ela queria ir à forra. Mesmo se isso significasse que ele fosse acusado de assassinato. Mesmo que isso significasse botar todo o seu esquema em risco. Ela traiu você, Vicky. Do mesmo jeito que fez quando deixou você à mercê de um cara nojento como Donald Walsh.

A cabeça dela se ergue.

— Quem é ele?

Eu penso, como devia ter feito antes, que ela podia não saber quem a tinha trancado no porão. Ela provavelmente achava que tinha sido o velho.

— Ele é o sobrinho de William Harper. Achamos que ele descobriu o que vocês estavam tramando. Ele estava roubando os *netsuke* também. Parece mesmo que os iguais se reconhecem.

Sua cabeça está baixa outra vez, e no momento seguinte percebo que ela está chorando.

— Você falou com Tricia, Vicky? Você perguntou por que ela não voltou, por que não percebeu que alguma coisa tinha dado muito errado? Aqueles pedreiros acharem você quando acharam, isso foi muita sorte. A última página daquele diário, aquilo era real. Você achou que ia morrer. Lá embaixo, sozinha. No escuro.

— Foi um erro — diz ela aborrecida. — Deve ter sido. Ela não teria recebido nenhum dinheiro sem mim.

— Você tem certeza? — Eu pego outra folha da pasta. — Nós investigamos o histórico de sua irmã na internet. O que ela tem pesquisado no celular.

Eu entrego a ela a folha e a observo ler. Observo a expressão de espanto, e sua mão indo até a boca, então a ferocidade em seus olhos enquanto ela amassa o papel.

De repente, há uma comoção do lado de fora, e a porta se abre com uma pancada metálica. O sargento da carceragem está ali parado, arquejando.

— O quê...

— É melhor o senhor vir. A outra, Tricia, Pippa, seja lá qual é seu nome. Acho que ela está tendo um aborto espontâneo.

Eu já estou de pé.

— Você chamou uma ambulância?

— Está a caminho. A detetive Everett vai com ela.

— Você pegou o telefone da mãe da garota?

— Eu pedi, mas ela disse que não quer que entremos em contato com ela.

— Está bem, mas ainda precisamos de dois policiais. Veja se você consegue encontrar a policial Somer. Peça a ela para se encontrar com Everett no John Radcliffe.

Estou na porta quando Vicky me chama de volta.

— Você tem certeza? — diz ela, gesticulando para o papel. — Isso é mesmo verdade?

Eu assinto.

— Ela mandou até um e-mail pedindo assistência de um advogado. — Eu pego outra folha e a entrego a ela. — Viu? Desculpe, Vicky, mas não tem equívoco. Ela pode não ter planejado isso desde o começo, mas a morte de Hannah... isso mudou tudo. Porque você era a única que sabia o que ela tinha feito. A única que sabia seu segredo.

***

A garota parada na porta hesita. Depois de todos aqueles meses, agora chegou a hora, e ela não está tão certa. O espaço é tão pequeno. Tão sujo. E fede.

— *Mudei de ideia. Não quero fazer isso, no fim das contas.*

— *Ah, pelo amor de Deus, Vicky! Por que você teve aquele maldito filho se não ia até o final com isso?*

Vicky morde o lábio.

— *Isso foi tudo ideia* sua.

— *É, e você sabe por quê. Você não vai receber dinheiro nenhum, você sabe, se perder a coragem agora. Nós já esperamos tempo suficiente, você* esperou *tempo suficiente...*

— E isso é culpa de quem? — retruca rispidamente Vicky. — Nós podíamos ter feito isso há séculos se você não tivesse estragado tudo. Estou presa nesta maldita casa há meses enquanto você anda por aí fazendo o que quer... trazendo aqueles malditos estudantes pelos fundos. Você sabe, não sabe, que o menino viu você transando com aquele tal de Danny?

Tricia ri.

— Eu sei. Dan olhou em volta e o viu nos observando. Isso fez com que ele surtasse. Foi muito engraçado.

Vicky não diz nada.

— Olhe — diz Tricia, agora de forma conciliatória. — Desculpe por você não ter se divertido muito ultimamente, mas nós agora vamos levar isso até o fim. Nós precisamos fazer isso. Você ouviu aquele assistente social... Ele vai botar o velho em um asilo.

Ela estende o braço e segura o queixo da irmã.

— Eu limpei tudo lá em cima, e você tem tudo de que precisa. Eu lhe trouxe comida, água e uma lanterna. Aquele diário para eles encontrarem. E é só por alguns dias. Só para fazer com que pareça real.

Ela se volta para o menino chutando um dos sacos de lixo e o pega no colo. O cabelo escuro cai cacheado sobre seus ombros. Elas tomaram o cuidado de não o cortar.

— É uma aventura, não é? — diz ela com animação. O menino estende a mão e toca o rosto dela. — Está vendo? Ele também acha.

Vicky pega o filho no colo e o segura contra si com força. Ela hesita por um momento, depois atravessa a soleira.

Atrás dela, a porta se fecha com uma pancada metálica. Então há o barulho de uma cadeira sendo arrastada pelo chão e a tranca se fechando.

Vicky corre até a porta e bate nela com o punho, com o coração disparado.

— Tricia! O que você está fazendo?

— Estou fazendo com que pareça real, idiota. O que acha que estou fazendo?

— Mas você nunca disse nada sobre isso...

— Porque eu sabia que você não ia concordar, por isso. Mas é o único jeito, o único jeito de convencer as pessoas que você estava mesmo trancada aqui embaixo.

— *Por favor, não faça isso, abra a porta!*

— *Olhe, é só por alguns dias, está bem? Aí eu vou ligar para a polícia anonimamente e dizer a eles que ouvi alguma coisa, e eles vão vir aqui e libertar você. E nós vamos ficar com o dinheiro. Só continue a pensar nisso, nos malditos três milhões de libras. Isso vale alguns dias de merda, certo?*

— *Não... Não quero... Não posso... Por favor...*

Mas aí os passos recuam e sobem a escada, e a luz sob a porta se apaga.

A criança que ela está segurando fica rígida contra ela, e seu corpo se contorce quando o menino começa a berrar.

***

Somer já está esperando do lado de fora quando a ambulância para em frente à entrada da emergência, e dois enfermeiros saem apressados para encontrá-la.

— Um possível aborto espontâneo — diz uma paramédica quando abre a porta traseira. — Ela já perdeu muito sangue.

Quando eles baixam a maca até o chão, Somer vê que a garota está pálida e visivelmente tremendo, com as mãos sobre a barriga.

— Está bem, querida — diz o enfermeiro. — Tricia, não é? Vamos levar você lá para dentro e dar uma olhada.

***

```
Entrevista com Vicky Neale, realizada no Distrito
Policial da St. Aldate's, Oxford
10 de maio de 2017, 21h
Presentes: inspetor detetive A. Fawley, sargento de-
tetive G. Quinn, dr. M. Godden (defensor público)
```

AF: Para registro na gravação, a srta. Neale foi previamente detida sob a acusação de falso testemunho e obteve fiança. Ela agora foi presa em conexão com a morte de Hannah Gardiner em 2015, e decidiu, por livre e espontânea vontade, auxiliar a polícia prestando um depoimento para esclarecer a extensão exata de seu envolvimento nesta questão. Isso está correto, não está, Vicky?

VN: [*assente*]

AF: Então está bem. Por que você não nos conta o que aconteceu? Com suas próprias palavras.

VN: Por onde você quer que eu comece?

AF: Do começo. Quando você chegou pela primeira vez a Oxford. Quando foi isso?

VN: Dois mil e catorze. Abril de 2014. Eu cheguei primeiro e consegui aquele lugar na Clifton Street. Então um dia Tricia apareceu.

AF: Sua irmã, Tricia Walker. A jovem que atualmente usa o nome de Pippa.

VN: [*assente*]

AF: Mas esse não era o plano? Você não estava esperando por ela?

VN: Eu não a via há meses. Nós tivemos uma grande briga, e eu fui embora.

AF: Da casa da sua mãe?

VN: Eu não aguentava mais morar lá. Minha mãe estava sempre na casa de seu novo namorado e Tricia não parava de me dizer o que fazer o tempo inteiro.

AF: Sobre o que foi a discussão?

VN: [*silêncio*]

Tinha um garoto de quem eu gostava. Só que, você sabe.

AF: Ele preferiu Tricia?

VN: Ela *o tirou de mim*. Ela nem gostava dele tanto assim. Ela só fez isso porque podia. Era a mesma coisa com os namorados da mamãe. Tricia andava praticamente nua quando eles estavam por lá. Era como se ela os estivesse desafiando a irem em cima dela.

AF: Isso realmente aconteceu alguma vez?

VN: Uma vez. Um cara chamado Tony.

[*silêncio*]

Minha mãe os pegou juntos na cama. Tricia disse que foi tudo ideia de Tony. Que ele a estava "aliciando" ou alguma besteira assim. Ele negou, é claro, mas minha mãe o expulsou mesmo assim.

AF: O que você achou que tinha acontecido? Você acreditou em Tony?

VN: Olhe, Tricia nunca faz nada que não queira fazer, certo? Mas ela não gostava de Tony. Ela só queria provar que podia tê-lo se quisesse.

AF: Quantos anos ela tinha na época?

VN: Não sei. Quinze, talvez?

AF: Então o que aconteceu quando ela veio para Oxford?

VN: Ela foi morar comigo. Ela recebia seguro-desemprego, e eu ainda tinha algum dinheiro deixado pelo meu pai quando ele morreu, mas não era muito. Trish sempre odiou não ter dinheiro. Foi por isso que ela teve essa ideia. Toda ela, tudo que aconteceu, foi tudo ideia dela.

AF: O quê, exatamente?

VN: Você sabe, tudo.

AF: Você precisa nos contar, Vicky. Precisamos ouvir de você.

VN: Ela tinha visto um programa de TV sobre aquela mulher no porão, na Alemanha. A que teve todos aqueles filhos. Ela disse que podíamos fazer uma coisa dessas e ganhar muito dinheiro. Só precisávamos encontrar a pessoa certa. Um velho que morasse sozinho. Alguém com Alzheimer, era isso o que ela realmente queria.

AF: Vocês não podiam simplesmente arranjar empregos, como todo mundo?

VN: Eu teria feito isso, mas Tricia disse que não ia desperdiçar seu tempo em um emprego horrível por um salário de merda.

AF: Então como vocês escolheram o dr. Harper?

VN: Nós fomos até North Oxford de ônibus. Todo mundo dizia que era um lugar de gente rica, que havia muitos velhos morando sozinhos em casas enormes por lá. Na segunda vez que fomos, nós o vimos. Ele estava na rua sozinho. Usando pijama e segurando uma lata de cerveja. Tricia disse que ele era perfeito, então nós o seguimos até sua casa. Nós voltamos mais tarde depois que escureceu e entramos. Havia uma fechadura quebrada nos fundos. Ele estava na sala da frente, roncando. Ele tinha se masturbado com a foto de uma mulher de vestido vermelho. Era nojento.

AF: E vocês perceberam que o restante da casa estava vazio?

VN: Havia coisas em um quarto no primeiro andar, mas Trish disse que era possível morar no último andar sem que ninguém percebesse. Então observamos a casa um pouco e notamos que a única pessoa que aparecia era o assistente social, e ele saía de lá em, tipo, dez minutos. Foi depois disso que eu me mudei para lá.

AF: Só você, não Tricia?

VN: Ela ficou no apartamento. Mas às vezes me visitava.

AF: Então quando ela viu Robert Gardiner pela primeira vez?

VN: Acho que foram alguns meses depois. Ela o viu no jardim com o garotinho. Ela ficou louca por ele. Quer dizer, por Rob.

AF: Então ela começou a segui-lo. Na festa da Cowley Road, por exemplo.

VN: Não era difícil. Nós sabíamos quando eles iam sair, podíamos ver direto seu apartamento do último andar. Um dia nós até os vimos transando. Tricia ficou completamente louca. Foi quando ela resolveu arranjar o emprego como babá.

AF: Como ela fez isso?

VN: Ela deu um jeito de conhecer a mulher dele no mercado, sabe, "por acaso".

[*faz um gesto de gancho com os dedos*]

Ela queria que a mulher pensasse que aquilo tudo era ideia dela. Tricia é muito boa em coisas assim, convencer as pessoas a fazer o que ela quer sem que elas percebam. Como eu disse, ela consegue realmente fazer as coisas quando quer. Especialmente com homens.

AF: [*olhando para o sargento detetive Quinn*]

E foi então que ela começou a chamar a si mesma de Pippa?

VN: Ela achava que Pippa parecia ter mais classe. Ela dizia que coisas assim importavam para pessoas como os Gardiners. Que eles só gostavam de pessoas que eram como eles.

AF: Essa foi a única razão?

VN: [*hesita*]

Não. Quando estávamos na escola, ela atacou o rosto de outra menina com um garfo. Foi uma discussão idiota sobre ela se sentar na cadeira de Tricia. Era sempre assim, ela surtava completamente se alguém tentasse dizer a ela o que fazer. Mamãe parou de se importar muito tempo antes disso. Não valia o aborrecimento. Mas a escola ficou louca, então ela foi suspensa e mandada para uma daquelas pessoas que aconselham. Ela tinha medo de que, se os Gardiners a checassem e descobrissem isso, não a deixassem tomar conta de seu filho.

AF: Quando ela conseguiu o emprego você estava grávida, não estava? Isso, suponho, também foi ideia de Tricia, não foi?

VN: [*se remexe na cadeira*]

Ela disse que íamos conseguir ainda mais dinheiro assim. Que o DNA ia provar que o velho tinha me estuprado.

GQ: E o diário?

VN: [*pausa*]

Ela disse que as pessoas iam acreditar mais em mim se fizéssemos isso. Que ia parecer melhor no tribunal. Ela me falou o que dizer.

AF: Ela ditou o diário para você?

VN: Ela inventou, e eu escrevi. Então ela estragou parte dele com água para parecer mais real.

GQ: E isso tudo foi enquanto você ainda estava morando no andar de cima?

VN: [*assente*]

AF: Mas se ter o bebê foi ideia de Tricia, por que ela não fez isso? Assim seria ela a ganhar o dinheiro.

VN: Ela disse que eu daria uma vítima melhor.

GQ: Ela disse mesmo isso, que você daria uma "vítima melhor"?

VN: Ela disse que era mais fácil as pessoas sentirem pena de mim que dela. Que ninguém ia acreditar que ela pudesse ser tão burra.

AF: Mas iam acreditar se fosse você?

VN: [*ela se contém e não diz nada*]

AF: E o dinheiro?

VN: Ela me fez prometer que ia dividir com ela.

[*ficando agitada*]

Ela disse que eu devia isso a ela, depois de tudo o que tinha feito por mim.

***

— *Você está incrível. Igualzinha a ela.*

Tricia se afasta e admira seu trabalho. O vestido vermelho, o batom, o cabelo. Tudo perfeito.

— O que você acha?

Vicky se olha no espelho. E Tricia tem razão. A semelhança é assustadora. Ela estremece. Não tem certeza se gosta de parecer com uma morta.

— Então está pronta? — Tricia está na porta, segurando-a aberta. — A última vez que eu o vi ele estava deitado de costas. Bêbado feito um gambá. Vamos só torcer para que ele ainda consiga ficar duro. Ou que você consiga deixá-lo duro.

— Eu não vou transar com ele, Tricia. Não de verdade.

Tricia faz uma careta.

— Quantas vezes mais vou dizer: você não precisa. *Só o masturbe. Vamos coletar o sêmen e botar em você.*

— E se ele se lembrar? E se ele contar a alguém?

Tricia ri.

— É, está bem. Ele é um idiota, Vicky. Só fala bobagem a maior parte do tempo. Ninguém vai acreditar nele. E, de qualquer forma, é para isso que serve toda essa sua arrumação. Ele vai achar que é a mulher dele. Por isso é uma ideia tão boa. Se ele disser qualquer coisa, as pessoas vão só pensar que ele ficou mais louco do que já está. Quanto mais louco acharem que ele *está*, melhor para nós. Lembra?

Vicky estremece. Essa maldita casa está sempre fria.

— Aqui — diz Tricia, segurando uma garrafa de Smirnoff. — Comprei aqui perto. Pode ajudar.

A vodca desce queimando a garganta de Vicky.

— Está bem — diz ela.

Na sala, William Harper está na cama, roncando. Vicky hesita na porta, mas Tricia a empurra para a frente. Ela para perto da cama por um instante, então puxa a coberta. Harper só está usando um colete. Um colete e meias. Sua genitália murcha pende sobre sua coxa.

— Vá em frente — sussurra Tricia.

— É nojento, eu não vou tocar nisso.

— Só siga o plano, está bem? Ele provavelmente vai mesmo gozar em um nanossegundo.

Vicky estende o braço e segura o pênis de Harper. Os olhos dele se abrem imediatamente e, por um momento, os dois ficam ali congelados, olhando fixamente um para o outro. Os lábios dele se movem, mas não sai nenhum som.

— Pelo amor de Deus, Vicky — *reclama Tricia.*

Vicky aperta sua pegada, e os olhos de Harper se arregalam.

— Priscilla? — *murmura ele, se encolhendo.* — Não me machuque. Eu não fiz nada. Por favor, não me machuque.

Vicky larga seu pênis.

— Não consigo fazer isso.

Tricia se aproxima e a empurra bruscamente para o lado.

— Ah, pelo amor de Deus, será que eu tenho que fazer tudo sozinha?

Vicky recua até a porta enquanto Tricia sobe na cama e se senta sobre os joelhos de Harper. Ela tem um saco plástico na mão.

— Certo — *diz ela.* — Seu velho pedófilo sujo. Vamos ver do que você é feito.

Vicky se vira e vai para o corredor.

Ela pode ouvir o velho gritando durante todo o tempo em que sobe a escada.

***

AF: Está bem, Vicky. Vamos seguir para junho de 2015. Você está morando na casa na Frampton Road, você está grávida, e Tricia está trabalhando como babá de Toby. Conte sobre Hannah. Como Hannah Gardiner morreu?

VN: Não era para acontecer. Nada disso.

GQ: Não tente nos enrolar dizendo que foi algum tipo de acidente porque eu não vou acreditar. Ainda havia restos do cérebro dela na droga daquela capa de plástico...

MG: Isso é desnecessário, sargento, minha cliente está sendo excepcionalmente colaborativa.

VN: Não estou enrolando vocês. Estou falando a verdade.

AF: Está bem, então qual era o plano? Porque vocês tinham um plano, não tinham, você e Tricia? Hannah não entrou por acaso naquela casa.

VN: Tricia transou com Rob uma noite quando Hannah não estava e começou a dizer que ele ficaria com ela se sua esposa estivesse fora do caminho, que ele era decente demais para largá-la. Coisas assim. Eu não sabia o que fazer, estava preocupada com o que ia acontecer…

AF: O que quer dizer com isso?

VN: Sei como ela é. Se quer uma coisa, ela consegue. Não importa quem ela machuque.

AF: Você estava preocupada o suficiente para tentar alertar Hannah?

VN: [*assente*]

Mas eu estava apavorada com o que Tricia ia fazer comigo se descobrisse.

GQ: Espere um minuto, aquela ligação que Hannah recebeu na véspera de sua morte, a do celular. Foi você, não foi?

VN: [*assente*]

Eu não disse quem era. Não disse a ela meu nome.

AF: Então o quê? O que você disse?

VN: Eu não disse nada sobre Rob. Só disse que Pippa, na verdade, não se chamava Pippa. Eu disse que ela estava morando na Clifton Street, que haveria pessoas lá que sabiam seu verdadeiro nome, e que ela devia verificá-la. Eu estava torcendo para que ela descobrisse o que Tricia tinha feito com aquela garota na escola e eles a demitissem.

AF: Então foi por isso que Hannah foi à Cowley Road naquela tarde. Para encontrar "Pippa".

VN: [*assente*]

Mas acho que ela não encontrou ninguém. Não deve ter encontrado.

AF: Então o que aconteceu no dia seguinte? Qual era seu plano.

VN: Eu já disse, não havia nenhum plano. Eu não sabia nada sobre isso. Eu estava lá em cima, ouvi um barulho e desci. E então… E então…

***

— *Meu Deus, Tricia, o que você fez?*

Tricia está parada perto da estufa. Tem um martelo na mão e, a seus pés, uma mulher caída de cara no chão. Sangue está melando seu cabelo escuro e ela está fazendo um som rouco terrível. Suas mãos estão se mexendo, tentando agarrar o ar, e ela está tentando se levantar.

Vicky se aproxima um passo.

— *Ah, meu Deus, é* Hannah.

— *Eu sei disso, sua vaca burra, quem mais seria?*

— *Mas o que ela está fazendo aqui, o que aconteceu?*

Tricia lança um olhar ferino para a irmã.

— *Eu te disse, sua idiota. Lembra?*

— *Você disse que queria ficar com Rob, não que ia matá-la.*

— *Bom, você sabe como são os homens. Eles sempre dizem que vão deixar suas esposas, mas nunca fazem isso. Desse jeito, ela sai de cena. Fim.*

Ela se volta para a prateleira às suas costas e pega um par de luvas de plástico. Há um segundo par de luvas, um rolo de fita adesiva, uma lata de alvejante industrial, uma peruca morena. Nada disso estava ali ontem.

— *Meu Deus, Tricia, você* planejou *tudo isso?*

— Claro que eu planejei, porra. Nós não vamos nos safar de outro jeito.

— O que você quer dizer com nós? Eu não tenho nada a ver com isso, você não pode me obrigar a...

— Ah, posso, sim. Porque se você não me ajudar, vou contar para todo mundo sobre o seu esqueminha sujo. Esse pirralho que você está carregando... Como você enrolou aquele pobre velho punheteiro indefeso... Você vai pegar pelo menos três ou quatro anos.

Lágrimas brotam nos olhos de Vicky.

— Mas foi tudo ideia sua...

— É — diz ela, sardônica. — Mas eles não sabem disso, sabem? Então pare de choramingar e me ajude.

A mulher no chão geme de repente e tenta levantar a mão. Tricia se abaixa depressa e puxa sua cabeça para cima com força pelo cabelo. Tem sangue saindo de sua boca, e ela está olhando fixamente para Vicky.

— Está bem — diz Tricia, soltando-a. — Ela agora viu você, então você não tem escolha. Então pare de palhaçada, está bem?

— O que você quer que eu faça? — diz Vicky, com a voz presa na garganta.

Hannah está gemendo baixo. Chamando o nome do filho.

Tricia pega o segundo par de luvas e o joga para Vicky.

— Vá até o carro e pegue o cobertor na mala. E traga a criança com você.

— Ele está lá fora? Sozinho? E se ele começar a gritar? E se o velho escutar?

Tricia ri.

— O velho filho da mãe está morto para o mundo. Como sempre. Botei mais comprimidos para dormir na sua cerveja. Vou dar um para a criança, também, só por garantia.

— Você não pode fazer isso... Ele é muito pequeno.

— Ah, pare de reclamar, está bem? Eu faço isso o tempo todo. É o único jeito que consigo mantê-lo quieto.

— Mas...

Tricia olha fixamente para ela.

— Então, você vai me ajudar ou o quê?

***

AF: E você deu um álibi para Tricia também, não deu? Você ligou para Rob Gardiner e deixou uma mensagem dizendo que ela estava doente. E mais tarde, quando a polícia ligou para você para confirmar, você deu o nome de Nicki Veale.

VN: [*morde o lábio*]

Tricia ficou com muita raiva. Ela disse que eu devia ter escolhido um nome diferente, um que não parecesse tanto com o meu nome verdadeiro. Que isso foi a única coisa que eu tinha que fazer sozinha e nem isso eu consegui acertar.

AF: Mas essa é a questão, não é, Vicky? Tricia é uma mentirosa muito melhor que você. Então o que acontece quando ela nos contar a sua própria versão de como Hannah morreu, e ela ser muito mais convincente que a sua? E aí?

VN: Sou *eu* quem está falando a verdade. Eu não tinha nenhuma razão para matá-la, tinha?

MG: Isso é verdade, inspetor. Minha cliente não tinha nenhuma razão para matar a sra. Gardiner. Ao contrário de sua irmã.

AF: Não tenho tanta certeza, dr. Godden. Tricia é muito engenhosa. Tenho certeza de que vai contar uma história muito plausível. Eu posso ouvi-la agora: ela vai dizer que Hannah estava bisbilhotando naquele dia, que ela tinha visto algo pela janela do apartamento e, quando foi investigar, encontrou uma jovem, com sete ou oito meses de gravidez, morando em uma casa supostamente ocupada apenas por um senhor idoso. Hannah era jornalista: assim que Vicky viesse a público com a história do porão, Hannah ia reconhecê-la. Eu diria que isso é mais do que motivo suficiente para Vicky matá-la.

```
VN: Mas não foi isso o que aconteceu...

AF: Mas como nós podemos saber isso? E tudo o que o ad-
    vogado de sua irmã precisa fazer é criar uma dúvida
    razoável... [interrupção — sargento da carceragem so-
    licita uma conversa urgente com o inspetor detetive
    Fawley]

GQ: Entrevista suspensa às 21h42.
```

***

— O que foi, Woods?

— Desculpe, senhor.

Eu o sigo até a carceragem. Quinn vem em meus calcanhares. A porta da cela ainda está aberta, e há sangue na roupa de cama e no vaso sanitário.

Eu me viro para Woods.

— O que tem isso?

Ele aponta para a cama. Em meio aos cobertores amarfanhados, há uma embalagem plástica, grande o suficiente para dois comprimidos. Ela está vazia.

— Antes que o senhor pergunte, isso *não* estava com ela quando nós a fichamos — diz Wood, com o rosto vermelho.

— Você realmente a revistou?

— Claro que revistei. Qualquer um que tome remédio, é o médico que administra isso. Eu sei como funciona. Eu faço essa droga de trabalho há tempo suficiente.

E eu acredito nele. Mas você ficaria chocado com o quanto as pessoas podem ser desonestas. Com as coisas que elas conseguiram trazer aqui para dentro ao longo dos anos. Dois comprimidinhos seriam brincadeira de criança em comparação.

Woods pega a embalagem e a entrega a mim. Eu a viro de lado, leio o nome no laminado e respiro fundo.

— Ela só pode ter conseguido isso na internet. Nenhum médico honesto daria isso para ela.

— O que é? — pergunta Quinn.

Eu me viro para olhar para ele.

— É misoprostol. Para induzir aborto.

— Merda — diz ele.

O rosto de Woods vai de vermelho para branco, e ele se senta pesadamente na cama.

— Entre em contato com Everett — digo para Quinn. — Diga que ela não pode se dar ao luxo de deixar aquela garota sair de sua vista.

Mas ele se antecipou a mim. Ele já está ligando.

— Ev? Quinn. Atenção. Pippa, ou seja lá qual é o seu nome... — Ele olha para mim, ouvindo, então faz uma careta. — Está bem, vou dizer a ele. Telefone para mim se descobrir alguma coisa.

— Tarde demais — diz ele, encerrando a ligação. — Ela sumiu. Estava em um daqueles cubículos e, de algum jeito, deve ter saído pelos fundos...

— Meu Deus, ninguém ficou com ela?

— Aparentemente, Somer estava na porta. Ela achou que a enfermeira estivesse lá dentro fazendo um exame, mas ela ainda não tinha chegado. Foi só um erro. Todos já cometemos algum.

Claro que cometemos. Ele com certeza cometeu; eu cometi. Só não quando importava tanto.

— Estão fazendo uma busca no hospital?

Quinn assente.

— Mas ela tinha pelo menos dez minutos de vantagem. E você sabe como é aquele lugar, é uma droga de uma toca de coelho.

— Seguramente ela não vai conseguir chegar longe, não no estado em que está.

Quinn faz uma careta.

— Eu não consideraria isso impossível. Afinal de contas, conhecendo ela, provavelmente planejou a droga da coisa toda.

Eu sei. É disso que tenho medo.

***

> BBC Midlands Today
> Quinta-feira, 11 de maio de 2017 — Atualizado pela última vez às 17h34
>
> ### URGENTE: Suspeito do porão liberado sem acusação
>
> A Polícia de Thames Valley emitiu um pronunciamento confirmando que o proprietário de uma casa na Frampton Road, Oxford, que era suspeito de sequestrar e aprisionar uma jovem, não vai sofrer nenhuma acusação. A polícia não revelou a identidade do suspeito, mas ele foi identificado na área como William Harper, um acadêmico aposentado na casa dos setenta anos. Agora há especulações que o dr. Harper, que sofre de Alzheimer, pode ter sido vítima de um esquema de fraude particularmente sinistro.
> O inspetor detetive Adam Fawley evitou discutir rumores de que o suposto sequestro estava conectado de algum jeito com o assassinato de Hannah Gardiner em 2015, e se recusou a responder quando serão feitas acusações nesse caso.
> — Temos um suspeito — disse ele. — Mas nenhuma prisão foi feita ainda.

***

Everett desliga o noticiário. Aquilo não parou o dia inteiro. TV, jornais, a internet. "*Fraude do Fritzl*": *Garota forjou prisão por dinheiro; caso de Oxford levanta preocupações sobre idosos vulneráveis vivendo sozinhos.* Jornalistas estão ligando e estão na porta tentando entrevistar policiais, em busca de uma citação, de acesso a casa ou de uma foto de Vicky. Fawley dispensou todos eles.

Ela olha para seu gato, enroscado em seu colo.

— Vou mudar você de lugar, agora, Hector. Preciso fazer o jantar.

O grande gato rajado pisca para ela, claramente sem estar convencido de que essa é uma razão boa o bastante para tirá-lo dali. Mas, então, há uma batida na porta.

— Fique aqui, Hector — diz ela, botando-o no assento ao seu lado.

Ela se levanta e vai até a porta.

— Ah — diz ela quando vê quem é.

Erica Somer está com um sorriso hesitante e uma garrafa de prosecco. Ela está à paisana: calça jeans clara, camiseta preta e rabo de cavalo.

— Desculpe surpreendê-la assim. Seu vizinho estava saindo e me deixou entrar.

Everett ainda está segurando a porta.

— Olhe, eu só achei que talvez você e eu… que talvez não tenhamos começado com o pé direito. — Ela oferece a garrafa. — Quer uma bebida?

Everett ainda não disse nada, mas então Somer olha para baixo.

— Ah, é seu gato?

Ela se agacha, pega o gato no colo e começa a acariciá-lo atrás das orelhas. Ele fecha os olhos e ronrona alto, na felicidade dos gatos.

— Cuidado, ele vai ficar seu amigo para sempre se você continuar a fazer isso — diz Everett com um sorriso irônico.

Somer sorri para ela.

— Eu quero um gato, mas não permitem animais de estimação no meu prédio.

Everett dá um sorriso seco.

— Só escolhi este lugar porque tem uma saída de incêndio para que ele possa dar uma volta. Também era metade do preço dos outros que eu olhei. Todo mundo achou que eu estava louca. E agora esse preguiçoso quase nunca a usa.

As duas mulheres se olham nos olhos por um momento, então Everett se afasta e abre a porta.

— Você não disse algo sobre beber alguma coisa?

***

Três semanas depois.

O jardim.

Meus pais vestidos rigidamente no que acham que se deve vestir para um almoço de domingo com seu filho e sua nora. Roupas que provavelmente vão voltar direto para o armário assim que chegarem em casa. Uma mesa coberta de comida que eles provavelmente só vão beliscar. Frango defumado, salada de rúcula, framboesas, *pecorino*. Alex está nos fundos com minha mãe e o menino, falando com o gato da casa ao lado, um felino amistoso laranja e branco com uma grande cauda felpuda. De vez em quando, o menino estende a mão e tenta segurá-lo, e Alex o puxa delicadamente para trás.

Meu pai se junta a mim à mesa.

— Você sempre faz uma massa ótima.

Eu sorrio.

— Alex, não eu. Acho que ela comprou no mercado.

Há um silêncio, nenhum de nós nunca sabe o que dizer.

— Então, você encontrou aquela garota que estava procurando? A que matou aquela pobre mulher?

Eu balanço a cabeça.

— Não, ainda não. Estamos monitorando portos e aeroportos, mas é possível que ela já tenha conseguido deixar o país.

— E o menino? — diz ele, servindo-se de outra cerveja de baixo teor alcoólico.

— Toby? Ele está bem. O pai dele o está protegendo de todo o furor.

— Não, estou falando do *outro* menino — diz ele, apontando para o jardim. — É mesmo uma boa ideia tê-lo aqui?

— Olhe, pai...

— Só estou preocupado com você, depois do que aconteceu com Jake... Não foi fácil, foi? Quer dizer, para Alex. E para você, é claro — acrescenta ele depressa.

— Nós estamos bem. Sério.

É o que eu digo. O que eu sempre digo.

— O que vai acontecer com ele? — pergunta ele.

O menino começa a chorar, e Alex o pega nos braços. Minha mãe parece preocupada.

— Não sei. A assistência social vai ter que resolver.

Alex se sentou com o menino no banco. Ele ainda está chorando, e minha mãe está por perto sem saber o que fazer.

— Mas vai ser difícil para ele — diz meu pai, olhando para os três. — Um dia, alguém vai ter que lhe contar a verdade. Quem ele é, quem é seu pai, o que a sua mãe fez. Não vai ser fácil viver com isso.

Penso em William Harper, que sempre quis um filho. Será que ele já sabe que tem um? Será que quer conhecê-lo? Ou o estresse das últimas semanas o empurrou ainda mais para o escuro? Na última vez que passei de carro pela Frampton Road, havia uma placa de *Vende-se* do lado de fora. Tento dizer a mim mesmo que, de qualquer forma, ele estava a ponto de ir para um asilo, mas é um aspecto desse caso que nunca vai repousar com facilidade.

— Às vezes é mais fácil não encarar algo assim — digo, forçando-me de volta ao presente. — Às vezes o silêncio é mais bondoso.

Ele olha para mim e, por um momento, só por um momento, acho que ele vai dizer alguma coisa. Que finalmente chegou a hora de me contar a verdade. Sobre mim. Sobre eles. Sobre quem eu sou.

Mas então minha mãe nos chama do jardim, e meu pai me toca de leve no ombro e se dirige para a porta.

— Tenho certeza de que você está certo, filho — diz ele.

***

Fim de outubro. Está chovendo; aquela chuva fina e chata que parece penetrar em seus ossos. Rios, canal, pântano: esta cidade é cercada de água. No inverno, a pedra seca a umidade. Na Frampton Road, algumas casas têm decoração de Halloween nas janelas — pelo menos as casas de famílias. Mortos-vivos ávidos, Dráculas, bruxas de cabelo verde. Uma ou outra escada tem abóboras com olhos e dentes recortados.

Mark Sexton está parado sob um guarda-chuva na entrada do número 31 olhando para o telhado. Não há a menor chance de terminar a casa até o Natal. Mas pelo menos os operários finalmente voltaram. Ou deviam ter voltado. Ele olha para o relógio talvez pela quarta vez. Onde eles estão, porra?

Quase imediatamente um caminhão aberto entra na rua e para diante da casa. Dois homens saem. Um é Trevor Owens, o mestre de obras. O mais novo vai até a traseira e começa a descarregar as ferramentas.

— São só vocês dois? — pergunta Sexton com cautela. — Tinha entendido que todo mundo ia voltar hoje.

Owens chega à porta.

— Não se preocupe, sr. Sexton. Eles estão a caminho. Só passaram na loja de material de construção para comprar algumas coisas que estavam faltando, e eu vim na frente para podermos dar outra olhada naquele probleminha no porão.

— Não parece a porra de um *probleminha* para mim — diz Sexton, mas ele se vira e destranca a porta.

Lá dentro, a casa cheira a umidade. Mais uma droga de razão por que ele queria que ela ficasse pronta no verão.

Owen segue pelo corredor até a cozinha e abre a porta do porão. Ele liga o interruptor, mas nada acontece.

— Kenny! — chama ele. — Está com a lanterna, parceiro?

O rapaz aparece com uma lanterna grande de plástico amarelo. Owen a liga e aponta o facho para o soquete de luz. Não há lâmpada.

— Está bem. Vamos ver, então, o que temos aqui.

Ele começa a descer a escada, mas de repente há um estrondo, um grito e uma barulheira danada.

— O que foi? — diz Sexton, inclinando-se para a frente. — Que porra foi essa?

Ele para no umbral e olha para baixo. Owens está caído de costas na metade da escada, agarrado ao que restou dos degraus de madeira.

— *Merda* — diz ele, com o peito arquejante. — *Merda*, ali embaixo... *Olhe.*

A lanterna caiu até o fundo, e o cone de luz está iluminando o chão. O brilho de uma dúzia de olhos pequeninos no escuro, o ruído de pés correndo.

Ratos.

Mas não é isso o que Owens quer dizer.

Ela está deitada na base do que tinha sido a escada. Uma perna retorcida em um ângulo impossível. Cabelo comprido, agora ficando esverdeado, braços magros, esmalte de unha preto. Ela é jovem. E provavelmente tinha sido bonita, mas é impossível dizer.

Ela não tem mais rosto.

***

Daily Mail
21 de dezembro de 2017

VEREDITO NO CASO DAS "IRMÃS PERVERTIDAS"

Vicky Neale condenada pelo esquema de fraude "cruel e incomum"
Ainda não há acusações no assassinato de Hannah Gardiner
Por Peter Croxford

A "vigarista do porão", Vicky Neale, foi condenada ontem a seis anos de prisão no Tribunal da Coroa de Oxford, após assumir a culpa por tentar fraudar o aposentado William Harper, acusando-o de falso cárcere privado e estupro. O tribunal ouviu como Neale e sua irmã mais velha, Tricia Walker, torturaram e humilharam o idoso, queimando-o várias vezes no fogão a gás da casa e plantando pornografia para incriminá-lo. Na sentença, o juiz Theobald Wotton condenou o comportamento da adolescente de dezenove anos como "cruel e incomum", e uma "tentativa cruel de se aproveitar de um idoso frágil e vulnerável que não tinha feito nenhum mal a você".

Falando após o veredito, o superintendente John Harrison da Polícia de Thames Valley disse estar satisfeito por a justiça ter sido feita, e confirmou que a polícia está preparando um arquivo para submeter ao Serviço de Promotoria da Coroa em relação ao assassinato, em 2015, da jornalista da BBC Hannah Gardiner, embora muitos analistas duvidem ser possível determinar agora a dimensão exata do envolvimento de Neale naquele crime, depois da descoberta, dois meses atrás, do corpo parcialmente em decomposição de Tricia Walker no porão da casa ao lado da de William Harper. Os restos repugnantes foram encontrados pelo dono da casa vazia, e a polícia acredita que Walker estava escondida ali depois de escapar da custódia da polícia induzindo um aborto. A autópsia concluiu que ela caiu e quebrou a perna ao tropeçar na escada do porão, devido à perda de sangue e uma possível tontura. O veredito do legista foi morte acidental devido à desidratação. Resta apenas um mistério: o que aconteceu com o precioso enfeite japonês que Walker roubou de William Harper e usava em torno do pescoço? A corrente prateada foi encontrada rompida no chão, mas não havia sinal do ornamento em si, e acredita-se que uma busca exaustiva feita pela Unidade de Arte e Antiguidades da Polícia Metropolitana não tenha encontrado nenhum traço dele.

Apesar de ainda não ter sido feita nenhuma acusação formal em relação ao assassinato de Hannah Gardiner, surgiram alguns detalhes das circunstâncias aterrorizantes de sua morte. Aparentemente, Tricia Walker planejou meticulosamente o assassinato, despindo e amarrando o corpo da sra. Gardiner para fazer com que parecesse o trabalho de um predador sexual. Vicky Neale aparentemente negou qualquer envolvimento direto na morte da sra. Gardiner, insistindo que apenas ajudou Walker a ocultar a morte porque estava completamente sob seu controle e temia pela própria vida se não colaborasse.

O psicólogo criminal Laurence Finch, consultor da série de TV de sucesso *Crimes That Shook Britain [Crimes que abalaram a Grã-Bretanha]*, diz que esse é um exemplo clássico de um crime *folie à deux*, cometido por duas pessoas trabalhando juntas.

"Em casos como esse, quase sempre há um parceiro dominante, mas é mais comum que seja um homem impondo sua vontade sobre uma parceira do sexo feminino, normalmente uma esposa ou namorada. Veja os Assassinatos dos Moors, por exemplo. É o fato de envolver duas mulheres, e duas irmãs, que torna esse assassinato em particular tão incomum."

O dr. Finch também acredita que Tricia Walker era um exemplo raro de uma mulher psicopata.

"Estamos acostumados com homens cometendo crimes como esse, mas há mulheres igualmente capazes, se houver os gatilhos certos. Muitos psicopatas em potencial passam a vida inteira sem cometer um crime, porque nunca se encontram em uma situação na qual não conseguem obter o que querem. Enquanto não estiverem sendo contrariadas de nenhum jeito, essas pessoas podem parecer perfeitamente normais, talvez um tanto manipuladoras, mas em muitos casos extremamente charmosas. Como disse um dos principais especialistas nesse campo, um psicopata pode até divertir você, mas você vai pagar um preço muito alto."

389 comentários

Danielaking07
Na minha opinião, o marido e o filho de Hannah Gardiner são as verdadeiras vítimas dessas duas vacas malignas. Aquele menininho está crescendo sem mãe, isso é o que eu chamo de "preço alto".

Zandra_the_sandra
Tenho pena do velho. Quantas pessoas idosas mais vão ser abandonadas em suas próprias casas antes que seja disponibilizado o dinheiro para os assistentes sociais fazerem um bom trabalho?

GloriousGloria
O que eu quero saber é como duas garotas de uma família perfeitamente normal podem se transformar em monstros tão horríveis. Até onde sei, elas não foram abusadas nem nada.

Otter_mindy1776
Se me perguntarem, grande parte é culpa da internet. Aposto que elas tiraram até selfies delas mesmas abusando daquele pobre velho.

SalamandradeFogo33
Pelo menos o filho de Vicky vai ter a chance de um começo decente na vida agora. Soube que ele vai ser adotado, e que o serviço social o apelidou de Brandon por causa de seu cabelo escuro. Significa "pequeno corvo". Isso é bem legal, não é?

EPÍLOGO

A casa está fria, apesar do sol de verão lá fora. É a frieza de um lugar desabitado. A umidade da ausência de calor corporal, de hálitos cálidos. Mas isso é uma ilusão, porque sentada em um canto, em meio às latas vazias de Coca-Cola, ao hambúrguer parcialmente comido e a uma embalagem de absorventes íntimos, há uma garota. Ela está com as costas apoiadas na parede, com um casaco envolto ao seu redor como um cobertor. O casaco é azul-marinho. Acolchoado.

A porta se abre lentamente, e agora há alguém ali parado, com o rosto nas sombras contra o repentino brilho do sol às suas costas.

Tricia tenta se levantar, mas faz uma careta. Ela está nitidamente sentindo dor.

Vicky olha para ela.

— Eles disseram que você estava perdendo o bebê.

— É, bom, quanto mais cedo eu me livrar dele melhor. Só engravidei porque queria Rob. Eu não queria a droga da *criança*. Meu azar foi ele ser estéril.

Vicky não diz nada.

— O que você disse a eles? — diz Tricia. — À polícia?

— Nada. Eles não sabem que estou aqui. Eu saí sob fiança.

— Como você sabia onde me encontrar?

— Eu sei como você pensa. Eu conheço *você*, a verdadeira você, melhor que qualquer um.

Tricia escarnece.

— Mas todas aquelas pessoas, elas não conhecem *você*, conhecem, Vicky? Você mentiu para todo mundo.

— Você também. E *você* mentiu para *mim*. Eu quase morri por causa do que você fez. Eu *teria* morrido.

Vicky fecha a porta às suas costas com uma batida repentina; as folhas de jornal no chão se mexem com a lufada de ar.

— Aquele inspetor, o Fawley. Ele me mostrou o que eles encontraram em seu celular. Os sites que você estava pesquisando. Sobre reclamar o dinheiro.

Tricia muda um pouco de posição.

— É, bom, nós precisávamos começar a decidir o que íamos fazer, não é?

— Mas não éramos *nós*, éramos? — Os lábios de Vicky estão tremendo, mas há algo feroz e impiedoso em seus olhos. — Era só *você*. Também não foi só ver coisas na internet, você mandou e-mail para um escritório de advocacia. Você disse que queria saber quanto ganharia se processasse alguém por *matar sua irmã*.

Há silêncio.

— Não foi um erro, não é, Tricia? Você queria me matar. E ia culpar Harper.

Elas se encaram. Com raiva.

— Onde está? — diz Vicky, agora com voz dura.

— Do que você está falando?

— Você sabe muito bem do que estou falando. Me entregue.

Os olhos de Tricia se estreitam.

— Por que eu devia fazer isso?

— Me entregue agora e eu vou embora daqui e você pode ir também. Ou...

— *Ou?*

A pergunta paira no ar.

Sem resposta.

AGRADECIMENTOS

Há um grupo maravilhoso de pessoas agora na "equipe de Fawley", todos os quais me ajudaram a criar, dar forma e refinar este romance. Principalmente minha agente fabulosa, sempre paciente e incentivadora, Anna Power, e minhas duas editoras na Penguin — as igualmente simpáticas e inteligentes Katy Loftus e Sarah Stein. Também quero agradecer às minhas fantásticas equipes de relações públicas, tanto no Reino Unido — Poppy North, Rose Poole e Annie Hollands — quanto nos Estados Unidos — Ben Petrone e Shannon Kelly.

Também quero dizer um grande obrigada para meus consultores especialistas: Joey Goddings, perito extraordinário, que também fez os desenhos de cena de crime nas páginas 49-50; o dr. Nicholas Syfret, advogado e conselheiro da rainha, pelos conselhos sobre os aspectos jurídicos da trama; e o inspetor detetive Andy Thompson, pela ajuda valiosíssima sobre procedimentos policiais. Também a dra. Ann Robinson e Nikki Ralph. Tentei deixar a história o mais precisa possível, mas, como em todos os trabalhos de ficção, há alguns lugares onde exerci certo grau de licença artística. Por exemplo, os procedimentos envolvidos no interrogatório de adultos vulneráveis são muito complexos, e com certeza deixei algum detalhe de lado. É desnecessário dizer que, se há algum erro ou falta de precisão, isso se deve apenas a mim.

Obrigada também a meus primeiros leitores — meu marido, Simon, e meus queridos amigos Stephen, Elizabeth, Sarah e Peter. E também à minha incrível editora de texto, Karen Whitlock.

E, finalmente, parece estranho agradecer a uma cidade, mas não teria conseguido escrever este livro sem extrair o "espírito especial" de Oxford. É uma cidade infinitamente inspiradora e surpreendente, e tenho muita sorte de morar lá. Entretanto, é desnecessário dizer, meus personagens são totalmente produto de minha imaginação, e não baseados em nenhum indivíduo real. Muitos dos lugares são invenção minha, também, embora alguns não sejam. Os Wittenham Clumps são reais, assim como o Redil do Cuco, o Poço do Dinheiro e a lenda do corvo. Os restos da Idade do Ferro de um homem, uma criança e parte de uma mulher desmembrada foram realmente descobertos nos Clumps nos últimos anos, e uma teoria é que a mulher fosse parte de um ritual de sacrifício humano. Mas nunca houve, até onde sei, uma proposta para construir um projeto residencial na área.

DIREÇÃO EDITORIAL
Daniele Cajueiro

EDITOR RESPONSÁVEL
André Marinho

PRODUÇÃO EDITORIAL
Adriana Torres
Júlia Ribeiro
Allex Machado

REVISÃO DE TRADUÇÃO
Carolina Vaz

REVISÃO
Alessandra Volkert
Anna Beatriz Seilhe
Laura Folgueira
Rita Godoy

PROJETO GRÁFICO DE MIOLO E DIAGRAMAÇÃO
Larissa Fernandez
Leticia Fernandez

Este livro foi impresso em 2025, pela Reproset, para a Trama.
O papel do miolo é Avena 70g/m^2 e o da capa é cartão 250g/m^2.